シェークスピア・カバーズ

イッセー尾形

スイッチ・パブリッシング

シェークスピア・カバーズ　目次

絵　イッセー尾形
装丁　宮古美智代

シェークスピア・カバーズ

ヨリックの手記

我が奥方様よ、俺はこれから夜ごと現れるという亡霊相手に人生を賭けた勝負に出かけてくる。といっても果し合いなんぞじゃないから安心してくれ。しかしできればおまえに、無事と幸運を祈って火打石でも打ってほしいところだ。

孫は元気だったかい？　今度は一緒にな。

とにかくこれを読んで留守中に何が起こったかを理解、熟知、納得して戻ってきた俺を優しく迎えておくれ。

さてどこから始めようか。やはり起こった順に語るのが一番いいかもしれん。それはまず夢から始まったんだ。

ほら矢車菊の咲き乱れるあの丘、よく陽に当たりに出かけたもんだろ。

ある日おまえが「風呂場で背中流しのご奉仕したほうがいいんじゃないかしら」と言ったら俺はムキになって答えたな。

「宮廷道化師まで上り詰めた俺が風呂場で道化をやるのかい？」

そしたらおまえが、

「上りつめて落っこちたでしょ」とこうだ。

「そりゃそうだが、しかし今の俺を見てごらんよ、もう骨と皮だ。湯気に当たろうものなら死んじまう」

「あらそれじゃお城に迷惑だわねえ」

「オイオイ誰の心配してるんだい？」

今でも思い出すたびに苦笑してしまうよ。

その丘で、夢の話なんだが、俺がロバに小噺を教えてるんだ。ロバをコキ使うと老婆になっちゃうよとか、たしかそんなくだらない話だったが、ロバは聞きたくないと首を振り蹄を地面に打ちつける。これがまた女物の靴みたいに小さいくせして「どすんどすん」と世界が揺れるほどでかい音で響くんだ。様子がおかしいと思いながら「どすんどすん」を聞いてる内に目の前に我が家のうす暗い天井が現れて、誰かがウチの扉を叩いてることに気がついた。てっきり隣の部屋の怪力サムソンだと思ったよ。牛を肩に担ぎ上げては放り投げる乱暴者で、おまえも知ってるが、酒癖がとにかく悪い。きっと我が家の扉に頭突きでも喰らわしているに違いない。

いやいや想像絶する大間違い！　さあ、奥方様よ、外に立っていたのは誰だったと思う？

驚くなよ。

クローディアス様だったんだよ！

ピンと来たかい？　理解するまで少し時間がかかるだろう。俺もそうだった。そうハムレット王の弟君だ。そして今や……いやこれはもう少しあとで話そうか。

全身黒づくめの寝衣に髭も髪も真っ黒。目だけが黄色にランランと光ってる。手にした燭台の明かりにチラチラ揺れて。

死神がついに来やがった！　真っ先にそう思ったよ。鳥肌が立って息も止まっちまった。

そんな俺を不思議そうに見下ろしながらおもむろに口を開くんだ。

「ヨリック、地下に暮らしていると聞いたがやはりおったな」

地の底から響いてくるような低い声を聞いて二度ゾッとしたね。それから続けるんだ。

「ワシを笑わせろ。クスだろうがウフフだろうがなんでもいい。白い歯がこぼれるようにな」

ズカズカ入ってきて部屋の真ん中で仁王立ちだ。ここでようやく相手が誰だか分かったんだよ。クローディアス様だ。クローディアス様が夜更けにお笑いをご所望だ。

やっとお声がかかったぞっ。俺は小躍りして喜んじまった。

しかしちょっと冷静に考えてみるとおかしいよな。あの青天の霹靂以来道化を棄ててすっかり自暴自棄になった俺の生活はどんなだい？

　例えば井戸端で、突然体をくの字に曲げて着色した真っ赤な痰を吐いて女たちを驚かせたり、厨房の下っ端が水っぽいスープを寄越した時には昏倒してその中に顔を突っ込んでやったり、番兵が立小便している俺の脇腹を突いた時にゃあ口から黄色い泡を吹いてやったりだ。

　そうやって死んだ真似ばっかりして喜んでる俺は、もう道化師の名残すらなかったはずだ。それなのになんだこの我が有頂天ぶりは？

　いやはや浅ましいと言おうか、業が深いと言おうか、道化師はツブシが効かないと言おうか。おそらく卑屈なお追従笑いもしたことだろうし、揉み手もしたかもしれん。

「では何をやりやしょうか？　私の十八番、ハムレット王がお気に入りだった『絨毯の綱渡り』にしやしょうか？　何もないのにアラ不思議、見えぬロープが見えてくるという……」

　この時だ、クローディアス様の顔がみるみる青くなったんだよ！　正確には青黒くだ。それを見てまたまた鳥肌が、今度は背中にだが、そんなのは生まれて初めてだ、ザワザワッと立って震えっちまった。

　重っ苦しい沈黙。やっとしばらくして地の底から声が響いてきた。

「ヨリックよ。亡き王へ鎮魂の芸を捧げるとは感心だが、今は新しきこの国王を喜ばせよと言っておるのだ」

　何かの謎々かと思ったよ。結局何回聞き返したかは覚えていないが最後には新しい王様の顔が今度は真っ赤になっちまった。正確には赤黒くだ。

奥方様よ。落ち着いて聞くんだぞ。あの旅の一座が来るまでは俺を可愛がってくれたハムレット王は毒蛇に嚙まれて死んだそうだ。俺も石壁の隙間に太い奴を見かけたことがあるが、あれにやられたら絶対イチコロだ。そしてだ、さらに驚いたことに、妃のガートルード様が今は石部金吉新王クローディアス様のお妃だと！　おお神様。

話を咀嚼できるまで少し時間を置いても構わんぞ。今のところを何べんでも読み返してくれ。理解、熟知、納得だ。

それにしてももと俺は正直思ったね。こんな城の一大事も俺たち夫婦には知らされていなかったなんて。少ないながらも多少の会話を交わす連中が何人かはいるわけじゃないか、その誰一人として教えてはくれなかったのだ。これは一体何を意味するのか？　俺の思考能力の限界を見越してかクローディアス様が教えてくれた。

「ものの数に入っとらんということだな」

俺は俺で顔が赤くなっちまったよ。誰の目にも入ってないのに一人で有頂天になったなんてな。恥ずかしいったらありゃしない。

しょげ返る俺をクローディアス様は持参したワインを飲めといたわってくれた。そしてテーブルの上に腰を下ろして義理の息子のハムレット王子が心を開かないと嘆かれた。どうやら悩みはかなり深刻らしく、ここに来たというのもそれが理由だったようだ。王子は棘のある頓智で母親を奪った新王を責め、その母親も娼婦呼ばわり。今じゃ毒を放つ神出鬼没の悪魔のようだと。

「おまえも昔ワシのことをからかったな」

今でもはっきり覚えているという俺の冗談お喋りを復唱してくれたよ。

『さあ我がエルシノア城の人物評。今宵は弟君のクローディアス様。その葬式顔は誰よりも貴重ですぞ。何しろ隣国に不幸があった時にはいち早く葬式に赴いて、その沈痛なお顔で弔辞を述べられたら葬式出した方がもらい泣き。デンマークは情け深い国だと一挙に株が上がります！』

すっかり忘れていたが、言われた方は覚えているものだね。

「ヨリックよ、これが品よく聞こえるほどだ。ハムレットの人を軽蔑したレトリックから比べればな。ワシはただあの方がお気の毒で慰めている内に愛情が芽生えたのだ。己の慈愛を憎まねばならんのか……」

ワインをさほど召し上がったわけでもないのにそのままぐったりされてしまった。

俺はご機嫌取りに玉乗りとか動物の鳴きまねとかお手玉とか、いろいろやって見せたが、

「もういい、不気味でかなわん。おまえの骨が軋む音がする」

それから床を湿らせるような深いため息をつかれて、

「ワシはどうせ死ぬまで笑えんのだよ」

そうつぶやくとすぐに、

「我ながらおかしな物言いだな。まるで死んだら笑えるみたいじゃないか……」

ここまでクローディアス様を追い詰めるハムレット王子に対し、俺は再び腸（はらわた）が煮えくり返ってきた。忘れていたはずの怒りの炎はまだ残り火となってこの日を待っていたのかもしれん。

青天の霹靂。二十年前かもう少しか。あのイタリアから来たという放浪の旅芸人一座。町で評判を取っているというので城に呼んだのが王子だ。まだ四、五歳だったはずだが妙に大人びた皮肉な物言いはすでに身に付けていたな。

「ヨリックの芸を見てるとこっちまでアホになっちゃう。やっぱりもっとコーショーな芸を見ないとね。デンマークは腑抜け集団になっちゃうんじ

ゃない？」

俺はアイツがハムレット王にそう言っているのを柱の陰から聞いていたんだ。カタカナのところは歌うように言ってたよ。

イタリア芸人。どいつもこいつも奇妙な仮面をつけて、ケチな老商人、似非科学者、ヤブ医者、ほら吹き軍人、大食漢、色気女などなどの騒々しい一団が舞台の上で大騒ぎだ。こっちが喋るかと思えばあっちが喋り、あっちかと思えば今度はそっち。大仰な身振りとわざとらしいセリフ回しの大根役者め。

俺は舞台を奴らに占領されて広間の隅で見てたもんだ。帰ってすぐにおまえにも話したが、何遍でも言ってやる、全くお下劣な舞台だったよ。

王子が俺の道化を低級だと毛嫌いしたのは本音の裏返しだ。鋭い風刺で自惚れぶりをチクリとやられるのが怖かったのさ。一方イタリア野郎の学芸会ときたらオツムの弱い人間だらけ、観客は高みから安心してゲラゲラやってられるという寸法だ。

ところがあの座長ときたらだ、マヌケな仮面を外すと得意げな顔をしてシャアシャアと俺に説教タレやがった。

「刺激が強すぎたかもしれませんな。現世享楽への欲望や傲慢狡猾功利主義、こいつを笑いのタネにするというのが当節の流行りでしてね。あなたのように牧歌的古典的お笑い芸はもう化石？　うっはっはっ」

確かに大広間は笑いの渦に巻き込まれていたが、俺からすれば時代を後戻りさせる阿呆洗脳集団だ。『絨毯の綱渡り』には暗喩もあればユーモアもあって、人生の深い意味を考えさせてくれる哲学があるんだ。おまえもそう思うだろ？

一座見物の帰り道に王子が回廊で待ち伏せして

やがった。半ズボンの影ですぐ分かったよ。円柱の陰からヌッと現れやがって、

「年に一度は来てくれって頼んだんだ。おまえも少しは勉強してさ、チテキな芸を披露してみたらあ」

相手は子供だがその時の俺には関係なかったね。

「仮面なんぞ着けたりしたら魂が塞がれて窒息してしまいますよ。皆さんは死人の踊りをご覧になったにすぎません」

「ふん。おまえの魂を見ろってか？　よぼよぼロバの心臓みたいなものを？　カラスだって見向きもしないぜ」

おまえにはとても教えられなかったがこう言ったのだよ。俺は呪いの目の熱光線で去っていくあの子を焼いて黒焦げにしたかった！

その日を境に俺たちの生活は変わっちまった。朝陽夕陽が綺麗に見られる部屋を追い出されて、この寒くて湿気の多い窓もない地下室へ引っ越しだ。侍従長ポローニアスの差し金ということは分かっていた。その内自分たちで出て行くだろうと意地の悪いやんわりとしたお払い箱。イタリア一座は腰を据えたわけではないからあからさまに馘（くび）宣言はできない。宙ぶらりんに耐えかねて出て行くだろうと計算したのさ。このへんのことはおまえともずいぶん話し合ったもんだね。俺にも面子があったからね、あっさり引き下がるわけにはいかなかった。「まだいるのか」と相手を焦らせる持久戦に持ち込むことにしたんだ。そこでこの地下界隈で、評判下落の俺の芸を披露しちゃあ鼻で笑われるという、嫌われ者の生活を始めたんだ。まだ俺様はここにいるぞという意味でね。なんとも実りのないことだ。それから次は死んだお芝居だ。もうこっちの方がうんと長いかもしれん。やれやれ最悪な選択だね。

クローディアス様は腰を上げたが思い直してまた座られた。

「おそらくおまえは知らんだろうが、塔のあたりに兄上の亡霊が夜ごと出ると噂する者がいる。あり得ると思うか？」

「確かにそんなことも知らされておりません。がしかし、蛇ごときに命を落とされたとしたらこの世に未練もあるかと」

「出るか？」

「はあ」

「しかしそれでは、新しい王への忠誠に皆の迷いが出ぬか？」

「えー……分かりません」

「なんとか気持ちよく天国へ行ってもらう手だてはないか？」

「えー……」

「おまえはお気に入りの道化師だっただろう。亡霊を笑わせて心を落ち着かせ旅路に立ってもらうというのはどうだ？」

クローディアス様は俺の両肩をしっかりと摑んで顔を寄せ、腐った魚のような臭いの息を吐きかけたよ。息を止めて目を見つめ、力強く頷いてしまった。


さあこれでようやく話は始めに戻るわけだ。今俺が考えている手筈はこうだ。これから簞笥に仕舞った道化衣装を身に着けてこっそり外に出る。階段を上ったすぐのところには夜露に濡れた番兵たちが見張りをしているはずだ。俺は石ころを遠くに投げてやると、我先に手柄は自分だと走って行くに違いない。その隙に俺は背後を走り抜け中庭までたどり着く。それからあとは内階段をぐるぐる上がっていけばいいだけだ。今夜は風がめっぽう強くてビュービュー鳴っているから多少の足音はかき消されてしまう。一気に塔まで行けるだろう。さあそこで少し休まんといかん。心臓も破裂しそうだし、螺旋階段のおかげで目を回してもいるだろうし、なんといっても膝の回復を待たんといかん。

そして脇に抱えた絨毯を広げるんだ。後は亡霊を待つのみ。どうやら甲冑姿で現れるらしいから まず始めにこう言うのさ。

「これはこれは深夜のおでかけご苦労様でございます。武勲お祈りいたしますがその前にこのヨリックの『絨毯の綱渡り』ご覧になってはいかがでございますか。今一度私の渾身の芸をかつてのようにご堪能あれ。必ずや大笑いの内に魂は浄化され、一点の曇りもなく心静かになられましょう!」

*

奥方様よ、今いったん塔から戻ってきたところだ。俺の方が先だったな。これからすぐまた出かけねばならん。亡霊には出会えたがまた予想外なことになっちまった。

なんとハムレット、王子の方だが、こいつも亡霊を待っていやがったんだ。姿を見かけてあわてて俺は塔の陰に隠れたよ。すっかり大人になっちまったが、肩を前後にクネクネして人の気を引く歩き方は変わっとらん。おまえが蛇なんじゃないかと言いたくなる。

そしてまたなんと亡霊もハムレットを待っていたんだ。すぐに二人は話し込み始めたよ。言ったように風が強くて声を流し、なんにも聞こえない。二人の身振りでその内容を推し量るだけだが、どうやら亡霊が息子を叱っているらしい。息子は頭を抱えたり胸を押さえたりとあざとく同情を誘うしぐさを繰り返すが、さすがハムレット王、少しも騙されずに攻め立てる。しばらく攻防戦が続いたが、一番鶏が鳴くと亡霊はハッとしたように顔を天に向け「これまで」といったふうに手を上げた。息子はしおらしくお辞儀をして階段を小走りに下りて行ったのだよ。亡霊は姿が半分消えかかっていたが、俺は思い切って飛び出したんだ。人生全てがこの時に掛かってる。もう一度笑ってもらえないと死んでも死に切れない。俺がだ。

「お懐かしゅうございますっ」

亡霊はもう遠くの明るくなってきた森を透かせていたが、非常に驚かれた。

「ヨリックか!?　お、おまえも亡霊になりおったのか？」

とんでもないこと言われたよ。

「いえいえしぶとくまだこの世にしがみついております」

「しかしその顔、死相そのものではないか」

亡霊に言われるとはな！

「恐れ入ります。しかしまだ王様を喜ばせる自信はございますのでひとつここで」

「待て、ワシはもうここにはいられないから、そうだ墓場に来いっ。あそこならおまえの話をゆっくり聞けるだろう。ああ消える。墓場の一番暗がりで……」

で、消えっちまったんだ。こっちはただ『絨毯の綱渡り』をご覧頂こうと思っていただけなんだがな、何を思われたのかそう言われたよ。というわけでこれから墓場に行ってくることになった。

ああ、夜がどんどん明けていく。窓はないがあちこちの隙間から光は入ってくるもんだな。創造主が初めて光を放たれた朝ってこんなふうだったかもしれん。何もかもが白く輝いて眩しいよ。

我が奥方様よ、またまた俺の方が先だったようだね。今墓場から戻ってきたところだ。一番の暗がりというと松林の中だが、そこで墓掘り人夫のケルクに会った。もう髪の毛は一本もなく中国のラッキョにそっくりな頭をしていたよ。

　こいつが俺を見るなり、

「ヨリックか！　出やがったな幽霊！　二十年前に埋めてやったのにこんなところをウロウロしやがって！　冗談じゃねえや。サムソン呼んで二度殺してやろうかっ」

　とこうだよ。どうして俺が幽霊だ。誰を埋めたって？　こんな奴に構っている時間はないから無視してやった。

　ケルクの喚く声が後ろに遠ざかる。早く亡霊様に会わないと。

　腐葉土をぶかぶか歩いていくとハムレット様は切り株に腰を下ろしていた。ひどく猫背で哀れだったよ。重い甲冑を脱ぐこともできないのかな、亡霊の決まり事なんかがあって。

「おおヨリック。聞かせてくれ、おまえはなぜまだこの世を彷徨っているのだ？」

　俺はてっきりこの「彷徨う」って言葉が比喩だと思ったのさ。なもんだから、

「そうですなあ、人から見れば死ぬまで彷徨う運命でございますかなあ。何しろ納得のいかない宮廷道化師の幕切れでしたから、その無念さを引きずって悪あがきを続けておるのでしょうか。これで本当に死んだら化けて出てくるかもしれません」

　相手はハムレット様の亡霊だ。妙なことを喋っているなとは自分でも思ったがごく普通に口から出ちまったんだ。

　亡霊は俺の言葉を打ち消すように首を振り、

「先程ケルクも心配しておったが、天国に旅立てるようワシで何かできることはないのか？　なんでもしてやるぞ」

　話が変な方に行きそうなので、俺はこうして道化の衣装を身に着けてる理由を説明したんだ。す

ると
「ふーむ。クローディアスが……おまえを煉獄から呼び出したのか……少しは悔恨の念があるのかな」

こんなことを言われたよ。もう俺はそんな話は聞かずにさっさと『絨毯の綱渡り』に取り掛かったさ。ところが中断させて、

「もーよいよい！　見るのも辛い。そうか、ワシも息子の目にはそのように見えているのか。痛々しい限りじゃや。もう次で現れるのは最後にしよう。うむヨリック、礼を言うぞ！　王を笑えるのはまことに道化師だけよ。裸の王様に裸と言いおったなっ。はっはっはっ。おまえは立派に務めを果たしたっ。デンマーク一の道化師だっ。なればば成仏せいっ！」

我が奥方様よ。実に嬉しいお言葉だったよ。涙が出てくるほどだ。

俺は死んでいるのかまだ生きているのか自分でも分からない。ただ、おまえのいない暗い世界に連れて来られて途方に暮れているとロバの夢を見たんだ。そして確かにクローディアス様が現れたんだ。

死んだとしたらいつ死んだんだろう。

奥方様よ。こうやっておまえ宛に記しているが、このまま手に渡るのは難しいのだろうか。だとしたら何か痕跡のようなものでも見つかることを願っているよ。例えばおまえが我が家の扉を開けた瞬間に紙切れが飛んだようだとか、花瓶の裏に何かがサッと隠れたような気配とか……立てかけていた綱渡りの絨毯が「くっ」と突然折れ曲がるとか。そんな時がもしあったら、ああ、あの人が今私に話しかけ……ところでおまえはまだ生きているんだよな？　だって辺りを何度見回して確かめてもここにおまえはいないのだから。

荒野の暗殺者

暗殺者は荒野にいる。

といっても荒野にいる者全てが暗殺者というわけではない。そんなことは誰も言ってない。足早に通り過ぎようとする旅人もいるだろうし、愛の逃避行の果てに迷い込んだ恋人同士もいるだろうし、夜逃げした乾物屋とか、他にもいろいろいるだろう。

ということは暗殺者はたまたま荒野にいたのだろうか。そうだとも言えるしそうでないとも言える、か。一般的にいって暗殺者は人気のない場所を選んで事に及ぶわけだが、一口に人気のない場所といってもそうそうあるわけではなく、暗い路地裏といっても必ずふらっと誰かが姿を現すもので、人気（ひとけ）がないほど人気（にんき）があるのだ。そうなると……。

どうも他人事で話がまだるっこしい。

暗殺者は俺だ。

うん、これでいい。これで廻り道せずに語りたいことが語れる。

俺が暗殺の命令を受けたのはたまたまかもしれんが、暗殺をするならこの世の果ての代名詞「荒野」以外には考えられない。果てのすぐ向こうに送り込んでやるのだからな。偶然ではなく必然的絶対だ。

前にもここで一人殺ったことがある。それは亡くなった前の領主様の甥で、一応俺は仕えてはいたが殺すことになってしまった。何しろ新たな領主様が一番のご主人様で、命令には絶対服従だからな。その方とは、ご存知マクベス様だ。

マクベス様が（忖度をすれば）そいつを殺れとおっしゃったのだ。今俺の後ろで刃がなくなるほど短剣を研いでいる兄貴と一緒に物陰に呼ばれたものだ。人差し指クイクイで。

「亡き父の甥が謀反を企んで、新しくグラーミスの領主となったわしを倒そうとしている事実が判明した。わしの血族になるわけだが、到底許すわけにはいかん。よって天誅を下す精鋭戦士を密かに募っておる。そこでおまえたちだけに尋ねるがふさわしい奴はおるか」

ふさわしいもなにも！　俺たちだけに密かに尋ねるんだったら俺たちに殺れと言ってるわけだろ。マクベス様はよくこういう言い方をされるのだ。

「敵陣のすぐ近くまで斥候に出る勇気のあるやつを知ってるか」

丁度馬に跨った俺たちに言うんだ。行けってことだろ。

「わしは腕が短いから相手に剣が届かない場合も考えられるなあ」

この言葉には兄貴と意見が食い違った。「長い剣を用意しろってことだ」と兄貴は言ったが「俺たちに剣になれってことだよ」と俺は主張した。

案の定俺たちは常にマクベス様の前で戦い、マクベス様はその短い腕を一度も振り回すことなく後ろで満足気な笑みを浮かべられていた。

マクベス様の腕が本当に短いのかどうかは今に至るまで誰も知らない。

こんなふうに俺が知ってるマクベス様は、みんなが勇猛果敢だと讃えている姿とはちょっと違う、と思う。何かにつけてえん曲な言い回しが多い。

さてそういうわけで、俺たち兄弟は戦のどさくさに紛れてその血族甥の背後に回り、「いちにのさん」で背中をぶすりとやったのだ。血族甥は「ぎゃっ」と叫んだ後で振り向き暗殺者の正体を確かめようとしたが「見るなっ」と兄貴がその顔を手で掴み、捻った。あまりにも素早かったので俺が感心すると「背中を刺して、掴み、捻る。これが基本だ覚えておけ」と涼しい顔で、初めての暗殺なのに、今思いついたことをさも昔から知ってたかのごとく、指南してくれた。

それがまさしくこの荒野でのこと。それも今ここにある赤い岩の近くだった。かなりでかい岩で、たぶん巨石サークルの一つが間違ってここに置かれたのだろう。言い伝えがある。荒野で死んだ連中の血がこの窪地に流れ込み、吸い上げられて赤く染め上げられた岩だと。いかにも田舎者が好きそうな迷信だ。鉄分が多くて錆が浮いてるだけじゃないか？　しかし今やこの岩が暗殺者たちの成就祈願の象徴となっていて、一つ撫でると無傷で事を成せると信じられている。迷信がもう一つ迷信を生んだわけだ。そう、暗殺者はあちこちにいる。互いの顔は知らないが、密かに成績順位表も存在するという。

今夜俺たちは暗殺をもう一つ計画している。で、何回も岩を撫でたところだ。

もうとっくに夜になっていいはずなのに西の空がまだ明るい。オレンジ色の帯が夜空の下にずっとひっかかったままだ。誰かが夕方のまま時間を止めているのだ。もちろん殺される奴だろう。その名はバンコー。

マクベス様が再び俺たちを呼んだのだった。

出世されてからは縁遠くなっていたので指をクイクイされた時には驚いたものだった。

「長い話だが、要点にすれば短い。どっちがいい」

そりゃ短い方がいいに決まってる。兄貴だってそうだろう、うんと気が短いのだから。「行く」「行かない」「知りたくもない」「運だよ運」「頭使うな」普段から喋るのはこれぐらいのもんだ。気が短いというより言葉が短い。

「よし要点を言おう。先の逆賊退治に手柄を立てたおまえたちを厩番に格下げしたのはバンコーだったのだ。わしはちっとも知らなんだ。一流の戦士が怒鳴られ蹴飛ばされ、飼い葉桶に顔を突っ込まれる毎日だったろう。しかし恨む相手はわしではなくバンコーだったのだぞ。わしと優秀なおまえたちを引き離そうと目論んだのだ。そして着々と謀反を企んでおったのだ。わしを倒そうとな。もちろんわしは正々堂々と戦いを挑むつもりだが、なにせ国王に成りたてでな。さっそく武将を一人始末したとなれば他の領主貴族たちは恐れおののき国全体が畏縮してしまう。そうなれば敵国ノルウェイが攻めてくるのは必至。なあ、わしの代わりにあいつを……殺せ」

決して短くはない要点だったが、忖度なしの命令は初めてだった。そのことに俺たちは深い感銘を受けて体を震わせた。

兄貴はまだ短剣を研いでいる。あんまり黙ったままというのも居心地が悪いので声をかけることにした。

「兄貴、待ち伏せの場所はここでいいんだよな」

すると兄貴は初めて手を止めた。

「ここじゃないとでも言うのかっ」

その慌てぶりにこっちも慌ててしまう。

「ここじゃないのかっ」と俺。

「ええ！　ここじゃないのかっ」と兄貴。

「ここ……だから俺が訊いてるんだよ」

兄貴は小さく深呼吸をしてから言った。

「おまえはどうして『ここだよね？』と訊かないのだ」

「え？　また思ってもみないことを言う」

「『ここだよね』というのは八割ここだが『ここでいいのか』は八割ここじゃない意味合いが含まれてる、気がする」

「気がするって……そういう話か？」

「赤い岩があるんだから、ここに決まってるだろ」

「この岩は俺たち人殺しが集まる拠り所であって、待ち伏せ場所と一致してるとは限らんだろ」

「自分のことをよくも人殺しなどと言えるもんだなっ。そこまで自暴自棄か？」

「兄貴だって人殺しだよ」

「違うっ。おれは黒子だっ」

話がややこしくなってしまった。

「人殺しというのは気まぐれで人を殺(あや)める単なるロクデナシだ。一方おれたち黒子的暗殺者は計画性があって事を成し、しかも絶対に歴史の表舞台には顔を出さんという奥ゆかしい美学があるんだ」

そんなことは初めて知ったが、語彙の少ない兄貴が突然饒舌になったので俺は感心してしまった。きっと今夜の大仕事が知恵をつけたんだ。

「黒子というのは観客からは何をやろうが見えないという前提があるんだ。顔がないんだ。その点人殺しは恥ずかしいほどツラを見せびらかすんだ。わたしでございますぅと。おお下品なっ！　おまえはそんな自己顕示欲丸出しになりたいのか。歴史に顔を出したいのかっ。そんなに大した顔かっ」

どこでこんな話になった。暗殺の場所か。それはここで間違いないのだ。何しろあそこに城が見えて、城門があって、ここをバンコーが通るはずなのだから。マクベス様の宴に呼ばれて息子と一緒に来るらしい。

俺はただ気分の落ち着かない沈黙を破りたかっただけなのだが、言うだけ言うと兄貴はまた黙って刃を研ぎ始める。自分が喋った内容を反芻したり吟味したり、しないだろうな。

西の空はまだ明るい。朝まであんなのかな。一年の内で今はそんな季節なのか。わからない。空なんて見上げたことがないような気がする。

そんなことに気を取られていたから驚いた。あらぬ方角から荷馬車が一台現れて、すでに手綱を引っ張られた馬が、馬でございぃ、とパカパカ足踏みして止まるところだったのだ。操っているのは黒い衣を頭からすっぽりかぶった……修道士だ。

俺が促すよりも速く兄貴は御者台に飛び乗って短剣の切っ先を修道士の喉元に突き立てていた。

「神のご加護をオー！」

修道士は天に向かって悲鳴を上げる。

「早まるな兄貴っ。それはバンコーじゃないっ」

「そんなことは初めから分かってる！　体が自然に反応しただけのことさ」

絶対早合点したくせに、どうしてこう咄嗟に負け惜しみが言えるんだろう。逆に慌てたこっちが軽薄に思えてくるじゃないか。

「ここで何をしている」

兄貴は声を押し殺して訊いた。すでに殺しが始まっている。

修道士は切っ先が喉に触れぬよう殆ど口を動かさずに答えた。

「いつものように……墓を……植えると人は言います……」

訳の分からん奴が現れたもんだ。

よく見るとかなりの老人で、「キリストさまに似てますね」と人に言われたいがためにそっくりの髭を生やしてやがる。つまり二流三流の類ってことだ。

よせばいいのに兄貴が餌に食いついた。

「墓を植える？　どういう意味だ」

「その物騒なものを首から離していただければご説明いたしましょう」

「こりゃ失敬」

失敬だと！　こんな言葉を兄貴が知ってるとは驚きだ。修道士には弱いのか。密かに良心の呵責を感じているのかもしれない。いくら兄貴だって人の子、黒子的人の子だ。

修道士が頭巾を脱ぐと一層キリストに似ていた。

「おお」と兄貴は目を丸くする。恥ずかしくて目をそむけてしまう！

　修道士は時々俺の方にも顔を向けながら説教臭く話し出した。

「この荒野では大勢の人間たちが命を落としましたわな。しかしいまだに墓なしですぞ。霊魂たちはさ迷う以外に何ができますかな。できんでしょうが。遅ればせながらわたくしが墓を、墓といっても木の枝を針金で十字に括っただけのものでございますが、それを立てておりますとあるお方が『まるで墓を植えてるようだな。何かを未来に託すかのようだ』とおっしゃいましてな。えらくそれが気に入りまして、わたくしそれ以来、『墓を植える』と、使わせていただいておるのじゃ。ほっほ。その方は馬を下りられて近くで様子を見ようとしたのじゃが『バンコー様お急ぎを』とお付きの者に言われて去ってしまわれたのじゃ」

　俺と兄貴は顔を見合わせた。バンコー、何かの予感でもあったのだろうか。

　兄貴は、子供の頃絵本で見た悪魔のように並んだ小さい歯を見せて笑い、修道士に向き直った。そして芝居がかった声を出す。

「墓を一つもらおうじゃねえか。いや息子の分もあるからしめて二つだな。さあ、ここに置いてってもらおうじゃねえか」

　やはり良心の呵責は微塵もないな。さっきは「失敬」という言葉を使いたかっただけに違いない。

　修道士は怪訝そうな顔で後ろの荷台を振り返った。

「墓は五つありますが、二つだけでよろしいですかな」

「こいつめっ。押し売りする気かっ」

「とんでもない。お金をもらおうとは……」

「誰が金を払うかっ！　今夜は二人分で十分だと

言ってるんだ」

修道士はぶつぶつと口の中で祈りの言葉をつぶやきながら御者台を下りると後ろに回り、十字架を二つ引っ張り出した。

「ではこの辺に植えましょうな。よろしいかここで」

兄貴が頷いたので、それこそ植木用の小さなスコップで穴を掘り始めた。どういう事情かも尋ねず、墓を立てることだけがただ嬉しいといったふうに。

神に仕えるふりをしながらせっせと死の準備をしてやがるのは質(たち)が悪い。

立てた二つの十字架にさっそくカラスが二羽止まると、

「おお、これは不吉」

修道士は手足をばたばたさせてあざとくのけ反り、兄貴は腹を抱えて大笑いだ。なんともグロテスクな光景！

修道士が去った後俺たちは一層耳に神経を集中させた。そろそろバンコーたちが馬を下りて歩いてくるはずなのだ。他の客たちはすでに城門をくぐっている。それはそれは奇妙な光景だった。宴に呼ばれた領主たちや貴族たち、その誰もが口をきかず、誰もが互いと距離を取って城に入って行ったのだ。離れ離れの無言の影法師たち。まるでギリシャ悲劇のとある場面のようだった。見たことはないし別に見たくもないが。

耳を澄ませば澄ますほどあちこちでコオロギがうるさい。前から鳴いていたのだろうか急に鳴き始めたのだろうか。俺にはそれを確かめる方法は、ない。

「トゥロロロロ、トゥロロロロ」

赤い岩の後ろででかいコオロギが鳴き始めた。くそっうるさい。叩き潰してやろうと裏に回って俺は思わず悲鳴を上げた。

「やおん！」

情けないが確かにそう叫んだのだ俺は。

のっそりと見知らぬ男が立っていた。こいつがコオロギの口真似をしていたのだ。

止まった呼吸を回復させながら確かめると、俺たちと同じ夜間戦闘用のいでたちだ。

「何者だっ」

「どうした弟よ。おおっ、何者だ」

なんかマヌケだな兄貴は。間違ったことは言ってないのだが。

男は片方の眉を吊り上げて苦笑し、首を軽く左右に振った。つまり俺たちは軽蔑されたということだ。

「やけに早くから待ってるんだな。オレは時間通りに来たつもりだが」

岩からユラリと姿を現して俺と兄貴の間に立った。ニヤニヤ笑うだけで目の色が読めない。

「何者だと訊いてるんだっ」

兄貴の腰がわずかに、引けてる。

「おっと剣は抜かないでくれよ。今夜のオレ様の仕事はおまえたちと同じ。マクベス様から聞いてないのか、もう一人来ると」

兄貴は俺を見て眉を開いた。「知ってたか」の意味だ。俺は眉を寄せる。「知らない」だ。

「やれやれ参ったなあ。加勢に来たのさ。相手は二人。だったら三人のほうが有利に決まってる。単純な足し算さ」

「にいたすいちはさん」

兄貴が言わずもがなをつぶやいた。

男は、今夜の相手がバンコーと息子であることを改めて口にする。間違いなくもう一人の暗殺者だ。つまりマクベス様はよっぽど今夜の襲撃が心配に違いない。が、それだけだろうか？

マクベス様は、バンコーに冷や飯食いさせられた俺たちの恨みをかき立て、やたら殺意を煽りはしたが、どうだろう？　それほどに俺はバンコーが憎いのだろうか。確かに厩番は屈辱的ではあったが一週間もすれば慣れたのではなかったか。兄貴だって「おれの馬の方がピッカピカ！　勝った」なんて得意になってたろ。それなりにこのまま一生終わることも考えていたはずだ。それがだ、一夜にしてブラシを剣に持ち替え、撫でるんじゃないブスッとやるんだ。この切り替えが自分でもうまくいってないなと思う。それをマクベス様は見抜かれたのだろうか。俺たちだけなら失敗すると。

それだったら分かるな。

しかしそんなことはおくびにも出すまい。暗殺者らしく振舞おう。

「名前はなんていうんだ」

「ふん。名前なんかいらない。三番目とでもしとくさ。兄貴、弟、三番目。この三人が今夜の主役だ」

その今夜だが、西の空はまだオレンジだ。どうも嫌な予感がする。十字架には相変わらずカラスが止まっているし、赤い岩のてっぺんはもっと赤いし、風もなく、なんといっても静かすぎる。

やはり予感は的中した。息子に逃げられてしまったのだ！　なんたる失態！　俺と兄貴がバンコーを襲い、これはうまくいったが、三番目が息子を殺る手筈だったのに失敗したのだ。

俺たちが詰め寄ると奴は逆に食ってかかってきた。

「そっちこそだ！　なぜバンコーの松明を叩き落としたんだ？　真っ暗で何も見えやしないじゃないかっ。息子の息の根を止めようにも息子が見えないんだからっ。振り回した剣がこの岩に当たってバチッバチッと火花が出て刃こぼれしただけだ。まさか息子を逃すために松明を落としたんじゃないだろうな。おう？」

とんだ言いがかりに兄貴は血相を変え、今や横たわっているバンコーの背中に足を掛けて乗り上げ一段高くなると相手を見下ろして逆襲に出た。

「何を！　てめぇは素人かい。まずは明かりを消して反撃できないようにするのがイロハのイよっ。明るい内にしっかり目に焼きつけておけば真っ暗闇でも一振りで相手はお陀仏だいっ」

威勢はいいが兄貴自身はどうだった？　松明落とした後、暗闇の中何度も短剣を振り回し、ようやく手探りでバンコーを探し当てるとむしゃぶりついて、そしてまたすぐには切り裂く喉が見つからずに「ひーひー」叫びながら剣を左右に振って、やっと仕留めたんじゃなかったのか。

俺はと言えば手筈通り、一発でバンコーの足元に食らいつき、一歩も動けぬよう押さえた。兄貴がなんとかやり遂げたのも俺のおかげだ。言っても絶対納得しないだろうから言わないけど。

三番目は少し勢いを緩めた。

「そうかそうか、松明を落とす流派だったのか。流派の違いを確かめなかったのは迂闊だったかもしれんな。オレは明るいままの流派なんだよ」

こいつも兄貴と同じ負けず嫌いで、すぐに話題を変えるのも同じだった。

「済んだことは済んだこととしてだ。すぐに息子を追いかけるか。まだ遠くには行っていまい」

「東へ逃げたような気がするな」

兄貴は適当な返事をすぐにした。「西だよ」と俺だってたまには適当なことを言う。すると三番目は「まずは馬のところへ戻っただろう。どこに繋いでる？」と言った。それを聞いた兄貴は鬼の首を取ったように喜んで、今度は足をバンコーの頭に乗り上げた。

「馬鹿め。健脚自慢の息子だ。今頃はもう丘を二つほど越えてるわい」

「どうして健脚だと分かる？」

「おまえの振り回す剣を飛び上がってかわしていたのよ」

見えてなかったのだから誰も否定できない。こうやってその場を口先だけで勝つことに異常なくらい執念を燃やすんだ兄貴は。

三番目が歯ぎしりをしている。それを白旗と認めた兄貴はやっとバンコーから下りて、ずっと握りしめていた短剣を鞘に収めた。

「さておれは息子探しより先にマクベス様に事の顛末を報告に行ってくるぞ。新しい命令があるかもしれんから二人はここで待て」

言い捨てるようにして城門に向かった。まるでたいそうな仕事を終えたかのように大仰に腕をさすりながら。

三番目は逃げた息子を見つけようと東西南北に頭をくるくる巡らせる。この時気づいたのだが、こいつの睫毛の長さは尋常じゃない。しかもまっすぐに生えて庇になってるものだから目の色が読めなかったのも無理はない。

「睫毛、うっとおしくないのか」

すると急に笑顔を見せて、嬉しそうに近寄ってきやがった。

「オレの一族はみんなこうなんだよ。多分ご先祖がヴァイキングだからじゃないかな」

「ヴァイキング！」

「先祖がな」

「我々の敵じゃないかっ」

「ご先祖がって言ってるだろ。次の先祖がお前たちと仲良くなったのさ」

「ふうむ。で、睫毛とヴァイキングの関係は？」

「承知の通りご先祖たちは冷たい海を船で渡ってよそ様の国を襲ったわけだ。ふふ。底の浅い速い船だぜ。疾風の如く進んでいくんだ。海の彼方を睨んでいたら、雨も雪も霰も、槍のように目を襲ってくる。だから自然と睫毛が伸びて守るようになったのさ」

「どれぐらい前の話だ？」

「百年ぐらいかな」

だったら、あり得るか。

突然奴が歌い出した。

「♪……というわけでえまた船に乗る　アザラシがやって来て　お客さんニシンはいらんかね　いらん！　というわけでえまた船に乗る　アザラシがやって来て　お客さんシャケはいらんかね　いらん！　というわけでえまた船に乗る　アザラシがやって来て　お客さんタラはいらんかね　いらん！……」

ヴァイキングの唄らしいが、気が滅入ってくるほど低い声で同じメロディーを唸るものだからたまらない。

「まだ続くのかい」

「ヒラメ、甘エビ、シシャモでおしまいだ」

「シシャモはもらうのか」

「いらん！　だ」

ヴァイキングの全てが分かったような気がした。

この歌が誘い水となったのか、三番目ははるかかなたの水平線を眺めるような、多分そうだと思うのだが、目つきになった。この荒野が冷たい北の海に思えてくる。

「あんたまるで船の舳先に立ってるようじゃないか」

俺がそう言うと嬉しそうに振り返って、その長い睫毛を強調したいのか、やたらにパタパタとまばたきを繰り返した。意味が分からん。

さてこんな男のことより、マクベス様は報告をどう聞いただろうか。息子を逃したので激怒されただろうか。負けず嫌いの兄貴がまた咄嗟に強気な発言をしたら間違いなく首を刎ねられるぞ。まさかとは思うが、人を殺した後は手がつけられぬほど興奮してしまうんだ。例の甥を殺った日がそうだった。袖口に血がついてるから洗ったほうがいいと言っただけで急に怒り出した。「このおれが返り血を浴びるほどドジだっていうのかっ！」やれやれだ。見れば分かるでしょ？「見えん！おれには見えんね！　返り血！　あり得ん！　見えんね！」一晩中騒いでたもんだ。「息子なんか見えんでしたね！」とでも言うんじゃないだろうなあ。

まあ今は考えても仕方がない。このバンコーの死体を始末せにゃならん。予定ではその辺の溝に転がすつもりだったが、今はちゃんとした墓があるんだから埋めてやらにゃなるまい。

剣を使って穴を掘ろうとしたら三番目が口を出してきた。

「墓掘人夫もやる殺し屋なんて聞いたことがない。まさか情け心が出たんじゃないだろうなあ」

人を小馬鹿にした口調で、睫毛パタパタはやめていた。

「たとえ殺しても、相手に敬意を払うのが騎士の務めなんだよ」

そう言って俺は穴を掘り続ける。が、言い足りない。

「そこが野蛮なヴァイキングとは違うところだ」

「だからヴァイキングはご先祖だと言ってるだろ」

「つまり野蛮人の子孫ってわけだ」

「野蛮人言うなっ」

俺たちが睨み合ってるといつの間にかまた修道

士がそこに立っていた。

　こいつはどうして近づく気配を消せるんだろう。まさか裸足か？　足元を見ると暖かそうな毛皮の半長靴を履いていた。これと同じのを履いた敵を見たことがある。俺も欲しくはあったが我慢して引き上げたのだ。こいつ……脱がせたな……。

「わたくしが埋めれば何の問題もありますまい。これぞ適材適所でありますて」

　妙な言葉を使うと背を向けてしゃがみこんだ。三番目はその背中に近寄り剣を抜く。そして静かに口を開いた。

「おまえはここで何を見たのか」

　それは俺も聞きたい。

　修道士は掘る手を休めずに背中で答えた。

「わたくしは、毎日見ておりますよ、何人かがここにやって来て、立ち去る人間はそれより数が少ないんです、毎日そうですよ、残った人間は必ず大地に横たわってます、何を見たのかと問われれば、そう答えますて」

　それから手を休め振り向いた。

「わたくしには夢がありましてな、この荒野を耕しに大勢の人がやって来るんですな。そして一人も去らずに、むしろ人の数は増えて、あちこちの花畑から笑い声が聞こえるのです。草木は育ち、大麦小麦の大収穫……」

　話の前半はまあまあだったが後半は嘘くさい。毛皮の半長靴がおまえの正体だろ。

　三番目がせせら笑う。

「この地は氷河の爪痕だ。永久に何も育たん。そんなことより、この男を殺したところを見たのかと訊いてるんだっ！」

　修道士は一瞬ぽかんと口を開け、それからゆっくり答えた。

「見届けさせていただきましたが」

それが何か、というような顔をする。三番目は気勢をそがれたのか再びまばたきを始めた。それでも剣を握りしめ、さらに一歩近づいた。

「誰かに報告するだろうな」

「はい」

「それは誰だ」

「神しかおられますまいて」

「神とは誰だ、おまえの場合」

「神に場合はございませぬ」

「禅問答してる場合か」

「おお、東洋の！　お詳しいのですか」

「こいつの先祖はヴァイキングだ」

俺はつい口を挟んだ。

「ヴァイキング言うなっ。こんな奴にまで」

「おお、だとしたら東洋に行った可能性はありますな」

「世界中殺しに出かけたのさ」

また口を挟んでしまった。

「何も言うなそれ以上」

しばらく沈黙が続いた後、修道士はバンコーを穴に引きずり入れようとして脇の下に手を入れた。

「おや。まだ息がありますな。虫の息じゃが息は息。どうされますか」

俺と三番目は互いの顔を穴の開くほど見つめ合った。

生きてる？　そんな馬鹿なっ。

修道士はそんな俺たちに対してなぜか極度の優越感を示した。

「さあさあ、いかがいたすのじゃ？　トドメを刺す悪魔の任をどちらが担うのじゃ？」

兄貴め。仕事が粗い！　息子は逃げるわバンコーは生きてるわじゃ話にならないじゃないか。

俺たちは修道士に迫られて後ずさった。

「バンコーはおまえの係だ、やれ」

三番目が俺の顔を見ずに言う。

「いやいや、ここぞヴァイキングの出番だろ。男気を見せてくれ」

「ヴァイキングはトドメは刺さんで前に進む一方なのだ」

「今日はもう前に進まないんだからやれよ」

「死に損ないを殺るのはご先祖に会わす顔がない。おまえにそんな先祖はいないんだからおまえがやれ」

「先祖がトドメを刺すわけじゃないだろ」

「おまえが先に言い出したんだ」

「よし。じゃあ息子を逃がした責任を今取れ」

「逃がしたんじゃない、逃げたんだっ」

「臆病者めっ」

「そっくり返してやるっ」

その時ゴツンとにぶい音がした。はっとして見ると、修道士がバンコーの髪を摑んで後頭部を地面の石に叩きつけていた。

「早く」ゴツン「神のもとへ」ゴツン「召されよ」ゴツン。

終わったらしい。

「今、召されました」

修道士はそうつぶやき胸の前で十字を切った。つられて俺たちもそれに倣ってしまった。

それから俺たち三人は力を合わせてバンコーを墓に埋めた。立てた十字架のてっぺんに止まったカラスを修道士は回し蹴りで三十メートルは弾き飛ばした。「まだ早いっ！」

「うおっ」思わず俺は声を上げた。

「失礼いたしましたな、お見苦しいところを。しかしどいつもこいつも急き立てる一方で、ゆっくりご冥福を祈る暇もありゃしない」

修道士はそう言うと仁王立ちになってカラスを見張った。

俺はトドメをなすりつけ合った後味の悪さを感じていたが、ふさわしい人にしてもらったんだと思い込もうとした。三番目だって同じだろう。

頭上で蹴飛ばされたカラスがカアと恨めし気に一声鳴いた。見上げると雲の間から満月に近い月が出ていて荒野を照らしている。そこに見えたものはおびただしい数の十字架だった。

ちょっと多すぎないか？

俺の不思議を察した修道士は待ってましたとばかり口を開いた。

「これからの墓も勘定に入れておりますのでな。むしろそっちの方が多いくらいで。きっともうすぐですよ、ここがまた血の海になるのも」

お花畑はやはり夢か。

蹄の音が静寂を破った。誰かが必死で馬の尻に鞭をくれながらこっちに向かってくる。

三番目も剣に手をかけてそっちの方角に睫毛を向けた。誰だ。事態を聞きつけたバンコーの手下か？　あの恐ろしい武器、先っぽに斧のついた槍が暗闇から俺の首をひっ掻きに飛び出してくるのか。もうすぐそこまで来た。馬の荒い鼻息まで聞こえる。俺は少しだけ首を縮め剣を構えた。

「きたぞおーっ」

三番目が叫んだ直後、月光に照らされた漆黒の裸馬が俺たちの前をあっという間に走り過ぎた。

みるみる蹄の音は遠ざかる。

「なんだ？　迷い馬か？」

聞かれても困る。そして遠ざかったと思った馬はまた引き返してきた。一度は発作的に飛び出したがやはり群れに戻ろうと思い直したのだろうか。近づいてきても馬だけだ、俺たちは剣を構えなかった。躍動する筋肉の動きに目が行く。全く無駄のないよくできた動物だ。振る腕がないから首を前後に振るんだな。また俺たちの前を通り過ぎ……。

「あっ！　息子！」

　三番目が叫んだ。バンコーの息子が馬の横腹に懸命にしがみついているじゃないか！　ちらりとこっちを見た上目遣いが瞬く間に去って行く。

「三番目、矢を放て！」

「そんなもんあるかいっ」

　咄嗟に俺たちはそれぞれの剣を投げつけたが、馬の尻にもかすらなかった。三番目は地面を蹴って、饒舌にくやしがった。

「畜生、行き先を間違えて引き返してきやがったんだな。もう一度はないか？　ないだろうなあ。オレが言った通りやっぱり馬のところへ逃げたんだ。あたりに人がいなくなって今飛び出してきやがったんだ。畜生、若いくせに辛抱強いじゃねえか。只者じゃないぜあいつは。きっと手ごわい武将になるな。相手を焦らして焦らしてなかなか勝負を仕掛けないいやらしい戦い方をするんだ。ヴァイキングの一番苦手な奴だ。畜生。あー悔しいったらありゃしない！」

　よっぽどだ。

　どうしてこう、とっくに逃げたと思ってた人間が今逃げたり、とっくに死んだと思ってた人間がついさっき死ぬんだろう。バンコー親子は時間の魔術師か。

「あなどれないな」

「何の話だ？」

　後ろに兄貴が立っていた。さっきとは打って変わってだらしなく緩んだ顔をしている。

「マクベス様はどうだった？」

「うむ。息子のことは残念がってたが、別に今すぐどうということはないらしい。バンコーさえ消えればな」

「おいおい」と三番目が割って入り、今の今バンコーは死んだんだと、かいつまんで教えてやった。

しかし相変わらず兄貴はめげない。

「そうかもしれんとは思ってたよ。手柄をおれが独り占めじゃ悪いからな。残してやったのさ」

「息子だって今の今馬で逃げたんだよっ」

「なんで殺さん？」

また顔が険しくなった。俺たちは言葉を失う。

「それより、なぜ修道士がまだここにいる？　弟よ、こいつは一体何なんだ？」

「言ってみれば」

修道士が自分で答えた。

「荒野の……見届け人、といったところでしょうか。うまい！」

自画自賛を平気でやってのけた。

「あれを見ろ」

三番目が城を指さす。

見ると、明かりの点いた部屋にマクベス様が寝着のまま立ってらっしゃった。はるかに遠く豆粒大なのだが俺たちにはすぐそこにいるようにはっきり見えたのだ。

マクベス様は蝿を追い払うようなしぐさを繰り返した。兄貴はそのまんまを言う。

「蝿が気になって眠れんのだ、お可哀そうに」

三番目はもうちょっと想像力を働かせた。

「バンコーの息子を追えと言ってるんだ」

俺は、恐ろしい話だが「おまえらの首を刎ねるぞっ」と見えたのだった。

それぞれはそれぞれの意見を主張したが修道士が「どれも違うようじゃの。ほれあれをごらんなさい」と城を見上げた。

再び目をやると、夫人がマクベス様の後ろに立ち何か激しく叱責しているようなのだ。それをマクベス様は払いのけるしぐさを繰り返しているのだった。

「もうやめてくれっ！　もう言うなっ！」

　声がここまで聞こえるようだった。そして夫人は俺たちに気づくと王を押しのけて窓から身を乗り出し、行けっ、とばかりに指をさした。

「南か」と兄貴がつぶやく。

　しかし俺たちは別に夫人の指図は受けない。マクベス様はどうか、と待っていると、マクベス様は弱弱しく夫人の動作を繰り返すのだった。

「南に何がある？」

　兄貴が訊く。

「イングランドだ」

　三番目がそれに答えた。

「それは南過ぎないか？」と俺。

「バンコーの息子が逃げたのは南だったような気がしますな」

　今や俺たちのメンバーに加わったように修道士が言った。

「やはり息子を見つけて殺せということなんだろうか」

　兄貴が問いかけた後、誰が誰ということはさておいて、額を寄せ合った俺たちは言葉を飛び交わせた。

「連れて来いとも考えられるぞ」

「連れて来てどうする」

「おまえの親父はロクでもなかったんだと説得するとか」

「いやいやあの夫人の激しい身振りは絶対殺せだよ」

「マクダフとかいう名前をちらっと聞いたな、そういえば。さっき俺が城に行った時」

「誰だいそれは」

「知らん。知らんが、マクベス様は憎々し気に言っておられたような気がする」

「それは貴族の一人だよ。バンコーと似たようなもんだろ。やっぱり王位を狙ってるんだ」

「それに決まりじゃ。そいつを殺れということじゃ。きっと南におるんじゃ」

「こっそり殺すのか？」

「我々の仕事はそうだろ」

「話はうんと飛躍して申し訳ないんだが」

「なんだ？」

「娘を一人かどわかして来い、というのはどうだろ？」

「どういう意味だ？」

「ほら、マクベス様にはお子さんがいないだろ？　そのあたりの事情は詳しくないが、若い娘だったらお世継ぎも生まれるとか、考えられないか？」

「そんなことを夫人本人が言うじゃろか？」

「そこなんだよなあ、この考えの弱点は」

「いやあり得るな。お世継ぎは国王の死活問題だ。個人の好き嫌いなんて言ってられないぞ」

「しかしあのマクベス様が若い女を隣に置いてどうなる？」

「固まりますじゃろ」

「ダメじゃないか」

「夫人が傍で指導するんだ」

「やだなそれは」

「おまえじゃないんだから」

「若い娘は南にいるのか？」

「北よりいるんじゃないか？」

「では、かどわかしに出発じゃ」

修道士が一番興奮していた。

そこへ城から使者が走ってきた。マクベス様の小姓だ。金髪を鼻にかけていて、いつもキザなポーズで目立つように控えてやがる。

「おまえらここにいちゃマズイんだよっ。早く消えろって合図しただろっ！」

挨拶もなしにいきなりこうだ。なんでこんな若造に指図されなきゃいかん。しかもこんな時でも足を交差させて膝を伸ばしすっくと立ってやがる。「ヘマな仕事は終わったんだよっ。消えてなくなれっ」

　これがマクベス様の言わんとするところだったのか。ああ！　なんてことだ。あっという間に俺たちは用無しだ。

「消えてなくなれというのは貴様の創作だろ？」

　兄貴も気色ばんだ。

「むしろ僕の恩情だと理解してほしいねっ。奥様なんかもっと酷いことをおっしゃったんだぜ。あっ！　まずい！　動くな！　地面に伏せろ！　早く！」

　何が起こったのか分からないが、あまりに奴が真剣なので言われる通りにした。

　冷えた大地の、なんとも言えぬ、死の匂いが鼻を突いた。

「声を立てるなよ。ほら見ろ、宴の客たちが帰って行く」

　俺は城門からぞろぞろ出てくる諸侯の人影に目をやった。入る時はあれほど無口だったのに今は誰もが隣の人間と早口でヒソヒソやってる。その中の一人は早口で、大声だった。

「今みなさんが考えていることは同じだと思いますな。考えているでしょ？　あなたも、あなたも、あなたも。ねっ。正確に言えばだ、他に考えようがないということですよ。あれじゃない、これじゃない、だとしたらそれしかない、とこうなるわけですな。それではその次はどうなりますかな。当然次もみなさん同じ考えになりますし、もう考えている人もいるでしょう。当然ですよ。私もその一人ですよ。隠しようもなく！　おっと馬はそちらでしたな。みなさん今夜は寝られますまい。誰も寝ませんよ。そんな無神経な人がいるものですか。まんじりともせずに夜が明け、朝が来たことに感謝しながら、朝が来なかった人のことを思うでしょう。そしていよいよ次の行動に移ることになるでしょう。しかしだ、それで間に合いますかな？　朝まで待って何かいいことがありますかな。だって一刻も猶予がないというのが、今のみなさんのお考えなのだから。さあ、馬をどの方角に走らせるか。寝床へ走らせる人は一人もおりませんとも！　もしそんな方がおられたら、私は体を張ってでもお止めいたしますよ。一度床へ入ったら二度とは出られなくなること請け合いですっ。さあ馬よ、夜通し走ることになるぞっ！　ええい、馬までが遠いっ！」

　その声が人影の一団を引っ張って行く。

「王様にお知らせしよう。ちぇっ、ブラウスを泥だらけにしなくちゃ」

　若造はトカゲのように素早い匍匐前進で城門の奥に消えていった。

「聞いたか。誰もがマクベス様に反旗を翻すことになったようだぞ」

　後ろの地面から兄貴の声が聞こえた。

「やはりバンコーの一件がバレたのか。どうする？」

　三番目にしては珍しく本気で焦っている。

「勝ち目はないぜ。愛想もつかされたようだし、こりゃあひとつおれたちも寝返るか？　バンコーの息子のところへ駆けつけるってのはどうだ？」

　そう言って兄貴が俺の足を突つく。

「馬鹿だな兄貴は。俺たちがそいつを襲ったんだよ。顔を見たとたんに槍でぶすりだ」

「なあに暗かったから分かりゃしまいさ。なんなら顔を合わさないでこっそり子分として潜り込めばいい。三番目、おまえも来るか？」

　三番目はしばらく黙ったあとで「懺悔しよう」

と突然話し始めた。

「実はな、おまえたちがバンコーたちを殺した後でおまえたちを始末するようマクベス様から命令された、オレは暗殺者の暗殺者なのだ。証拠は消せだ。しかしそれに失敗しちまったからどうすればいいのかと分からなくなっちまったんだ。でも事態がこうなって来ると、全部をご破算にして、今のオレの正直な気持ち、マクベスの敵に回るのが一番腑に落ちるのだが、おまえらどう思う？」

　真剣に受け取るにはあまりに時間がズレてる。俺たちを殺す気だった？　それが今更何だ。兄貴はどう答えるだろうかと待つと、

「ふん、全部分かっていたさ」

　また咄嗟に嘘をつく！　続けて、

「告白しないよりはした方がよかったなという程度の話だ。じゃあ寝返るんだな」

「ヴァイキングでは寝返るとは言わないんだ。強きところへ水は流れる、と言うのさ」

「流れるか？」

「流れるところまで」

　なんなんだこの二人は！　何の気分に酔ってるんだ？

「おい弟よ、馬を飛ばすぜ」

　確かにここにいても仕方がない。かといって息子のところはまずいだろう。急転直下の運命に俺は迷った。

　しびれを切らしたのかモソモソと兄貴が俺の傍にやって来た、と思ったら違った。

　またしても！　またしても！　またしても！

　バンコー！

　墓から這い出てきたのだ！

「あり得ん！」

　殺しても殺しても、出てくる！　どうなってるんだ？　こいつの命は玉ねぎの皮か！　すり潰す

にはどうすりゃいいんだ？

俺は振り向いてみんなに事態を知らせようとしたが、もういなかった。

「行かれましたわ」

額に泥をつけた修道士が腹ばいのまま教えてくれた。

向こうでは諸侯たちがまだ馬の方へと歩いている。このままバンコーがのそのそ出て行っては困る。咄嗟に俺はバンコーの背中に飛び乗って首を絞めにかかった。が、牛の首のように太く、指が血を噴いたはずの喉元まで届かない。何度力を入れても無理だった。そこで首に腕を巻き付け、思い切り締め上げることにした。自分が思っている以上に馬鹿力を出したらしく骨が折れる音がした。それも何本もの骨が折れる音だった。一体いくつの骨がこいつの首の中にある？

一応バンコーの前進は止まったが絶対に油断するまい。それにしても俺は疲れ果て、バンコーの背中の上でグッタリだ。しかしすぐに蹄の地響きで顔を上げる。今度はなんだ？

城門からマクベス様の、おびただしい数の軍隊が、助走もなく全速力で飛び出してきた。隊列に遅れてはならじと必死になって食い下がる馬も十数頭いる。

南だ。南に向かう。

すると諸侯たちの方からバグパイプが轟いた。勇ましい進軍ラッパだ。すぐにこれまた蹄の音が続き、それは荒野を大きく迂回して、やはり南に向かうようだった。目をこらすと月光にその姿が浮かぶ。乗り手たちは馬から振り落とされまいと首にしがみついていた。

俺はその時ようやく気づいてバンコーの首から腕を離した。

やがて全ての音が遠ざかり、そして消えた。

「どうやら今度の戦はこの荒野ではありませんな」

修道士は立ち上がりながら言った。

「ごらんなさい。見事に荒野が空っぽじゃ。これもまた平和の姿と言えるのかのう」

そして赤い岩を撫で始めた。

西の空はまだ赤い。あまりに不自然なので俺は訊いてみた。すると修道士は、

「へっ！　知らなんだか？　あんた以外はみんな知っとるよ。あれは夕陽ではない。先の王、ダンカン様の棺が燃えておるのよ。葬儀を終えて北へ運ぶ途中で燃え始めたという話じゃ。理不尽な死に方をすると亡骸は自らを火葬にするという話、あれは迷信ではなかったのう。そうよ、恨みの分だけ長く燃えるという話じゃ」

哀れみ深い声だった。そうか、あっちは陽が沈む西じゃないんだ……。

俺は改めて修道士を見つめた。ひょっとしてこいつはまともな神の使いなのかもしれない。

「あっ！」

俺は空気に鷲摑みされたように全身が硬直して、金縛り状態だ。

なんと赤い岩が突然倒れて、修道士をぺしゃんこにしてしまったのだ。

「ああっ」

もう一度叫んでみると、呑気なカラスの鳴き声にしか聞こえなかった。

地面が急に沼になり、俺はずぶずぶと埋まり始めた。抜け出そうにも体がカチコチで身動きできない。どこまで埋まるのか、恐怖より興味が先に湧く。このままずっと地中深く埋まってしまうのか。こんなふうに俺の運命は生まれた時から定められていたのか。山羊の乳を飲まされてその不味さに吐き出した赤ん坊の時にはもう、陽だまりでパンを齧ってるバッタを見つけて喜んだ餓鬼の頃

にはもう、洗濯女がたくし上げた太腿を見て色気づいた時にはもう、鉄器時代からあるという石造りの円筒住居に閉じ込められて一晩泣き明かした時にはもう、「運命の石」に小便をひっかけて熱を出した時にはもう、森の中で精霊だと言い張る婆アに金を取られた時にはもう、初めて城に徴用されて自慢気に胸張って村中を闊歩した時にはもう、地面に埋まると決められていたのか。

人は死に向かう落下の途中、人生を走馬燈のように思い返すというが、埋まるのも落下の一つと言えば言える。

こんな運命が前もって分かっていたら他にも……何をすれば良かったのか分からん。

ずぶずぶは首で止まった。なんと、畑の西瓜のように俺の頭が荒野に転がっている。誰かが見ればだが。

はるか彼方でダンカンはまだ燃えている。すぐそこのバンコーは今度こそ死んだようだ。岩の下には修道士がいるだろう。そして数多くの十字架は視線が低くなった分そそり立つかのようだ。

動くものは何もない。ついさっきまで兄貴や三番目や修道士たちとここで暗殺を巡って時間を過ごしていたのが嘘のように思える。

暗殺して、埋まる！　神様、このことに何かの意味があるのでございましょうか。

この展開を改めて噛みしめるために首だけ残されたのでしょうか。その目でしっかり見てみろとおっしゃいますか。見ますとも、この、もぬけの殻の荒野を。

遅い帰りを心配してやって来た修道士の弟子に口述筆記を頼むことにした。ここに首だけが残っている理由を読めばわかるようにしたかったのだ。せめてそれぐらいは教会の片隅か、世の中の片隅にあったとしてもいいんじゃないか。

　なかなか物分かりのいい子供で、死んだ修道士の供養にもなるだろうと水を向けると喜んで引き受けてくれた。立派な大人になるだろう。明日はパンとチーズと葡萄酒を持ってきてくれるらしい。

「ところでおじさんは誰なの」と訊くから、

「暗殺者は荒野にいるだろ？　おじさんはその荒野だよ」と返事をした。

「ほんとだね」と大きく笑って頷いてくれた。

　完璧だ。

乳母の懺悔

（一）故郷に錦を飾らないの

懺悔をしなくちゃならないんだけど、告解室でしどろもどろは嫌だからこれから下書きを書こうとしてるわけさ。

人が驚いて道を空けるほど思いつめた顔して教会に入り椅子に腰を下ろして、いざ口を開いても「あー、うー」じゃこれほど間の抜けた話はないからね。

下書きって気が楽じゃない？　誰に読ませるわけでもないし、多少の嘘書いたって自分が分かっていればいいだけのことだし。いえね、今はそんなこと考えちゃいませんよ、いくらわたしだって。ほら、口を開いて言葉になる一歩手前よ。まだまだ取り返しがつく、地面で言えば十センチぐらい掘ったところかしら。何が埋まってるか分かったもんじゃないでしょ。そこんところをね、下書きって呼んでるの。

「わたし、キャピュレット家でジュリエット様の乳母をやっていたんですけれども、万事ソツなくこなしてましたけど、その実この家が不幸になればいいって呪ってたんです」

こういう出だしはどうかしら？

お金持ちに雇われていたとはいえ単なる使用人ですからね、なんのかんの上流生活に紛れ込んでいたって寝る時はみすぼらしい屋根裏部屋ですよ。煎餅布団の端を噛んでは「こん畜生」って恨んだものだわ。

でもいきなりここから始めることもないかしら？　いかにも懺悔っぽいから神父は身を乗り出してくるに違いないでしょうけど、どうなんでしょう？　何も神父の食いつきを一番に考えることはないわね。わたしゃウケだけが狙いの青空広場芸人じゃないんだから。仮設の舞台に勢いよく登場してさ、出だしだけは大騒ぎして人の関心を集めても後は尻すぼみでシラケるだけ。あっという間に客は散ってくよ。

ジュリエット様が亡くなってすぐキャピュレット様の家を出たの。乳母の仕事がなくなったという理由ももちろんあるんだけど、なんだか自分の日頃の呪いが現実になっちゃったのかしらという恐ろしさもちらっと頭をよぎったわ。その反対も考えられるの。不幸が起こったからにはわたしが呪ってたんだってね。ややこしいのよこのあたりが。ともかく決心したの。このままここに居ちゃあいけないわってね。

わたしには死んだ亭主の前にもう一人夫があってね、農民兵士に取られてすぐ流れ弾に当たって死んじゃったわ。アーメン。その男との間に息子が一人いたのよ。だからその子はまだ二歳の時に父親を亡くしたわけね。葬式の次の日だよ、大挙して乗り込んできた夫の親戚たちから「この子はウチらで育てますっ。あんたはまだ子供なんだから無理無理無理無理！　町にでも行ってやり直しなさいっ」こう言われたからね。確かにわたしはその時十七歳だったけどさ、夫が死んで泣いてるのに、また新しく泣かなきゃいけない。思い出も将来も人手に渡っちまった気がして、もう人生なんて終わったも同然だと観念したね、その歳で。

しかしまあ世の中よくできたもんで、結局はこへ戻ってくるんだからね。そうなのさ、村に帰って息子の家にやっかいになることにしたのよ。なんつうんだいこういうの。なんかうまい言葉があるでしょ。瓢箪から駒、じゃなくて……。因果は巡る、でもないか。まったく、うまい言葉ってのはあちこちにざらにあるもんだよ。それを口にすれば腑に落ちようが落ちまいが一件落着ってわけで。まあなんでもいいやさ。わたしが知らなくても言葉がなんとかしてくれるさ。

この村、名馬の産地になったんだってさ。何かしら名物を作るもんだよ田舎ってのは。

ああ、最初にやって来た日のことといったら！　えっちらおっちら土埃だらけの坂道を登って、一休みに腰を伸ばして顎を上げたら、ねじりパンみたいなどんくさい雲がいくつも浮かんでてさ。空も垢抜けないわ。

息子たちは喜んで家から飛び出してきてくれたけど、夫婦揃ってほっぺが嘘みたいに赤いから「ケチャップがついてるよ」って思わず言いかけちゃったわ。そして泥みたいな顔色。粘土でできた人間かい？　おまけにどこもかしこも牛だか馬だか豚だかの嫌な臭い！　乾草の、吐きそうになるむっとする臭い！　食べ残しが腐ったような鼻がひん曲がる臭い！　それから二人の体臭ときたら！　果物が燃えてるような臭いで、そんな臭いなんか嗅いだことないけどさ。

息子がわたしを抱きしめる間は息を止めてたもんだよ。

「十年ぶりかなあ？　大変だったらしいねオフクロ。大変だったべ。噂しか知らないけんどさ。この村は噂だけは早いんだ。デエ、町の連中をこき下ろすのが一番の楽しみといったところでよ。デエ、母さんの話をみんなに聞かせたくてウズウズしてたんだわ。ほんと、歓迎すっからさ。しばらくはのんびりしてくれろ」

町のことなんかなんにも話したくないと思ったね。

すぐに女房がしゃしゃり出てきたわ。

「お義母さま、初めましてえ。うちの人、村で一番の馬の種付け師なんですよ。若いのに大したもんだって評判なんです。デエ、いっつも私、お義母さまの血を引いてますからねって言ってるんですよう」

どんな血だい？　あたしゃ馬の種付けなんて縁がないよ。それよりこの「デエ」はなんとかならないのかい？　品がないったらありゃしない。

どっと疲れが出てさ、あれこれ考えてた文明人としてのご挨拶の言葉はやめて、ちょいと横になるわと言って奥の部屋の寝台に横になったの。そしたらすぐに孫娘が顔を出して、これがまた絵筆でぐりぐり描いたみたいに頰っぺが真っ赤っか。

「おばあちゃん。ジュリエット様ってどんな髪型だったの？　あたい真似したいの。できる？」

母親似でずんぐりした体形なのさ。しゃらくさい。

「無理だよ。あんたは髪の毛がゴワゴワしてるじゃないか。ジュリエット様はそれはそれは柔らかくて細かったのよ。第一赤毛じゃないのあんたは。ブロンドだよブロンド！　おやすみ」

この時は、まさかこの子が薬品を使って大騒ぎを起こすとは夢にも思わなかったわ。どこで手に入れたんだか強力な漂白剤を髪に摺り込んだあげく、毒の蒸気が発生とかで、それを吸い込んでひっくり返っちまった。母親は訳が分からずオロオロするばかり。息子はてっきり何か喉にひっかかる物を飲み込んだと勘違いして、娘の足首持って体を逆さに持ち上げると「吐き出せ！」と馬鹿なことをやってたわ。

まあ、死ぬようなことはなかったけどね。これに懲りなかったってのはつくづく馬鹿な孫だよ。見逃した親も親さ。

孫が引っ込んでやれやれとこれまた煎餅布団を

引き上げたら窓の外で、青空の下、馬が馬に乗っかってたのさ。やれやれだわ。ここに来てよかったのかしらとため息ついたらこれがまた硬い枕。殆ど木だよ木。

　この時フッと思ったものさ。もしこれがジュリエット様だったらどうだろうってね。きっとこの枕にも大喜びして「きっと生活の知恵ね！　とことん寝られないようにしてるんだわ。ほら、ここは狼とか熊が夜中に襲ってくるかもしれないじゃない？　その時のためにいつでも半分寝てて、すぐ鉄砲を構えられるようにしてるのよ。でも私たちは町の人間だから毛布で包んで寝ましょうね」とか言うだろうね。嫌なことはいつでも良いことに変える術をご存知でしたよ。

　それにしても、わたしはこの村の出身なんだね。くわばらくわばら恐ろしいこった。


　夕方さっそく息子に連れて行かれたのが村に一軒の居酒屋さ。石段の上から見たら、野良猫もおそるおそる歩くブヨブヨの青い屋根があってさ、店はそこだっていうのさ。何の意味があるのか骨董品の風見鶏なんか洒落こいて付けててね、看板には『ごきげん亭』だと。

　扉を開けてすぐ思ったね。まるで家畜場だよ。男たちはみんな牛みたいにごつくて、薄暗い中をのそのそしてるんだわ。汚いシャツの胸をはだけてあちこちのテーブルで腕相撲をやっててさ、雄たけびが四方八方から上がるんだ。これがまた首を絞められたような悲鳴だよ。

　すぐに出ようとは思ったけど、わたしがここに来ることを息子が楽しみにしてたからね、我慢したのさ。

　頭が半分禿げてでっぷりと肥えた男が腰に革のコルセットをきつく締め上げて、わたしを見るとニタニタ笑いながら近寄ってきたわ。見たことはないけど、手負いの水牛ってこんな赤い目をしてるんじゃないかね。

　ロレツの回らない舌でこういうのさ。

「てっきりばあさんかと思ったら意外と若いじゃねえか。てごろな相手紹介してやろうか」

　世界の果てに来ちまったと思ったね。

　腰痛のコルセットだろうけれど、それこそ馬の鞍みたいに見えたわ。夜になるとやせ細った神経質な女房が跨って乗り回すんじゃないかい？　やだやだ、下品な奴には下品な想像しか出てこないわ。

　無視しようとしたら息子が紹介するの。

「伝説の人なんだあ。村で一番の鍛冶屋さんだけど、どんな盾も突き通す剣を作るんだ。デエ、どんな剣も突き通さない盾も作るんだ。ねっ？」

　自分が何を喋ってるのか分かってるのかね、このわたしの息子は。

　水牛は嬉しそうに涎を啜るよ。

「うへへへ。実際はどうかなんて問題じゃねえ。評判だよ評判。人間はこいつを信用するもんでよ。一旦評判が出来上がればもうこっちのもんで、どんな仕事の出来だろうが、頭下げて仕事を頼みに来るぜ。へっ。どうだいおばさん。田舎者も馬鹿にしたもんじゃねーだろ？　町の鍛冶屋は出来を気にして注文主にヘーコラしてんじゃないかい？」

　すっかり「おばさん」になっちまったよ。すぐに「ばあさん」になるだろうさ。

　そしてすぐお次だよ。

「ああ母さん紹介するよ。村で一番の天才ジョッキーだ。デエ、連勝記録更新中なんだあ」

　言われて気がつくと百五十センチぐらいの小男がわたしを見上げてるわ。体は子供なのに皺くちゃの老け顔！　小っちゃいくせしてわたしのつま先から頭までを見上げて値踏みするんだから腹が立つわ。そしてこれがまたとんでもないビービー声だよ。

「町の競馬なんて子供の遊びでしょうが。馬が走ってるだけで大喜びでしょうが。ここじゃそうはいかないよおかあさん。（おかあさんだって！）走る距離も町の倍はあるしね。本物の競馬を見たいなら、町の連中もこっちに来なくちゃいけないでしょうが」

　こいつの文法、これでいいのかい？

「かあさん、この人が村で一番……」

また連れて来たよ。この店の名物女将だと。丸太ん棒みたいな二の腕に赤いブツブツがたくさんあってさ。そして前歯が上も下も無いから何言ってるんだか。

「どんな揉めほともアタヒの一声でおはまっひまうんはよおん。やはねえ、ひぶんひゃカヨワイおろめはと思ってるのにはあ。ひっひひひ。ほの日のあらほいほとはふぎの日に持ちほさないんよ。アタヒに『目くほは鼻くほ笑っへふよ！』って言われへ仲直ひ。ひっひひ」

　意味を聞き取ることはあきらめてずっとブツブツを見てたわ。

　それからみんなは酔いが回って、椅子をゴトゴトとわたしの前に並べて座ると町の話をしてくれとせがむんだわ。

「あれだろ？　町の有力者の二人が、互いの子供が死んだ責任を互いになすりつけて戦争おっぱじめるんだよな。それでな、北から来た無愛想な傭兵を奪い合ってるんだ。どっちが今んところ優勢なんだい？」

　水牛が知ったかぶりを披露してまず口火をきっ

たね。

「なに言ってんだいこの男は？　そんな争い事なんてないさ。賢いんだよ町の人間は」

わたしは息子に言ってやったが、首を横に振っちゃって、耳元で囁くんだ。

「だめだよオフクロ、話を合わせてくれよ。できるだけ刺激的な話が喜ばれるんだここじゃ。デエ、嘘でもいいから一触即発だとか言ってやってよ」

「冗談じゃないよ。それはそれは痛ましい事件が起こったんだよ、そんな後でなんで争い事が起こるね！」

「起こしちゃっていいからさ今日だけ」

呆れたよ、息子含めてここの連中には。

子供ジョッキーがしゃしゃり出てきたよ。

「あの傭兵たちときたらロクに馬の乗り方を知らないでしょうがっ。鉄の鐙（あぶみ）で馬の腹を蹴るんだからね。動物愛護精神の欠片もないよ。金のためにはどんな残酷なこともへっちゃらでしょう。知性に欠ける分やたら図体だけがでかいのさ！」

そのとたん奥のテーブルで飲んでいた上半身裸の大男が椅子を蹴っ飛ばしてやって来たのよ。

「まずいよ、ゲルマンってあだ名の傭兵で賞金稼ぎだ」

息子がそう言ってわたしの腕を取ると避難させてくれようとしたけど、言われなくたって逃げるわ。

ゲルマンは鼻まで覆われた鉄兜をアミダにかぶって、分厚い胸板で子供ジョッキーの頭上にのしかかり、（空色の目で！）見下ろしたわ。

「おいチビ！　今蹴っ飛ばしてくれって言ったな？　やってやるからケツ突き出せや」

「言ってない言ってない言ってないでしょうが！」

ジョッキーはゲルマンの股をくぐり抜けて、そのままお尻に火つけられたワン公みたいに客たちの中に飛び込んだわ。すぐにゲルマンもそっちへ飛び込んで店の中は大騒ぎ。女将がいくら大声で制しても、みんなは大声で囃し立てるだけで誰もこの見世物を終わらせる気はないよ。あちこちでバタンドタン、ジョッキや皿が床に落ちる音もしてさ、

「俺は関係ねえよお！」

「ほれ、そっちのテーブルの下だよお」

「ほら今度はカウンターに飛び乗った！」

小男はぴょんぴょん逃げ回って薄のろゲルマンを翻弄し放し。

女将はたまらず、

「おもへへやっへおふへ！」

なんて叫んだけど、誰にも意味が通じないから傑作だよ。

とうとう小男は足を摑まれて逆さに持ち上げられて（こっちは何かっていうと逆さにするわ）ビービー喚く喚く。ほっときゃいいのに鍛冶屋が割り込んでさ。

「もうそのへんで勘弁してやりなよ。こんなチビをやっつけたって何の自慢にもなりゃしないぜ。かえって評判落とすんじゃないですかい」

「誰だおまえは、こいつの仲間か？」

「とんでもない、ただの鍛冶屋でございますよ」

見る間に卑屈になっちまって、例の評判はどこいっちまったのさ。

「よろしかったら手前の店においでになりませんか。英国製の万能ナイフがちょうど入荷したところでございましてね。これ一つでリンゴの皮剝きから羊の丸裸刈りまでやってのけるんですよ」

「ほほう、そそるじゃねえか」

「さーさー、そんなチビは相手にしないでどうぞお越しくださいまし」

チビは床に放り投げられてまたビービー喚く。

ゲルマンは出て行く時に鍛冶屋に向かって、「で、俺を雇いたい奴が町にいるんだって?」と言うと、

「さようでございますとも」

なんてご機嫌取りのいい加減な返事が聞こえたけど、どうする気だい? そんな野蛮な人間は町にいないよ。

（二）暇つぶしでも得るものはあるの?

村の外れに絞首台があって、どうやらそこで孫娘が男と逢引きを始めたらしいんだわ。男ったってまだ子供だけどね。

最初は、最近魔女裁判があってそこで一人の女が絞首刑になったっていうから物見遊山で出かけて行ったのさ。

岩場だらけの崖っぷちに門の形をした絞首台の木が建ってるだけのなんとも殺風景な場所でね。地面にはかなり使い込んだ太い縄がとぐろ巻いてるんだわ。

噂によると、その首を吊られた女は街道沿いで商売をしていた娼婦で、普段は戦に駆り出された俄か兵隊を相手に稼いでたらしいんだけど、このところの平和続きで商売あがったり、で、仕方なく夜中に村に顔を出して手頃な男を引っ張ってたらしいんだね。そこで女房たちが訴え出て、あっという間に魔女になっちまったということらしいんだ。まだ二十歳そこそこだったらしいよ。

デコボコした足場の悪いところで真っすぐになんか立ってられない。見上げると傾いだ絞首台のてっぺんに、ありゃカササギだね、一羽止まっててさ、ギャーギャー鳴いて威嚇するんだわ。そこがおまえの棲家かい?

首を回して、そこで見たのさ。アホな孫娘を。

漂白を繰り返したのかチリチリの髪になっててさ、脱色されて黄色に近かったね。そしてまたげっそり痩せていて赤痢にでも罹ったのかと思ったよ。後で知ったけど毒草らしきものをむしゃむしゃ食べては毎日ゲーゲー吐いてたらしいわ。どうしてそこまでして、見たこともないジュリエット様に自分を似せたいかねえ。

相手の子供はどっかの農夫の倅だろうけど、ガキのくせして猫背でさ。

この二人が互いを抱き枕にして突っ立ってるじゃないか。馬鹿！

二人のやりとりをすっかり聞いちまったよ。

「あんたはね、あたいのために死ななきゃいけないんだよ。できるよね」

「だめだよ畑仕事しなくっちゃあ」

「愛してないのあたいのこと？」

「昨日会ったばかりだよ」

「それがどうしたのよ。愛は時間じゃないのよ。一瞬が永遠って知らないの？」

「……もういっぺん言って」

「大丈夫よ。あたいも死んであげるから」

「いきなりだな、ええっと、死んでもたましいは畑仕事できる？」

「たましいは働かないのよ」

「じゃあ神様に怒られる」

「違うわよ、神様が働かないでいいよって言ってるのよ」

「どうして？」

「死んだからよ」

「でもたましいは死んでないよ」

「なにどうしても働きたいの？」

「だって親父に殴られるもん」

「馬鹿ね。死んだら殴られても分からないじゃない」

「たましいが分かるんだ。たましい、殴られっぱなしだよ」

「馬鹿ね。死んだらたましいはあんたの体から抜け出て天国に行くのよ」

「抜け出る時に絶対親父が捕まえるよ。親父は蠅を捕まえるのがうまいんだ。ヒョイって。しくじったことがないんだ」

「大丈夫よ見えないんだから」

「たましいって見えないの？」

「当たり前じゃない」

「でも天国行っても見えないんだったら誰が誰だか区別がつかないじゃないか」

「違うわよ」

「どう違うの？」

「馬鹿ねあんたは。たましいは、自分が誰のたましいかは自分で知ってるの」

「うん？　もういっぺん言って」

「たましいは自分のことを知ってるの。そして、よそ様のたましいもちゃんと分かってるの。だから問題は何もないの」

「……」

「分かった？」

「……なぜ俺は死ぬの？」

「あたいを愛してるからじゃないのお」

「俺のたましいが、そっちのたましいを愛してるの？」

「だいたいそうよ」

「……で、死ぬの？」

「そうよ。たましい同士が一緒になるためには体が邪魔でしょ？」

「あ、そういう話かあ」

「分かった？」

「うん。今やっと分かった！」

「今日はこのぐらいにしときましょうか。あんたは少し頭休めたほうがいいわ」
「うん。頭一杯使った！　畑行ってくる」
やっと離れてどっかに消えてったわ。

一体どんな町の噂を聞いたことやら。ジュリエット様とロミオが心中したって話になってるのかしら。そりゃあまあ結果的にはそうかもしれないけれど、いろいろとややこしい事情があったんだよ。それを全部すっ飛ばして「死ぬ死ぬ」って馬鹿馬鹿しいったらありゃしない。種付けの娘と農夫の倅が何いい気になってんだか。「愛してる」なんて大人の言葉を真似して遊んでいるだけで中身なんてありゃしない。色気づくより先に運命ごっこに夢中になってるよ。

（三）間違いなく青天の霹靂だわ

さあ大変なことが起こっちまったよ。わたし、あのゲルマンって大男を殺しちまったんだわ。

競馬が開かれてさ、処刑場とは反対の村はずれで。ここは長閑（のどか）な原っぱで、規則正しく並んだポプラ並木の向こうから三々五々馬車に乗って普段着の見物人がやって来るのよ。とても穏やかに晴れ渡った午後でね。風船売りや綿菓子売りや急ごしらえの射的場もあったりしてね。子供たちは走るだけで可笑しいのかゲラゲラ笑ってる。一週間も閉じ込められてた犬みたいにさ。そして親たちに「買って買って」と一番人気だったのが携帯花火。小さな丸い筒に紐がついてて、それを引っ張るとシュルシュルシュルと火が一直線に噴き出してパンと赤や黄色の炎の花が咲くのさ。出走と同時に引っ張るんだよと親たちに教えられても、もうあちこちでパンパン。生意気に猫背のガキも孫に見せびらかしててさ、危ないったらありゃしないからすぐに取り上げたわ。

　息子が種付けした馬に子供ジョッキーが乗るんだって。

　柵の中でその馬はしきりにゴホゴホやっててさ、風邪をひいたんだか、走る前にもう疲れてるみたいだったね。柵のてっぺんに上った乗馬服のビービー声は意気揚々だよ。

「ボクは絶好調でしょうがっ。けっけっ。二十頭走る中にはあのゲルマンもいるからね。ところが跨るは農耕馬だよっ。けっけっ。モッタラモッタラ馬場を耕すのかしらん！　けっけっけっけっ」

　わたしは教えなかったけどね、早目に着いたら偶然厩舎で見たんだよ。ゲルマンがこっそり例の万能ナイフだかを使って子供ジョッキーの鞍の革ひもをゴシゴシ切ってたのを。わたしと目が合っちゃってさ、もし教えたらおまえの喉を掻き切ってやると脅かされたのさ。くわばらくわばら。

　出走の合図を任されたのがなんと女将だよ。白い脚立の上まで登ると両腕を上げて贅肉をぶるんぶるん震わせる。どうやらこれが十八番の芸なんだね。周りはやんやの喝采で、中でも鍛冶屋が大はしゃぎ。この日のために作ったのか鉄の鐘をチンチキチンチキ鳴らしてうるさいったらありゃしない。

「ひなはーん、あほへ、うひへひへねー！」

なに言ってんのか相変わらずわかりゃしない。

　赤い馬の絵が描かれた村の旗を高々と上げると場内は一瞬静まり返り、一気に振り下ろすと同時に馬たちが窮屈なところから一斉に飛び出したよ。弾けるような歓声が上がる上がる。

　黒いのとか茶色のとか白いのとかたくさん馬がいるけど、一目で分かる農耕馬。他より二回りはでかいからね。これが驚いたことに走るんだわ。バタバタ。そして速いんだわ。傑作！　もうみんなは大喜びで、花火もパンパン上がりっぱなし。農耕馬に跨ったゲルマンは兜をきちんとかぶってて、鉄の鼻先がキラキラ光ってたね。

あっという間に馬の集団は目の前を走り去って、もう向こう側を今度は反対向きに走ってる。先頭を走るジョッキーが余裕こいて後ろを振り向いたら農耕馬が他の馬をかき分けてどんどん近づいてくるよ。「ひえっ！」って顔して、焦って馬にムチをくれるんだけど思ったほど速くならない。やっぱり風邪気味だよ。

確かにここの競馬場は町の二倍ぐらい広かったけれど、みるみる差が縮まっていくよ。

息子と嫁は拳を握って声を張り上げ「引き離せ！」って叫んでるけど、どう見たって無理だね。そしてまた半円を描いてこっちに走ってくる時にはもう並ばれちまったよ。

この時だよ。子供ジョッキーの鞍がズルッて落ちかかったのさ。あわてて馬の首にしがみつくんだけど、足はもうブラブラ。どうなるのか馬に訊いてくれってとこ。息子たちが「おお神様！」なんて叫ぶけど大げさだろ。

ゲルマンはちらっと隣のジョッキーを見て不敵に笑うんだわ。わたしは別にどっちが勝ったって構わないんだから、ナイフのことは黙っていようと思ったわ。

ところが次の瞬間、あろうことか子供ジョッキーが曲芸師みたいな身のこなしでゲルマンに飛び移ったんだよ。こりゃたまげたね。人間咄嗟の時には神がかるんだね！　これこそ「おお神様」だわ。

ジョッキーはゲルマンの背中に必死にしがみつくもんだから勢い手で目を塞いだのさ。ゲルマンは手綱を手放しちゃって、農耕馬はどっちへ走りゃあいいのか分からない。あちこちフラフラしたあげく、こっちに向かってきたじゃないのさ！　柵があったってあの勢いじゃ蹴破ってわたしゃ殺されるよ。息子夫婦はとっとと逃げやがって。もうすぐそこに普通の馬よりは二倍も大きい頭が上下にがくんがくん揺れてるよっ。迫ってくるでかい鼻の穴！　白目向いた目ん玉が見てる！　わたしを見てる！

思わず目をつぶって花火の紐を引っ張っちゃったんだね。シュルシュルシュルって火が噴いて馬の顔に向かって飛んでいくよ。そしてパパンと鼻先に命中。そこまではわたしも見てたんだけど後は知らない。半分気絶しちまったからね。

あとで息子に聞いたところによると、さすがの農耕馬も花火には驚いて、激しく首を左右に振っていきなり止まったんだって。たまらないのが勢いついてたゲルマンとジョッキー。そのまま空中に投げ出されてビュンと飛んだらしいの。さいわい落ちたところが乾草の上で、ジョッキーはすぐに立ち直ってピョンピョン飛び跳ねるようにして地面に降りたんだけど、ゲルマン、ぴくりともしない。人が駆け寄ると、ああ神様、例の万能ナイフがぐさりと心臓に突き刺さっていたんだって。馬鹿だねえ。きちんと刃を収めていなかったんだよ。

どう考えても鍛冶屋が真っ先に恐れおののくべきでしょ？　ところが目を覚ましたわたしに向かって言うんだわ、

「ばあさん、やってくれたね」

どう思うこれ？　やっぱり「ばあさん」になったでしょ。

本当言うとね、ゲルマン死ねばいいってわたし呪ってたの。それが本当になっちゃって怖かったの。鞍の小細工の時じゃなくてもっと前にね、わたし、呪ったの。

(四) 思い出は頭上から降ってくる

アホ孫たちを見た処刑場の帰りにさ、なんだかやけに黄色っぽい田舎道を歩いていたら、吹けば飛ぶような掘立小屋の前にヒョロっとした木があって、なんとその枝に爺さんが縄で吊るされてるじゃないか！　なんだいこれは？　木の陰から姿を現したのが、爺さん見上げるゲルマンだよ。

「魔女の父親は悪魔だよなあ。だとしたら悪魔祓いしなくちゃあなあ」

どうやら爺さんはあの処刑された女の父親らしいんだわ。この掘立小屋がその娼家ってわけで。

可哀そうに、汚い肌着だけ身に着けて枯れ木のような手足をバタバタさせてるよ。

「とんでもないことでございます！　手前は奇妙な病気にかかって町を追い出された哀れな老人でございますう。父親思いの娘と二人で誰に迷惑をかけるわけでもなくつつましく暮らしておっただけでございますう」

「へっへっ！　つつましくが聞いて呆れらあ。女房持ちを引っ張り込んでは割高な金を取ってよ。さぞかし左うちわの売春成金だったろうさ！」

「ご勘弁をお！」

そこでゲルマンはわたしに気がついたのさ。

「おっとこれはこれは、町からおいでなさった貴婦人殿じゃございませんか。こんな卑しい場所に来ちゃいけやせんぜ」

この慇懃な物言いにわたしゃ体が震えたけどね、言うべきことは言ってやったよ。

「あんた、居酒屋でもそうだったけれど、勝てる相手しか虐めないようだね。よくそれで賞金稼ぎをやってられるもんだわ。あんたもその死んだ娘さんにお世話になったクチじゃないのかい？」

口から出まかせに言ったつもりだったんだけどね。

「へっへっ！　図星でございますよ貴婦人さま。これがまた親父に似て鶏ガラみたいな女でしてね。まるで棒きれを抱いてるような気分でございましたよ。でね、帰る時に、それはそれはうらめしい目で見上げてね、一スクードになります、って言うんですわ！　目ん玉飛び出るほど驚きましたよお。払ったのかですって？　払うもんですか!!　とんだ吹っ掛け商売しやがって。懲らしめなきゃなりませんでしょ、踏み倒しましたわ。そしたらこの病気の親父がにょろにょろと物陰から這いずり現れて俺の足にすがりつくんですよ。『旦那様それはいけません、娘をこれ以上惨めにさせないでくださいませえ』思い切り蹴飛ばしましたわ。惨め？　へっ！　最初っから惨めだろうが。何を今さら大騒ぎしやがるんだ。アッタマ来たから火をつけてやろうと思ったんですけどね、けっ、どこもかしこも妙に湿っていてくすぶるだけでしたわ」

わたしゃ口の中がカラッカラに渇くほど怒りがこみ上げたもんだ。娘は死んだというのに、まだ辱める気だよ！

「ぎゃあ！」

爺さんの叫び声であわてて見上げるとカラスにつつかれてるよ！

そしたらまたゲルマンが大笑いだ。

「へっへっ！　友達が来てくれたじゃねえかっ。せいぜい仲良くやるんだな」

そして爺さんの唯一の財産らしき貧相なロバを小屋の脇から引っ張り出して跨ってさ、痩せた腹に重そうな踵を打ち下ろすんだ。内臓が破裂しち

ゃうよ。それでもロバは必死にこらえてさ、大きく口を開けて空気を吸い込むと
「アハッ…アハッ…アハッ」

なんとも哀れな声で鳴いたわ。

あっちへヨロヨロこっちへヨロヨロしながら丘の方へ消えてったけど、問題は爺さんだよ。わたし一人じゃとてもじゃないが地面に下ろすことなんてできゃしない。手頃な小石を放り投げてカラスを追っ払ったあと、周りに誰かいないか探したんだけどね、麦畑もないから農民もいやしない。ぼやぁっと黄色いだけで。

「大丈夫かい？　いま人を呼んでくるから堪えてねー」

「ありがとうございますぅ。あのう、ひょっとしてキャピュレット家の方ではないでしょうか」

「おや、わたしをご存知なの？」

「へえ。手前は出入り業者でございました」

驚いたね。台所の方は詳しくなかったけれど、酒とか野菜とか果物とかいろいろと注文の品を届けてたらしいんだわ。

「先程申しましたように奇妙な病気に罹っちまいまして、それでも商いをさせてもらっていたんですが、ある日庭の方に去勢鶏を運んだら、多分あなた様だったと思うのですが、お嬢様に近づくんじゃないわよとかおっしゃられて、はい、それ以後は出入り禁止になったようなわけで……」

覚えてるわ！　ジュリエット様が歩き始めたある日庭で転びそうになって、それを抱きかかえた男の顔を見たら明らかに様子が普通じゃないの！ぎゃっと叫んでお嬢様を奪い返したもんだわ。

あの男がこの爺さんとは！

やっぱり因果は巡る、なのかしら。

「ごめんなさいねえ、あの頃はともかくお嬢様にかかりっきりだったものだから……」

「いえいえ、構わないんでございますよ。手前もあれで町を離れる決心がついたようなわけで。あのままいつまでもいられるわけもございませんでしたから。かえって感謝いたしております」

縄で縛り上げられた男に頭の上から感謝されるって妙な感じだったけどさ。それからこんなことも言ったよ。

「いまの男がどうやら娘のことを村の女たちに耳打ちしたんですわ。手前はどうすることもできずに指を口にくわえて娘の縛り首を眺めるだけでした。首に縄掛けられても、おとっつぁん、病気は必ず治るからねえって……」

もう涙が溢れてあとは声にならなかったのよ。

この時よ。ゲルマンめ死ね、と心底呪ったわ。

そんなことがあって本当に死んじまったからね、わたしには呪いの力が宿っているのかしらと、ちらっと頭をかすめたわ。だとしたらわたしが魔女だよ！

爺さんはね、結局わたしが生まれて初めて木を登って、綱をほどいて下ろしてやったの。手に血豆をいっぱい作っちまった。でもね、自分のしたことに比べたらなんでもないさ。


寝る前にジュリエット様にゲルマンを殺しちまったことを報告したよ。慰めてくれるんじゃないかと思ってね。

「私、ばあやはいいことをした思うわ。だってその男、生きていたらまた弱い者虐めをするに決まってるもの。田舎には素朴な人しかいないなんて大嘘だね。その花火手放しちゃいけないよ。また似たような男が現れないとも限らないんだから。そうよ、これでばあやが只者じゃないってことが知れ渡ってかえって良かったのよ！」

そう言ってくれたと思うんだわたしは。ありがたいねえ。こんな子をわたしゃ呪ってたのかねえ。だとしたら本当にわたしゃ魔女の大将だよ。

（五）♪森へ行きましょうおばあさん

さあ次の日、競馬場にゲルマンの遺体を引き取りに来たのが女房と息子だ。

丘の上に現れたのがやっぱり農耕馬でさ。最初は遠目で誰が乗ってるのか分からなかったわ。男には違いないだろうと思っていたら、だんだん近づいてくると鼻の下にうっすら髭を生やしたいかつい顔の女なんだよこれが。

その後ろに隠れていた坊主が父親と同じ目の色をした息子だったのよ。両親にちっとも似てなくてなかなかの男前だったんだわ。アホ孫と同じぐらいの年だかねえ。

二人は黙々とでかい図体の死体を馬に乗せてさ、それが終わると女房は村人たちに恐ろしい目を向けて、親指で首を掻っ切る真似をしたのさ！　おおくわばらくわばら。

誰かがわたしのスカートを引っ張るからドキッとしたよん。孫だわ。

「ねえ、あの子の名前はなんていうの？」

「え？　誰だい？」

「あの女の脇にいる小っちゃい子」

「知るわけないだろ馬鹿だね。なぜだい？」

「あたいのこと、何かを訴えてるような目でじっと見つめてるの」

「おまえいい加減にしなさいよ」

「だって本当だもん」

気になって見ると、やだね、確かに熱い目で孫を見てるじゃないか！　親父譲りの女好きだよ。

「こりゃあまずいことになったべえ……」

わたしの息子が周囲の人間たちに囁いたよ。

「あの部族は今向こうの谷に住んでるけど、前からこの村を狙っていたからなあ。デエ、俺たちを襲ういい口実与えたことになっちまったぞ」

あたしゃ言ってやったわ。

「ふん。万が一の時は町から兵隊呼べばいいじゃないか」

「分かってないなあ。町が今までどれほどの貢物をしてゲルマン部族のご機嫌取ってたと思うんだい。その気になれば町なんてあっという間に滅ぼされちゃうよ。デエ、もしこの村が襲われても町の連中は知らぬフリをするに決まってるってことだよ。何にも事は起こらなかった、今まで通りでございますと、こうなるわけだ」

驚いたね。わたしは町が一番強いと思ってたからね。息子に言わせると、町はまるで狼の群れの中の羊らしいんだよ。

「一歩村の外に出たら食うか食われるか弱肉強食の生存競争だかんねオフクロ」

癪だね。言い返す言葉が見つからないわ。

農耕馬に乗って母子が立ち去る直前に、孫が駆け寄ってゲルマンの兜を差し出し「大事なお忘れ物ですわ」と裏声出したのよ。誰の物真似だい。そしてそれからは妙にソワソワしてるんだわ。

「おまえどうしたんだい？　お腹に虫でも湧いたのかい？」

「ううん。あたいちょっと森に行ってくるね」

「まさかあの猫背のガキと逢引きするんじゃないだろうね」

「やだあ！　あんな子供なんかもう相手にしないもん」

「じゃ何しに行くんだよ」

「えっとね、ワラビとかゼンマイ採りに行くの」

「ずいぶん渋いもん採りに行くんだね」

「お父ちゃんの大好物なんだあ」

そう言って、やたらとおしゃれしたピンクドレスの裾をひらひらさせて駆けて行ったよ。虫が湧いたのはわたしだよ。いやいや、虫が騒いだのさ。こりゃあきっと何かあると睨んで後をつけてったわ。

もう日が暮れた街道をしばらく行くと真っ黒な森。ピンクのひらひら孫がどんどん暗闇に吸い込まれていくわ。わたしは引き離されないように、走りたかないけど走るしかしょうがない。

日が暮れた直後だっていうのに森ってのはもうこんなに真っ暗なものかい？　いきなり木の陰から追いはぎが現れても防ぎようがないよ。だからわたしは両手を真っすぐ前に突き出して「くんなよくんなよ、誰もくんなよ」って念仏唱えながら孫を追ったわ。

狭いけど開けた原っぱに出て、はっと足を止める。

切り株の脇にぼんやりと見える人影。孫がまた誰かと枕の抱きっこしてるよ。

「あんたあたいのために死ななくちゃいけないのよ」

「今日会ったばかりでそんなこと言うんだあ」

「だってあたいの手紙読んでここに来たってことは愛してるってことでしょ。だったら死ななくちゃあ」

相手はゲルマンの息子だよ！　兜を渡す時にこっそり手紙を渡したんだね。小癪な真似をするじゃないか。手紙なんて書いてる時間があったかね？　きっと「森！」とかだけ書いたんだね。書く方も書く方だけど、来る方も来る方じゃないか。

「でも俺はさ、親父の跡を継いで誰よりも強い戦士にならなきゃいけないんだ。まだまだ死ねないよ」

「あんたはまだ子供だねえ。愛の方が戦士より上だって知らないいんだから。あーあ、やんなっちゃう」

「何それ？　どういう意味？」

「いいわよ、行きなさいよ。家に帰ってお母さんのおっぱい吸って立派な戦士になればいいじゃない」

「おっぱいはもう去年から吸ってないよ。いやそんなことより、愛が戦士より強いってどういう意味？」

「知らなくてよっ」

そのツンデレどこで覚えた？　それにしてもこのゲルマン息子、本当にこんな孫に興味があってここまで来たのかね？　それが驚くよ。蓼食う虫も好き好きってやつかい？

「あんた、右の頬を殴られたらどうするの？」

「石で殴り殺すよ」

「ひっ！」

「だってそう教わったもん」

「馬鹿ね。左の頬を差し出すのよ」

「あそうか。相手を油断させて石で殴るんだ。高等戦術だね。覚えておこう」

「違うわよ。左も殴られるの。それでおしまい」

「嘘だい！　やられっぱなしは男の大恥だよ」

「待ちなさいって。でね、殴った方はあとあとまで無抵抗な人間の顔を打った痛みが手に残るのよ。それがどんどん痛くなるの」

「で？」

「もう耐え切れないぐらい痛くなって、神様お許しくださいって天に向かってひざまずくのよ。どう？　戦士と愛、どっちが強いの？」

「え？　今の話で愛はいつ出てきた？」

「頬を打たれるのが愛じゃない」

「あれ？　愛ってコウノトリが運んでくるんじゃないの？」

「あんた何言ってんの？」

「それでもって赤ちゃんができるんだ。これが愛だよ」

「じゃあ何、あたいのお父ちゃん馬の種付けやってるけど、あれも愛だっていうの？」

「君んちのことは分からないよ。愛があるのかないのか」

「ないわよ。愛があるのはあたいだけ」

「ふうーん。で、俺は何をするって？」

「死ぬのよ」

　この時後ろでガサッと音がしたんだよ。驚いて振り向くと、呆れたね、木の陰で悔しそうに葉っぱを噛んでる猫背のガキがいるじゃないか！　こいつも何か胸騒ぎがして後を追いかけてきたんだわ。

「誰かいるわっ。じゃまたね」

　孫はそう言ってどこかへ消えてったし、ゲルマン息子も違う方へすっ飛んでったわ。

　視線を猫背に戻すと、いやだね、わたしを上目遣いで見てるのさ。葉っぱをプッと吐き捨てて、

「おばちゃん、どういうことか説明しておくれよ」

　このくそ馬鹿！

「あんたのためにきく口なんかないよっ！」

　怒鳴ってやったわ。そしたら猫背、

「ふーん、そうなんだ。やっぱりそういうことなんだ。ふーん、そうかあ……ふーん……」

　ぶつぶつ言いながら消えてく姿は、背を丸めて尾っぽを垂らした狐に見えたね。

　森のもっと奥の方で何人もの話声が聞こえたんだわ。とても低い声なんだけど、一人は間違いなく鍛冶屋だ。

　用心深くそっちに、抜き足差し足近づいてみた

よ。
油っぽい嫌な臭いのする木に頬っぺたくっつけて覗いたら、まずいくつかのカンテラが倒れた老木に乗っかってるのが見えて、その周りに三角帽子の頭巾をかぶった人間たちがいるじゃないか。二十人もいたかねえ。何やら秘密の集会だよ。みんな顔が見えないんだけど、やっぱり喋ってるのは鍛冶屋だったわ。

「……ここはあいつらが納得するものを差し出さないと、この村は火ぃ放たれて丸焼けだ。そうやってあいつらは北からやって来たんだからな。躊躇うことなく、やる時はやるぜ」

森の中だろうとどこだろうと偉そうに言うねこいつは。

「ボクもそう思うねえ」

これはビービー声だ。

「実はボクはねえ、あの競馬、ゲルマンに勝たせてあげようと思ってたでしょうが。鞍が切られたことも知ってましたよ。あの後で落馬する予定ではあったんだけどねえ、ほら、花火が飛び出たでしょうが」

嘘つけ！　勝つ気丸出しだったじゃないか。それに何もなかったとしてもおまえは負けてたよ。第一ゲルマンの目を塞いだのは誰だい。そのおかげで……いや元々の原因は鍛冶屋が押し付けて売ったナイフだろうが。なんだいなんだい、話をどこに持っていこうとしてるんだい？

「はなひがへいいんはね」

頭巾なんかいらないじゃないか！　みんな正体はバレバレだよ。

コラ女将。花火が原因だと？　わたしに責任を全部おっかぶせる気かい。おい息子よ、なんとか言っとくれよ。

「オフクロがやったことは……そうだね、オフク口を差し出さないと事は収まらないかもしれない。あの家族の下働き志願ということにさせよう。デエ、俺も息子だからさ、ゲルマン集落の入り口までは一緒について行くよ」

「だったら私も行きます。お義母さま一人じゃ可哀そうですもの。せめて丘の上までついて行きますっ」

なんだいこの嫁は！　息子は!!　揃いも揃ってわたしをゲルマンに売り飛ばそうってかい！　下働きで済むわけがない！　こいつ等わたしの命をあの髭の生えた女にくれてやる気なんだ！

足がガクガク震えちまってさ、そのまましゃがみ込んじまったよ。その姿勢のまま目だけは離さないでいたけれど、連中、笑いながらカンテラ持って去って行ったわ。

やはり気が動転してるんだね、入ったところとは違うところから森を抜け出たんだわ。

（六）ここから目まぐるしいのよ

目の前が大きな川になっててね、桟橋に赤い船が横づけされてるの。男たちが何人か働いてて、その会話からしてこれは郵便船らしいわ。手紙をごっそり運んでくるんだって。それでもたまには人も乗せるらしくて、今日も神父を一人乗せてやって来たらしいの。その神父が船から下りてきて、お世話になりましたとか挨拶してる。そしてわたしを見つけると歩いてきてね、訊ねるんだわ、ここが村ですかって。

「そうですよ。ここが人食い村ですよ」

わたしそう言ってやったの。

「は？　ひとくい……」

訊く相手を間違ったかなって怪訝そうな顔して

足早に立ち去ろうとするからわたしは裾を引っ張って止めたんだ。そしてたった今見て聞いたことを残らず喋りまくったの。そして最後に言ったわ。

「神様助けて、という場合なのよこれは」

そしたら神父、私の話を頭の中でまとめようとしばらくポカンとしてたけど、まとまらなかったんだね、もう一度船の中に戻ってもう一回ゆっくり聞かせてくれだって。

頭がつっかえるような湿っぽくて狭い船室でさ、それでもココアなんか淹れてくれて落ち着かせてくれたよ。温かいカップが嬉しかったね。

「あんたは神父さんだから優しいのかい？　それとも優しいから神父さんになったのかね」

そしたら神父、髭の剃り跡が濃くてちょっと顎がしゃくれてんだけどさ、その顎を左右に動かして笑うんだよ。

「ほほほ。因果関係ってやつですね。もう私はそんなものは信じないことにしたのですよ」

なんだって？　インガ？　わたしはそんな話をしたのかい？

「ある意味私が深く関わった町がありましてね。まあ、細かい話は飛ばしてお話しますと、私がまだ修道僧の時でしたが、ある女の子が死んで、それが原因でその子に惚れてた男の子が結果自分で死んだのですよ。ところが女の子は実はまだ死んでなくて、男の子が死んだことが今度は原因となって、これも惚れていましたから、結果本当に女の子が自分で死んだのですよ。かなり端折って話しましたがお分かりですか？」

お分かりどころじゃないよ。ジュリエット様とロミオの話じゃないか！　誰だいこの神父は？　顔色が変わったはずのわたしに構わず続けるんだわ。

「これをですね、もっと端折るとこうなるんですよ。死んだから死んで、死んだから死んだ、と。ね？　同語反復。ちっとも先に進みません。原因と結果がはっきりしてれば事は前に進みますけどそうならない。つまり因果関係が消滅してしまうんです。そして、二人をそうさせてしまったのは、預った手紙を届けられなかった私に原因があるらしいんです。いえいえ誰からも責められはしませんでしたけどね、そう考えようと思えば考えられるんです。でもね、因果関係はすでに消滅してますから、私が原因という考えはあり得ないんです。論理矛盾。私は自分を責めるのもやめました。かといって忘れてはいませんよ。ずっとこの先一生覚えてるでしょう。何しろ少年少女が自らの命を絶ったことに深く関わっているのですから。寝汗をびっしょりかいて目が覚める夜も来るでしょう。ところが原因を求めたくてもないんです。底知れぬ不安があるだけ。これは無間地獄でもあるんですね」

最後のところだけがなんとか耳に残ったからさ、「じゃあ神父さんは地獄の住人なの？」

「神に仕えながら、半分足を突っ込んでます」

このしゃくれ顎がジュリエット様たちの運命を終わらせたのね。ジュリエット様はまだ生きているという手紙をこの男がロミオに届けなかったんだ。

……。

不思議と何の感情も湧かなかったわ。いえ、少しはあったかな。それは怒りではなくて哀れみに近いかも。だってこんな機転の利かなさそうなしゃくれ顎に大事な手紙をゆだねるロレンス神父もどうかしてたでしょ。無理だよこの男には。相手を見極めろっていうんだわ。無理だよこの男には。自分じゃ抱え切れないほどの責任背負わされて、そこから逃げ出す理屈を捻り出したみたいだけど、自分自身が半信半疑だよ。

　この時なのかしらねえ、懺悔をしなきゃ、なんてふと思ったのは。でもこの神父はとてもじゃないが罪人の告白を受け入れられる器じゃないでしょ。こんな理屈っぽい人間に心なんて開けるものですか。

　ということはなに？　この人とは違う神父にこれからまた会うのかしら？

　よく考えたらこの下書きおかしいわね。だって過去のことを書いてるのにまるでまだ見ぬ未来について書いてるわ。

　でもそんなものかしら人生なんて。

　で、はっと気がつくと目の前にココアの神父。

　悟りきったような顔しちゃって言うんだわ。

「ですからあなたもね、ご自分の責任について悩んだり、それが原因で、ゲルマンの生贄とかおっしゃいましたけど、そんなことは考えずにこう考えたらいかがですか」

　そう言った後で考えるんだからやんなっちゃうね。

「そうそう、その髭が生えた女房様の側に立って想像してごらんなさい。亭主が死んでほっとしているかもしれないじゃないですか、きっと乱暴な方だったのでしょうから。今頃は、アラなんだか心が平和だわと気づいてるかもしれません。そしてその転機をもたらしてくれた当人がやって来ると。これはもう大歓迎以外に考えられませんね」

　とんでもない！　そんなのはお話の世界、ただの言葉遊びだわ。

「あなたはその口先で、この村で神父をやっていけると思ってるみたいね」

「はい？」

「……」

「……」

二人とも次の言葉を見つけられない。

たっぷんたっぷん外で水の音がしてかすかに船が揺れてる。まるで揺り籠みたいに。

ジュリエット様を寝かしつけてた頃を思い出しちまった。お嬢様だったらなんて言うかね。

「ばあや。神父さんの言う通りよ。ゲルマン女房にぶつかってみなさい。そして病気の爺さんを虐めたこと、その娘をひどい目に遭わせたこと、洗いざらいぶちまけるの。競馬場で見たことも全部。相手がどう出るかなんて問題じゃないわ。自分がいつだって正々堂々としてることよ。……神様の前で」

やっぱり神様を出してくるかねえ。

「一つ考えがあります」

神父がそう言ってわたしに顔を近づけてきたのよ。可笑しな顔をしてるくせに、コロンをつけてるんだね、いい匂いがするんだわ。

「ここに妙薬を持っているんです。その女の子をまるで死んだように見せた薬です」

わたしゃ身構えたよ。なに言い出すんだろ。

「今日はこのまま帰って、寝る前にその薬をこっそりと飲むんです。すると明日の朝あなたは死んでます。いや、一旦心臓が止まるだけで、しばらくすれば生き返るのです。これはもう保証済みですから間違いありません。どうですか、あなたが死んでしまえば向こうに引き渡すことはもうできません。生きててナンボって言うんでしょこの場合。そして私があなたの家に行き、お葬式の段取りは人を寄せつけずにやってしまいます。そしてあなたを棺桶から出しますから別天地へと旅立てばよろしいでしょう。追う人間はおりません。あなたは晴れて自由の身です。いかがですか？」

ジュリエット様は乗ったんだよねこの話に。わたしは……どうだか。仮に死ぬといっても死は死だ、やっぱり怖いわさ。でもそれを乗り越えてまでお嬢様はその薬を飲みなさったんだねえ。本当に命を懸けてまでロミオに惚れなさってたんだわ。ああ、今こんなところでジュリエット様の気持ちに触れるなんて思ってもみなかった。

わたしは……どうだかねえ。惚れる相手もないことだしね……。


一応薬を懐にしまって、神父さんに家まで送ってもらう途中けったいなものを見たわ。

例の魔女の絞首台を見上げると猫背のガキが自分の首に縄をかけて、もう一方の端を上から垂らして思い切り下に引っ張り、自分の腕力で自分の首を吊り上げようとしてたのよ。

呆れたわ。神父さんは「マンマミーア！」って叫ぶと走ったね。

「キミキミ。無理だと思うよ。ほら、手をバタバタやっても空は飛べないでしょ。それと同じだね。力学的に言ってできないと思うよ」

そっちかい？

しゃがみ込んだ猫背はもうベソをかいてて、

「だって、もう俺のたましいは天国に行くしかないんだもん。あの子のたましいはゲルマンにいっちまったし」

「魂が何だって？」

「本気にしないでいいわよ。なんにも意味なんて分かっちゃいないんだから」

神父さん眉間に皺寄せてひざまずくものだから笑っちゃうわ。そこでね経緯を説明してやったの。

「なんと！　町のあの悲劇を真似しようとしているというわけですかあなたのお孫さんが！　そし

てあなたが死んだジュリエットの乳母だったのですか！　マンマミーア！」

神父さん両手を大きく広げてから頭を抱え、そのままその辺を歩き回って、また元の場所に戻ってきて、わたしの目を覗き込んだよ。

「ああ、ではさぞかし私のことを恨んでらっしゃいますね？」

「それほどでもないから大丈夫よ」

「ああ私ときたら！　そうとは知らずに偉そうな口をききました！」

「いいじゃないのさ。理屈っぽいけど一応筋は通ってそうだしさ。そんなにしょげないでよ、わたしが困っちゃう」

「ああ申し訳ない。しかしこのままだとお孫さんが心配ですね」

「なあに、いま言ったようになんにも分かっちゃいないんだから何も起きませんよ」


猫背に目を戻すと、このガキ、全然別の方角に顔が向いてるよ。何見てるんだい。首を回すと、ちょっと遠くに荷馬車が一台木の陰に止まってて、荷台の上に小さな二つの人影。孫とゲルマン息子がまた枕になって見つめ合ってるじゃないか！

この猫背、死ぬところを二人に見せつけてやろうって女々しい考えだったんだわ！

「死んじまえ」

思わず言っちゃった。

「乳母さん乳母さん、そんな乱暴はいけません。この子には神が必要だ」

「そんなに大したもんじゃないと思いますよ」

「いえいえ、この子の魂を救ってあげなければなりません」

ぐすんぐすんやってる猫背の首から縄を外して「教会に行こうね」とか囁いてるよ。新米神父最初の勧誘だわ。

それより孫だよアホ孫。

荷馬車の脇にはゲルマンと似たような大男が二人いて「こっちだこっちだ」と手を振ってる。しばらくしてやって来たのが、これまた荷馬車に乗った鍛冶屋。そして、私の息子が馬を一頭引き連れて来たわ。ジョッキーが得意そうな顔で跨ってる。なんなのこれは？

商売だわ！　夜中にゲルマン連中相手に商売してるんだわ。鍛冶屋は剣とか盾を、息子は馬をそれぞれ売ってるのよ。

「あんたらいい買い物をしたぜえ。この剣と盾があれば間違いなくいい給料で町に雇われるよ」

「そうそう。デエ、この馬がまた凄いんだ。敵陣に乗り込むと疾風のように駆け回ってもう相手は降参間違いなし」

「ボクがばっちり調教しておいたから大丈夫でしょうがっ」

わたしの生贄関係なくこういうことをやってるの？　ご機嫌を取ろうって相手から金を取るんだわ！　したたかな奴らだねえこの村の人間ときたら！

大男がでかい財布からお札を何枚も取り出し、代金を払った後でこう言ったの。

「誤解してほしくないのは、俺たちは何も争いが好きってわけじゃないってことだよ。でも何処へ行っても好戦民族に見られるんだ。そしてあんたたちみたいに武器や馬をやたらと売りつけてくるから、そりゃもっと強くなるよ。その腕前を見込んで傭兵の仕事が入ってくる。また戦う。また武器を買う。……でもなあ、新しい土地に足を踏み入れた時にはいつも思うんだよ。なんて美しい土地なんだ、ここで平和に暮らそう、誰もが鋤や鍬を担いで、夕暮れには額の汗をぬぐって神に感謝の祈りを捧げ、それぞれの家族とささやかな夕餉を共にするんだ……しかし必ず窓の外に、よそ者を見つめる白い目が現れるんだ。俺たちはまた剣に手を伸ばす……。

とりあえず町に行ってみるよ。それから、競馬場で死んだ奴のことは気にしなくていい。言ってみれば、あいつは俺たちの明日の姿だからね。戒めとして胸に沈めておくよ。おおい、行くぞ」

ゲルマン息子はビクンとして孫と離れたわ。

鍛冶屋と息子とジョッキー、北方民族の哀れな話を何にも聞いてなかったみたいに指を舐め舐めお札を勘定してるよ。

ゲルマン族が引き上げると息子たちも村に戻って行ったわ。荷馬車の後ろに座った孫がわたしたちに気づいたみたいで、猫背を見つけるとアッカンベーしたよ。

家に着くと夫婦はわざとらしく裸足で飛び出して出迎えてさ、わたしを中に入れずに扉の前で大芝居を始めるんだわ。

「オフクロ実は大変だったんだよ。村が全員でオフクロを丘の向こうに差し出せっていうんだ。俺は必死になって止めたよ。でも絶対多数でさ。デエ、俺はモンモンと考えて、よし、俺が育てた一番の馬を献上して機嫌を直してもらおう。なんとかそれで勘弁してもらおう。泣いて頼んだんだ。そしたら向こうの隊長が『よし、おまえの母親を想う気持ちに免じて今回だけは見逃してやろう』って言ってくれたんだ。明日はどこも行かないでいいんだよ!」

「さすがあなたあ!」

わたしゃ息子夫婦が抱き合うところまで一応見届けて「おやすみ」と言ったよ。

どうやら薬を飲んで死んだふりは必要なくなっ

たらしいから枕元の机に置いて、寝台に横になって、雨漏りの染みだらけの天井見上げて、「ジュリエット様、わたしゃもうへとへとですよ」とつぶやいたわ。

「ばあや」

声がしたのよ。

「私いつも不思議だったの。どうしてばあやの指の節は太いんだろうって。肘とか膝とかの関節もゴツゴツしてて他の女の人とはまるで違ってたでしょ。それから足が大きかったわね！　男物の靴とか長靴履いてたでしょ。理由を訊くのがなんだか怖かったんだけど、やっと分かったわ。この村の出身だったのね。私この村とても好きよ。みんな自分に忠実じゃない。欲望に忠実と言うべきかしら。自分に嘘をつかないって大切なことよ。それは魂だけになった今も私守ってます。

でもね、まだロミオには会えてないの。私はほら、一回死んだフリのお薬飲んだでしょう。それが問題なんだって。魂を弄んだ疑いがかかってるの。必死に無実を訴えているんだけれど、もう少ししたらロレンス神父がこっちに来るから、その時に真相を確かめるんですって。ロミオはまぎれもなく天国にいるわ。

ばあやが夜ごと私に会いにきてくれるから何も寂しいことはないわ。覚えてる？　夏の夕方、行水してもらったあのお庭が恋しい！」

涙が止まらなかったわ。お葬式でも泣かなかったのに。そうよ、あの時は自分でも冷たい女だねえって心底情けなかったわ。ハンカチで涙のない目を隠してたんだもの……。

（七）お祭りって人間業を超えてるね

朝、表に出ると村中が大騒ぎだよ。ピーヒャラピーヒャラ楽隊が通り過ぎて、竹馬に乗った大きなハリボテがふわふわ空に揺れててさ。誰の顔だい？　キリスト様とマリア様？　他にも髭面がいくつか現れたり隠れたり。

ともかくお祭りだってことだけは分かったわ。ジョッキーに肘を引っ張られて、仮面をかぶった連中の中でもみくちゃ。みんなゲラゲラ笑って、もう朝から酔っぱらってるのかい？　どいつもこいつも貴族気取りの衣装着てさ！　女なんか羽飾りのついた帽子をかぶり、おっぱいを殆どむき出しにして扇子をしゃなりしゃなりだ。「百人の使用人に暇を出したのに、まだ百人残ってるんですの！　いっひひひひ！」驚いたねこの女、息子の嫁じゃないか！　けたたましくイカれている。そこになだれ込んできたのが真っ赤なマントを羽織った銃士気取り。サーベルを振り回してあっぶない！「姫はいずこ、姫はいずこ！　案ずることはありませんぞ、必ずや枢機卿を成敗いたし地下牢より救出してみせましょうぞ！」やだ鍛冶屋だよ！　人をかき分けてわたしゃ逃げたわ。すると仮面をつけていようが一目で分かる女将が、男たちが担いだ豪勢な椅子にふんぞり返ってるわ。その真下で物乞いに扮した男がひざまずき訴えてる。「女王さまあ、年貢が納められませぬう！　どうかどうかお慈悲を！」驚いたね、娼婦の父親じゃないかい！　まだこの村にいたんだわ。兵士たちの槍で脅かされて怯える姿は堂に入ってるよ。「まひなはい！　とくへつに、ねんふ、めんひょひゃあ！　ひょっひょっひょっ！」「おありがとうござんますう」それが終わるとひざまずく場所を変えて別の物乞いになって同じことを延々とやってるよ。また人波に流されて、絆創膏で目を吊り上げた男たちが絨毯の上でとんぼ返りをしてる目の前に出されちまった。そこへ冠をかぶった、やっぱり吊り目の男が鬚を細く垂らして現れて、なんか言うんだわ。これが何言ってるのか全然分からない。せいぜい「ンチョクーヒー、シューシュー」としか聞き取れないわ。偉い人には違いないんだろうけどね、東洋人には全く馴染みがないんだわ。壺から直接酒を飲むとまた「ンチョクーヒーシューシュー」。子供たちが連れて来た子馬に跨ると大きな団扇を持った男がすぐ脇で大風を巻き起こす。身を縮めてしきりにぺっぺっと唾を吐くのは砂漠の砂が口に入ったつもりかしら？ 絨毯の四方の縁を子馬が歩き切ったところで銅鑼がゴーンと鳴る。意味がさっぱり分からないねえ。何かが猛然と後ろからやって来て、これが一輪車に乗せられた妊婦。「産まれるう！」と叫んで「どいてくれ！」と運ぶ亭主が叫ぶ。これはウソかマコト、どっち？ その一輪車の行く手を塞いだのが大きな丸い石を抱えた、なんと囚人服の男。うんしょうんしょと木でできた滑り台のてっぺんに持ち上げて石を転がし、転がってはまた運ぶ。これをずっと繰り返してるのさ。「産まれるう！」「どいてくれ！」なんて騒がれても全く反応なし。かなりの場所を占めてるからね、完全な通せんぼだよ。あわや石が一輪車に激突なんて場面もあったりしてさ。そこに爆竹が二十発ぐらい鳴って、見たら猫背のガキたちが体中に爆竹を巻き付けての我慢大会。「あちちちち！」あったりまえでしょ！

人垣の向こうに神父が茫然として立ってたからわたしゃ近づいてね、

「あんた大丈夫かい？ 顔が真っ青だよ」

「日曜日にお祭りですか⁉」

「今日が日曜ならそうなんじゃない？　あそうか、誰も教会に行かないんだね？」

「……ここは神父が居つかないとは聞かされていたのですが……」

「前の人は遍歴の説教師になって出て行ったとか息子が言ってたわね」

「へんれきのせっきょうし……」

「教会を持たないであちこち行くんですって。あんたも行く？」

「いえ……まだ来たばかりですからそこまでは……」

「その人は三日で出て行ったたって」

「……」

黙って後ろを向くと石段を下りるからさ、

「どこ行くの？」

「この地下が教会ですよ」

「へー！　地面の下に神様がいるのかい？」

「乳母さんも来たことないんですね？」

「行かなきゃいけないんだけどね。ところであんた、口固いかい？」

「……」

「ほら、懺悔とかあるじゃない、もしされたら他人に黙ってられる？　町まで噂が広まるってことはないかい？」

「……そんなこと初めて言われました……あの……一応神父ですから……」

そこへ白いタイツを穿いた王子様が血相変えて走ってきたよ。

「オフクロ大変だ！」

息子でさ。

「娘が死んでるんだ！　いつまでも寝てるから変だと思って、死んでるんだあ！　息してないんだあ！」

すぐに分かったよ。アホ孫、机の上に置いたあの薬をこっそり飲んだね。そういえば夜中に誰かがガサゴソやってたし。

神父に教えると「マンマミーア！」こればっかし。頭を抱えたわ。その向こうを嫁がおっぱい揺すってペチコート丸出しで走ってる走ってる。家はそっちじゃないよ。


孫の部屋に入ってびっくりだよ！

こんな不思議なことって起こるかね！

孫の寝顔が、顔が、顔が！　ジュリエット様に生き写しなんだよ！　もう、もう、わたしゃ口がきけないぐらい驚いて、何度も何度も頭を振って、もう一度目を見開いて確かめるよ。やっぱりジュリエット様だわ！

みんなどうして驚かないんだい、あ、お嬢様の顔知らないのか田舎者め。

「そっくりなんだってば！」

「ほー、それはそれは」

神父も知らないんだわ。

「これがお嬢様の顔なんだよっ。わたしがお仕えしてたのはこの、このジュリエット様なんだよ！」

息子たちにはそんなことはどうでもよくて、娘が死んだことだけを嘆き悲しんでるわ。

「大丈夫なのよ、生き返るの！　そういう薬を飲んだだけなのっ」

「オフクロがなんか飲ませたのか！」

「馬鹿だねっ、親の首絞めるんじゃないよ！　苦しいったらもう！」

「お義母さまひどいっ！　いくら気に入らない孫だからって殺すことたあないじゃないですかっ」

嫁も恐慌をきたしてるわ。孫を抱きしめて何度も頰ずりをしては涙でもうぐしゃぐしゃ。息子がその二人に覆いかぶさって大泣き。一応出で立ちは王子様なんだからもっとスマートにおやりよ。

「……おなか空いた」

孫が目を覚ましたわ。それからの親たちの喜びようといったらもう、一言で言って下品だったね。

わたしは孫の顔を穴の開くほど見つめっぱなし。でもね、声が気になるの。

「おばあちゃん私の顔に何かついてるの？」

惜しい！　声が孫のまんまなんだわ。

「口きかないで黙ってなさい。そ、それだとまさしくジュリエット様だわ」

「オフクロその言い方はないじゃないか。喋りたいことはなんでも喋りなさい。それが生きてるってことなんだから」

「そうですよお義母さま。もうずっと喋ってなさい。ああ、生き返った生き返った！」

「気になるう。ちょっと鏡持ってきてえ。そんなにジュリエット様に似てるの？」

「喋るんじゃないってば！」

どうしても鷲鳥の鳴き声なんだわ。

「本当だあ。私じゃないみたい。すごー……黙ってるのね」

あの薬のおかげでこんなことになったのかしら？　神父は首をひねって、

「本当に顔が変わったのですか？　いやあ、分かりませんねえ。でももしそうだとすれば、薬の影響というよりも乳母さんの願いが通じたんじゃないですか」

「ひどい！　お義母さまは孫の顔変われって呪いをかけたんですか？」

どきっとしたよ。また呪いをかけたのかいわたしゃ？

「違うのよお母さん！　私が願掛けたの！　声までは掛けなかったのお」

「オフクロ！　孫をこんなツルっとした白い顔にしやがって！　元に戻してくれ！　血の気のある

頰っぺが赤い顔に戻してくれよ！」

「やだわたくし戻りたくないことよ！　今の声も違う？」

「練習すれば変わるかもね」

「まだ呪うんですか！　神父さん黙ってないでこのお義母さまを神様の力でなんとかしてくださいな！」

「かみ？　どういうことですか？」

「ほら、雷を落とせるんでしょ？」

わたしを丸焦げにしようってかいこの嫁は。

ふふん。

この騒ぎの中でも頭はひどく冷静でさ。孫の声を訓練してジュリエット様の声に変えて、誰がどう見ても、声を聞いても「生き返ったとしか思えない」と言わせることはできるかもしれないね。

そして……そして？　どうする？

もちろん。

戻るのよ。

キャピュレット家に！

（八）やっぱ神様いいこと言うわ

やっと興奮が静まった家族から離れて、相談があるからと神父と一緒に教会に歩いたよ。

夜の通りはまだ何人かが酔っぱらって訳の分からない唄を歌ってるわ。羊が山羊に恋をして、とかなんとか。その逆だったかしら、全くどうでもいいけど。

石段を下りて行くと不気味な彫刻が頭の上から見下ろしていて気味が悪い。みんな悪魔らしいんだけれど、目をひん剝いたり、歯をむき出したり、爪が恐ろしく長かったり、耳が尖ってたり、コウモリみたいに逆さな奴もいたり。

「こんなのが本当にやって来たらどうすんのさ？」

「はは。改心してもらいましょうね」

なるほど。

岩肌がそのまま壁になってる教会だったよ。ステンドグラスはないから、ただ陰気な場所でね。

「どうぞその長椅子にでも。で、相談というのは？」

わたしゃさっき思いついたことを話したのさ。

神父さんの意見が聞きたかったのよ。

「ということは、ジュリエット様が生き返ったということにするおつもりですか？」

何も眉を吊り上げることはないでしょ。

「違う違う。ちゃんとわたしの孫だとは言いますけどね、でも、ここまで似ちゃったんだから、旦那様方にぜひお目通りをということさ」

「ふうむ。どうでしょうかそれは。かえってご家族はお辛いかもしれませんよ」

「なぜさ」

「娘さんを亡くした辛さから立ち直るにはまだまだ程遠いでしょう。それでも一生懸命努力されているでしょう。その最中にそっくりな女の子がやって来たら再び悲しみに逆戻りしませんかね」

「なぜさ」

「ああ、まさしくこの子を亡くしたんだと。思い出とか絵ではなく、生きた実物そっくりが目の前に居るんですから、その喪失感は半端ないと思います」

「だって居るじゃない。喪失じゃないのよ」

「いやいや、喪失というのは本当の娘さんのことですよ」

「分かってるわよ。本物がいたら大変だよ。そうじゃなくてソックリさんなんだからいいじゃない」

「……先方にどう思われたいのですか？」

「決まってるわよ。喜んでいただきたいの。嘘でもね、ああ娘が帰ってきたって喜んでいただきたいの」

「……やはりそれは……残酷だと思いますね」

「なぜさ」

「分かりませんか？」

「全然」

「喪失感をさらに侮辱することになるとは思いませんか？」

「また言葉遊びしちゃって」

「こういうことを言っていいかどうか迷うのですが……」

「なによ」

「乳母さんは……キャピュレット家に、何か恨みでもございますか？」

「わたしの話はどうでもいいでしょ、旦那様たちの……」

「いえいえ。これは全く、乳母さんの心の問題なのですよ。どうですか、恨み、あります？」

しゃくれた顎で迫られちゃったよ。

恨みかい？　ないとは言えないわね。だってそれがあるからこの下書きがあるんだからね。

おかしいねやっぱり。どうして下書きに出てくる神父から書いてるわたしが詰問されなきゃならないんだい。でもこれも下書きの内かしら。

「恨むっていうよりさ、羨ましいが近いんじゃないかな」

そうよ！　そうそう。ただそれだけだったんじゃないのかしらわたし。

「ふむ。羨ましい……。当然でしょうねえ。それだけだったたですか？」

「はい？」

「羨ましいから、悔しいに進化しましたか？　あるいは妬ましいへ」

「そのへんをあなたに訊こうと思ってたのよ」

「訊くんですか？　しかしこれはあなた自身のこ

とですから他人に訊いても無理ですよ」

「神父さんでしょ」

「いやいや神父でも無理ですよ。神父だからこそ無理と言ったほうがいいかもしれませんが」

「ふーん、そうなの。じゃあ、ない」

「なにがですか」

「だからその、悔しいとか妬ましいとかがない」

「……」

神父が船の時と同じように壁を指でカリカリ掻いたわ。考え事する時の癖なのね。でもそれは岩だよ、爪が剝がれちゃう。

指を止めてこっちを見たわ。

「乳母さんのお気持ちになるだけ寄り添って、こういう方法はどうでしょう。私が町に出かけて行って、キャピュレット家そのものを訪ねるかどうかはまだ決めてませんが、ともかくジュリエット様に瓜二つのお嬢さんが村にいると、先方の耳に入るようにいたします。そしてその後の行動は向こうに任せるのです。もし会いたければこちらにやって来るでしょうし、辛ければ来ないでしょう。いかがですか」

「来てもらってもねえ、声がまるで似てないのよ今のままじゃ」

「かえってその方がいいんじゃないですか？　ひょっとして声を聞かれたら微笑むかもしれませんし、それでまた救われるかもしれません」

「声が違うのに？」

「違うからこそ」

「ふーん、そんなもんですかねえ」

でも旦那様たちが会うか会わないかを決めるというのは賛成だわ。何も孫を押しつけようって気はないんだから。神様って大したもんだね。

「神父さん」

「はい？」

「あなたいいわ。また来ますよ」

(九) 希望だって上から降ってくる

あれこれいろんなことが頭を駆け巡っちゃって、一睡もできなかったわ。でもね、例の娼婦の掘立小屋の近くで珍しい小鳥が鳴いてたのを思い出したの。その鳴き声がジュリエット様の声に似てたのよ。「ああんもうばあやったら」の「ああん」って出だしのとこに似てるの。びっくりしたもんだったわ。

孫にそれを聞かせて真似させようよ。悪い考えじゃないでしょ。ほんのそこだけ似させるの。旦那様たちもきっと大喜びだわ。

天気のいい朝、絶対何もしないからと息子夫婦を説得して孫を散歩に連れ出したわ。

「どこいくの?」
「もっと高い声で言えないのかい」
「んーどこへ、んー行くのかしらん」
「馬鹿丸出しだね」
「んー、さようでございますとも」
「もういいよ」

途中で首に包帯巻いた猫背とその父親に会ったわ。二人とも鍬を担いでこれから野良仕事。

猫背は孫を見つけると不思議そうな目つきをして、あ、顔が違う。それ以上は何にも考えられないのさ。何しろ頭悪いのよ。すれ違ってもまだ振り向いておんなじ目をしてる。

空地にポツンと鍛冶屋の店があってね、「評判の鍛冶屋」なんて自分で看板出してるんだから、こいつも頭悪いわ。

店の前に変なものをこしらえてたよ。脚のない鉄製の馬があってね、太いバネで図体を支えてるの。それにジョッキーが跨って、「よしっ」と声をかけると鍛冶屋が馬の尻を蹴飛ばす。すると馬は前後に激しくガクンガクン揺れて、同じくジョッキーもガクンガクン。なんだいこれは？　お馬の稽古かい？　声出して笑ったわ。二人はこっちに顔を向けて何か毒づいたらしいけど、遠くで聞こえない。

「ふん、本物の馬で練習したほうがよかないかい」

「違うのよおばあちゃん。あの鉄の馬を売るためにジョッキーさんが手直しの助言してあげてるんだって。乗馬養成器とかいって、鍛冶屋さんが発明したのよ」

「中途半端な発明だこと」

郵便船が右手の川を上ってきて、わたしたちをゆっくり追い抜いていくの。また今日も一人神父を乗せてるよ。いっそ神父船とかにすればいいのに。

その神父が「乳母さーん」と声をかけてくるものだから驚いたよ。「だあれえ？」

「ロレンスですよお。ほら、ジュリエット様に薬飲ませた張本人でえすっ」

大声出して言うかねそんなこと。ロレンス！　川岸の方まで走って顔を確かめたわ。

「あんたずいぶん痩せたねえ」

「長くないんですよお」

言うかねそんなこと、船のそっちとこっちで。

「あんたの弟子がこの村で神父やってるよお」

「さっき町で会いましたよ。挨拶もそこそこに、用があるとかで」

「朝一で行ってくれたんだあ、嬉しいねえ。で、あんたはどこ行くのお」

「私は遍歴の説教師になりまして、これからうんと川上まで参ります。神の御心を伝えることだけに専念して、教会を持つことはもう放棄しますぅ」

そうだよ、この人ロレンスだよ！　わたしは孫を引き寄せたわ。

「ほらこの子、ジュリエット様にそっくりでしょう？」

「はあ？　そっくり？　その子が？　だってジュリエット様は……」

「聞こえないよお」

船はどんどん遠ざかってしまう。

「似てるでしょお！」

「もう、目がねえ……ごきげんよう、さようならあ！」

船はS字の川を曲がって行っちまったわ。

なんだ目が悪いんじゃしょうがないねえ。思ってもみない偶然だったのにさ。偶然ってのはやっぱりしょせん偶然だね。大勢（たいせい）に影響してくれないわ。


ようやく街道に出て、そうそう、黄色っぽい景色になってきたわ。

「ここからは耳を澄ましてゆっくり歩くんだよ」

「耳を澄ますって、どういう意味？」

「……」

なんて説明すればいいのよ？

「目でもつぶって歩きなさい」

小鳥を待ってたら向こうからロバを連れた爺さんがやって来たわ。相変わらず枯れ木みたいな手足だけれど、昨日のお祭りで吹っ切れたのかね、なんだか生き生きしてるよ。

「お爺さん、お元気そうねえ」

「ああ、こりゃこりゃ乳母さま。おやお孫さんで」

「そうだ！　ほらこの子、いつまで目つぶってるんだい、開けなさい、お爺さんが抱きかかえたキャピュレット家のお嬢様にそっくりでしょ？」

孫は急におちょぼ口になって、もっと似せようとしたのよこれが。初めて可愛いと思ったね。ところが爺さん首をかしげて、

「うーん、ヨチヨチ歩きの小っちゃい頃でしたからねえ。どうにも。うん、まあ、似てるといえば、ねえ、はい、それじゃあこれから炭焼きに取り掛かりますんで」

ロバの背中から木の束を下ろして小屋に入ってったよ。良かったわ、生きがいを見つけたんだね。娘さんも草葉の陰で喜んでるわ。


突然何十頭という馬の蹄の音がして振り返ったら、あいやあ！

ゲルマン族の戦士たちがどっとどっとこっちに向かってくるじゃないか！　先頭を走る隊長の隣には、嫌だねえ！　ゲルマン女房が男に交じって兜をかぶってるよ！「あ、あれ死んだ亭主の兜だよ」孫が指さすものだからあわてて引っ込めさせたわ。そして女房の後ろには、いたよ息子が。これも子供用兜をかぶって、なかなか達者に馬を操ってるわ。

集団が近づいてくると隊長がわたしを認めたみたい。速度を緩めて、並足になって、目の前で止まったわ。

「村の人でしたな」

あの時財布からお札を出して鍛冶屋たちに払った大男だよ。隊長だったんだね。

「今町からの帰りですが、素晴らしい町ですな。争い事のカケラも見当たりませんでしたよ。つまり我々には用はないということです。うむ、そのほうが良いのですよ」

前はもっと哀しそうな顔に見えたのに、今日はまたなんて晴れ晴れとしてるんでしょ。

「そこで一同話し合ったのですが、これから故郷

に戻ることに決めたんです。どうです、嬉しそうなみんなの顔を見てやってください」

　そこで男たちは、女房も含めてだけど、「うおー」って歓声を上げてね、剣とか盾をガチャガチャ鳴らすのよ。

「私たちがいなくなったら鍛冶屋は困りますかな？」

「ぜんぜん。あいつは今鉄の馬作って儲けを企んでますからね」

　隊長は短く笑うと出発の号令をかけたんだわ。通り過ぎる時にゲルマン息子が兜にちょっと手をやったりしてさ、孫にお別れの合図を寄越したんだよ。こりゃ立派な男になるね。予言してあげるわ。孫は孫で顔を少し赤らめてさ、やだねえ、ますますジュリエット様だよ。

　去って行く馬の群れを見送って、掘立小屋の煙突から煙が上がって、静けさが戻った時に小鳥が鳴いたんだわ。

「ほら今のがジュリエット様よ！」

リア・アゲイン

England　野原のどかに　朝ぼらけ。

目の前には、てっぺんのあちこちに円錐形が目立つ、わしに言わせれば気障な城が一つ建っておる。格好ばかりつけおって攻め落とすに手こずる要害ではあるまい。

いやいや攻めてはいかん。何しろ我らが王、リア様がお泊まりになる娘さんのお城じゃ。しかしどうしても城を見ると、あの手この手の攻略法をまず考えてしまうわい。

まず先に言っておこう。わしは百人の騎士を率いる百人隊長。リア様をお守りすべく遠路はるばる騎士たちとお供してきたのじゃが……。

どうやらわしたちは靴を脱いでゆっくり寛ぐというわけにはいかぬらしい。

リア様が全ての国務から離れてその余生を娘御たちのところで過ごすということになったのはつい先月のこと。本来なら領土を三分割されるおつもりだったのが、末娘を勘当同然に追放されてしまったので長女次女と二分割にされたのじゃ。そして王に忠誠を誓っていた何万という軍隊が解体され、警護に付くのはなんとたったの百人になってしもうた。ああ、お労しや。しかしたかが百人といえど天下に名の知られた精鋭の猛者ばかり。一人で二十人を打ちのめすだけの力は、今どうかは保証の限りではないが、少なくとも十年前までは確かにあったと言えるじゃろう。

リア様に命を捧げ続けて幾年月。領土を一つ一つ制覇しては勢力を広げ、ついに王国を築いた勇士たちだ。王がお年を召されたのであれば当然家来たちもそれなりの年齢ということ。

ということで昨日だ。我々が、やっと腰を下ろせるわいと城の中に入ると、閲兵式に整列した騎士たちの年の若さに驚いた。誰もが我々の息子ぐらいか、孫みたいな奴までが一人前の顔をしてこちらを見るではないか。そして誰一人として我々に敬意を払う者は、おらなんだ。

入城する我々の姿を見て、呆れて口をポカンと開ける者、眉を顰める者、「うわ爺さんだ」とあからさまに言って、侮蔑の笑い声を上げる者。いやはや何たる嘲弄の歓迎を受けたことか！　これほどまでに我々が「老人騎士団御一行様」と意識させられようとは思わなんだ！　まるで自分たちが戦士の残骸になったように感じられたものじゃわい。

てっきりやんやの喝采を受けるものとばかり思っていたので不意打ちを食らったも同然。すぐに態勢を立て直すのは難しいぞ。

百人はそれぞれ自分の体の衰えに猛烈な恥ずかしさを覚えてのう。見下された視線を浴びての広場行進が、いつまでたってもたどり着かない、延々と晒し者にされ続ける悪夢に思えたことであろうて。わしですらそうだったのだから。

そして追い打ちをかけるように我々を打ちのめしたのは宿舎であったわ。いくら急遽の事態とはいえ、いやしくも王の警護兵の我らを改造した豚小屋に入れるとはなにごと！

これまた若造の世話係が「お城御用達の大工が腕によりをかけて拵えましたんでね、お気に召すと思いますよハイ」

豚臭い、と言うと「あ、この臭い。これは豚じゃないんですよ。豚小屋なんてのはデマ。ここは孔雀小屋だったんですよ。だからこれは高貴な孔雀の香り。皆様にふさわしいですね。きっと絹の羽衣を纏った東洋の美女と戯れる夢なんぞを見られるんじゃないでしょうかあ。では失礼」

孔雀と言われても、見たこともなければましして臭いを嗅いだこともないわい。

百人はクンクン鼻をひくつかせながら首を捻り、寝つかれぬ夜を迎える。もっともすぐ鼾をかく豪傑もいて、これがまるで豚の啼き声。頼もしい反面、首を絞めてやろうかとも思ったわ。

朝起きると真っ先にわしは髪と髭を黒く染めたのじゃ。誰にも見つからずこっそりやろうと思ったが真似をする者も何人かおってのう。気まずい思いをするのが嫌で、互いの顔を見ることもなく黙々と若返りに励んだのだ。

朝からすでに辱めを受けるようじゃわい！

そういうことがあっての朝ぼらけ。

我々ははるばる運んできた大砲の砲身を城に向けておる。

リア様の身辺警護に大砲とは大げさかと思われるかもしれないが、これは実戦向けというよりはむしろ我々の勝利、幸運の象徴。リア様が動けば必ずこの大砲も動く、といった次第。

しかしこの朝の大砲には明らかに別の意味が込められておる。すなわち「てめぇら見くびるなよ」ということだ。ここにこうして臨戦態勢で狙っておけば、なにかしらの通告であることは間違いない。挑発と受け取られても構わん。

ところがそれだけでは満足せずに、

「隊長、今日の大砲はお飾りでなく、ぶっ放しましょうや」

そう言ってすり寄ってきたのは勇猛というよりは獰猛と言ったほうがお似合いの小頭だ。こいつが敵の首を刎ねるのに躊躇(ためら)った姿を見たことがない。全身が筋肉の塊で、年を取るにつれ肌が黒光りしてきた不気味な男。味方でよかったたって奴だ。

「気持ちは十分わかるぞ。がしかしリア様がお休みになられている城に向かって撃つわけにはいかんわい」

一応正論で応じると、頭が全部白髪のスコットランド人が何か言いたげだ。ちなみに睫毛も白髪で、名前の発音が難しいので単純にキルトと呼んでおる。本人は穿いたこともないというが、そんなの関係ないわ。そのキルト、

「俺も語るっけ。爺さん連中には大砲も撃てまいと若造らがせせら笑ってるんでねえかい？　こんなことが故郷に知れたら恥ずかしくて二度と帰れないべ。したっけ、奴らを恐怖のどん底に突き落とすしかないっしょ」

何かというとすぐ故郷を持ち出す奴だが、同調する声が上がった。昨日あれだけの洗礼を受けてみんなも腹の虫が治まらないとみえる。

威嚇砲撃の意味で城から逸らせて撃てば問題なかろうと、みんなは口々に言い張った。

据えて置くだけと実際に砲撃するのとでは予想される事態に差がありすぎる。わしだってそうしたいのは山々だが大義名分がない。そこんところが悩ましいわい。

一番年嵩の長老と呼ばれている男が、棺桶から霊気が上るように、地面に刺した槍をよじ登ってきよった。

「そのお、祝砲ということで一発、空に向けて撃ってはいかがかな？　そのお、なんといっても、リア様が余生を送り始めるめでたき記念日じゃて」

うまいことを言う。

「なるほど。我ら一同の祝意を表す意味でな」

そして実弾発射となれば城の連中も震え上がることだろう。一石二鳥だ！

そこでわしは訓示を述べることにしたのだ。

側近が一言一句を日誌に記録しておる。これは後の世まで残る公式な文書となるであろう。

「皆の者、腰を伸ばし膝を伸ばし背筋を伸ばし、

大きく息を吸って胸を張れえ！　直立不動！

　貴様らはいやしくも王をお守りする誇り高き近衛兵であるぞ。今我々は故郷を離れ、我らが領土といえど新しき世代の管轄内へと歩を進めたわけである。そしておそらく彼らは戦闘の何たるかを理解しとらんじゃろう。地図の上だけで戦ができると信じておるに決まっておるわ。昨日のことだ。すでに我々一行が到着したというのに開門まであまりに時間のかかること。業を煮やして一喝すると、腑抜けた奴が束になった書類を抱えて、一枚一枚指に唾をつけてめくり、『ありました、リア様護衛隊到着、開門してよし、上官のハンコありますっ』だとっ！　こんな連中に王を任せてよいのかあ？（一斉にNo!）万が一王が敵に襲われても、いくつものハンコが押されなければ竜騎兵が出陣できなくてよいのか？（一斉にNo!）そしてまた万が一王が傷ついても、またまたハンコがなければ医者の手当もしてもらえない、それでもよいのか？（No!）だとしたら奴らに我々百人隊の存在理由を理解させることに意義があると思わんか？　我らが直接王をお守りするのだと、体で分からせてもよいのではなかろうか？（一斉にYes!）

　よし。では我らの力を見せつけてやろう。戦とはこのようにするものだということを。おまえたちが当たり前にのほほんと暮らしていられるのは、我々が血と汗を流して勝ち得た天下泰平のおかげだということを教えてやろう。

　そしてもちろん、我らのリア様がついに穏やかな余生にたどり着かれたことをお祝い申し上げて、大砲方！　弾こめえ！　目標は城の上空十メートル！　撃てえ！」

　おそらく普通の敵でもここまでの反応を見せることはあるまい。城全体から「うそお！」と叫ぶ声がここまで届いたのだ。

一発撃った後の白煙が風に乗って気持ちよくわしの頬を撫でていく。

そして城のてっぺんから何かを叫んだ奴がおったのだ。遠すぎてもちろん聞き取れなかったが、これがのちのち我らの天敵になるオズワルドという長女殿の腰巾着とはまだ知らぬ。

門から走り出てきたのがそのまた腰巾着だというのだから、よっぽどの巾着好きでこの城は成りたっておるわい。

その男の訴えも側近がちゃんと記録しておる。

「隊長様。今の砲撃は何だったのでございましょうか。誤って撃たれたものでございましょうか。それとも何か理由でもおありなのでしょうか。その真意を伺ってこいと命を受けましたもので参上つかまつりました」

「おまえはどう思った？」

「いえいえ、わたしなどは意見を申す立場ではございません。意見など何もないです」

「もう一発撃てば意見は生まれるか？」

「滅相もございません！　どうかそれだけはお止めくださいまし。今ですら城の中は大混乱でございますから」

「奇襲に脆い城だな」

「お、襲われたのでありますか！」

「おまえはピーピーうるさい。もっと腹の据わった武将はおらんのか」

「なにぶん今は平時ですので、折衝はわたくし執政本部付き副次官補の対応でお許しください」

「ではおまえに告げよう。これより我らはこの城を襲う。守備隊は模擬訓練だと思わずに本気で我らを撃退していただきたい。見事それを果たしたならば、我らは安心しておまえたちに王の命も預けられよう。がしかし、敵わなかったならば大いに反省点があると互いに理解し、今後の策を講じることにしよう」

副次官補とかいう男は目を白黒させて聞いておったが、「今のまんまだけを伝えてまいります」と城に引っ込んだ。

これがまた返事が来るのにやたらと時間がかかるのだ。

朝陽を受けた城は東に白く輝き西に陰を宿し、いかにも見栄っぱりな輪郭線を青空に描いておる。改めて一瞥するとこの城の弱点が十ほど思いついたわ。

返事を待つ間にもわしは百人隊を十の班に分け、それぞれに攻撃の手順を詳しく伝授した。

ところへやっと副次官補が戻ってきおった。

「隊長様。わたくしども、降参いたしますです」

我が耳を疑ったわい！

白い旗が掲げられた城のたもとで我々は暇を持て余してしまったわ。

降参した相手に攻め込むわけにもいかず、それぞれ草の上に寝そべってタンポポの綿毛なぞを吹くしかない。睡眠不足の兵士たちはもう肘枕で二度寝をしておる。

肩透かしを食ったせいか一気に疲れが出てきて、わしも横になろうかとしていると小頭が近寄ってきた。

「隊長、もう一発撃ちましょうや」

「なんだと？」

「降参なんて口だけに決まってますさあ。あんな爺たちを丸め込むのはわけないと見くびられたもんですよ。あっしたちの実力をまだ見せたわけじゃないですぜ。一発撃つと同時に城に襲いかかって、本物の降参を味わわせてやりやしょうや」

やれやれだ。気持ちは分かるがこの百人を見ろ。

みんな寝そべって、戦意は皆無。わしが焚きつけるのか？　やってできないことはないが、わし自身が戦意ゼロだわい。

めんどくさいことに白髪睫毛のキルトも現れよった。

「俺も語るわ。小頭の言う通りだべ。このままなんにもしねえで老いさらばえていくだなんて、故郷のみんなに『ばがこの』って言われるべ！」

「何もそういつも故郷のことを考えんでいいではないか」

「そうはいかないっしょ。いっつも心の中で故郷と話してるんだや。どうだ、今の俺は故郷的にあんばいよかったかあ？」

「で、故郷は返事してくれるのか？」

馬鹿なことを訊いてしまったが、もう遅い。目を輝かせて、

「んもう！　みんな喜んでるもんよ！　スコットランドの誇りを忘れずに敵をコテンパンに打ちのめせ！　そだねー。不屈の精神こそおらが魂だあ！　そだねー」

その勢いでバグパイプを吹き始めよった。

「もうよいよい！」

改めて百人を眺め渡すと長老の熟睡ぶりが目を引いたのう。

一人がぷらぷらと城から出てきて、誰かと思ったら真っ赤な三角帽子をかぶったリア様の道化。若いのか年なのか分からん奴だ。

わしのとこまで来ると顔を覗き込みよったわ。

「なんか、自分を持て余してるねあんた」

殆ど口をきいたことはないが、きっといつもこんな口調なのだろう。いちいち目くじら立てたら大人げない。

「わしのことより王様はどうだ？　何かご不自由

なことはないか」

「とか言っちゃって。自分が何をすればいいのか分かってるのかしら隊長ちゃん？」

「当たり前だ。リア様の警護のために来ておる」

「ふうん。では謎々を一つ」

「ん？」

「奪ったものをもう一度奪うにはどうしたらいい？」

大げさに腕を組んで首を傾げてみせる。

「馬鹿馬鹿しい。奪ったものは自分の物になるのだ。それを奪ったら自分が自分の泥棒になるという喜劇でしかないわい」

「ふつうはね。ところがリアのおじいちゃんはそうしたいのさ」

「リア様が滑稽だと言うつもりか」

物の言いようでは首を刎ねてやるつもりで剣に手を掛ける。

「おっとっと。阿呆のおいらを斬ったらその刀はナマクラになっちゃうよ。もうまともな奴は斬れないね。隊長ちゃん、さあ謎々の答えだよ」

「さっさと言ってしまえ道化！」

「奪ったものを奪うには、一度人にくれてやるのさ、そしたらもう一度奪えるってわけ」

「何を言っておるんだおまえは？」

「王様ってのは業が深いもんだね。よぼよぼになってもまだ新しい領土が欲しいのさ。けれどももうそんな力も残ってないときてる。だったら仕方がない、奪ったものをもう一度、というわけさ。誰にくれてやったかは言うまでもないでしょ。分かったかい隊長ちゃん。王様の警護だけじゃあ王様自身がご不満だよ。かといって直接命令するわけにもいかぬ。なんたって本人にその自覚がないからね。自分を老後の好々爺だと信じてるんだから。てなわけでしょうがない、この道化が仲を取り持つというわけさ。けれど馬鹿馬鹿しい限りのお話さ。運が良ければ喜劇、悪けりゃ大悲劇ともなろうかこのタンポポの園。へへ。じゃね」

道化が去るとすぐに真下から長老がむくりと起き上がってきおった。寝返りしてここまで転がってきておったのだ。

「あの阿呆もなかなか鋭いことを言いますなあ。それでこそ某（それがし）の考えるリア様にふさわしい、飽くなき野望。それでこそ仕えるにふさわしき王。さて隊長どの、奪い返す手始めにどうしましょう？」

「おまえもいい年なんだから、少しは枯れるってことを覚えたらどうだ」

「なんのなんの。今のあいつの言葉で血と肉が蘇りましたぞ。さあ、いざ出陣！」

「待て待て！　どこに行くというのだ？」

「決まっております、目の前の敵の城」

「言っとくけど敵じゃないからな」

「なんと腰抜けな。臆病風に吹かれましたか？」

「馬鹿な！　わしは王の命令でしか動かんのだ。たかが道化の戯言を真に受けて同士討ちを始める馬鹿がどこにおる！」

「同士じゃございません！　あいつらは我が領土を奪ったも同然、すぐにでも成敗しなければ王の名を汚すことになりましょうぞ」

長老の興奮に小頭もキルトも他の連中も集まってきたわ。そして長老は手短に道化の話を伝える。

「リア様が我々に決起せよと言っておる」

手短過ぎる。

しかし百人はもう、さっきまでの眠気は吹き飛んで剣やら槍やら弓やらを手にして気勢を上げておる。今ここでわしが制止したら余った勢いはどこに飛び火するか分からん。ここが百人隊長の腕の見せ所だ。一般の常識には目をつぶり、ある程度の望みを叶えさせせガス抜きをさせにゃならん。

わしは再び訓示した。

「皆の者よく聞け。我々は今ここで何をしておる？　原っぱに寝そべってリア様の警護ができるのか？　先程王は手勢を連れて鹿狩りに出かけられたのを何人が気づいておる？（エエーッ？　とどよめく声）ちらりとこちらを見られたが、呆れ返ったのか、何にも言われずに森へと消えられたぞ。情けない。精鋭の近衛兵が聞いて呆れるではないか。

即刻今より態勢を立て直す。我々の真の力を奴らに見せつけ、唇が青ざめるほどの畏怖心を植え付け、城内を制圧し、ひれ伏して我らの命令を請う厳しい支配体制を目指し、実現する。

ついては、城を急襲するにあたり、剣と槍の刃は寸止めを基本とし、弓は矢をつがえ弦を引き絞ったところで『打ち取った！』と叫ぶべし。血を見ることはまかりならん。取っ組み合いの接近戦になった場合も拳は寸止めを基本とし、勢い余った場合はその限りではないとする。分かったか！（OhとYesが不揃いに叫ばれる）

よし、大砲方もう一発空に向かって撃てえ！　者ども突撃！」

轟音とともに百人は坂を一斉に駆け上がって城に襲い掛かったぞお。

ひさびさの戦闘に飢えていたのか、老人と言えどみな肩が勇んで盛り上がっておる。一人一人全ての筋肉が元気よく伸び縮みしておることだろう。

何人かが途中で脱落してしまった。いきなり走ったもので足の腱を痛めてしまったらしい。回復には時間がかかるだろうが仕方ない。わしも命令を下す前に準備運動をさせたほうがよかったかもしれん。以前だったら考えられないことじゃが。

そしてさらに、城壁の手前までたどり着くと仰ぎ見たままそっくり返って、坂を転げ落ちてきた者も何人かおった。これは背中の筋を痛めたらしく、しかめた顔の逆海老姿で悶えておる。

しかし俊敏な者たちは石壁の隙間に指先を入れて握力だけで体を引き上げ、三十メートルは這い登り、銃眼の四角い穴の下端に手をかけた。見事な人間トカゲじゃ。しかしみなそこで指の力が尽きてしまい、第二関節第一関節とずるずる滑り、そのまま落下しおった。

いやはやなんとも！　敵はなんにもしないままや
我らは自滅で全滅。これは喜劇じゃろうか悲劇じゃろうか。悲劇的喜劇とでも言おうか。

隊長たるものはこんな時こそ部下を鼓舞しなければならん。

「いいか皆の者！　今のは見せかけ見せかけ。これより丘の向こうに移動し、敗走したと思わせるのだ。必ずや様子を窺いに斥候隊がやって来るであろう。そこを一人に十人がかりで襲い掛かり生け捕りだ。その人質を盾にして開門を迫り、入城して城を制圧する！　次は体を痛めんように、丘の向こうに隠れたら直ちに体をほぐせ。では出発！」

ゴロゴロゴリゴリと大砲を引きながら我らは城を後にした。一歩後退二歩前進だ。

「隊長」と小頭が寄ってくる。

「実にえげつない城ですぜ。何しろ石の隙間に指をかければその奥に蛇が口開けて待っていやがるんですから」

「嚙まれたのか！」

「どころか、みんな食いちぎられましたよ。おかげで指先に力が入んなくて。さいわい毒は持ってなかったようですがね。ひょっとして手加減したのかもしれませんぜ」

普段は毒蛇を仕込んでおるということか。なんとまあ陰湿な城造りじゃろ。

後ろを振り返りゾッとした。

時代が変わったのかもしれん。守るも攻めるも昔は正々堂々とやりあったものじゃ。名を名乗れ、何の何某、おおここで会ったが百年目、いざ尋常に勝負勝負……。

足を引きずる者、腰を押さえる者、使いものにならない両腕をだらりと下げる者、歩くたびに膝がカックンと抜ける者。丘を越えるまでに半時はかかってしまった。


その丘を越えて我らは声を上げて驚いた。

なんとまあ、大昔に建てられただろう城が、ほぼ完全な形で残っておったのだ。

円筒形にびっしりと石で積み上げられた塔のようなものが四つ寄り添うようにして聳え立っておる。その表面は長年の風雨にさらされて黒ずんでいて、その武骨な様といったらなく、見栄えも洗練度合いも度外視の、城というよりは巨大な用済みの給水塔にしか見えん。

しかしその愛想なしのたたずまいが、人を寄せ付けぬ荒々しさとなって畏敬の念すら抱かせるのじゃ。余計な装飾を一切取り払った城の中の城、と言ってもいい。

初めて見た気がしないのはどういうわけか。夢の中にでも似たような城が現れたか？　はたまた戦士が生まれた時からすでに体に刻まれておる先天的記憶の不思議じゃろうか？

我らはしばらく言葉を交わさずに見上げておったものだが、

「ほほう、これがかのアーサー王の城でございますな」

長老が知ったかぶりの馬鹿なことを言って、また愚かなことに他の者たちは目を丸くして信じてしまった。そんなに都合のいい話があるわけないだろ。

「てことは、さしずめ俺たちは百人の円卓の騎士ってわけかい」

単細胞の小頭が喜んでその気になり、

「異郷の騎士だって一人ぐらいはいたっしょ」

故郷に屈折した心理を持つキルトが気分を出して続けたわ。

わしは訂正する気にもなれずに無視して歩を進める。

さて、恐る恐る城の中に入ると、いくつかの階層に分かれていながらも吹き抜けになっていたり、見せかけの壁が作られていたりと、押し入った敵を惑わすための複雑な構造であることが分かった。てっきり階段だと思って足を上げると内壁に描かれた精巧な絵だったりして、再び足が床に着いてしまい、一人で笑ってしまったわ。二つの入り口に扉が一つ、これには頭をひねってしまうし、ようやく上の階に登り出たと思うと実は地下室に下りていたという、凝った工夫があちこちに仕掛けられておった。

と説明しても、全てがはっきりと明るみの中で見えたわけではなく、いくつかある窓と矢狭間(やざま)から光が降り注いでいるだけで、殆どは闇の中。この廃墟、まだまだ何が潜んでいるのか見当もつかん。

「礼拝堂らしきものが上に見えますね」

元修道士の人殺しが細い目で囁いた。「神のご加護を」と呟いて冷酷に相手の喉を刺す奴だ。寝言でも言うのだから虚実合わせて一体何人を殺(あや)めておることか。

見上げると確かにステンドグラスのようなものが見えて、赤や青や黄色の光が差し込んでおる。

上に行くためには螺旋階段だ。途中、窓から城外を見下ろすと、農民出身の兵士たちがすでに鍬で地面を耕しておった。今まで一つの地に長く定住したことなどないのに、いつもああやって大地に根を下ろそうとする。それでいて旅立つ時は実にあっさりと育てた耕地を見捨てて行くのだから、いまだにあいつらのことが分からん。

目を城の中に戻すと、暗がりの中で元職人たちが残された様々な武器を見つけて「うっひょう！こんなの！」とか言い合って喜んでおる。

登り切って礼拝堂に出て、ギョッとした。

誰かが椅子に腰かけておるではないか！

直ちに小頭が抜刀しかけたが、

「待て」とわしは囁いた。

あのお姿、見間違えようがない。

「リア様じゃ」

小頭や後に続く者たちが「はっ」と息を呑む。

リア様は一筋の光を頭に浴びて首を深く項垂れておった。眠っていない証拠に椅子のひじ掛けをしっかりと摑み、両の肘が外に張っている。立ち上がろうとして立ち上がれないのだろうか。いや違う。何かを深くお考えなのだ。それは決してすぐに答えの出る問題ではなく、答えなど出るわけもないことを知っていながらも考えざるを得ないといった、我々凡人には想像もつかない、王ならではのお悩みなのだ、きっと。

「そっとしておこう」

わしは再び囁いた。そして後ずさりしながら階段を下りる。「つっかえるわい」「ははっ」皆もわしと同じようにして後ろ向きのまま、そおっと足音も立てずに下りる。そして騒ぐ元職人たちの口を手で塞ぎ外へ連れ出し、元農民たちも手招きして、そおっとそおっと、城の裏側に集合した。百人は自分の口に人差し指を当て、互いの目を覗き合う。

鳥がどこかでアーホーと鳴いたな。

どれだけ待ったか分からぬが、日向にリア様の影が現れ、ゆっくりゆっくりと丘の方へ消えて行かれたわ。

我らは王についてあえて語らず、黙々と保管されてあった武器の点検に取り掛かることにしたんじゃ。

まずは、棒に鎖でつながれた棘付きの鉄球。ギリギリと振り回して相手を強打するものらしい。接近戦では威力を発揮することだろう。さっそく何人かが試してみて、桑の幹の肌をずたずたに引き裂いてしまいおった。一つの鎖が半分腐っておったのであやうく長老の頭が吹っ飛ぶところであったわ。はは。名付けて「トゲ玉」。

お次は鉄製のT字型弓。さしずめアイアンクロスボウか。えらく頑丈にできていて矢は軽く二、三百メートルは飛ぶな。ただし次の矢を番(つが)えるのにやたらと時間がかかるので実戦では一発勝負だ。名付けて「イッパツ」。

大型の投石器があったぞ。当時の最新式であろう、錘(おもり)を使って長い木の腕をブン回し岩石を投擲(とうてき)する、はずだ。これだったら城壁にでも穴を開けられる、はずだ。みんな口々に使用方法を解説はするが誰も使いこなせん。熟練しなければならぬ。名付けて「いつかはきっと」。

「オルガン砲っしょこれ！」

故郷で見たことがあるとキルトが喜んだのがこれ。鉄製の銃身が何本も放射線状に広がっていて、弾丸が雨あられと敵の頭上に降り注ぐらしい。

「時々味方も撃つんだわこれが」

じゃ駄目だろ。名付けて「仲間の敵」。

全長二メートルはある大弓があっての。ロングボウ。こういうのに限って一番の小兵が挑戦したがるものだ。通称豆小僧が腕を一杯に伸ばして矢を引くと自分の体が弓の中に入ってしもうたわ。

「おめえが矢になって飛んでけ！」

囃し立てられて大笑い。名付けて「肉弾戦」。

他に敵に向かって炎が飛び出す放射器や、竹筒の先から火の玉が飛び出す火槍と、火薬を使う武器もあった。元鍛冶屋が暴発で顔を真っ黒けにしながらも自分で笑っておったわ。名付けて「火物」。

夕方まで一同訓練に汗を流し、別動隊が町まで行って食料や酒を調達。焚火を囲みながらの夕飯じゃ。

　わしの頭を離れんのが昼間見たリア様の苦悩されているお姿。道化が言うように、自ら我らに領土を再び奪えとお命じになれないがゆえのお悩みを、自覚され始めたのじゃろうか。そのことならわしにはもう覚悟はできておる。たとえ王ご自身の命令がなくても戦の準備は完璧。明日は朝一番で兵を動かし、リア様が鹿狩りをしている間に城を攻め滅ぼしましょうぞ。

元色男がリュートを奏でながら甘い声で歌う。時々痰がからむのは仕方がない。

　川のほとりに来たよ
　貴女はどこにいるの
　お魚になっちゃったの
　海に出て人魚になったのかな
　僕は船乗りになるよ
　白い帆を張って
　会いたい気持ちが
　僕の海図だよ

さあ、二日目の朝ぼらけだ。

我らは大砲を先頭に、それぞれ新しい武器を手にして、いよいよ総攻撃だわい！

その出鼻を挫くように丘の上に二頭の馬が現れおった。

「あいやしばらく百人隊どのお」

昨日の副次官補で、

「ここにおられるのは執政官のオズワルド殿。今より裁判所よりのお達しを申し上げます」

何ごとが始まったのかと我らは二人を見上げた。するとオズワルドとかいう男が偉そうに咳払いを一つ。

「うぉっほん。畏れ多くも大審院の通告を申し渡す。貴殿らはリア様の警護という名目で乱暴狼藉を働き、一般の市民にまで徴用という建前で強奪略奪を繰り返し、妙齢女子に酒を注がせ、また無用な罵倒で心的傷害を負わせ、なお我らが神聖なる領土遺産の古城に侵入し、許可なくの各種武器の物色、揚げ句は再度わが陣営への攻撃を目論むといった、言語道断の振舞い。ここに貴殿らは明らかなる不法滞在者としての罪を償わざるを得ないものとし、即刻の退去命令を課すものとす。一時間以内にこの地を離れよ。もし応じないのであればロンドンより強制執行の軍隊を呼び寄せることになろう。猶予は一時間だ」

言い終わると同時にわしの側近は動かしていたペンを止め、わしの顔を見おった。隊長のご発言は、ということだ。

任せておけ。

「これはこれはオズワルド殿、朝からお役目ご苦労様ですな。しかしまだ寝ぼけておられるご様子。かなり道理の通らぬご発言をしておられましたぞ。我らが不法滞在者ならば、リア様も同様と理解してよろしいのですかな。だとしたら由々しきご発言。いやしくも先の国王を犯罪者呼ばわり。直ちに処刑場の露と消えてもらわねばなりませんぞ」

後ろに控える百人から一斉に歓声が上がる。しかしオズワルド少しも慌てず次の一手を繰り出しおった。

「いかにもいかにも。ただしリア様の場合はご長女ゴネリル様のご亭主にして城主であらせられるオールバニー公爵の滞在承諾を得ておるゆえ、いわば超法規扱い。リア様の鹿狩りの御供をする四、五人の親衛隊ともども告発する意思はござらん。あくまで貴殿らのみを対象とした法的措置でござる」

なんでも法律を持ち出せば相手がおとなしくなると思ったら大間違いだ。口だけが達者のオウム野郎め。

「歴史の勉強とまいりましょうぞオズワルド殿。そもそもその法を作ったのは誰だかお分かりかな。もちろんリア様であり、長年お仕えした我々の勝ち取った成果そのものでありますぞ。己の作った法で己が裁かれるとはこれ如何に？　栽培してできたキュウリに自分が食べられちゃいますかな？」

百人がどっと笑う。しかしオズワルド、鼻を鳴らして続けよったわ。

「いかにも。それが法というものであります。一旦出来上がれば何人(なんぴと)といえど従わなくてはなりません。よもやその定義を知らずして立法されたわけでもございますまい」

ええい、わずらわしい奴！

「ならば新しき法を作るまでよ。そこではお前らが不法滞在者だ。今宣言してやる。我ら百人が今から滞在できる法律だ」

「言葉遊びにすぎませんな。では一時間後に」

馬が丘から消えた。

わしは兵士たちを振り返る。

「何か肝心なことを言い忘れたような気がするのじゃが、何じゃろう？」

「はて？」

長老を筆頭に皆も頭をひねった。

うむ。気のせいじゃろうな。

名前を呼ばれて顔を上げると、今度は丘の上にリア様の親衛隊隊長が馬に跨り、何やらえらく早口で叫んでおるわ。何度も耳の後ろに手を当てて聞き返すもので、たまらず駆け寄ってきた。そして頭上から言い渡されてしまったぞ。

「守り切れんよおまえらは！　どれだけ王がおまえたちの無軌道ぶりを庇ったことか。しかしとうとう庇い切れずにここを離れて、これよりリア様は次女リーガン様の城へ行くことになった。おまえらはついて来てもよいが、きっとおとなしくするのだぞ。もう大砲はここに置いていけ。在ると撃つんだから。そして向こうに着いたらうーんとリア様から離れていろ！」

馬の腹を蹴飛ばして駆けて行きおった。

入れ替わるようにしてまた道化がどこからか現れる。

「中途半端な仕事ぶりだったね隊長ちゃん」

「なんのなんのこれからだわい。奪ったものをもう一度奪おうぞ」

「分かってないね。誰が奪うのさ」

「決まっておる、我らよ」

「家来が奪ってどうするの」

「もちろん王にお渡しするのだ」

「王様はもういないって知ってる？」

「リーガン様のところへ行ったのだ」

「そうじゃなくて、リアちゃんはもう王様じゃないってこと」

「分かっておる。しかしそれでももう一度領土を欲しがってると言ったのはおまえじゃないか」

「ぼくちゃんが領土と言ったのは地面のことじゃないよ隊長ちゃん」

「じゃ何のことだったのだ」

「娘さんたちの心の領土に決まってるじゃない」

「言ってる意味が分からん」

「何が分からないの」

「心はもやもや、領土はくっきり、二つは別々のものじゃ」

「あれ？　心はくっきり、領土はもやもや、じゃなかったっけ？」

「もうよいわあ！」

「じゃあこれだけはとりあえず肝に銘じて」

「なんだ？」

「大砲は絶対置いてけよタンポポの園。じゃね」

道化は丘を登り切ったところで、おそらく向こう側にいるのであろうリア様に手を振った。

ああ、直接リア様から命令を頂きたいものだ。こんなに近くにいるのに声すら聞けないとはかつて一度もなかったわい。

かつては並みいる公爵伯爵には目もくれず、戦場叩き上げのこのわしに何かと便宜をはかってくださったものだ。勝ち戦であればまずわしの名を挙げて褒めてくださったし、苦戦であれば、やはりわしの名を呼んで生死を確かめられたし……

なんと！

「思い出したぞ！　なんと虚け者かわしは！　この丘こそリア様が九死に一生を得た激戦中の激戦の地、コーディリアの丘ではないか！」

側近が慌ててペンを走らせる。

「何故こんな大事なことを忘れておったかわしは！　敵を追い払った満月の夜のこと、リア様は三女がお生まれになった報せを聞いて一人で外出され、名前を考えておられたのだ。丘の一番高いところから眺めれば、海が月に照らされて光っておる。そこで海の娘の意、コーディリアと命名されたのだ。この時だ、卑怯にも隠れておった敵方が矢を放ち、一直線にリア様の胸に。二十人隊長お！　さすがリア様、瀕死の重傷を負いながらもわしを呼び、その頃はまだ二十人隊長だったのじゃ、そのただならぬ声を聞いて全てを察したわしは、続けえと叫びながら大太刀を構えて駆けつけたわ。すぐに弓の射手を見つけるとぶった斬り、続けざまに十人の頭をかち割ってくれる。後は味方に任せてすぐさまリア様を担ぎ、傷は浅おございますぞと声を振りしぼり、そうだ！　その古城へと運び入れたのじゃ。なんだなんだやっと思い出したわい！　ええいくそお！　この度忘れ唐変木め！　巡回の外科医というかなり怪しげな男が振舞い酒に酔っぱらっておったが、命を取り留めないとおまえの命を頂戴するとさんざん脅かして、夜を徹して手当させたのよ。そうなるとわしにできることといえば祈ることしか残ってないわ。森の中に住んでおった魔術師を全員集めて、ともかくここでリア様の命をお救いすべく祈禱せい！鉄鍋の中にいろんなものを放り込んで、蝙蝠とか梟とか野鼠とかを、ぐつぐつ煮込んで、呪文を高らかに唱えさせたわ。

一番鶏が鳴いても中にいる外科医から快報は届かん。二番鶏、三番鶏、その後はもう数えるのが面倒になったが、結局リア様が目を開けられたのはその日の夕方じゃったわ。なんと長い一日だったことか。わしが枕元に駆け寄ると、この地をコーディリアの丘と名付けよう、そうおっしゃったのだ」

年月を経て、その愛しき娘を勘当されたのかリア様は。ご気性は子らの中で一番受け継いでいらっしゃるというのに。

運命というやつはなんとまあ人を残酷な目に遭わすものよ。

昨日礼拝堂でリア様はそんなことを考えておられたのだろうか。

前もって分からぬのが運命だとしたら、分かってしまったものはなんと呼ぶ？　今は、コーディリアの丘、と呼ぶしかないか。

猶予の一時間、わしは礼拝堂の椅子に身を沈めたわ。

ああ、なんたることよ、あれほどまでの一大事をすっかり忘れておったなんて！　この五体は時の積み重ねが次々とこぼれていくザルか！　だとしたらわしの一生の意味はなんであろうか？　意味があるとしたら、騎士以外にはないはず。必死になってリア様と戦った数々の戦場を思い出そうとするのだが、まず思い出すのは……

老婆が一人、茄子南瓜オクラの入った竹籠をわしに差し出し「夏は夏野菜で決まり」と言ったのはどこだったか。

馬に揺られてうたた寝し、足をつつかれて目が覚めると、辺り一面花畑のように修道女が笑っていたのはいつどこでだったか。

リア様の食事の毒味に羊肉を食べ、胡椒が足りんと言って「違うだろ」と上官に頭を殴られたのはどこだったか……。

これといって特に印象的な戦場は思い浮かばんだわ。

夏野菜がわしの人生の意味か？

下からバグパイプの音が、吹き抜けを反響しながら騒々しく聞こえてきおった。一時間経ったということらしい。

オズワルドは先程よりも余裕しゃくしゃくといった感じで馬の上からわしを見下ろしおったわい。

「今あらたな命令が下されましてな。リア様のお付きは五十人に限るとのこと。さっそく人選してもらいたい」

「そんな馬鹿なことが！　百人ですら手薄の警護だというのに。貴殿等は王をなんだと心得とるんじゃ。巡礼の頭数を決めるのとはわけが違うぞ」

「ワケの分からん喩えですな！　ともかくわが城にもリーガン様の城にも、召使いがおりますから、リア様のお世話は十分すぎるほどできますぞ」

「めしつかい！　無礼な！　我ら騎士団と一緒にするおつもりか」

「召使いどもに失礼でしたかな」

「何を！」

「さあ早く五十人を選んでくだされ！」

自分でも歯ぎしりの音が聞こえるぐらいであったわ。

我らの半数を占めた元農民たちが自ら進んで辞退してくれてのう。私らに構わずリア様をお守りくださいと、泣かせおるわ。

「彼らは剣を鍬に替えて畑作業に専念すると言っておるから、なんとしてでもこの地に住まわせてやってもらいたい」

これを提案するのが、せめてわしにできることであった。

「半年様子を見てもよかろう。後で作物の出来栄え審査基準表を見せるから、育ちの悪い野菜を作りでもしようものなら直ちに追放処分とする。では！　五十人、行け！」

というわけでわしはこの時から五十人隊長よ。

後ろを振り向くと半数がいないわけだから、どうにも侘しくていかん。何度も振り向いて慣れようとはするのだが、その日の内には無理じゃったわ。

その後に起こったことは側近も元農民たちと一緒に残ってしまったので記録には残らん。なんでも立派な農作業日誌を作りたいとか申しておったが、未来に希望を持っているのはあいつだけだったかもしれんな。

　というわけで記録はないが、言葉の亡霊にでもなって後の世まで届けと念じながら語るとしよう。


　我々は建物の陰に身を隠しておった。何の建物かはよく分からないが、ただ無花果（いちじく）のガサガサした葉っぱがおでこに触れて、払っても払っても触れてくる、うっとおしいヤツだったわ。

　少し離れたところでリア様が娘や婿たちと深刻な話をしておる最中じゃ。そのピンと張り詰めた空気はここにまで伝わってきて、息をひそめながら互いの唾を飲み込むゴクリという音を我らは聞き合っておる。

　そしてどうやらその会話のところどころに我々の去就についての言及がなされておると偵察に行った小頭が報告したのじゃ。

「リア様が百人隊復活の話をされておりますぜ」

　小頭が伝えた時の一同の喜びようったらない。声を出すわけにはいかないので、破顔のまま相手を変えては何度も抱き合う沈黙劇じゃ。

　キルトがわしに向かって「百人隊長、万歳！」と大きく口だけを動かす。わしも口を動かす。「これで故郷に錦を飾れるのう」と。しかし何度やっても通じんかったわい。

　だがその喜びもほんのつかの間。次に小頭が沈鬱な顔して戻ってきて囁いた。

「ひょっとして二十五人になるかもしれないとか」

　馬鹿な！　四分の一ではないか。たったそれだけではリア様の十メートル四方しか守り切れん。飛び道具には対応し切れんし、たかが五十人の突撃隊にもこっちは皆殺しにされるわい。

「そんなことを言う奴はリア様に殺意を抱いた極悪人。誰だ？」

「次女のリーガン様」

「なんと！」

　ご自分の子供にそこまで恨まれておるとは！

なんと情けない血を分けた娘。どれほどの過酷な試練を乗り越えてリア様がおまえを、婿を迎えるまでに育てたと思っておるのじゃ！　成程、これが心の領土か！　こりゃ征服せんといかんわい。

　だいたい父親への反抗に我ら百人隊を使うとはなにごと！　五十だとか二十五だとか、減らすごとに懲らしめが増えるとでもいうつもりか！　我らを単なる数字扱いしおって。一人一人が歴史のある生きた戦士じゃ。もっとも戦いの記憶は薄いが。それにしたって忘れただけでなかったわけでは断じてない。五十だ二十五だあ？　我らはおはじきではないぞお！

　再び小頭が戻ってきおった。

「十から五人という意見が今出ましたね」

「誰が言った！」

「長女のゴネリル様」

「様なんかつけるなあ！」

　長老がわしの袖を引っ張る。

「いけませんぞここで出て行っては。家来が分を弁えませんとリア様の顔に泥を塗ることになってしまいます。堪えなされ隊長。なあに、娘さんたちが何を言おうとも我らで密かにお守りすればよいだけではござりませぬか。陰になり日向となってリア様の行くところに参りましょうぞ」

「さすが長老だもんなあ」

　わしを差し置いてキルトが言いよった。

「さっそく故郷に手紙書かねば。これで俺の戦いは、いわば永遠になるんでねえか。そだねー」

　訳の分からないことも言いよったわ。

　我々五十人はリア様の影。腰を屈め、一団となって後を追ったがすぐに見失ってしもうた。

よりによってこんな時に嵐が来る！

猛烈な雨と風で視界は完全に遮られてしまった。兜から激しく雫が垂れる向こうに、なんと道化が現れよった。

「何をしとる？　ずぶ濡れ道化」

「お互い様だよん。今、助けてえって叫ばなかったかい？」

「我らがか？　馬鹿なことを」

「あれおかしいなあ。遭難した人間は誰でもそう叫ぶんだけどなあ」

「何を血迷ったことを。ここは海でもなければ山でもないわい。遭難のしようがないだろ。我らが一体何に遭難したのというのだ？」

「もちろんリアのおじいちゃんにだよ」

「リア様に！　我らが遭難？　おい道化よ、こんな天気の中で頓智に頭捻るヒマはないんだ。さっさとリア様の居所を教えろ！」

「だからあ、ぼくちゃんだって分からないんだよ。でもきっと見つけるから安心してね。隊長ちゃんたちは無理だと思うから、もう好きにどこでも行きなよ」

「こわっぱ！　なのかおまえは？　ええい、どっちでも構わん。おまえこそリア様の足手まとい。とっとと失せろ。我らが必ず見つけ出してお守りする」

「遭難した人間がどうやってお守りするのかしらん？　無花果の園もびしょ濡れ鬼ごっこ。じゃね」

あっという間に雨の幕の向こうに消えてしまいおった。

我らがリア様に遭難する？　ふん。相変わらず阿呆なことを言って混乱させる奴だわい。

稲光が縦横無尽に真っ黒な空を飛び交う。続いて雷鳴の大太鼓が連打だ。猛烈な風は東から西から、ぐるぐる回って、まるで巨大な渦の中に放り込まれたようだわい。もう立ってることすらできん。我々はぬかるんだ泥の中に這いつくばり、まったく身動きが取れなんだ。

気がつくと暴風雨の中で誰かが天に向かって叫んでおる。怒りを込めて呪いの言葉を、まるでこの嵐に対抗するように、自分ももう一つの嵐だぞと言わんばかりに喚いておる。

間違いない、あのように烈火のごとく情念を迸るように吐き出せるのは、この世にリア様しかおらん。

命令してくだされ一言、

「兵士はいずこに！」と。

さすれば直ちに我ら老体に鞭を打ってでも迅速に陣形を固め、立ちふさがる敵を木っ端微塵に打ち砕きましょうぞ。

「兵士はいずこに！」

今一度我らと共に戦いましょうぞ。数々の戦歴にもう一つ栄光を加え、リア様は輝く王冠を再び頂き、アーサーの剣と称された騎士の魂を高々と振り上げて我らにお示しくださいまし。それがあれば百人隊も百人力、一万の兵力となって裏切り者たちを成敗してくれましょうぞ。

「兵士はいずこに！」

これから始まる一戦のためにこそ我らの長き戦いの日々があり、我らはその準備をしておったのかもしれません。そのように考えればなんの命を惜しみましょう！　百人の命を捧げてでも今一度国王の座にリア様を就かせましょうぞ！

「兵士はいずこに！」

今か今かと、大砲方、弓方、投石方、火薬方、接近戦方、素手方、毒薬方、首を長くして待機しております。

「兵士ここへ」と、一言！　一言！

ついにお言葉はなく、王の姿は消えてしまった。

これを道化は「遭難」と言ったのか？　だとしたら我らは難破船。漂って漂って……。

洞窟をやっと見つけて我らは避難したが、皆寒さにやられて体の震えが止まらん。濡れた衣服を脱ぎ棄てて裸になり、五十人が身を寄せて押し競饅頭だ。あらわになったお互いの老体に驚きながらも、文字通り一団となって固まると力が湧いてくるようだったわい。弛んでいようが、この皮膚の摩擦熱が闘志に火をつけるぞ！

「皆の者よく聞け。これより古城に戻り、再び百人隊となって戦闘準備じゃ。お高く止まったロンドンのお上品軍隊を一掃して新王国を建設し、そこにリア様をお呼びするのじゃ。もうそれしか我らに残された道はないぞ！」

わしとしては洞窟に決意の雄叫びが反響すると思っておったのじゃが、それほどでもなかったのう。

どうやら長老の具合が悪いらしい。皆は横たわった長老を囲みいたわるように覗いておる。

「大丈夫か？　誰か、温かいスープでも調達してこい」

「いやあ隊長、いらんいらん、もう駄目だあ。はは。そんなことより、今後のことだ、一つ某の考えを聞いてくだされ」

わしが長老の脇にひざまずくと同時に膝を掴まれた。

「隊長、ぜひフランスへ行かれよ。そしてコーディリア様を連れて戻るのです。リア様は誰よりも愛しておいでだ。あのように狂ったリア様が回復されるには再会されるが一番。何ももう一度新しい国が欲しいわけではござらんでしょう。なにせ我らを呼びはしなかったのですからな。そのことがよお分かりました。我らが真の家来ならば、剣を取るよりも、何としてでも父娘のご対面を叶えさせてやりましょうぞ。しかしフランス行きに五十人は多すぎて適いません。二十五人で出発し、船の準備などを整え、十人で海峡を渡るのがよろしかろう。はは、結局言われた通りの人数になってしまいましたな。ではさらばじゃ皆の衆……」

悲しげなバグパイプの音の中、我々は長老を墓に埋めた。

今ならまだ故郷に帰っても恥ずかしくはないぞと言ったが、キルトは帰らんと胸を張りおった。

「したっけ、俺の故郷はイングランドだわ」

可愛い奴め。

わしらは一旦古城に引き返すことにした。そこに残っていた五十人にとりあえず解散を伝えなければならん。それぞれの我が家に戻れと。

ところが着いてみると五十人は鍬を放り出して武闘訓練をしておった！　これは一体どうしたことか。

側近が晴れ晴れとした顔でわしに報告する。

「ひとつ。ゴネリル様の婿オールバニー公爵とリーガン様の婿コーンウォール公爵が互いの領土を争って小競り合いを始めました。ふたつ。そのため私どもへの監視の目がいき届かなくなりました。みっつ。ゆえに私らは私らで戦闘準備を開始しても制止する者はおりません。よっつ。これは取らぬ狸でありますが、私らの第三勢力を当てにして、いずれかの側から助太刀の要請があるやもしれません。それに乗ると見せかけて最終的には私らが全ての領土を掌握する日がくると、夢想してしまうのであります」

一気に喋った後のまた清々しい顔といったらな

かったわい。

なるほど。誰もが「小さきリア」になりたがるのう。

「隊長、まだまだ終わりじゃなさそうですぜ」

小頭がトゲ玉をギリギリぶん回しながら口を曲げて笑う。キルトは早くもオルガン砲の黒い銃身を撫でているし、豆小僧は大弓の中に入って、なんとか使いこなす工夫を考えとる。

決心しなければならん。もちろん長老の最期の言葉も尊重してだ。

「側近、今一度ペンを動かせい。

皆の者よく聞け。情勢は猫の目のようにくるくる変わるが、その最新の展開に乗り遅れてはならん。ついては、ここに七十五人を残し、戦闘態勢を取るものとする。そしてわしと一緒に二十五人がドーヴァーへと向かい、フランス渡航の準備をし、十人が乗船する。

よいか、いよいよ最終決戦の始まりだ。それぞれ心して奮闘するように！」

訓示の後もう一度礼拝堂で心静かに落ち着きたかったので、一人螺旋階段を上る。上がりきったところで、
またもやリア様が椅子に腰かけておったのじゃ！

一体いつ！　どのようにしてここまでやって来られましたか？　神々しいお衣装とマントはどこで？

よく見れば……リア様よりひと周り大きいか？

この男は何者？

「でもひょっとしてリア様？」と声を掛けようとしたが、なんと口が開かん！　口どころか体が石にでもなったか、固まっちまってびくともせん！

目だけがその者に釘付け。なんだこれは？　そして見ていると男はだんだん紫色の薄いベールに包

まれ始め、陽炎のように揺らめき始めおった。

　これは誰ぞの幻か？　こんなもの生まれて初めて見たわい！

「おまえら、ええかげんにせいよ」

　なんと幻が口をきいた！

「何度も何度もワシの墓を暴きおって。死者に敬意の念を抱くとか、慎みをもって接するとか知らんのか。全く不謹慎にも程がある！　ただの悪趣味だとしたら呪ってやるぞ。そんなに掘り返すのが好きだったら土竜に変身させてやろう。それが嫌だったら二度と姿を現すなっ」

　途端に体が自由になり、わしは階段の下までひっくり返りながら落っこちてしまった。

「皆の者！　ここを離れろ！　武器は全部置いていけ！　何一つ持ち出すなあ！　墓泥棒になっちまう！」

　わしは叫ぶ叫ぶ。恥も外聞もなく叫ぶ叫ぶ。こんな時こそ叫ばんでどうする！

　キョトンとする奴らの尻をひっぱたき、追い立てて走ったわい。きっとわしはアーサー王の幽霊を見たんじゃ！　長老が馬鹿なことを言うから本当にお化けが出てきたじゃないか！　とんだ置き土産をしていったものじゃわい！

　息せき切って丘を越えるとその向こうに、銀色に輝く塀が、なんとまあ、地平線の端から端まで建てられておった。あんなものは今までなかったぞ。

「側近、なんだあれは？」

「ひとつ。二つの勢力が連合軍となって、ふたつ、盾を構えてこちらに向かって前進してきております」

「その落ち着きぶり気に入らんな」

「心は動転しても口は平静、これが亡き父の遺言であります」

「うむ、では感心。だが何故連合したのだ？」

「漁夫の利を得ようとする我々をまず潰す算段でありましょう。やはり監視されておりましたな。機を見るに敏な連中でございます」

「あれはどれぐらいの軍勢だ？」

「おそらく合わせて、三千ぐらいでしょうか」

あっという間に全滅だ！

茫然としたまま首を回すと、どいつもこいつもが武器を手にしているではないか！　置いてきた奴なんて一人もいない。勇ましい目付きで命令を待っている。

うむ。わしの弱気をよくぞ補ってくれた。

「火物方！」

今度は落ち着いて叫んだわ。

目の前の野原を焼き払いその煙幕に隠れて退却、それしかない。

竹筒から次々と火の玉が飛び出し、火矢も放たれて、敵の足元はあっという間に火の海になりおったぞ。

「ついでだ、大砲は時間かかるな、よし投石開始せよ！」

いざという時の馬鹿力、「いつかはきっと」が活躍してくれたわ。ぼんぼんと岩石が投擲され、いくつもの盾がはじけ飛び、戦士もくるくる宙を舞うぞ。ついに敵の前進が止まりよった。その姿もみるみる黒煙にかき消され、我々は退路を走りに走る。

ただし残念ながら落伍して捕虜になった者が殆どじゃった。一キロ二キロは走れるが、十キロともなるとちと難しいわい。足を止めた者たちが「先に行ってくれえ」と叫ぶ。その声の主の顔を一人一人思い浮かべながら「自害はならんぞお」と叫んだわ。するとほんの一瞬間があって「寿命が先に来るでしょう」と冗談めかした声が返ってきよった。みんな最後まで逞しいわい。

結局ドーヴァーには、わしと側近、小頭、キルト、豆小僧、元修道士、元色男だけがたどり着いたのじゃ。苦しくて心臓が三回ぐらい爆発しておったがぐずぐずはしておられん。直ちに海岸に出て手頃な漁船を探すことにする。

ええい！　この足動けえ！

漁師たちが腰を下ろしてのんびり網を繕っておったわ。銛にヤスリをかけておる者もおって、

「ほほおう、その方たちは何を捕る漁師じゃ」

「これはこれは騎士のみなさま。むさくるしい浜へようこそ。手前どもは捕鯨を生業としておる貧しき漁民でございます」

「くじらとな」

「へい。もう一ヶ月ほど姿が見えないもので、こうやって網をばらしてはまた繕っております」

「それをやると何かいいことがあるのか」

「へい。時間がつぶれます」

「なかなか大変な仕事だのう。先が見えないというのが一番つらい」

「あの、こんな話をしてもよいものかどうか」

「構わん。思うところを述べよ」

「へい。この仕事、本当の辛さは実は鯨が現れた時でございます」

「ほう。なにゆえに？」

「捕まえて浜に連れ帰る時、次はまたいつ現れてくれるのだろうかと、それだけが不安になるのでございます。そして次に現れた時も次の次の心配をするのでございます。心から喜ぶことのできぬ生業で」

「深い話じゃのう」

「失礼でございますが、騎士さまたちにはそのようなご心配は？」

「うむ。手柄を立てればそれだけのご褒美が頂ける。その時は心から嬉しいのお。そして手柄は毎日目の前にあるわ」

「がっぽがっぽですな」

「はははは。比べるな比べるな」

「隊長、いいかげん船の調達を」

小頭が急かす。分かっておるわい、せっかちめ。まず世間話から始めるのが頼みごとをする場合の礼儀だということを知らん。

「時に漁民。我らをフランスへ運んでもらいたいのだ」

とたんに漁民たちの顔が曇った。

「へえ。がしかし今は網が忙しいもので」

「もちろん礼はするぞ。おい」

主計係も務めておる側近が金貨を取り出す。

漁師たちはその枚数を確かめると腕を組んで、横目で互いを見合う。が、頷かない。くそお、人の足元を見やがって。時々こうやっては、吊り上げた渡航賃で商売をしておるのでないか？　食えない奴らめ。何が次の鯨が心配だ、同情して損したわ。側近が金貨を増やす。こいつも意地になって相手の顔つきが変わるまで増やし続けおった。やっと笑顔になったところで手が打てたわい。おそらく鯨三頭分ぐらいじゃなかろうか。鯨の値段なんて知りたくもないが！

さてようやく二手に分かれて出発じゃ。我らはぐいぐいとオールを漕ぎ、白波が立つほどに速度を上げる。

「こんなに速いのは初めてです」

腰の引けた漁師が目を丸くして舳先にしがみつきおって愉快愉快！　そうじゃろう。風を受けた帆船でもこうは速くはないぞ。フランスなんて何度も渡ったわ。ほんの目と鼻の先じゃ。それえ！

二つの船は先を争うように、前になり後ろになりながら波を越える。

「あれえ？」

漁師が陸地を振り返って素っ頓狂な声を上げおった。

「どうした？」

「岸壁の上から狼煙があがってますんで」

みんなで顔を上げると、確かに白い煙が一筋、石灰岩の岸壁から真っすぐ上にあがっておった。

「あれはなんの合図じゃ」

「へえ、鯨が出た合図でして」

「うむ？　どこに？」

言った直後じゃ、船のすぐ脇に黒い小山が突如盛り上がるや否や、みるみる沈下し、一旦海中に没した後、今度は巨大な逆三角形の尾びれがザンブリと出現し、一瞬止まったかに見えた後猛烈な勢いで海面を叩きおった。弾かれて寄せた波は軽く二つの船を呑み込み、我々は瀑布の下に飛び込んだ如く、頭からたっぷりと海水を浴びる羽目になりおったわ。

「はっはっ！　これが鯨かあ！」

ホラ吹き伯父さんの話でしか知らない鯨を初めてこの目で見て、武者震いしながらも笑いに笑ったぞ。腹の底から途方もない、なんだろう、恐怖心だろうか、そんなものが湧き起こってきて、それがたまたま笑い声になったということじゃのう！　分からんじゃろうこの解説的興奮！

「騎士さまあ、なんとしてでもこいつを仕留めたいのですが」

漁師が水中の黒い影から目を離さずに懇願しおった。何を水臭い！

「当たり前じゃあ。おおいそっちの船もお、小頭あ、キルトお、銛を投げえ！　弱ったところを我らが網でからめるぞ！」

いきなり水柱が噴き上げ、わしの鼻先をかすめおった。はっはっ。これが潮吹きというやつか。もう何をされても笑いが止まらん。他のみんなも同じこと。ゲラゲラ笑いながら捕り物が始まったわ！

巨大な頭部目がけて小頭とキルトが銛を投げ打ち、豆小僧が大弓を射ると、鯨はそれをまともに食らい大暴れ。海面から出たり入ったりのザブンザブン。わしと側近と元修道士に元色男、上下左右に揺れまくる船から網を投げてからませる。正しい掛け方なんぞ知らん！　ともかくぐるぐる巻きにすればいいのだわい。

「神のご加護を！」

網を投げるたびに元修道士が叫ぶ。それが面白くて元色男は大笑いだ。几帳面な側近は乱暴に掛けられた網の目をきちんと広げようと鯨に手を伸ばし、あやうく船から落ちるところじゃ。今度はわしがそれ見て大笑い。向こうの船でも銛が当たるたびに大歓声。「イッパツ」を持ってきたのか、小頭が矢を射るとギュイーンと音がして鯨の鼻面に命中。キルトはなんと「オルガン砲」を抱えてダダダダダ。危ない危ない、頭抱えてうずくまる一同。

漁師たちは呆れて我らの捕鯨ぶりを眺めておるわい。

海の中でのたうち回る鯨がとうとう肉弾戦に打って出よったわ。我らの船に海の下から体当たりじゃ。そのたびに我らはドスンと尻が突き上げられ一メートルは跳び上がる。自分たちがやられる分にはちと恐ろしいが、向こうの船が同じ目に遭うと大笑いじゃ。ぴょんぴょん仲間たちが飛び跳ねる様は滑稽滑稽。

しかしいきなり舳先に衝撃を食らった時は正直慌てたわい。見ればなんと！

オーク材でできた巨大な軍列艦のどてっぱらが

立ち塞がっておるではないか！　はるか頭上のいくつもある小窓から漕ぎ手たちが顔を出して何かを叫んでおる。想像するに「邪魔だどけ」というを意味なのだろうが、これは一体どういうことだ？

「フランス軍の来襲です」

側近が農作業日誌に書き足しながら言いおった。

「今日は枝豆を植えました」の次に「フランス軍と遭遇」とでも書きおったか。

さらにはるかはるか頭上では甲板から数人が見下ろして、回復して元気になってしまった鯨を指さしておる。横取りするなよ。すると元色男が叫んだ。「隊長！　コーディリア様が乗船しておられます！」さすが女には目ざとい奴。

二十本はあろうか、長いオールが一斉に持ち上げられ漕ぎ出す態勢に入った。このままだと叩きつけられて船も我らも粉々だあ！

「逃げろ！」

必死に我らは漕いで漕いで、恐るべきオールの林から脱出だ。逃れたところで改めて周囲を見渡せば、すさまじい数の軍列艦が海にひしめいておるではないか！

おお！

おお、しか言葉が出ん。

フランス、本気じゃわい！

くそ、鯨が水平線まで逃げていく。

我らには目もくれないフランス艦隊。おかげでなんとか浜に戻ることができたわい。命拾いとはこのこと。

肩で大きく息をしながら、遠く続々と兵士たちが上陸していく様を見ておった。それは悔しいが、これでコーディリア様はリア様と再会されることじゃろう。陰ながらお二人の幸福を見守るとしようか。

とその時「ドン」という音がして、ドーヴァーの城が大砲を撃ちおった。はるか頭上を丸い砲丸がフランス軍目がけてぐんぐん飛んでいく。そして弾着して炸裂するとたちまち反撃開始の「ドン」。今度は向こうからこっちへ砲丸の飛来。ついには双方から夥しい数の砲丸合戦じゃ。

見上げるわしらに漁民が話しかけてきおった。

「騎士どのさま。こんな時にあれなんですが、わたしらを助けると思って、捕鯨の仲間に加わってはくださりませんか？」

「何を言い出す、血迷ったか？」

「いえいえ、ただいまの活躍ぶりは普通ではございません。失礼ではございますが、きっと捕鯨に関して才分がおありなのでしょう。いっそ天職にしてはいかがでございましょうか」

「我らを何と心得る？」

「文武両道という言葉がありますから、鯨武両道というのはいかがでしょう？　どうか助けると思って。実は私どもカレイしか獲ったことがないもので、不漁続きでいっそ鯨を、というわけでございます」

驚いたことに小頭が興味を示しおった。

「おまえやる気か？」

「これがまさしく乗りかかった船。今度はきっちり仕留めてやりたいですな」

黒光りする太い腕を撫でおったわ。

今の捕物で何かが吹っ切れたような溌剌とした顔をしておる。

他のみんなはどうなのかと思って一人一人に顔を向けると、やはり目を輝かせてそれぞれの進路をはっきりと口にしおった。

まずキルトが、

「ここが潮時、やっぱ故郷に錦、かどうかは分かんねえけど帰るっけ。今帰れば武勇伝の数々話して聞かせて、ちょうど終わったところで臨終迎える頃合いでねえかな。ここから船に乗ってけば」

「おう。鯨を追いかけてスコットランドまで乗せてってやるぞ」と小頭が安請け合いしおった。

「すぐそこに修道院がありましたので、そこで勉強し直します」とは元修道士。悟ったような涼し気な顔で言うが、本気か？　あれほど冷酷に人殺しを繰り返しよったくせに。それとも「神のご加護を」と呟くたびにチャラにしたのか。

「俺、大陸に渡って一旗あげたいです」豆小僧が言った。大弓がわずかに残った騎士魂に火をつけおったか。うむ、それもおまえの人生。またまた小頭が「スコットランドついでに寄ってやるぞ」ともうすっかり漁師気取りだ。

「僕はね、吟遊詩人になるんだあ」とは元色男。爺さんのくせして心はまだ二十歳らしい。リュートをポロロンと鳴らして、猫背でうっとりしておる。

側近に顔を向けると、

「ロンドンの図書館に行って『百人隊奮戦記』を仕上げます」

これはもっともな心掛けじゃわい。

そんな最中も大砲合戦は続いておったが、ついにドーヴァー城が沈黙しおった。どうやら弾切れじゃな。

みんながぼつぼつ出発の支度を始めると、

「隊長はいかがされますか？」

側近が訊ねおった。

「わしは」

何も考えておらなんだ。ただ、リア様のお近くにいて最後までお仕えしたいという思いが漠然とあるのみ。

返事を考えていると崖を赤い三角帽子の道化が下りてきて、

「隊長ちゃん、浜で蛤でも拾ってるのかい？」

「そんなことはどうでもよい。リア様とコーディリア様はお会いできたのか？」

「あの不器用なご対面のことを言ってるのかい？　一応顔と顔は向き合ってたね」

「その拗ねた言い方はなんじゃ」

「僕ちゃんのことはともかくさ、みんなは何をそわそわしてるんだい？」

「それぞれの道に出発するのよ」

「だよね。結局王様が王様辞めた時から家来は家来を辞めたってことだもんね。道化も道化を辞めるのさ」

「なんだ、それで拗ねておったのか。意外と分かりやすい奴だったな。いいかよく聞け、王様が辞めても家来は続くものよ。何も位にご奉仕してるわけじゃない。そのお人柄に付き従うものよ。おまえはその点どうなんだ？　位か？　人柄か？」

「笑うだろうけど、道化は世襲制だよ」

「なんだそうだったのか！　個人の自由が蔑ろってやつか。それでいつも皮肉な物言いだったのだな。世の中を恨んでおるんだ」

「アーお説教はたくさん！　そんなご身分でもないだろうに。リアのおじいちゃんにはもう隊長ちゃんなんて眼中にないときてる。それでもご奉公かい？」

「分からん奴だな。ご奉公の理由は向こうにあるんじゃない、こっちにあるんだ。それが家来の宿命とさっきから言っておる」

「ねえ、蛤焼いて食べよお」

「勝手に食えばよかろう」

「僕ちゃんが取ってくるから隊長さん火熾してよ」

　浜にしゃがむ後ろ姿は、尻が砂に着いてびしょ濡れ、まさしく老人のそれだったわい。こいつも無理して若ぶっておるわ。一見気楽な商売で、気の利いた台詞を吐くが、どうしてどうして、根本的に何かが歪んでおる。

　そしてみんなが出発した後に二人で蛤を、貝塚ができるほどさんざん食って寝転んでいると、ドーヴァー城から使者がやって来おった。

「お二人とも、即刻この場を立ち退いてもらいたい。おかげでフランス軍から迷惑な砲撃を受ける始末。木箱の底の方の火薬が全部湿っていて、もう反撃できんのだ。頼むからそっとしておいてくれ」

　道化はケラケラ笑ったが、わしはそうはいかん。同じ騎士として奥歯を噛み締めたわい。

　なんの因果か、結局道化と二人で来た道を戻ることになりおった。

　こやつ、わざわざ道を外れて紋白蝶や蜻蛉を飛び跳ねて追いかけるわ。膝に負担がかかるだろうに。だが放っておくしかなかろう。

　再び古城のところまで来た。すると道化はわしの剣を素早く抜き取って走り、石を二つ寄せて、その隙間に剣を差す。それから自分は木の枝を拾い何かをせっせと地面に描き、しばらくすると、

「できたあ。さあ、アーサーよ剣を抜き取ってくだされえ。手前はマーリンでございます。今からあなた様が王になるために仕える魔法使いでございますう」

　魔法陣を描いたのか！　そのへんにあったボロ布を頭からかぶってはしゃぎ始めたわ。はしゃげばはしゃぐほど哀れでのう。何やら自分の運命を笑いたいが笑えぬといった、生煮えのお芝居じゃわい。

　道化は草むらに飛び込んで兎を捕まえると、

「アーサーさまあ、ほれ、ドラゴンを一匹捕まえましたぞ！　これぞ侵略者サクソン人の守護神。

こやつを血祭りにあげて気勢を上げましょうぞお！」

「むだな殺生はやめとけえ」

「おおなんとお優しい王でしょう！　そのお人の好さが仇になるかもしれませんなあ。剣呑剣呑」

「うるさい」

「やや、向こうよりやって来たのは駿馬にまたがった円卓の騎士の一人でありましょうか」

なんのことはない、ロバを引いた農民じゃ。

腕に巻いた黒い腕章が気になるので、

「おい、それは何だ？」

「へい。先の国王がお亡くなりになりましたので喪に服せとのお達しが出ましたでございます」

「なんと！　リア様が！」

「もう城も町も何もかもが深く沈んでおります。では、おしゃべりも禁じられておりますもので、失礼」

黒い腕章を見送って道化がいないことに気がついた。

「おおおいどこだあ」

古城の裏手から声だけが返ってきたわ。

「マーリンはね、このへんで退場なのさ」

それっきりじゃったわ。


わしは古城に入るとまた礼拝堂に腰を下ろしてのう。今度はお化けもおらなんだわ。

ふうっと、出るのはため息ばかりじゃ。指一本動かすのも億劫で、このまま石になってしまっても構わんと思ったわ。

こんな有様を側近よ、できることなら記してほしくはないのう。いないから大丈夫か。

誰もおらんわ。かつては百人を率いていたわしが、今はたった一人じゃ。リア様もいなくなって、こっちは生きながらにして抜け殻。

そして今気がついたわ。わしには家族がおらんのだ。ああ、人生しくじったかもしれん。息子も娘も残さんかったわ。こりゃ無念。

今からこの年でも大丈夫じゃろうか？　村にでも出向いて、物好きな女性とでもめぐり合って、そこそこの夫婦となることは。

畑でも耕しながら、息子が生まれれば剣術を教え、娘ならば、娘ならば、分からん。女房に任せて、リア様の命日には教会へでも行って祈りを捧げ、そうじゃ仲間たちが時々訪ねてくるかもしれん。側近、小頭、キルト、元色男、豆小僧、元修道士、昔話でもすればリア様の供養となるじゃろう。誰ぞに息子があったら娘を嫁がせてやってもいい。うむそれがいい。我が百人隊の血を絶やすことなく未来に繋げるぞ。もう一度もう一度と延々続けて、子孫の先祖になってくれるわ。まだまだやることはあるぞ。そうだ。捕虜になった仲間も恩赦で釈放されるじゃろう。みんながそれぞれ子供同士を引き合わせ血を繋げ、輪を広げ、むしろこれからが本領発揮じゃあ。

名付けて「血統百人隊」！

England　一番星に　願ってもいいか？

革命のオセロー

「ロシアじゃあ労働者が暴れまくって国を乗っ取る気らしいぜ。こりゃあ結構なことじゃねえか。何しろ軍人がいなくなって残るは、スパナとヤットコぐらいを手にする労働者だ。そんなものを持って戦争仕掛ける馬鹿はいねえ。目の上のタンコブがいなくなりゃあ日本も安泰ってわけだ。おまえさんひとつロシアに乗り込んで、その騒ぎの見聞録みてえなものを冷やかしに書いてきな。なあに政治に詳しくねえ文芸担当だからいいのよ。言葉も何もかもがチンプンカンだ、だから面白しれえのよ。子供が見たままの方が読者は喜ぶってもんだ。滑稽仕立てでひとつ頼むぜ」

編集長にそう言われてさっさと送り出されてしまった小生は家に帰るなり薬局に走って征露丸を二瓶買い求めたものであります。生理的非常事態に備えるというよりも精神安定剤としての願掛けですな。露西亜を征(う)て、であります。むしろ生理学的な必需品といえば灰式懐炉。何しろ海も川も凍る、カチンカチンのカモメが空から降ってくるという噂の、想像もできないほどの極寒地らしいのですから、ペテルブルクという街は。

とてもすんなりとはいきませんでしたが、なんとか満州鉄道、シベリア鉄道と乗り継いで何日走ったことやら。行けど行けど白い大地と白樺林のおんなじ景色に目ん玉の奥の脳ミソがすっかり吸い取られ、小生の眼球はただのガラス玉。流れ去るシベリアの荒野が次々と球形に映っているだけであります。

その上車内では男たちが野太い声で同じ唄をうんざりするほど繰り返し歌い続けておりまして、なにもかもが堂々巡りの出口なしに、とうとう神経が悲鳴を上げ、征露丸を精神安定剤代わりに一粒一粒飲んでおりました。効いた気がしたようなしないような。

モスクワで下車すればまだ夕方の四時だというのにもう真っ暗。街の灯も殆どなく、その暗黒世界を列車の時と同じ唄を合唱しながら徒党を組んで行進するは百万人、とはちと大げさですが、それぐらい地面から盛り上がるほどの大群衆。これが全部労働者かと思って見れば、菜っ葉服に首に手ぬぐいなんて野郎は一人もおりません。みんなずっしりと重そうな革の背広に半長靴。軍手なんかしている奴は一人もおらず、この寒さになんと素手であります。

彼らの鎮圧に乗り出すは軍馬に跨る竜騎兵。剣を抜いてデモ隊に突入する猛者もおります。双方怒声を発して、本気本気の大混乱。こりゃあ宿を探すのも難しいかなと観念しかけたところ、裏路地をアミダ籤のようにさ迷えば地獄に仏の安宿発見。さっそく潜り込もうとしたら、玄関先でつんつるてんの外套に丸まった路上生活者一人を発見。厳寒の玄関で夜を過ごしたら間違いなく凍死でありましょう。

見れば大将、行き交う人々に小銭やら煙草やらを恵んでもらっております。そこで建物に入りかけた身を翻して日本紳士がゴールデンバットを一本差し出せば、威勢よく小生の手を払いのけて罵り始めやがった。ロシア語は分からないが、これが「はるばる遠いところをご苦労様でした」と言ってないことぐらいは分かります。ついさっきまでは卑屈なまでに同国人にすがりついていたくせに亜細亜人の情けが受けられないのか！　なんたる人種差別的変貌ぶり。貴様なんかに悪態つかれる覚えはないぜ。日本人を見くびるなよ！　もう紳士なんて言っておられません。

「バルチックかんたい！」と叫んで左の拳を男の目の前に突き出し、それを右手でバシッと叩いてやりました。さらに「ステッセル！」と叫び同じことを繰り返してやりました。「東郷平八郎！」と叫んで万歳してやろうと思いましたが、さすがにこれは分からぬだろうと思い直して勘弁してやりました。このいきなりの迫力に気圧された男はそれでもまだブツブツ口の中で文句を言っておりましたが、とうとう汚い爪の指で白い煙草一本受け取ったのであります。ざまみろ。日露戦争二回戦もこっちの勝利だ。

この旅には密かな楽しみも計画しておりまして、それはモスクワ芸術座での観劇です。

何しろ本場の演劇というものをまだ一度も観たことがないのでこれが絶好の機会というもの。これでこれからは劇評に「本場ではどうだか知らないが」などと言い訳がましい一文は書かなくて済みます。「ぜひ本場を見習ってほしいものだ」とでも書いてやりましょう。

「みなさんの演じておられる貧乏人なんざ本場からすれば金持ちブルジョワの類です。モスクワの『どん底』を観てごらんなさい。人間というよりズタ袋が歩いています、寝ています、話しています、そして笑います。圧倒的な貧しさ！　これなくしてゴーリキーは演じられますまい」

すでにそんな記事が頭に浮かびましたな。

しかしこんなご時勢です、果たして劇場は開いてるかと案じましたが、さすが本場だけあってヤワじゃありません、灯りが点いておりました。

勇んで建物の中に入りますとなんと演目はシェークスピアの『オセロー』。

男と女の嫉妬愛憎劇ですな。まさに今は天地がひっくり返るかと言わんばかりの、国は革命的蜂起の真っ最中であります。そこでチマチマ宮廷劇なんぞを公演するとは何を勘違いも甚だしい。おそらくガラガラの客席であろうと思いきやなんと、超、超、超満員で足を踏み入れた途端に酸欠になりそうなぐらいでありました。図体のでかい一人一人の吐き出す二酸化炭素の量の多いこと。そしてそれはお喋りで吐き出しているのではなく、単にスーハスーハと呼吸しているだけなのです。そう。これだけ集まればガヤガヤとやかましいはずなのに、水を打ったように静まり返っているのです。もちろんまだ開演前。なるほどこれが正統な観劇の作法というべきものか。これでいざ幕が上がったら大爆笑……いやいやオセローで爆笑はないだろう……。それとも特権階級を風刺した笑劇に変える演出が施されているのでしょうか。

　芝居が始まっても観客は微動だにせず、食い入るように舞台を注目しております。むしろ、多少のクスクスがあってもいいところですら、相変わらず水を打っております。こりゃあ役者も冷や汗だろうと目を凝らしますが、一向に慌てた様子はなく、淡々と演技を続けていくのです。

　全体的にいって大げさな演技はなく、静かに静かに物語は進行していきます。オセローがイヤゴーの奸計に嵌（はま）り、ついにデズデモーナへの疑いが絶頂に達した時でも主人公、憎しみの感情は目に見えて表には出さず、深く深く我が身をキリでキリキリ突き刺すような苦しみの声を漏らすだけ。

　正直こんな陰鬱なお芝居だとは思ってもいませんでした。我が国ではオッペケペー節の川上音二郎氏が女房の貞奴と演じた『オセロー』があったそうで、小生生憎（あいにく）観てはいませんが、少なくともこれよりは陽気であったろうと、モスクワの劇場の椅子に身を埋め、はるか祖国の明治座に想いを馳せたのであります。

ままにならぬは浮世のならい
ママになるのは米ばかり
ア　オッペケペー
オッペケペッポー　ペッポポッポー

ついに最後まで舞台からは喜怒哀楽、何か目に見えてそれと分かる情感めいたものが発せられることはなく幕は下りてしまいました。

さぞかし観客はそそくさと席を立つだろうと周囲を見渡しましたが、驚いたことに全員が立ち上がり舞台に向けて拍手を送ったのであります。これまた静かな静かな温かい拍手でして、喝采という類ではありません。厳かな宗教儀式を彷彿するものでもありました。そして今更ながら見渡せばみんないい身なりの客なのです。熊が立ち上がったような、もこもこふさふさの外套だらけ。まさにこれがブルジョワ？　革命の敵民衆の敵と言われる人々ではありませんか。

そして舞台の上のオセローが拍手を穏やかに制して、静かになった人々に語りかけたのでありました。意味は分かりませぬが、何やら悲しく、沈痛で、それでも力強く、何かを誓うような声で締めくくったのです。今度はそれに拍手はなく、みんなはゆっくりと席を離れました。

ほぼ全員がハンカチで涙をぬぐっていたのであります。肩を抱き合う老夫婦を何組も見ましたし、口を真一文字に結び泣きはらした赤い目の若者もおりました。ショックを受けて男の腕にすがる、狐か狸の毛皮に顔半分を埋めた若い女もおりました。そして全ての観客が、まるで世界の終末を見たかのごとく青ざめた顔をしておったのです。

シェークスピアが観られるのもこれが最後、そんな惜別の公演だったのでありましょうか。劇場の外では相変わらず争乱が続いておりまして、ここを民衆が襲わなかったのは、何か取り決めでもあったのでしょう。ブルジョワ演劇はこの日を境に二度と行われることはなく、これが最後のお目こぼしだ、とでもいうような。

一人の陰謀策略によってあらゆるものが崩壊したこの恐るべきシェークスピアの物語に、彼らが今の我が身を重ねて観たのは間違いありません。

「子供の目で見聞録行ってこいやあ。スパナとヤットコだぜ……滑稽仕立て……」編集長の軽薄さが恥ずかしく、雪の降りしきる暗い路地を一人赤面し、灰式懐炉を握りしめて宿に帰ったのでありました。

ペテルブルクに到着するとやはり同じような大騒ぎ。むしろ緊迫度は増しておったかもしれません。何しろ死体というのに初めてお目にかかったのでありますから。

モスクワとは別天地の豪勢なホテルに泊まれることになりまして、といっても豪勢なのはその大きさだけですが。何しろ装飾という装飾は全部取っ払ったのでありましょう、ガラーンとしてうす暗く、やたらと天井は高くて、日本人の股下にはそぐわないサイズの階段、絵画の額が外された跡だらけの殺風景な壁、ベッドだけで何もない底冷えのする広い部屋、などなどであります。

ここに各国の記者が集められ、さあ思う存分世界にこの国民蜂起を報道してくれと、民兵らしき男が胸を張って、多分そのようなことを喋っておったのでしょう。その中には日本から正式に派遣された政治部辣腕記者も何人かおりましたが、小生は、どうも出自が卑しいとの引け目がありましたのでなるべく近寄らないようにしておりました。

そんなわけで誰よりも早くホテルを出て見聞録取材と出かけたわけです。

大通りにはすでに群衆と官憲が睨み合っている中、集会が行われておりました。台に乗った男が腕を振り回しつつ、何百人を相手に熱く演説をしております。尖った顎鬚に防寒帽。やや！　これが写真で見たことあるレーニンでありましょうか。そうだこれが革命の指導者レーニンに違いない。

「レーニンレーニン」と一人興奮しておりましたら、後ろから呼ばれて振り返ると日本人辣腕記者。違いますよ、あれはレーニンの影武者ですよと教えてくれました。

「いつ狙撃されるか分からないこんな場所にご本尊が現れるものですか。第一彼はまだ亡命先のスイスかフィンランドでしょう」

「みんなもあれが偽者だとは知っているんでしょうか？」

「あれはあれで名のある革命家ですから当然知ってます。狙撃覚悟の筋金入りですよ」

「知らぬは警察、軍隊ばかりなりですな」

「その軍隊ですがね、かなりの数が今日あたり叛乱軍に合流しそうですよ。ヤマ場ですね」

辣腕殿は目を輝かせて仲間たちと群衆の中に飛び込んで行きました。

一方小生はなるべく危なくない方へと足を進めたところ、まあなんと、荒川の向こうに多摩川を足してもまだ足りないほどの大きな川に出たのであります。

さらに驚きましたのは上流から溶け出した氷の塊がどんぶらこっこと勢いよくいくつも流れておったのです。まさに噂通り川も凍っておりました。ざっぷんざっぷん、どっぷんどっぷん、ごっつんごっつん。見れば一つ一つの氷が二十畳ほどの大きさです。それが次から次と流れてくるのですから、このあり得ない光景がたまらず可笑しく腹の底から笑いがこみ上げてまいりました。一人岸辺で大笑いです。しかし頭にスカーフ巻いたおばさんが橋のたもとからきつく睨んでおりますので笑うのはやめ、とぼけて下を覗くと、猿股一丁の若者が裸で細い木に寄りかかり、ようやく雲から顔を出した薄日に体を晒しております。現在気温は氷点下。かといって周囲に囃し立てる人はおらず、どうやら寒中我慢大会ではなさそう。こりゃあ正真正銘の日光浴！　僅かながらも太陽の熱力を借りてこれからひと暴れする気でしょうか。

何もかもが信じられない光景であります。こんな国でのクーデター見聞録？　果たして小生の頭の容量で何かが少しでも理解できるのでしょうか。少々及び腰逃げ腰になったものであります。ハックション。これで凍死したカモメでも降ってこられたらたまりません。踵を返しましたが通りは怒号すさまじい大群衆。モスクワで覚えた路地裏アミダ籤歩きに身を隠しておりましたところ出くわしたのが紛れもない死んだ男でありました。

奴さんは腹ばいになって地球の鼓動音でも聞くかのごとく耳を冷たい地面につけておりますが、膝から下が、あり得ない角度のハの字に開いております。そして両の踵がぴったり地面に接着しておりまして、もう全身の筋肉、筋、関節、骨といったものが地球の重力に白旗上げて降参状態。これがお陀仏というものか。荷馬車にでも積み忘れられた、それこそズタ袋としか見えません。

まさかコイツに煙草をせがまれることはないだろうな、などといたってアタマは冷静なつもりでおりましたが、建物の壁に背中をくっつけ、避けて通ろうとすれば、勝手に足がワナワナ震える情けない横歩き。カニの赤ちゃんでももう少しまともに歩けるでしょう。

もうそれからはどこをどう歩いたのか、あるいは走ったのかまるで記憶がございません。

気がつけば一軒のみすぼらしい酒場のような店に飛び込んでおりました。

やはりここもうす暗く、目が慣れるまでは何も見えないほど。しかし何人もの子供たちがひしめいているのはすぐ分かりました。何しろピーピーうるさい声が耳に飛び込んできましたから。

目が慣れてくればやはり酒場の態。椅子に腰かけた何十人もの子供たちが肩寄せ合ってワイワイガヤガヤ興奮しておりますし、カウンターにも子供たちが大勢腰を下ろし、中には指笛鳴らす大人顔負けもおります。

正面奥にずいぶん小ぶりの舞台がありまして手品でも始まるとか?

舞台脇の黒いカーテンからのっそり現れたのが身長二メートルはあろうかという痩せた男。黒のセーターに黒のズボンという質素な身なりで、笑うと煙草のヤニだらけの歯をしております。

彼が何かを喋って奥に引っ込むと子供たちは拍手、アコーディオンがすかさず鳴り始め、客席は暗くなって舞台に明かりが入ります。そして登場したのはなんと操り人形。その長い糸を上にたどっていくと、伏し目の二メートル君がおりました。

なるほど。芸は身を助く、であれば身も芸を助けるものであります。うってつけの商売始めたものだなと感心しておりましたら、気になるのがこの人形の顔。尖った顎鬚に防寒帽、どこかで見たよな……。

ひょっとしてレーニン?

子供たちはレーニン発する一言一言に拍手喝采。もちろん二メートル君が喋っているのでありますが。

すでに思想教育がこんな形で始まっているのでしょうか。芝居の進行を注意しておりますと、街角を模した書割りを背景に御大層な身なりの人物が次々と出てきますが、一人だけ肌が褐色の、どう見ても他とは生まれが違う武将がおります。これがどうも立派な人物のようで……まさかオセロー？

そうです。市街戦が始まろうかという物騒な町の片隅で、子供相手の人形芝居の演目が、またしても『オセロー』だったのであります。

ここでもオセロー！

小生思わず叫んだようで、何人かの振り返った子供たちに「しっ！」とたしなめられました。こちらの発音は「シェッ！」とか聞こえましたな。瞬間我が身が犬になったようでありました。

しかしここでのオセローはモスクワとは全く違い、何をやっても子供たちは大笑い。おそらく台本を相当書き換えているのでしょう。レーニン似のイヤゴーが企みを独白するところがこんなに受けるはずはありません。恐ろしい計画を前もって観客に報せるのです。予告殺人に我々は居合わせることになってしまうと言っても過言ではありますまい。それの何が笑えるのでしょう。

極めつけはついにオセローがデズデモーナを殺害する場面に、なんと子供たちは足を踏み鳴らしての大騒ぎ。そしてオセローが自害するところではあちこちでまた指笛が鳴り、死者にムチ打つがごとくの罵声が飛び交い……。もう話になりません。なんたる解釈！　いや解釈以前の問題。人としてあり得ないだろっ。この比類なき痛ましさに侮辱を加える権利が君たちにあるわけがないっ。

物語はずいぶん端折られて、たちまち最後のくだりですが、なんとレーニン、いえイヤゴーは最後に将軍となって国を率いるオチまでついていたのです。そして全員であの歌の大合唱……。

明らかにオセロー、デズデモーナは帝政ロシアの象徴でありましょうし、言うまでもなくイヤゴーはレーニンに見立てられています。希代の悪党を英雄として生まれ変わらせたのは民本主義世界への大いなる挑戦でありましょうか。小生、いささか軟弱な性格でありますが、意を決して舞台に上がったのであります。

君たちは私の日本語が分からないだろうが、叱ってることぐらいは分かるだろっ！　喝！　なんてことをしてくれたんだキミたちは。人殺しが楽しいのかっ。喝！　モスクワでは、この同じ芝居を、大勢の、立派な、立派な大人たちが泣いて見てたよっ。なみだっ。分かるか？　泣くっ。涙ポロポロっ。泣いたことないのかっ。子供が泣くんじゃない、大人が泣くんだっ。君たちが泣くのは当たり前だ。それが商売。今のは関係ないっ。喝！　謝れっ。シェークスピアに頭を下げろっ。モスクワごめんって言えっ！

子供たち、威勢のいい同調者の飛び入りとはさすがに受け止めなかったようで、ポカンと口を開けたままの上目遣い。茶色とか青とか、文字通り目の色が読めませんから結構不気味でありました。

二メートル君が小生を見下ろして何かを喋っております。当然「出て行け」と語気強く言い放ち、ド突かれるかと身構えておりましたところ、何やらぼそぼそと研究論文を読み上げるような声で何かをしきりに訊ねておる口調。ところどころイポーニヤと聞こえる気がいたします。日本から来たのかとでも言ってるでしょうか。そこで小生胸を叩いて「そうだ。オッペケペー」と答えてやりました。二メートル、つられて「オッペケ……」とまで口にしましたがしばらく沈黙いたしまして、それから煙草ヤニの歯を見せたのであります。

子供たちを追い出すようにして帰した後、二メートル君はしきりに自分を指してウラジーミルと言うので、小生も名乗ろうとしたところ彼が先に「オッペケ?」と訊くので、面倒くさいから頷いてやりました。

　どうやら親日派らしく、野球のグローブのような手を差し出し握手をいたしました。

　椅子に腰かけ身を乗り出すウラジーミル君は悲しみに暮れたようなペーソス溢れる灰色の目をしております。先程の許しがたきオセロー脚色は行き過ぎだったと後悔しているのでありましょうか。意味は分からずとも小生の熱弁で、小生を演劇の専門家と理解し、案外恥じ入ってるのかもしれません。そして薄い頬髯を指でひっぱりながら小生とどのように交流できるかと思案している様子。

　ついに「ジョールリ?」と発したのであります。

　浄瑠璃ですな。なるほど。人形師であれば我が国伝統の浄瑠璃に興味を持って当然でありましょう。感心感心。

　小生が笑って頷くとウラジーミル君の目にも希望の光が宿り「ウラー」とつぶやいたのであります。

　しかし、まさかオセローを浄瑠璃でやりたいから小生に教えてくれという話ではあるまいな?はっは。

　今にも我々が歩み寄れるかもしれないという矢先にドアが開き、まあなんたる美女でありましょうか、碧(あお)き目をした麗しき金髪の乙女が白き頬を紅に染め走って入ってきたのであります。そしてウラジーミル君とひっしと抱き合うではございませんか。

　恥ずかしながら抱き合う男女を目の前で目撃するのは生まれて初めてですし、まして相手はロシア人、「こらこら人前で」とたしなめる言葉も知りません。それになんといっても外国人の習慣としては当たり前。「郷に入れば」の郷に入っちゃっているわけです。しかし入っているのは日本人。小生恥ずかしさにたちまち顔がカッと熱くなり、いたたまれず表に飛び出してしまいました。後ろでウラジーミル君が何かを叫びましたが振り向きもできず、そのままあちこち走ってなんとか大通りまで出ると人波を縫ってさらに走り、我がホテルに飛び込んだのであります。

　息せき切った小生を待っていたのはひどく味気のない編集長の催促の手紙。「見聞録の第一弾、至急――」電報のつもりでしょうか？　字数の多い手紙は金がかかるとでも思ったのでしょう。そこで部屋に入るとさっそく机に向かい、窓の外に何百本もの赤い旗が揺れるデモ行進を眺めながらペンを走らせたのであります。

　お待たせしました読者諸君！

　ニッポンより遥か八千キロを踏破してやって来たここは露西亜、白熊が北極から遊びにくるという町サンクトペテルブルク、ブルブル寒イ。この地は今や国を挙げての大混乱、危なくて熊も近寄れないヨ。そんなこたどうでもイイ？　マアマアそう言わずに。何しろ用心しなくちゃいけないのがこの国ダ。そこで何が起こってるのかを知ることは大事な兵法の一つってことは三国志でお勉強したネ。

といっても難しい話は専門家に任せ、ワタクシは子供にでも分かりやすく説明しまショウ。

　早い話が露西亜版の忠臣蔵でござる！　ハハ。吉良上野介がデンと居座った憎っくきロマノフ王朝だとすれば、対する大石内蔵助が耐えに耐えてもう我慢ならんのレーニンと、こう考えていただけたら万が一間違っていたとしても誤差は僅かなモンでしょ。ジャア浅野内匠頭は誰だいって話になりますナ。ここがちょいと日本とは違うところで、なんと、長年虐げられたスパナヤットコの労働者でゴーざいます。偉いもんだよこちらの労働者は。なにせ事は主君の仇討ちだよお、その仇討ちに四十七士どころじゃござんせん、何万、何十万、何百万の、これまた労働者たちがレーニン内蔵助の陣太鼓を今や遅しとお、ペペンペンペン、待ってるぜえ。労働者の恨みは労働者が晴ラスときたもんだ！

さて、無事仇討ちが成就いたしますれば全員切腹？　いえいえこれまた日本と違うところで、そのままみんな居残りデス。は？　腹にチクリと針も刺さない。もし刺したとしたらそれは鍼ですナ。ハハ。

基本は仇討ちだと、そう考えていただければ、よく分からぬ「革命」も、正体見ればナントヤラですわ。

所詮は同じ人間でございますから、根っこのところでは日本と大して違いがあるわけじゃござんせん。しかし労働者に対するはいやしくも露西亜帝国の軍隊でアーリます。こっちにだって見栄ってもんがあらア。皇帝印の刀を抜いて、まだまだ予断を許さぬ、先の見えぬサンクトペテルブルクの運命やいかに？

次回乞うご期待！

雪でぬかるんだ大通りは、行きたい方にバリケードが築かれたり、いきなり野砲がゴロゴロと目の前に設置されたり、オチオチ真っすぐ歩けません。路地に入れば壁に寄りかかった女の民兵たちが煙草を吸いながらこちらを値踏み。愛想笑いで大通りに戻りますと、足元は読み捨てられた新聞やらビラ檄文でぐっしゃぐっしゃ。歩道に上がれば騎馬警官たちがカッポカッポとやって来てまたどかなきゃなりませぬ。

こんな状態ではありますが、上流階級全てが消えていなくなったわけではないのであります。

高価な外套を着た男が葉巻を指に挟んだままこの街の有様に悪態をついたり、襟巻淑女がライフル担いだ蜂起軍の男たちに口泡飛ばして説教して、逆に笑われております。

辣腕記者が噂しておりました戒厳令はまだ発令されてない様子で、見聞を広めるなら今の内。

続々とデモ行進に参加するためにやって来る労働者たちはどこから湧いてくるのかと、たどって行けば駅に着きました。なるほど、みんなお上りさんですな。とすればさしずめここは上野駅。各地の方言がこの喧噪を形作っておるのでしょうか。

ごった返す群衆の中に一目で金持ちと分かる一団がおりまして、周囲からは次々と罵られ、まるでアフリカの草原で外敵から身を守ろうと身を寄せ合うシマウマたちのようであります。高級トランクを泥だらけの靴でわざと足蹴にされても文句一つ言えない姿はさすがに気の毒。

街がこんな状態だからというので疎開するのでありましょうか、見送りに来た人たちと涙涙のお別れであります。

そしてそこに、またまた公共の場でひっしと抱き合う男女を発見。

なんとその女が、おお！　かのロシアの友ウラジーミル君のお相手だったのです！

　嗚呼！　なんたる尻軽女でありましょうか。人目も憚らず男の頭をグリグリと撫で回し、両の頬には接吻の雨あられ。揚げ句には男の胸に顔を押し付けて何やらロシア語で泣き喚くのであります。しかしいくらなんでもこの映画のような大げさな破廉恥ラブシーンは普通ではございません。さすがに見咎めたのか年配の男女が二人の間に入り、男は男に女は女に何やら物の道理を教え諭したかのようであります。やっと二人は距離を置き、笑みを一つ浮かべて男はトランクを手にして列車へ、またまた叫ぶ淫らな女。

　嗚呼、哀れなるはウラジーミル君であります。こんな大胆不敵な不貞が白昼堂々と行われているとは露とも知らず、子供相手に呑気に人形をぶらぶらと操っておるのでしょうか。「デズデモーナわしを欺いたな」どころではありませんぞ、あんただよあんた、あんたが騙されているんだよ。

　ウラジーミル君とは「ジョールリ」と一言語り合っただけの仲でありますが、友として「あの女はよせ」と飛んで行って忠告したくなったのであります。ロシア語でなんて言うんでしょうか？　あの女はニエット。ニエットあの女。

　まだヒクヒク泣いてる女と年配者たちは街の方に戻ります。しかし何やらその場に白いものが落ちておりまして、近寄ってみるとこれがハンカチ。きっと女が鼻をかんで捨てたのでしょう。なんと贅沢な女。こんなもの洗えば何度でも使えるものを。そんなものを何故小生は拾い上げたのでしょう？　まさか自分で洗って再利用するつもりだったとか？　恐る恐る広げて見れば何やら文字が刺繍してあったのです。キリル文字。おかしな文字ですなこれは。取り付く島もない。ホテルで政治部記者に読んでもらうしかありません。

なんと「ウラジーミルよりオルガへ」と書かれてあったのです！　まさしく絹のハンカチ。あの貧しき青年ウラジーミル君がおそらく爪に火を灯して買った愛の贈り物でありましょう。それが、嗚呼！　鼻かんでポイ！

なんたる酷い仕打ちでありましょうか。

おそらく駅で別れた男は貴族か何かでしょう。オルガも上流階級。華やかな舞踏会で出会い、ヴァイオリンの音にうっとりしながら惚れて惚れられて、お決まりのブルジョワ生活に二人で入っていけばいいものをこの女、それだけでは物足りない業の深さがきっとありまして、ちょいと芸術家肌の男とも遊んでみたいわと庶民の街へと繰り出して、ウラジーミル君と出会ったのです。すでに貴族との結婚は決まっているのに純情男を弄ぼうという魂胆。あれもこれも欲しがる女でございます。

ひょっとしてデズデモーナにもそんなとこがあったのではないでしょうか。そうでなければキャシオーに「私がオセロー様に取りなしてあげるわ」なんて安請け合いはいたしません。この男に慕われるのも悪くないわ、そう考えたに決まってます。頼む方のキャシオーにしたって断られるとは思っていません。二人は以前からイヤゴーにつけこまれるだけのいちゃいちゃした関係はあったのでしょう。いくらなんでも火のないところに煙は立たないのです。

えっと、何の話をしておりましたか……。

そうそうあのロシア女。

さあここで小生は思案を迫られたのであります。この残酷な事実を友に知らせるべきか、はたまた何も語らず八千キロ彼方の祖国に戻るべきか。

はてさてどうしましょう。

ここが思案の思案橋。

冷たいベッドにもぐり込み白金懐炉にベンジンを注ぎ足しながら、その臭いにクラッとしておりますと表で銃声が聞こえたような。どっちがどっちを撃ったのでありましょうか。いよいよ討ち入り本番かと、呼吸も浅く不安になります。廊下では外国記者たちが大声を発しながら慌ただしく走り回っておりまして、あちこちの部屋からはタイプライターなる筆記具がカタカタと鳴り放題、のんびり懐炉をいじってる奴は一人もおりますまい。

確かに歴史的大事件に立ち会ってはおるのですが、小生他の人たちとは使命が違います。なるだけ面白可笑しく伝えよとの命を受けているわけでございますから、こんな緊迫した夜でも懐炉が大事と、おのずと迎え方が違ってくるのです。

うるさいけど寝てしまえ、しかし瞼の裏に焼きつくは、モスクワ芸術座での金持ちたちの暗い哀れな後ろ姿であり、ヒョコヒョコ歩く操り人形であり、駅での抱擁場面と拾ったハンカチ。どれもこれもがオセローがらみであります。

というわけで小生、夢か現かロシアの大地を離れてイタリア、オセローの舞台となったベネチアへと、ふらふら飛翔するのでありました。

オセロー、故郷の北アフリカを離れて幾年月。今や周りはイタリア人ばかりの中での傭兵、ただの貧乏雇われ兵隊です。使いたくともコネもなければカネもない。出世したければ功を成し遂げるのみ。「馬に乗れ」と命じても意味の通じぬ外国語、そして肌の色が違うとの蔑みにも耐えなければなりません。全身全霊を捧げてと、そんなありきたりな言葉では到底言い表せられないほどの、やはり全身全霊ですか。

例えば敵を一人殺したとしても誰も褒めてくれますまい。十人やっつけても「ま、フツーだね」ぐらいの評価でありましょう。百人殺してようやく目に留めてもらえるとしたら、将軍に上り詰めるためには何万何十万人規模の殺戮であったでしょうか。その長年の苦労も色恋がアキレスの腱。あまりにも殺生ですな。人殺しが忙しくて女っ気なんて皆無だったのですから。いわば鼻の下に産毛が生え始めた思春期の子供並みでしょうエロティシズムに関して言えば。そしてジェラシーなんてのも生まれて初めての経験だったでありましょう。次から次と頭の中に湧き起こる女房と部下の不適切的行為場面。寝ても歩いても馬に乗っても襲いかかってくる場面場面場面！

もうオセローなんて人間はおりません。あるのは場面場面場面！　場面に覆いつくされてしまってます。

ああ、やはりウラジーミル君をこんな可哀そうな目に遭わせてはなりませぬ。

言葉は通じずとも不義密通事件を教えてやる方法はあるのですが、それはやってはいけません。

どんな方法かというのですか？　それは、あの操り人形を使うのです。デズデモーナの人形とキャシオーの人形をはしたなく接触させて、駅で拾ったハンカチを広げて見せるのです。そして「しゅっしゅっポッポー」とか言って、何が起こったかを必死に顔で訴えれば全てを理解するでありましょう。

しかしこれは封印です。何も真実を披露するだけが正義ではありません。やってみたいが、やってはいけません。彼が立ち上がれぬほど傷つくかもしれないのですから。

ただふらっと訪ねることにしましょう。

もはや商店は全て閉じられ、大通りは人、人、人で埋め尽くされております。聞けば、全ての工場がストライキで閉鎖。造船所しかり、女性の働く裁縫工場もしかり、そして警察署長が、群衆への発砲命令を拒否した兵士によって斬り殺されるといった事件が起こったそうであります。いよいよ騒然混沌としてきた街の裏通りを走りウラジーミル君の店へとたどり着きました。

　店を間違えたのではないかと思ったほど雰囲気は先日の人形子供会とは一変しておりまして、髭面の貧乏そうな若者たちで溢れかえっておりました。

　舞台にはスポットライトを浴びた男が一人、朗々たる声で手にした帳面を読み上げておりまして、すぐに解りました。これが噂のロシアンアバンギャルド、反体制的詩の朗読会ですな。

　聞き手たちは息を凝らして耳を傾け、気に入った箇所で「ウオー」とか「ア～ウ」とか賛同の歓声。凍った小生の外套も溶けるほどの熱気であります。

　しもやけでジーンと耳が痛痒くなるのを我慢しながら聞いてると腕を摑まれ、見ればウラジーミル君。再会に顔をほころばせ小生を舞台近くの席に案内してくれました。そしてそこにはまぎれもなくオルガが、今日はどうしたわけか白々しく貧乏人の格好をして、髪も無造作にポニーテール、艶のない乾燥肌の顔をこちらに向けると曖昧な笑みを浮かべたのであります。

　そしてまあなんと、詩の朗読を熱心に聞き入りながらウラジーミル君の手をしっかり握り、時折顔を見合わせて幸せそうに微笑むことを平気でやってのけるではありませんか。

　この末席で起こっている密かな裏切りに比べれば、どれほど高尚ぶった詩の朗読も陳腐な標語の繰り返しにしか聞こえず、霞んでしまいます。そんな上っ面な言葉で人間は動くものか。やはりどす黒い欲望の罠と、それに絡めとられた者の希望なき悪あがき、それなくして人間は語れません！

小生いつしかこの場と比較し、シェークスピアに軍配を上げておりました。

舞台の雰囲気は変わり、画家らしき男が自作をイーゼルに立てかけ何やら解説を始めております。

その絵は、馬鹿でかいバケツが中央にどんとあって、中身が真っ赤に燃えております。バケツはワイヤーに吊り下げられていて、その下の小さき作業員たちが「右だ、左だ」と叫びながら操作しております。

ただこれだけの絵について画家は滔々と解説するのでございます。「熱くて危ない溶鉱炉です」と、それだけで十分のような気がするのですが、ともかく、ともかく話が長い！

続いては、頭に赤いスカーフを巻いた青い作業服の女が笑っている肖像画でして、なんとこのモデルがオルガであります。とことん目立つことが好きな女ですな！

画家がオルガを舞台に誘うと、一応顔を赤らめたりしてウブなフリをするわけでございます。全く隅々までいやらしい女です。この女の本性を知らないウラジーミル君が立ち上がって拍手、おお、なんと哀れなことでしょう。

観客の拍手に後押しされて舞台に上がったオルガは絵の隣に立ち、それを覗き込んではまた顔を赤らめ、そして小さな声で語り始めたのであります。

どうせ「私は断ったんですけど是非にと何度も頼まれてモデルになりました」みたいなこと言っているのでしょう。カマトトめ。

その時突然入り口の戸が開かれて外の光と同時に何人もの怒声が飛び込んでまいりました。

初めはてっきり、仲間の叛乱軍たちが鉄砲を抱え、「俺たちも交ぜろや」とこぞって押しかけてきたものだと思い、一応は知的なこの集会を瞬く間に野蛮な怒号の集会に変えてしまうのかとうんざりしたものです。

ところが、押し入った一団に対して詩人連合は口々に激しく罵り、椅子を持って構えたりすでに投げつけたりと、強く反発の意思表示。瞬く間に互いの野太い怒声が店内を支配します。闖入者一団は負けじと天井や壁や棚に並んだ酒瓶に威嚇射撃をボンボン繰り返し、詩人一人に三人がかりで次々と表へ引きずり出すではありませんか。開け放たれた戸の向こうには騎馬警官の長靴を履いたふくらはぎも見えたりして、どうやらこれは警察、官憲の、革命的芸術家集団への襲撃のようであります。双方激しく、ティンパニーの連打のように叫び合い、たちまち流血騒ぎの阿鼻叫喚。

咄嗟に頭を過ぎりましたのは、日本人発見となれば革命がどうのこうのというよりは、日露戦争で負けた憎き敵方、意趣返しに袋叩きに遭うやもしれん、という怖れでありました。そこで小生姑息だとは自覚しつつも、できるだけロシア人に似せようと眉を引き下げて目と近づけ、なお鼻に思い切り皺を作って高く見せようと試み、「うーニエット、うーニエット」と低い声で唸ったのでありました。

大きな手で肩を摑まれた時は「ひえい！」と明らかに日本語でしたが、見ればウラジーミル君。「こっちに来い」と合図して、大混乱の店内を後にして裏手にある小部屋へと小生を案内したのでありました。

そこにはすでにオルガが怯えた小動物のような目をしてうずくまっておりまして、小生とウラジーミル君を交互に見つめるのであります。ウラジーミル君は人差し指を唇に当て、壁の向こうの騒ぎに耳を澄まします。

オルガの足元の古ぼけた革のトランク。中にはオセローの操り人形たちが仲良く並んで寝ておりまして、なんとオセローの隣にはイヤゴーが身を寄せて、まるで風邪気味のイヤゴーをオセローが労(いたわ)っているようであります。その脇にはデズデモーナ、イヤゴーの女房エミリア、娼婦のビアンカ、この三人の女たちが額を寄せての井戸端会議。男たちの悪口に花を咲かせているかのようで、他の人形たちは乱雑にまとめられておりました。

なんだか見たくもない楽屋裏を見せられたような気分で、すっかり興醒めでもありました。

店の騒ぎが収まると小部屋の戸が開いて、横にピンと張った口髭の、指揮官でありましょうか、尊大な態度の男が入ってきました。すぐに早口でウラジーミル君に何事か囁くのですが、全く内容が想像できぬほどの無表情、鉄仮面的一本調子であります。

続いて小生に目を移した時には明らかに疑いの表情に変わりまして、すわ日露戦争、と身を固くしたところウラジーミル君がすかさず助け舟を出してくれて難は逃れました。一番嫌疑が晴れなかったのがオルガで、何度も彼女の手首を摑んで逮捕しようとするところをウラジーミル君が必死に説得したのであります。指揮官一時は「あい分かった」と頷くのですがすぐに首を傾げて思い直し手首を摑むのです。ウラジーミル君があわてて再び必死に弁護して「あい分かった」となるのですがまた首を傾げて手首摑みと、これを何回繰り返したか分かりません。

分からないといえばオルガもです。両手を突き出し「逮捕しなさいよ」とでも言いたげな反抗的無愛想的態度。ウラジーミル君がここまで必死になって守ってくれているのになんたる暴挙！

あんた！　男を手玉に取るのもいい加減にしなさいよっ！　何が牢屋に入れてちょうだいだっ！　ノミや虱がうようよいるところで「お風呂はどこかしらん」とでも言うつもりかね！　ウラジーミル君が頭下げてるのに、肝心のあんたの頭がなぜ偉そうにふんぞり返ってるんですかっ！

小生がそう叫んだ後、一瞬三人は呆気に取られた顔を見せましたが、まるで申し合わせたように何も聞かなかったフリに徹しようと決めたらしいです。こんな時顔が赤くなりますな。

やがてウラジーミル君がオルガの肩を摑んでぼそぼそと説得し、オルガは相変わらずのツンケン。指揮官は何かまとめの言葉を発して出て行きました。

しばらくは誰も口をききませんでしたが、何をそう卑屈な言い訳口調なのでしょうかウラジーミル君、オルガに何事か囁くとオルガは「ニエット！」。初めて本場のニエットを耳にしました。もちろんそれから先はちんぷんかんぷんでしたが、もう攻める攻める。もう十分だろ、という見極めがないんですな。際限なしに徹底的に相手をねじ伏せる、山ほどのロシア語を使いました。ウラジーミル君は壁に詰め寄られ、その長身を惨めに折りたたんで力なく首を横に振るだけ。ポタポタ涙が落ちてます。

詳しい経緯は分かりませんが、とてもじゃないが放っておけません。この涙を見て良心が震えなければ、硫黄と熱気噴き出す雲仙地獄で念仏でも唱えてろ、であります。

小生昨夜の自分への誓いを喜んで捨て「喝っ！」と叫んでオルガを黙らせ、トランクよりデズデモーナとキャシオーの人形を摑み上げ、これでもかというぐらいにいちゃいちゃさせて、ついに禁断のハンカチをポケットより取り出し、オルガとウラジーミル君の顔に近づけ「しゅっしゅっポッポー！」と声を張り上げたのであります。

初めはキョトンとしていた二人ですが、ウラジーミル君は自分が贈ったハンカチが何故小生の手にあるのかと不思議がり、オルガは驚いてハンカチを手に取ると「嗚呼」と目を潤ませ「サーシャ……サーシャ……」と嘆いたのであります。しかし人間らしさもここまで。ハンカチをウラジーミル君にいきなり投げつけて、罵りの言葉を浴びせかけると部屋の外にプイと出て行ったのであります。ありゃ！

小生驚いて口をあんぐりでございます。

なにが「サーシャサーシャ」でありましょうか。よくもこんな時に本命男の名前を連呼できたものです。後ろめたさの欠片もなく、おまけにハンカチ投げつける荒業。ここはたとえ見え透いたお芝居だとしても、恐れ入ったり、泣き崩れたり、貴方とは浮気じゃないのよぐらいは礼儀としても言うべきでしょ。デズデモーナとは雲泥の違い。濡れ衣でもかの将軍夫人は亭主の真心に必死に訴えたというのに、ホンボシのあんたが啖呵切って出て行くんじゃあ木戸銭返せでございますよ。せっかくの見せ場の前に幕を下ろすな！

警官乱入を第一幕とすれば修羅場第二幕を終えての第三幕、小生とウラジーミル君は変わり果てた店内に戻って参りました。首うなだれた彼はカウンターの中に入ると身を沈め何やらゴソゴソ。起き上がると、割れずに残った酒瓶を一本手にしておりました。ウォッカであります。こちらに来て初めての強烈蒸留酒。ところがちっとも酒の味がしません。何か新種の薬品を試飲してるかの如く、白衣でも着たほうがお似合いというもの。

一方ウラジーミル君はすぐさま酔い始めまして、

小生に向かって、何かの弁解でありましょうか、訥々と語るのでありました。

　小生といたしましても内心忸怩たるものがございます。『オセロー』ではイヤゴーが、さもデズデモーナに情事が実際にあったかの如く見せかけるため、その小道具として用いたハンカチを小生も用いてしまったのでありますから。もちろん当方は偽装ではありません。しかとこの目で見た事実であります。つまり結果として小生、正直者のイヤゴーになったのであります。気の毒、オセローことウラジーミル君。

　ひたすら「プラスチーチェ、悪かったね。ごめんね」と謝り、「でもね、ノ、あの女はニエットだよ、オルガニエット」とも言いました。「駅で見たんだから、男と抱き合ってたよ、男、ムッシーナと抱き抱き」。

　この時ようやく、持参した日露辞典で覚えた単語が口を衝いて出てくれました。意思疎通、もちろん完璧とはいえませんが、松竹梅で言えば、少なくとも竹にはなったでしょう。

　ウラジーミル君はどこかへ消えてすぐ戻ってくると一枚の写真を見せてくれました。

　立派なお屋敷の庭で、眩しそうに手を翳すのはオルガ。隣で葉巻をくわえてふざけているのは……駅の男？

　二人の後ろでウラジーミル君が照れたように竹箒を手にして笑っておりました。

　ウラジーミル君、写真の男を指さし「ブラート」と繰り返します。そして手を使い「小っちゃい小っちゃい」との仕草表現。ブラート、ひょっとして弟の意でありましょうか。生憎辞書はこの時ホテルでありましたが。弟？　へ？　だとしたら駅での別れ、頭グリグリも頷けますか……。よっぽど可愛がっているとしたら頰に接吻もあり得る……でしょうな。

「弟？」

「ダー！」

生気を取り戻したウラジーミル君の目を見て小生も嬉しくなったものであります。良かった良かった、正直者から慌て者に格下げのイヤゴー小生であります。

それにしても写真の彼は竹箒で落ち葉なぞを掃いておりますが、ひょっとしてお庭番？　植木屋とか？　だとしたら、お嬢様と使用人の許されざる恋なのでありましょうか。

小生ついウラジーミル君の手を取って箒ダコの有無を調べてしまいました。ございませんございません、まるで貴族のようにツルリとしたもので、一体この男はなんなんでしょう？　ある時は庭師、ある時は人形師、そしてある時は詩人の会の主催者……。そう考えたらオルガだってそうです。何者なんでしょう。上流階級の娘がなぜアバンギャルドの巣窟に出入りし、労働者のモデルにまでなったのでしょう。

「あー、オルガ、ブルジョワ？　プロレタリア？　どっち？」

これを何度繰り返したことでしょう。「オルガ」は通じるのですが、「ブルジョワ」がまるで通じません。ロシア語じゃないのでしょうか？　仕方なく子犬を連れた貴婦人の真似しようとしたのですが、床に這いつくばっての子犬ワンワンがもう首ひねってます。ロシアの犬はワンじゃなさそうですな。諦めて「プロレタリア」とゆっくり発音してみましたがやはり駄目。ツルハシ持って地面を掘る真似をしてみましたが、踏み出す足が反対だと、妙な忠告を受ける始末。

「あははは」と二人笑ったところで、今なら「君は警察の手引きをしたのかね」と訊けるのではないかと思いましたが、そんな複雑なロシア語は見当もつかず、またそこまで踏み込む権利が小生にあるのかとも内省いたしました。本当にその真偽を知りたいのかと問えば、ニエット。

ひとまずこの空気は変えることにしまして、芸術論に矛先を向けることにいたしました。こまごました事態に巻き込まれて身動きできない時は、やはり抽象世界に飛び込み、地上的なシガラミから我が身を解放させてやらなければなりません。

「さあ、浄瑠璃だ」

「ジョールリ」

「そうそう浄瑠璃とは、まずね、人形を三人の人間が……」

「アー、カブキ……ノウ……アー、オカグラ……ドンタク……オミコシ……フンドシ……」

それだけを言うとウラジーミル君、もう言うことがなくなったようであります。

どうやら日本案内の本でもぺらーっと見て言葉を覚えただけらしいですな。浄瑠璃もその内の一つだったようで……。

小生の顔を覗き込むようにして訊きました。

「フンドシ?」

「ニエット」

答えたとたんにウォッカの酔いが急に回り、店が回り、世界が回り始めました。

露西亜革命騒動見聞録第二弾ナンテネ。

サア、仕事を放棄して往来に繰り出した人々は口ぐちに叫ぶヨ「パンよこセ！」。さしずめ我が国ならば「米よこセ！」の米一揆米騒動でありまショウ。

米、いやパンあるところにあるならば襲われて騒動もいつしか鎮火。がしかしあるところにあらねば何を「よこセ」と叫べばイイ？

この騒動我が国であれば、神社お寺の御札を撒いて「ええじゃないかええじゃないか」とお祭り騒ぎになるところ。こちらはあくまでグイグイと現実的労働者的社会主義的浮かれなさナノデス。と言いましてもやることたあ後ろ向きデネ。

今は欧州戦争の最中にもかかわらず、続々と戦争放棄の兵隊が故郷に戻っちゃってル。帰ろ帰ろお家に帰ろですナ。もはや軍法会議を開く人間すら逃げ出したとのコト。後ろへ後ろへと向かうはいいが、どこへ行くのか大国露西亜。

残った者は労働者と農民ダ。

男と女、これも残ってます。通りに溢れかえっている人々の中で何組の所帯ができますことやら。何千、何万、何十万、いや何百万の新婚さんが貧乏長屋の七輪で秋刀魚を焼くのでありまショウ。煙の向こうから汗にまみれた亭主が帰ってくるヨ。オヤおまえさん、地下足袋にまた穴開けたのかい、そうなんだよ、また繕ってくれよ、ハイヨ父ちゃん。そんな下町夕暮れの光景が露西亜全土で繰り広げられるとしたら、それはまるでおとぎ話ダ。国というよりむしろ村でありますナ。ぜひとも新しい国を造ろうと、革命児レーニンがいよいよこの地ペテルブルクに向かうとの報せが、国の未来を考える評議会「ソビエト」の面々を活気づけておりマス。

ここで特筆すべき挿話を一ツ。

我が国で言えばお針子さんですナ、その彼女たちも蜂起に参加しておりまして、立ちふさがる皇帝陛下の兵士になんと「仲間になりなよ」の勧誘運動。一人の兵士に十人ものお針子さんが取り囲み、涙ながらに訴えているのをワタクシ目撃いたしましタ！　きっとこんな話ダヨ。

「アンタだって貧乏人の倅だろ？　だったら私たちを応援してくれなくちゃあ駄目だよ。私たちをいじめて出世できるのかい？　絶対無理だね。だってアンタは貧乏人で貴族の生まれじゃないんだからさ。そうだよお、生まれで決まるんだよなにもかもが。アンタに残るのは、私たちをいじめたことだけさ。ちょっとでも人間らしさが残っているのなら、そのことを恥ずかしいと思わなくちゃいけないよ。私はアンタの母親ぐらいの年だと思うけど、いいんだよ、おかあちゃんだと思っても。おかあちゃんね、悲しいよお！」

　実際その兵士は顔を赤らめたのでアリます。よもやこんなところでこの国の「恥じらい」を目にするとは思いもよりませんでしたナ。

　そしてお針子軍団は兵士勧誘の輪を次々と広げていったのデス！

　ひょっとしてこの「恥じらい」が小連隊、中連隊、大連隊にまで広まれば、まさしくこの国は動きますゾ。「恥じらい革命」とでも命名する日が近いかもしれませぬ。

　次回も乞うご期待！

懐炉を暖め、それを両の足裏でピタっと挟み、外套をかぶってその上に毛布と布団をかけてベッドにあおむけ、これでもまだまだ寒いのであります。寝酒のウォッカは喉がひりひりするだけでちっとも体が温まりません。

日増しに廊下の慌ただしさには緊張感が増しておりまして、そのきびきびした激しい口調の外国語に混じって「レーニンは出たか出ないのか！」などの日本語が聞こえますと、何とも言えない寂しさが我が身を心細くさせるのですな。

あーあ、自分はあっちに交じることはない、一体ここで何をやっているのか、蛙の標本みたいな格好をして。弱気な自問自答を始めざるを得ないのです。

オセローよ、あなたにもこんな疎外感、孤独感に襲われた夜がございましたか？

例えばオセローに酒を酌み交わす友はいたのでしょうか。よう兄弟、と言ってくれる誰かが……。

なにくよくよしてんだよ兄弟？　故郷に帰りてえってか？　もうねえよそんなものは。今じゃここがおまえの故郷だい。誰も打ち解けてくれねえってか？　もしそうなりてえんだったら、戦場でよ、一回でもいいから「助けてくれえ」って言ってみな。誰かが飛んできてくれるよ。それでもう戦友同士さ。ないだろおまえには？　どれほど危なくなっても一人で切り抜けちまうんだ。まあ、強いんだから仕方ねえけどさ、その強さが人を遠退かせてるんだよ。あん？　難しいさあ！　弱くなれったって無理だもんな。だからさ、まあ、飲めや……。

朝、ロビーに下りて行きますと、帽子をかぶった労働者たちでびっしりと埋めつくされております。「パンよこせ！」がここまで来たかと思いましたが、叫ぶ者は誰もおりませぬ。外国の記者たちを囲んで密集しておりまして、労働者の代表らしき男が彼らに話をしておる様子。何か緊急事態発生でしょうか？　もう危ないから国外退去とか？

　近くに辣腕記者がおりましたので事情を訊ねると、いよいよレーニンが本日フィンランド駅に到着するとのこと（ペテルブルクにあるのにフィンランド駅なのです）。ぜひみんなは集まって世界に向けて報道すべし、とのことであります。

　こんな間近で叛乱軍たちの顔を見るのは初めてですから、一人一人をじっくりと拝見させていただきました。誰もが小生より二十センチは身長高く、胸板も厚く強そうです。そしてまた誰もが洋服ブラシのようなごわごわした鬚を生やしてまして、らんらんとした眼が、まさか涙目ではないと思いますが、朝日を受けてやたらと光っております。

　そして、ややなんと！　オルガ発見！

　彼女が屈強そうな男たちに交じってライフルを背負っているではありませんか。顔は薄汚れておりますが間違いなくオルガ。初めて会った時のご令嬢姿のカケラもございません。

　周囲と合わせて「ウラー！」と雄叫びを上げるその男まさりの姿は、楽屋でウラジーミル君を責め立てた時よりさらに腕を上げた模様であります。

　レーニン見たさに外套を取りに部屋に戻りますと、そこにおりましたのはトランク抱えたウラジーミル君。

「おっ」

「オッペケ！」

「君もレーニン？」

「シトー？」

「レーニン、カムカム」

辞書は机の上であります。

「シトー?」

「だから……」

もどかしく、彼を窓に連れて行って下の通りを指さしてやりました。

「ほら。オルガもいるよ。フィンランド駅、一緒に行こう。行こう、ちょっと待って……ええと、イッチーイッチー」

ウラジーミル君、袖を摑む小生の手を振りほどき、かたくなに首を横に振るのであります。

いちいち日露辞典を引いてる暇はなく、日本語で言ってやりました。

「くよくよすんなって。この間は警察から金もらって手引きしたんだろ? 財布が空っぽだったから。それだけのことだよ。魂は売っちゃいないぜ。いいってことよ。国を挙げてのこの騒ぎは只事じゃないんだから、ちっちゃい一人の人間があっちこっちに心が動くのは当たり前よ。けどな、問題は心じゃねえ、魂よお! 早く追いついてオルガと仲直りしなよっ。きっとあんたを待ってるぜ。ウラさん、あんたに目を覚ましてほしかったのよん。すまねえオルガ、しかし俺の腹はもう決まったぜ。そうよ、これからはおめえと二人で貧乏長屋で末永く暮らしていくぜえ! ウラさん!」

小生が喋ってる間にウラジーミル君、トランクを開けて人形を一つ一つ取り出しておりました。

「なにすんの?」

ウラジーミル君は床にオセローたちを並べ終わると「ふう」と一呼吸。おもむろに顔を上げて小生に向かって、それはそれは真剣に語り始めたのであります。

一つ一つの言葉を探しながら、やっと見つけたその言葉にすがりつくようにして絞り出すのです。

言葉を探そうが探すまいが小生には皆目分から

ないのですから、この誠実さには胸を打たれるものがありました。

その打たれた胸の中で、なんと奇跡が起こり、一つ一つのロシア語が、トランプのカードをひっくり返すかのように、クルックルッと翻って、一つ一つの日本語に聞こえたのであります。空耳といえば空耳かもしれませぬが、詩人のウラジーミル君がその魂を絞り出して小生に言葉を届けたのだ、と考えたいのであります。


しっかりしろと肩に手をかけた仲間はみんなすでに死んでいた。死は伝染する。逃げろ。走れ。向こうで同じように走ってる奴がいる。声をかけるか？　もし敵だったら蜂の巣だ。味方だったら俺たちは単なる規律違反の脱走兵。一人でいれば自由だ。自分自身の英雄でいられる。身を隠せ。山に谷に岩陰に。とにかく陽が昇る方が故郷だ。腰をかがめて走れ。ほらとうとう家々の灯が見えたぞ。駄目だ止まれ！　あれは戦車の両脇に付けられた赤いランプ。我が軍は青いランプ。ここまで来て間違えるな。生きるか死ぬかは青か赤が分かれ道。

どうやら生き延びたらしい。

ドアを開けたら、牛の臭いがした。留守の間に我が家は牛小屋になってしまったのか。あり得るな。だがそんなことはなく父と母が両手を広げてくれた。牛小屋に納得した俺の屈辱は、戦争と一緒に逃げてきた証拠。まだ終わっちゃいないと戦争が囁く。それが嫌だったら革命派にでもなるんだな。俺は訊き返す。革命派の規律違反ってどんなだい？　答えはないけど、分かってるさ。どんなところにいようとも、逃亡は最大の規律違反。俺の真後ろで、いつだって規律は見張っていやがるんだ。

いきなり窓の外から大群衆の歓声が湧き起こりまして、思わず二人で駆け寄りますすと、駅の方から土石流のように人が流れてきます。ついに到着したレーニンに群がる労働者、兵士たちでありましょう。オルガは見えるかと目を凝らしましたが、砂浜で一粒の金平糖を見つけるに等しき困難さ。赤い旗は無数に揺れて、またまたあの歌の、地響きのような大合唱が始まりました。

ウラジーミル君は書割りの準備も始めまして、どうやらここで『オセロー』公演を始めるつもりのようです。なんのために?

大合唱が町を飲み込む一方、ウラジーミル君は耳に入らぬといったふうで、淡々とオセローに取り掛かります。

「イズミニャーチ」

と言うと、それを紙に書いて渡してくれました。

日露辞典の後ろに少しだけ露日辞典がおまけに付いてましたので調べると「裏切る」と書いてありました。ふむふむ。そうですな。この作品、イヤゴーがオセローだけでなくキャシオーもデズデモーナも女房も友達も裏切り放題であります。

「イズミニャーチ」

ウラジーミル君はもう一度つぶやくと劇の世界へと入っていきます。

先日とは打って変わってイヤゴー、卑屈で矮小な人物に仕立てられております。小生を前にして正統派に気持ちを改めたのでありましょう。是非それを観てもらいたくやって来たのでありましょう。文芸担当日本男子、ここは一番堂々と受けて立たねばなりませぬ。うむ。

実に抑制が効いていて人形芝居としてはなかなかのもんです。ロシア版浄瑠璃と個人的に太鼓判押しましょう。異論を唱える者もいないし。

幾分端折って大詰めの場面。

オセローがデズデモーナに詰め寄ります。しかしウラジーミル君は劇の進行を止めるとオセローを指して「イズミニャーチ」と小生に言うのです。オセローがデズデモーナを裏切るのでしょうか？確かに殺してしまうのですから結果的には裏切るんでしょう。

「ダーダー」と頷くとウラジーミル君は、オセローの人形を掴み小生の目の前に突きつけます。そしてオセローに向かって三度「イズミニャーチ」と繰り返したのであります。

オセローが三回裏切ったという意味でしょうか？　はて？

さあそれからウラジーミル君の悪戦苦闘が始まりました。小生に納得させるべく、一言も日本語なしで、自分の意味するところを必死で伝えようとしたのであります。小生は小生で、ついさっきの奇跡体験がありますので、分からないはずはないと天啓を待つのですが、今度はなかなか降りてきてはくれません。

窓の外では大合唱、窓のこっちは幾度も振り回されるオセロー人形、まるでシベリア鉄道の堂々巡り悪夢の再来であります。

それでもなんとか彼の意味するところが分かったような……。

つまり、オセローは、愛する妻を疑ったことが妻を信じる自分への裏切りで、そして妻を手にかけることは正真正銘妻を愛していた己への裏切りであり、最後に、二度の裏切りを果たした自分自身への裏切りとしての自殺と、どうやらこんなことらしいのです。

理屈っぽいですなあ！

だからなんだというのでしょうか。

今度はウラジーミル君、オセローの人形を自分の胸に当て、自分もオセローだと言ってるようであります。

言われて見れば、今の理屈から言えば、そうなるのでしょうか？

まず、祖国を愛する自分への裏切りとしての逃亡。そして革命派を装う偽者としての裏切り。

そしてオルガへの裏切り？　ここはもう何が二人の間で起こったのかは分からないので、保留しかありません。

「君は自分に厳しいねえ。何もそう自分を貶めることはないと思うなあ。そんなこと言い出したらキリがないよ。みんな何かしら裏切ることになっちまう。パンを食べたらお米を裏切ったことになっちゃうとか。もう人形はそこに置いてオルガのとこに行けばいいよお」

もちろん意味の分からぬ日本語ですから貸す耳もなく、ずっとオセロー人形を愛おしく抱きしめたままであります。何が彼の胸に去来しているのか分かりませんが、ここまで親身に考えてくれるのであればオセローも浮かばれるというもの。救われます。言わばオセロー救済評議会。ウラジーミル君のソビエトです。

だしぬけにオルガが飛び込んできたからたまげました。ずんずん歩いて窓を開け群衆に向かってライフルを！　構えた！

レーニンを撃つ気か？

「やめてくれよお！」

とんでもない事態勃発であります！　ウラジーミル君が彼女に飛び掛かり最悪の事態には至りませんでしたが、一体何故ゆえにオルガはレーニン狙撃を試みようとしたのでありましょうか。以前から予定の行動なのか、はたまた何かの理由で寝返ったのでしょうか。いや、上流階級、元に戻ったと言うべきか。

二人は床の上を揉み合いながら激しい言葉の応酬、ゴロゴロ転がりながら互いの顔に唾を飛ばし合って叫んでおります。恐ろしい光景です。手加減なし。互いの首に噛みつかんばかりの勢いであります。どったんばったん、我々日本人には想像を絶する迫力、男も女も区別なしです。いよいよロシア人の正体見たり。よくぞこんな連中相手に日露戦争、勝利したものであります。

一度はウラジーミル君が馬乗りになりほとばしるように怒鳴りましたがすぐに形勢逆転、オルガが馬乗りになって罵ります。万が一その言葉の意味が分かったとしても、うーんその気持ち分かる分かる、なんて感情移入はできそうにもありません。真に失礼ながら類人猿同士の生存競争を思わせます。

次第に言葉は語らず、ただ気合いの掛け声、苦痛の叫び、唸り声、激しい呼吸音、それらとともに取っ組み合いが続けられたのであります。

その間十五分ほどでありましょうか、ついに二人は精も根も尽き果てて、ようやくぐったりと、床に足を投げ出し、壁に凭れかかって戦闘休止してくれました。顔には青アザ赤アザ。あれほど互いをいとおしくひっしと抱き合った二人です。何が二人をここまで変えさせたのでありましょうか?

やはり革命ですか。

そうだとしたら、いやはや革命とはとてつもなく人間を奇っ怪に変貌させる出来事でございます。

いつの間にか大合唱は止んで、誰かの演説が聞こえてまいりました。おそらくレーニンが、いよいよこの街で戦闘の火ぶたを切ったのでありましょう。力強く民衆に訴えかけていますが、今までこの街で聞いた演説の誰よりもうんと冷静な声です。余裕すら感じられて、さすがに役者が違います。

ずっとその声に気を取られていたので、ウラジーミル君とオルガが抱き合って寝ている姿を見た時はびっくりでありました。

なぜそんなことができるのでしょう？

二人はまるで、またまた大変失礼な表現なのですが、海から上がったトド二体のようでありました。それを見ながらつくづく思いました。

……この二人と小生とは、全く、何の関係もないのだなと……。

もし、二人が紆余曲折を経てここに至った意味の分かる物語を日本語で聞かされたとしても、小生が見て聞いた生々しい体験の実態からすれば、きっと物足りない筋書きでありましょう。

サンクトペテルブルク見聞録最終回

革命に咲いた恋の花、一つこの話で締めくくりやショウ。

溶鉱炉で働く青年ウラジーミル君は、灼熱の仕事場で、真っ赤に溶けた鉄の流れを見つめるたびに熱さで頭がボーッとしてしまいマス。先輩たちもボーッとしているので怒られはしませんが、よっぽど危ない時は、涼しい場所にいる工場長がメガホンで「足が溶ける——！」と大声で叫びマス。

「俺たちが顔を真っ赤にしてボーッとしてる時に上流階級はワルツを踊っていやがるんだぜ。こんな世の中おかしくねえか？」

伊谷五という名の日系露西亜人先輩が毎日ウラジーミル君の耳に吹き込むのでウラジーミル君は「本当にそうだ、おかしい」と思うようになりマシタ。

一方、豪華絢爛たる大広間で令嬢オルガはさる貴族のドラ息子とワルツを踊っておりましたが、屋敷の外では民衆が革命歌を合唱していて、ヴァイオリンの音もかき消されガチ。

「なあに、一時ですよ一時。すぐに軍隊が制圧してくれます」

ドラ息子が囁くとオルガはパッと体を離しマシタ。

「今の言葉、百年経っても恨みは消えないでしょう」。そうなのデス。彼女は上流階級でありながら革命の熱狂的理解者。だったらこんなトコくんなヨ。


さて、ウラジーミル君は暇つぶしに民話保存友の会にも入っていまして、日曜日ごとに町の広場で子供相手に人形劇を公演しております。タイトルは「大きなカブ」。カブを地面から引っこ抜くだけの単純なストーリーで、人間動物入り交じってひたすらカブの葉っぱを引っ張るだけ。それを馬車で通りかかったオルガ嬢が見つけ、御者に「止めて」と言い、地面に飛び降りると子供たちに走り寄って、交じって声を合わせました。「うんとこしょ、どっこいしょ」。

終わるとオルガ嬢、ウラジーミル君に向かって言いましたトサ。「社会主義的操り人形芝居、ウラーよ！」「ハ？」「露西亜という大地に自由というカブが埋まっているのよ、それをみんなで力を合わせて引っこ抜く！ 素晴らしいわ！」

ぜひお家に遊びにいらして、ということでウラジーミル君、ぽーっと一目惚れ。さっそくオルガ嬢のお屋敷に行きましたが労働してないと気が落ち着きません。枯葉を箒で集める仕事が気に入ったようであります。そこに顔を出す先輩伊谷五。

「こんな贅沢暮らしのお嬢様が労働者の味方なわけがないだろ。あの女は絶対警察のスパイだぜ」

言われてみればそうかも。しかし惚れちゃったからどうしまショ。いっそ自分もスパイになれば悩み解消と、さる革命派の秘密の集会場所を警察にチクっちゃいまシタ！ 結果一網打尽。怒ったのが伊谷五であります。

「革命と女、女取りやがったナっ！　ムショから出たらタダおかねえから覚えてやがれ！」

　オルガ嬢は喜んでくれるだろうと期待すれば「この裏切者！　おまえなんかカブになっちまえ」と罵られ、訳が分かりません。悲しいです。

　さてある日のこと。レーニンが溶鉱炉にやって来てストライキ中の労働者をコブする演説を行いました。ソシテなんとオルガ嬢が鉄

塔の上から彼をライフルで狙ってます。気づいたウラジーミル君は大急ぎで鉄階段を駆け上がり、間一髪で狙撃阻止が間に合ったア。ホッ。彼女は泣きじゃくりながら叫びます。

「私の弟が乗った疎開列車が革命軍に爆破されたのよお。放せ裏切者、仇を討たせて！」

「駄目だよ駄目だよ絶対駄目。あの人撃ったらそれこそオルガさんが裏切者。殺されちゃいますよ」

　その時下から声が上がりました。

「あっ、誰かが指導者をライフルで狙ってる男と女どっちダ？」

　それを聞いてウラジーミル君「ライフルを寄越しなさい。僕が狙ったことにしよう」と身代わりを申し出たのでありマス。よっ男前。

「そんなことしたら貴方が大変」

「僕のことはいいんです」

「ううん、駄目駄目」

「いいんです。あなたへの気持ちは裏切れない」


「まあ、そんな思いをわたくしにい？」

「革命騒ぎがなかったら、こんな大それた気持ちは抱かなかったでしょう。でもしかし、上流貴族がいなくなりゃ、僕とあなたはただの男と女。ひょっとして、ひょっとしてと気持ちを育ててしまいました」

「まあ嬉しい！　わたくしも同じ気持ちのような気がしないでもないのよ」

　どっちなんだい？

「構わん二人とも撃ってしまえ」

その声の主をレーニンが制しマス。

「馬鹿者、銃を下ろせえ！　もしこの私が撃たれようとも革命は止められないのダ！　それを証明するためにも是非狙撃してもらおうじゃないか。いいか、目先の小さいことに捉われず、もっと大事を見なさい！　それが大事。さあ次の会場に行こう」

　命拾いした二人は田舎に行って、細々と畑仕事に精を出しました。そして大きなカブを育てたのです。とてもじゃないが大きすぎて
――

地面から抜けません。そこで十人もいる子供たちが手伝ったとサ。


　以上ペテルブルク革命見聞録の完結でア～ります！


小生は今船上の人となって懐かしの祖国日本へと向かっております。

　シベリア鉄道は途中何が起こるか分からないということで、亡命志願の金持ちたちに交じって海路を選んだのでありました。

　甲板には革命難民、身なりのいい紳士淑女が溢れかえっておりまして、実に不思議な光景であります。貧しき人々が残って金持ちが国を出て行くという、ひっくり返った世の中をまさにこの目で確かめておる次第。

　見渡せば三百六十度全て海。ペテルブルクは影も形もありません。水平線を眺めながら、よくぞ何の準備もなしにあの街へ飛び込んだものだと、我ながら感心するのであります。右も左も分からぬ街で、確実に意味が通じたのは「ジョールリ」と「オセロー」だけ。

　世の中なんだかんだと言っても最後の頼りは芸

術なのかもしれませぬ。

今回のロシア派遣体験は、文芸担当の人間として今後の人生さらに飛躍するための大きな暗示、天の采配だったかもしれません。ついそんなふうに考えたくなるのであります。

あれからウラジーミル君たちは小生に「スパシーバ」と頭を下げて出て行きましたが、その後どうしたでしょう。

オルガの変節は何故だったのでしょうか。いえいえ謎を言い出したらキリがありません。だいたいがあの二人の正体を小生正しく理解はしていないのですから。ただ令嬢と使用人という分かりやすい記号で個人的に了解しているのみであります。

それにしましても人情として、二人には是非添い遂げてほしいものであります。やはり、ご縁があったであろうと思いますので。

「オセローソビエト……」

つぶやいた言葉が瞬く間に後ろへ流され、海の上を遥か遠くに渡って行くのでありました。

クォーター・シャイロック

一幕第三場、いよいよバサーニオとシャイロック、つまり僕の出番だ。

長年使い込まれてツルツルになった舞台が照明を反射し、上手の奥の暗闇まで続いている。

これからここに出て行って観客の視線に晒されるかと思うと、袖の暗幕に隠れた僕にはそれが信じられない。

今この暗がりに僕が僕自身として潜んでいることは納得できるけれど、明るい場所に出て行ってシャイロックが群衆の注目を浴びるということがどうしてもリアルに想像できないんだ。

身を隠したこの場所からピカピカのあそこまで地続きなんて嘘だろ。絶対断絶があるはずだ。それをどうやって乗り越えればいいんだろう。

気配を察したバサーニオが「おまえ大丈夫か」と視線を投げて寄越すので、下唇を突き出し肩をすくめてやった。「知ったことか」というシャイロック風のジェスチャーだ。暗闇の中では大丈夫だけれど問題は観客を前にしてどうなるかだ。

一瞬だけ演じて引っ込むわけじゃない。ある時間あそこにとどまってシャイロックを演じ続けるんだ。何回も出て行くんだ。最後まで自分を支えてくれるものは何だ？　教えられた通りにやればいいのか？　でもだ。何を教えられた？　そして教えられたことが確かにあるとして、それをやってのけるための方法をまた教わらなければならないだろ。はっきり言える、そんなものは教わってない。

バサーニオが大きく息を吸って僕を見ると舞台に向けて顎を動かした。「いくぞ」って、ちょっと待ってくれ、まだ考えることがあるんだ。

舞台に出たとして、シャイロックを演ずるより前に客席に座っているゲッベルスをまず探すだろう。そして多分その隣にいるだろう総統を。その存在を確かめてからこれが現実だと実感するんだろうな。そうだ。僕の方からは「シャイロック」を信じる手だてはないんだ。全ては向こう次第。台詞を一つ喋っては二人の顔色を窺い、その連続の果てに何が待ってる？　そしてその顔色がことごとく否定的だったらどうしよう。

業を煮やしたバサーニオに袖を引っ張られて僕はまぶしい世界に足を踏み入れる……。

まずはここまで話してみたが、日本人の彼にとっては長すぎるドイツ語だったらしい。首を横に振って「もっとゆっくり。で、何が言いたい？」と訴えた。そこで僕は頭の中でまとめて

「シャイロックはゲッベルスと総統の顔色を窺う」

と言ってみた。すると、

「やればできるじゃないか。しかし言葉は理解したが意味が分からん」

もっともだ。出だしを間違えたのかもしれない。ただいつもこの場面が頭から離れないのでつい始めてしまったんだ。

ツバのない丸い布帽子をかぶったキモノ姿の東洋人。この細い目をした男を相手に僕は一体何を始めたのだろう？

彼は僕の部屋から見下ろすこの通りの占い師。小さな机に向かって座り、客を相手に手相や顔相を見るという。ある日僕が、何故ここにいるのかと訊いたら「ユダヤ人の占星術師がいなくなったからさ」それが何か、と言わんばかりの挑戦的な返事がかえってきた。それで僕はつい座ってしまい、見てもらうことにしたんだ。もちろん好奇心と面白半分だけど。すると彼は三十秒ほど僕の顔を眺めてからきっぱりと、

「あなたは非本来的に生きてますな」と言った。

この一言がぶすりと胸に突き刺さってしまった。

「確かに」

それ以上何を聞く気にもなれず僕は部屋に上がったが、毎日カーテンの隙間から彼を見下ろしていたんだ。これからどうやって生きていくのか、眉唾にせよ、示唆っぽいものが欲しい。けど「非本来」の次に繰り出される言葉が怖くて近寄れない。

「偽物に明日はない」とか「模造品の明日は繰り返し」とか「がらんどうの明日に意味はない」とか、自分が恐れていることを言われるのだろうか。

それにしてもだ、これは僕の自尊心だか虚栄心だかエゴだかは知らないけれど、地球の裏側からヒョイと来た全く無関係の男に、出会い頭いきなり否定されてはかなわない。抗議はしないけど弁明の余地は与えてほしい！

「僕を覚えてますか？　ああ、滅多に客は来ないんですね、そうですすこの前来た僕です。非本来的に生きていると言われたんですが、何故非本来になったかをどうしても聞いてほしいんです。理由があるんです。それを聞いた上で改めて占ってほしいんです。どうですか？」

どうやら僕はかなりの剣幕だったらしく、彼は後ろの壁に身を押しつけて聞いていた。

そしてさっきの話から始めてしまったというわけだ。

「今夜客はいないようです。あなたは私ともっと話したいですか？」

そう言うと日本人は襟巻を巻き直してキモノの中で器用にもそもそと腕を組んだ。

僕が言葉を探していると建物の暗がりから制服男がふいに現れ、机の上のランプの火を小さくしろと命じた。この間から灯火管制が始まってはいるが、ゲシュタポにしてはずいぶん優しい物言いだなと思っていたら、男は小さく頷いて占い師に微笑んだ。どうやらこの男には「いい占い」が出たらしい。

「店を開けるのは空襲が始まるまでだぜ」

一言そう言ってシルエットになった仲間のところへ戻って行った。

僕は一つ咳払いをしてゆっくりと話し始める。事の起こりから聞いてもらうことにしよう。

蝶ネクタイがトレードマークの劇場の理事長が珍しく僕を部屋に呼んで、いきなりこう切り出したんだ。

「総統がシャイロックをお望みだとゲッベルス様に言われてね。『ベニスの商人』だよ。分かるね？　ずる賢く計算高く滑稽な体を引きずるユダヤの金貸しが、得意絶頂でペチャンコ！　はっはっ。さすがシェークスピアじゃないか」

理事長は隠し戸棚からブランデーを取り出すと一人で飲み始めた。僕に勧める気は全くない。こっちだって朝から飲みたくはないけど。

「わざわざ当劇場を選んで下さったのは光栄の至り！　でだ、かのユダヤ人の名優殿には辞めてもらったから、現在我が劇場、君を除いては生粋のドイツ人しかおらん」

壁中を埋めつくした歴代の名優舞台写真から苦悩に顔を歪める白黒のシャイロックが外され、そこだけポッカリ四角く薔薇色の壁紙が見える。

「どう思うね？　アーリア人のシャイロックで観客は満足すると思うかね？　この点がやはりゲッベルス様は素人なんだな。いえいえ、やっぱりシャイロックにはユダヤの血が入ってなきゃ話になりませんよ。そう返事してやったよ。でだ」

思い切り酒の臭いを目の前で嗅がされてから、

「君は第二級のユダヤだったね？」

やっぱりそう来たか。

「はい」

四人いる祖父母の内二人以上がユダヤ人の場合が第一級。一人の場合が第二級だ。そして第二級は一応ドイツ人と分類され、第一級の扱いには暗雲が漂っているらしい。

「よろしい。胸を張って君が次のシャイロックだ」

理事長が僕の肩をポンと叩いて……

「待った」

占い師が手を上げる。

「君の爺さんか婆さんが第二級だったら君は第何級になるんだね？」

もっともな質問だけど、

「そこまでは調べないです。『級』は僕たち世代以降です」

「ほう」

「ここまではお分かりですか？」

「総統がシャイロックを希望したのかい？」

「いいえ、発案者は絶対ゲッベルスですよ」

天窓からにぶい光が落ちる稽古場で、劇団員に正式のキャスティング発表があった。入ってきた時から理事長は上機嫌で「エスプレッソマシンを私のポケットマネーで進呈せにゃいかんねえ」と一人で笑い……こんな細かなことはどうでもよくて、えっと、僕のシャイロック発表の後で誰かが口笛をヒュウと吹いたんだ。それは「おやおや」とも聞こえたし「がんばれよ」とも聞こえたし「やっぱりな」ともいろんなふうに聞こえたんだ。こんなところがひどく気になるのは分かるよね？僕のキャスティングは「級」が理由で、決して実力じゃない。

ナチ党員になった役者は何人かいるけれどそれほど熱心とは思えない。あとは反ナチが何人かいて、残る殆どが無関心派だ。僕も見ての通り無関心派。演出家は共産党員らしいが本人は一切隠していて、理事長の「みんな気を引き締めていこう」の締めくくり挨拶も上の空で聞いているようだった。でも最後にさり気なく訊くんだね。

「ところでゲッベルスは演出に口出ししますかね？」と。

みんなもドキンとしたはずだ。もしそうなったら大変だよ。ナチと共産党の党員たちで稽古場は血を見る乱闘騒ぎだ。しかし理事長には想定内の質問だったらしく、

「ゲッベルス様は」と敬称をつけて訂正した後演出家に向き直り、

「楽しみにしておられるから、ちょくちょく顔を出すかもしれない。私は君の演出がゲッベルス様を喜ばせると信じておるよ」

そしてエスプレッソマシンの設置位置を「うん、ここだここだ」と一人で決めて出て行った。

『ベニスの商人』は初めてじゃなかったし、それぞれの役ももうお決まりだったので慌てる者は誰もいない。誰もが僕に微笑んで一応は祝福してくれた。選出基準が何であれ初めての役付きだ。

劇場の外に出た時理事長が、いかにも偶然会ったと言わんばかりに開いた傘を閉じて近寄ってきたんだ。

「そこのカフェで君のシャイロックに祝杯をあげようじゃないか」

ここまでの話分かるかな、と訊いたら、

「大した話じゃないな。次行こう」と言われてしまった。

界隈の「顔」である理事長はカフェに入ると何人もに笑顔で冗談を飛ばし、ようやく誰も話しか

けてこなくなるのを待って僕に身を乗り出してきた。

「メイク室からこれを失敬してきたよ」

差し出されたのは、カギ鼻。鼻柱が途中で折れ曲がってるね。

「君の自前は真っすぐ過ぎるからこれを着けたまえ。本物に見える優れモンだよ。できればこれを一日中着けてシャイロックに成りきるんだ」

占い師が声を上げて笑った。

「理事長、ヤル気だね！」

「まったくさ！」

本当に馬鹿馬鹿しく滑稽なことだがその時は笑えなかったよ。それこそ鼻の先を鼻にくっつけるようにして眺めたあと接着剤の糊をもらってさ、席を外し、トイレから戻ってきた時にはシャイロックになっていたんだ。理事長は大満足で、

「いいね！　顔にドーランを塗って鼻の色と合わせたまえ。それから小狡い目の表情を学ぶんだ。必ず横目で見るんだ。決して正面切って見ちゃいかん。舌先で上唇をチロチロと舐める癖も忘れんようにな。そうそう下品な声を出したまえ。多分気管支炎だろう。そして綿を入れた肌着を作ってもらい、醜く太った猫背にしよう。栄養が偏ってるんだ。軽く片足を引きずるのもいいかもしれんな、貧乏臭く。あとは……うん、東洋にソロバンという携帯の計算器がある。いつでも金勘定ができる優れモンだよ。小さな玉がいくつもあって、カチャカチャ鳴らすんだ。こいつを登場の前に幕の裏で振るとすぐに分かるぞ、あ、奴が来るってな。こいつのシンボルにしよう。どうだね？」

言われた通りに演じたら演出家は何て言うだろう？　そんなことが頭をかすめたが僕は感謝して

「おかげでやれそうです」と返事した。

どうしたの?

占い師が机の引き出しから何かを取り出すと、なんとソロバンだった。カチャカチャ鳴らして、

「君もこれを使ったのかい?」

ランプの前に差し出された小さなソロバン。瞬間その玉の一つ一つが飛び散る光景を僕は思い出した。

「シャイロックは東洋人なのかっ!」

鋭い怒声を浴びせられた後でソロバンは投げつけられて壁にぶつかり粉々に散らばる!

「まああなたったら小道具をこんなにして大変!」

奥さんがすぐに取りなしてくれたが、大先輩の俳優は額に血管が浮き出るほど怒り心頭だった。

まるで小さな稲妻のような血管。


「大丈夫かい?」と占い師が顔を近づける。

「うん。ちょうど今から話そうと思ったところなんだ」

キャスティング発表の数日後僕はクビになったシャイロック俳優の家に挨拶に行ったんだ。

僕としては引き継ぎのご挨拶にお邪魔したつもりだったけど、奥さんは玄関で僕を見るなり「まああなた大変! やっぱりいらっしゃったわよ!」と意味の分からない大騒ぎのお出迎えだ。

「そーだろそーだろ、さあさあ中に入ってくれたまえ」

奥からよく通るバリトンの声がしてさ、てっきり意気消沈していると思っていた大先輩が、上機嫌の顔をヒョイと出して手招きしたんだ。

連携プレーのように奥さんが僕の背中に手を回

し部屋に案内する。

「この人ったら絶対あなたが演技指導を受けに来るって言うのよ。わたしはないないって言ったの。ありがとうね、少しでもあなたの役に立ちたいのよ、それだけ。別に他意はないのよ、だってもう劇団には戻れないし、だから一生懸命勉強していってね、甘いものはお好きかしら」

ひどく質素なソファに僕はもう座らされていた。

「おかまいなく」

「まあ落ち着きたまえ」

先輩は手を一つ叩いて擦り合わせるとそう言った。落ち着くのは僕の方じゃないと思ったけど。シャイロックの演技指導を受ける？　そんなつもりはまるでなかったけど、ここまで待ち焦がれた二人を失望させるわけにはいかないし。

どうしよう。

顔を窓に向けると「戦勝記念塔」の黄金女神が青空に小さくきらきら光って見えた。子供の頃あの中の暗い螺旋階段でいきなり閉所恐怖症に襲われたもんだ。急に息ができなくなり、目の前を上る仲間の足首を掴んだまましゃがみ込んでしまった。機転を利かした後ろの仲間が「上に行った方が新鮮な酸素があるよ」と落ち着いて言ってくれたおかげで、這うようにして階段を上がり助かった。金ぴか女神、言わば僕の「戦敗記念塔」だ。

「さて」

先輩は頬に手を当ててソファに深く座り直すと足を組んだ。

「君は君なりに演じればいいんだが、あまりに私と違うシャイロックだったら客も戸惑うしね。どれ、最初の出のところからでもやってみようか」

思いがけない事の成り行きだったが、幸い必要な物はいつも全部持って歩いている。そこで腹を決めて、理事長に言われたシャイロックを演じて見せることにしたんだ。

　ソファのクッションを借りて背中に背負い、その上からオーバーを羽織い、頭にはレンブラントの自画像みたいなフワフワした大きめの布の帽子をかぶり、鼻を糊で着けて、横目で宙を睨むと、舌先で上唇をチロチロと舐める。

　この時にはもう先輩の目は吊り上がっていて、握りしめた拳の飛び出たところが白くなっていた！　でも僕は見ないふりをして先を続けたんだ。だって、他にどうしようもないだろ。

「三千ダカット、なるほど」と僕は台詞を言ってバッグからソロバンを出してパチリ。そして、

「期限は三ケ月、なるほど」パチリ。

「アントーニオが保証人、なるほど」ここでパチリは必要ないかも。

　そこでいきなり「シャイロックは東洋人か！」と怒鳴られて、手が伸びてきて、ソロバンが壁にバチーンだ。

　茫然としている僕に先輩役者は一言一言絞り出すように、声を震わせて、まるで画鋲を一つ一つ壁に刺すように言ったんだ。

「その悪意に満ちたダ、デフォルメ漫画のシャイロックをダ、いやしくもダ、ユダヤの血を引く君がダ、やってのける、やってのけられる根拠をダ、示したまえ！」

「まあまああなた、若いんだから仕方ないじゃないの。自分に何かくっつけてやった気になりたいものよ。ねーえ」

　奥さんはそう言って取りなしてくれると、僕の背中をクッションの上からさすってくれた。

　先輩は大きく息を吸って、吐き、続ける。

「君にとってシャイロックは破廉恥きわまる悪趣味なコミックかね？　それとも生きている一人の人間かね？」

そんなことを言葉に出して訊ねるのも腹立たしいだろうなと想像しながら僕はオーバーを脱いで、クッションを外して、鼻をむしり取った。

僕だってこれじゃあんまりのシャイロックだとは思ったけれど、かといって理事長のシャイロックにまさるイメージはない。

先輩は気分を落ち着かせるために煙草に火をつける。そして少し考え、僕に座るように促し、煙草を渡して火もつけてくれた。

「そんな無礼な鼻が劇場にあったとは驚きだね。見てごらん、私の鼻はそこまで露骨じゃないよ。だいたいが骨格としてあり得ないだろ。ねえ君、それは侮蔑的な鼻だよ。それを理解することを今日の稽古にしようじゃないか」

ひょっとして理事長が骨格を無視して拵(こしら)えたのかな？　そんなに手先が器用だったかな。

「シェークスピアは今まで何度も政治的に利用されたけれども、いやしくもダ、俳優である我々がそれに加担しちゃいかん。そいつは」

僕の手に握られた鼻を指さして、

「連中が酔っぱらって馬鹿騒ぎする時の鼻だよ。だったらなぜ私の家になんか来たんだね！　おまえもなぜこいつに敷居を跨がせたんだ！　出て行け！　とっととあいつ等の詰め所にでも行ってくれ！」

突然またぶり返してしまった。

「まああああなた落ち着いて。このまま帰しちゃ誰も幸せにならないわよ」

この言葉ですぐにまた冷静になってくれた。

「分かっているさ」

それからたっぷりと沈黙が続いた。その内に僕はあの戦勝塔でパニックになった気分がぶり返してきてしまった。全身から汗が噴き出し呼吸が苦しくなる。息を吐くばかりで吸えないんだ。

奥さんがそっと水の入ったグラスを持たせてくれたので一息に飲み干す。

外で小鳥が鳴いた。

また鳴く。

なんとも平和な音楽的な鳴き声だ。

それがまるで合図だったかのように先輩は静かに立ち上がると窓辺に立ち、

「三千ダカット、なるほど」とつぶやいた。続けて、

「三ケ月、なるほど。アントーニオが保証人、なるほど」

たったこれだけの台詞でもうそこにシャイロックが出現していたんだ！　ネルのシャツとコーデュロイのズボンという普段着のままで。

様々な苦難を強いられても鋼のようにはね返す強靭な精神を持った男が、まるで地に根を下ろしたかのようにどっしりと構え立ち、その声には懐疑主義と享楽主義と奇妙にも禁欲主義までもが混じり合っていた。

「つまり」

占い師が突然割り込んでくる！

「君は彼に圧倒されたんだね」

まさしくその通りだ。

「シャイロックがシャイロックを圧倒した」

そう言ってケラケラ笑うが、この男、どうも言葉遊びが好きらしい。もしそれだけの人間だとしたら僕はとんでもない相談相手を見つけたことになるぞ。

今夜はこのぐらいで引き上げよう。また明日も重労働だ。

工場の昼休みは敷地内を出ちゃいかんと言われているので、僕たちはギリギリの南側、森が始ま

るところでいつも黒パンを食べることにしている。自然に包まれるとまでは言えないけど、その予感だけは味わえる小さなピクニックだ。

　工場ではレールを造っているものだから、手にするものは鉄ばかり、最初にパンを手にした時は、いつもちぎっているくせに、その柔らかさに驚いたものだった。

　でもピクニックどころか、結局四人集まっての話は工場内の愚痴ばかり。

「主任の奴、俺たちの扱いの作戦変えてきやがったな」

　グロスが言うとクラインが頷いて、

「最近ゴム棍棒で尻を叩かないもんな」

「その代わりに」とゾンタークが続ける。「レールの使い途(みち)についてイヤらしいことを言いやがるんだ」

　僕も参加する。

「そうそう。おまえたちだけに知らせる情報だとか恩着せがましいことを言ってな」

　主任の話はこうだ。

　最近のレール増産は知っているよな。血豆が治るヒマもありゃしないってか？　あれはな、よそに漏らすんじゃないぞ、将来万が一の場合に備えての総統の避難ルートのためなんだよ。ヨーロッパ中に網の目のように敷きまくるんだぜ。そして同時に何台もの列車をあちこち走らせるんだ。さあ、どの列車に総統が乗っているかは分かりゃしない。そして落ち着いた先から俺たちを指導してくれるんだ。だからおまえたちは直接総統のために働いていることになるんだ。どうだい、ありがたい話だろう。

　そしてもう一つの話はこうだ。

　最近のレール増産は知っているよな。血豆が治るヒマもありゃしないってか？　あれはな、よそに漏らすんじゃねえぞ、あちこちの収容所が遠くて今の遠回りじゃ時間のロスだって話になったわけよ。で、最短距離のレールを敷き直そうってことさ。だからおまえたちの造ったレールのおかげでみんな早くそこに到着できるって寸法よ。感謝してもらいてぇとこだよなあ。

あとはその時の気分で「移動軍隊のため」だったり「列車砲の延長のため」だったり「要人誘拐列車のため」だったりと適当なことを並べ立てては冷たい目で笑う。

それまで何のためのレールかなんて一度も考えたことはなかったのに、おかげで工場を出たレールの行く先をあれこれ考え、果ては正解がどれであれ結局、僕らがやっていることはユダヤ人への背信行為だという結果に気づかされる。

もっともたかが一工場の主任が国家秘密を握っているはずもないのだけれど、自然と想像してしまうんだ。

これが主任の、肉体ではなく精神を虐(いじ)める新しい作戦だった。

愚痴も出なくなって黙り込んだ僕たちに作業開始五分前のサイレンが鳴る。重い体を持ち上げてのそのそ工場の中に引き返し、そして溶鉱炉から新品のレールができるまでの、空気中に常に鉄粉が舞う工程に再び組み込まれる。今僕は仕上げのヤスリ係で、十本の指の指紋は綺麗に全部なくなってしまった。

終業になると僕たちはトラックの荷台に立ったままギュウギュウに詰め込まれ市内まで運ばれて、明日の朝まで解散となり、あとは寝るだけ。

寝られない時だってある。

収容所のことだけど。一体そこがどんなところなのか、少なくとも仲間の間では憶測の域を出ていない。工場の誰かは「閉じ込められて酷い扱いをされるのさ」とか言っていたけど、それはナンセンスだとみんなで判断した。だって何万か何十万人だかの労働力だろう、それを利用しない手はないし、そこまでナチも馬鹿じゃあるまい。

　森林伐採労働だとか、対ソビエトのための巨大トーチカ建設とか、軍隊渡河のために冷たい川に入って橋を作らされるとか。あるいは塹壕掘り、負傷した兵隊を馬の代わりに背負うとか、いくらだってやらせることはある。また、ドイツ市民の食料不足解消のために畑仕事をやらされることも。

　別のことで寝られなくなることもある。

　目の前が突然真っ白になって目が覚めるんだ。しばらくすると窓の外に稲妻が光る。続く雷鳴を待つが一向に来ない。ただ光るだけ。いつも数回光っては雨もなく終わるんだけど、何か不吉な予兆のような気がしてそのあとは寝られなかった。


　ところで。

　シャイロックが僕の最後の舞台になるんだろうか？　だとしたらなんとも悔いの残る役者人生だな。いや、悔いが残る自覚すらないかもしれない。

　しばらく避けていたんだけど、しばらくぶりだから、なんとなく、占い師に話しかけてみた。

「シャイロック先輩のことだけど」

　すると占い師は、自分の名前を教えてくれた。Konoe――近衛と書くんだそうだ。

「ふふーん。やっぱり来たね」

　そう。あの後ゲシュタポがどやどや乗り込んできて「とっととこの国から出て行け」と怒鳴り散らかし、先輩は荷造りしていたトランクを奥さんと運んで出て行ったけど、その時僕に嬉しいアドバイスをしてくれたんだ。

「シャイロックを演じるには戯曲の以前を生身の人間として想像するんだ。そこに彼の全てがある。戯曲のシャイロックはその結果にすぎないんだ。じゃ幸運を祈るよ」

行く当てがあるんですかと訊いたらロンドンの劇場が誘ってくれたらしい……。

近衛が舌をチョッチョッチョッチョッと鳴らしてまた腰を折る！

「君の大先輩は駄目だねえ」

なんてことを！　正しいドイツ語を喋ってないよ。分かってるの？

「正しいのさ。いいかい、今現在戯曲が存在するから戯曲の過去なんて実体のない観念を仮想してしまうんだよ。過去があるから現在があるなんて本末転倒もいいとこだ。現在が過去も未来もデッチ上げるのさ。だから現在の戯曲が全てだよ。おそうだ、戯曲の未来があるとして、そこには何か実体があるのかい？」

「レール工場だよ」

「なに？」

うんざりしてしまった。なんだか、言葉遊びの人間に「言葉遊びめ！」と却下されたようで。

それにシャイロックはもう今となっては昔の話だ。

やっぱり話しかけるんじゃなかった。

枕に頭を乗せて目をつぶると、暗い袖から見えるツルツルピカピカの舞台がまた瞼の裏に現れてきた。このまま思い出すままに任せておくと朝まで寝られないから煙草に火をつける。そしてビールを瓶のまま飲みながら、書き込みで真っ黒になった『ベニスの商人』の台本を手に取ってみる。表紙にはシャイロックの似顔絵。そこに「金（かね）！」

と吹き出しを律儀に書き足したのは、初稽古の時だった。

演出家が、

「おまえのシャイロックの卑屈さはさ、やりたけりゃあ性格だけにしろよ。何も高利貸し自体は卑屈な商売じゃないぜ。産業資本成立以前のレッキとした資本形態だよ。高利資本。商品経済社会じゃどこにでもあったさ。むしろ利息を取らないアントーニオの方が近代経済社会にとっては絶滅種さ。人種の話として戯曲を読むより金（かね）の話として読んでくれたまえ」

　確かこんな内容だったはずだ。

　その日の僕の挑み方としては、先輩に言われたせいもあって、カギ鼻を少し削ってあざとさを抑え、肌着の中の綿を半分にして、いくらかは太っているかなぐらいにしたんだ。ソロバンは「本物を出すよりも指で玉を弾く真似だけの方が謎めいて面白いと思いませんか？」と理事長に提案しての立ち稽古だった。

　ところがそんな見た目の役作りについての感想は一切なくガッカリ。「金がテーマ」の話は僕だけじゃなく全員にも念を押して伝えられたけれど。

　みんなは腕組みをしながら口をへの字にして聞いていて、後ろで稽古をずっと見ていた理事長も別段口を挟まなかった。

　ブレヒトを尊敬してやまない演出家は容貌もそっくりに真似している。おかっぱ頭に丸い眼鏡をかけてだぼだぼのズボンだ。みんなに言わせると、本人に間違えられたい、とのこと。

「じゃあ一人一人が今言ったことを考えて、次の稽古としよう」

　思ったより早く終わったのはこれから共産党の集会に行くためかもしれない。

そして予想通り理事長が廊下の暗い角で待ち受けていた。何かを僕に言わないわけがない。

「一つ思いついたんだがね」

やっぱり酒臭いし。

「軽薄さがもっとあっていいかな。君のは少し賢すぎるようだ。目の前の金、おお金！　ああ金！　貪欲さに軽薄さが加わるんだ。そしたら演出プランにも沿うんじゃないかね。鼻を削った分を演技で補うんだよ」

演技で補う？　じゃあさっきのは演技じゃなかったみたいじゃないか！

理事長は自分の部屋のドアを開けかけた時振り向いて「来週ゲッベルス様が見学にお見えになるそうだ」と聞こえよがしに大声で言った。

とまあこうやって僕のシャイロックは理事長や先輩や演出家の言葉で練り上げられていくけど、交通整理が大変だ。あっちを立てればこっちが立たず、他人の意見ばかりが押し寄せる。

でも日曜日だけはシャイロックから解放されて僕は自由だ。

目抜き通りの舗道にくっきりと菩提樹の葉が影を落とす。僕はカフェの椅子に腰を下ろし、白い綿毛が舞う街並みを、ビールを飲みながらただひたすら眺めるんだ。

五月の空気はとても爽やかで、そよ風が穏やかな時間みたいに僕を通り過ぎて行く。素晴らしい！　僕の時間が僕を通り過ぎて行くんだ。こんな時、ボンヤリしてきて、景色の全てが、なんていうんだろ、並列に見える！

街路樹越しに見えるナチ突撃隊の示威行進も、ショーウィンドウに顔を寄せる丸帽子にプリーツ袖のご婦人たちも、立ち話で政治談義に口角泡飛ばしてるでっぷり紳士たちも、失業中の有名俳優が「仕事をくださいプラカード」を示してお道化てる姿も、メーデーで流血騒ぎになった演台を片付けている共産党員たちの姿も。それからフープの中で手足をいっぱいに伸ばした水着の女の子たち。なんのデモンストレーションだか知らないが野次馬を集めてる。金持ちのユダヤ人たちが赤いゼラニウムあふれるフレンチレストランに入って行く……。これらが全部スクリーンの中の出来事として見えるんだ。誰もが僕から平等の距離。この感覚が楽しかった。

きっと先輩も演出家も理事長すらもが口を揃えて言うだろう。

「君、それこそがニヒリズムだよ」って。

そう思うことも楽しかった。ここに僕本来があるんだ。近衛にはなかなか説明が難しいところだけれど。

ある日曜日にポーシャ役の女優が僕を見つけると隣に座った。

「ねえ相談に乗ってよ」

僕は笑った。相談に乗れることなんてあるわけがない。

「彼がね、本番、ぶっつけでブレヒトソング歌っちゃえって言うのよ。どう思う？」

彼というのは演出家のことだ。どうやらそういう関係だとは聞いている。

「どの場で歌うの？」

「知らないわよそんなこと。歌うこと自体どう思うって訊いてるのよ」

「ブレヒトはまずいんじゃないかな。亡命したし」

「じゃあなんだったらいいの？」

「そうだな『ぶんぶんぶん』とか『山の音楽家』とかはどう？」

「童謡じゃない！　どの場で歌うのよ？」

「知らないよ。歌うってこと自体の話だろ？」

「♪ぶんぶんぶん、ハチよこっちこい、困らせたりしないから……♪」

鼻歌でもやっぱり音痴だった。ブロンドでスタイルも抜群なんだけど、音痴なんだ。自分でもそれをひどく気にしていて、前に僕に言ったことがある。「私にユダヤの血が入っていたらこんなことにはならなかったはずなのに。あなたがうらやましいわ」だって。ユダヤ人はみんな芸術家だと信じている。

「彼は本気で言ってるの？」

「分からないわ。真顔で冗談言う人だから。でも本気かなあ」

「歌わなかったら怒られる？」

「意気地なしって軽蔑されるわね」

「それはいやだね。いっそ『金髪のジェニー』歌っちゃう？」

「私が金髪だからあ？　『三文オペラ』歌っちゃおうかあ！」

彼女は白ワインでいい気分になったのか、大きな目をとろんとさせて言う。

「あなたって面白いわね。他の人に相談してもこんなに話は続かなかったわ。どうして？」

「こんなの続いている内に入らないよ」

「じゃあもっと続くのね」

「お代わりは？」

「うっそ！　私がおごるわよ」

そんなふうにして僕たちはとりとめのない話をしたんだ。親父の話になってこんな話をした。

父親は僕が小さい頃『不思議の国のアリス』を買ってきてくれて、なんと初めのページを破ってそれだけを僕に渡し「この続きは自分で想像しろ」と言ったんだ。言われた通り素直に想像するけれど、どうしてもウサギがもぐった穴が行き止まりで、二人して表に出てくるんだ。本当は穴の奥に悪魔たちが待ち受けているけれど、そんなもの微に入り細を穿って想像したくもない。だから行き止まりだ。

「分かった！　だからあなたは俳優の道を選んだのね！　だってウサギの行く先みたいなものでしょう私たちの仕事って」

初めて打ち明けた話にこうまで乗ってくれるのは嬉しかった。

「ねえ、あなたのシャイロックだけど」

いきなり現実に引き戻される。ああ、誰もかれもがシャイロックだ！

「娘が駆け落ちするでしょう？　で、ヤケッパチになってアントーニオの肉一ポンドを絶対頂戴するって演技をしているけど、それだと情緒に流され過ぎると思うの。感情移入をしない、イカコーカの演技の方がいいと思うの。どうかしら？」

どうやら演出家の差し金らしい。受け売りだから自分が何を喋っているのかよく分かっていない。異化効果の演技って知ってるの？

少し考えてから言ってやった。

「じゃあ裁判所でのポーシャとシャイロックの例のやり取り場面、あそこも異化効果の演技が必要だね」

「うん？　どういうこと？」

「だってさ『血を一滴も流すんじゃないよお』みたいに歌い上げて言うじゃない。観客が一番感情移入するところだろ？　それを避けてさ、異化効果だよ」

「……そうねえ。あら行かなくちゃ」

夕方になってそろそろヒンヤリしてきたが、有意義な日曜日の過ごし方だった。

部屋に上がろうとしたら近衛の方から僕を呼び止めた。

「ゲッベルスは稽古場に現れたのかい？」

ランプの明かりがまた小さくなったようだ。殆ど闇の中で喋ってる。

「本当に空襲なんてあるのかなあ」

と言いながら僕はアパートに入るか迷う。

「ゲッベルスは来たの？」

「来たよ」

彼を避けていた気まずさが少しあったけど僕は腰を下ろした。近衛は全く気にせず、ゲッベルスの話を聞きたくてうずうずしている感じだ。


来たよ。

予定よりずいぶん早目に僕たちは衣装を身に着けて稽古場に集められたんだ。真っ赤な顔をしたタキシード姿の理事長が、これは何も酒のためではなくただ興奮していたからだけど、「ゲッベルス様はとても全編を見る時間がないので法廷の場面だけをご覧になっていただく」と伝えた。

多分みんなはそのことを予想していて誰も反応らしきものは見せない。演出家なんか間髪入れずにすぐさまセットの配置位置を指示したよ。そして待っている間全員がエスプレッソを飲まされた。

やがて大勢の靴音を廊下に響かせてナチが時間通りにやって来る。

全員が制服の中ゲッベルスだけが白い麻のスーツで、とても小柄で細く、やけに顔が日に焼けてるじゃないか！　まるで海水浴帰りみたいだ。そして理事長に笑顔を向けた時、ムンクの「叫び」を連想してしまった。顔全部が口みたい。そして理事長のかしこまった挨拶を遮り、自分の言いたいことだけを機関銃のように早口で喋り倒した。

僕たちの正面中央に座ったゲッベルスは背筋を

ピンと伸ばして足を組む。取り巻き連中は後ろに一列に並ぶ。これだけでもう何かの懲罰委員会だ。

役者たちはそれぞれの場所に着き、演出家がいつものように「やってごらあん」とのんびりした調子で言う。ゲッベルスがそっちに顔を向けるとポーシャが「ハッ」と息を呑む声が聞こえて、それを悟られまいと、

「どうだ、アントーニオは出廷しているか？」

「はい、閣下、ここに」

いつもよりうんと芝居がかった調子で法廷の場面が始まったんだ。

僕は普段よりもっと猫背にして、普段よりもっとぺろぺろ唇を舐めながら準備して出番を待つ。僕なりに気合いが入っていたね。

ゲッベルスをつい盗み見してしまう。この人間のおかげで僕はここに立っている。「おかげで」と言うか「そのせいで」と言おうか。

普段より大げさに足を引きずって登場してしまったのか、ほんの数歩で予定の場所に到着してしまった。しまった！　ゲッベルスも少し足を引きずっていたような気がする。からかったと受け取られないだろうか？　恐る恐るゲッベルスを盗み見する……。何も反応はない。怒りをため込んでいるのか。

理事長も動かない。演出家も。誰も動かない。けれどみんなが僕を注目していることはひしひしと感じる。何しろ今日は僕のシャイロックがお眼鏡にかなうか否かだ。

公爵の台詞を聞いている内に口の中が唾で溢れかえってしまった。唇を舐め過ぎたらしい。馬鹿なことをした！　このまま台詞を喋ったらとんでもないことになる。飲み込め！　しかし飲み込んでも飲み込んでも湧き出てくる！「エヘン」とやって、その都度飲み込もう！

「私の意向はエヘンすでに閣下にエヘン申し上げましたエヘン……」

何を言ってるのか分からない！　それにもう唾の分泌機能がイカれてしまった！　今度は口の中がカラカラだ！

「ぱたちどもの……」

違う！　私どもの、だ。

「私どもの聖なる安息日にかけて誓ったこと」

あれ？

「エヘン。うーむ」

あれ？　唾がゼロ！

「証文どおりの担保を頂戴できぬとあれば恥をさらす羽目になる……」

あれ？　これじゃもう長台詞が終わってしまうぞ。ごっそり抜け落ちた！

「まあ今日はダイジェスト版でもいいだろう」

演出家が助け舟を出してくれて役者たちだけが弾けたように笑う。僕はもうゲッベルスも理事長も見ることができない。

それからみんなは台詞の最初と最後だけを言うようになってしまった。アントーニオなんかこうだ。

「波打ち際に立って、盛り上がる高潮に向かい、私には判決を、このユダヤ人には望みのものを」

バサーニオも省きまくる。でも僕は省こうと思って省いたわけじゃないから、そんなに急にダイジェストはできない。

「私がどんな裁きを恐れましょう？」と言ったあと、このくだりの最後を必死で思い出そうとしていると、演出家が合図をして、法学博士に変装したポーシャがもう登場してきた。早すぎる！　そしてどこから台詞を言うのかと思ったら、これも演出家の指示で、

「この証文はおまえに一滴の血もあたえてはいな

い」

もうそこか！

「だが切り取るとき、もしキリスト教徒の血を一滴でも流せば、おまえの土地も財産もベニスの国庫に没収される。さあ肉を切り取る用意をしろ。わずかでも一ポンドの以上以下があれば、その身は死刑、全財産は没収」

しかしポーシャの演技が変だ。まるで在庫調べを伝えるような、投げやりで無感動の素っ気なさ。はい一ポンドお、はい一ポンド以上お、はいそれ以下あ、みたいだ。たまらずゲッベルスの顔色を窺うと、うつむいて手帳に素早くメモをしてる。そして書き終わるとそのページを破り取って理事長に手渡した。理事長はすぐさまそれを読み、頷くと、指先を歯で噛み、じろりと演出家を見た。演出家はポーシャに目が釘付けで満足そうに笑っている。

ポーシャが続けた。

「なぜためらう？　担保を取れ」

僕はまるで心の準備ができてなくて、

「くそ、勝手にしやがれ」と、また台詞を飛ばしてしまった。その時プロンプターの女の子が囁く。

「気分がすぐれません、引き取らせてください」

それって本当におしまいの台詞じゃないか。

僕は従った。従うしかない。

まだ芝居は続いていたけれど、僕は脇に引っ込んでその場にうずくまった。

全てが中途半端な結果に終わったことに何の言い訳も思いつかない。これでも先輩の言った戯曲以前を精一杯想像したつもりだったし、「金がテーマ」ということも理解してはいたし、見た目には理事長を満足させようとは思っていたんだ。

シャイロックという仮面をかぶれば心は自由になると考えていたのにまるで逆だった。心の方が固い仮面になってしまった。原因がさっぱり分からない。

気がつくとみんなは演出家を中心に輪になっていた。ゲッベルスと理事長の姿はなく、僕が輪に入ると演出家が、

「ポーシャが素晴らしく良くなったのは君のおかげらしいねえ」と言った。

どうやらあの在庫調べが異化効果だったらしい。首を傾げる役者もたくさんいたし、拍手する者も二、三人いた。ポーシャは僕に微笑んで「情緒に浸るヒマもなかったのが良かったわよ」と、ご褒美のように言うと演出家に同意を求めた。

「そうだな。あのシャイロックをもっと中身空っぽにするといいね。そんな人間にブルジョワたちが振り回される。とっても時代風刺だねえ」

まあ喜んでくれたなら、ここはこれでいいか。問題は廊下で待っているだろう理事長だ。もし役を降ろされることになったら、演出家は弁護してくれるだろうか?

ところが、

「ゲッベルス様はとても喜んでおったよ!」

理事長の部屋で真っ先にそう言われてこっちが驚いてしまう。

「本当ですか」

「思ったより短くてとても喜んでおったよ」

そっちか。

「君の状況判断が功を奏したねっ。パパッと終わったねっ。それとこれは嬉しくもある誤算だが」

何を言い出す? 差し出されたブランデーを一舐めしながら、シャイロックのように上目遣いで顔を窺う。

「ははっ。その顔その顔。シャイロックがあんな馬鹿者でもいいのかねと逆に心配しておられたよ。ははっ。嬉しい誤算だね。本番はもう少し賢くや

りたまえ」

「はあ」

「それからこれ君とは関係ないことなんだが」

「なんですか」

「ポーシャは降ろすことにしたよ。あれはいかん、ひどすぎる。ポーシャは降ろすことにしたよ。ゲッベルス様がメモを寄越すからあわてて読んだよ。細かい字でびっしりと降ろす理由を論理的に書かれている。シェークスピア的に解釈不足とかね、納得だよ。あの女はいかん」

きっとひと揉めするな。

僕が部屋を出ようとすると「ああ言い忘れた」と言った。

「何か」

「君、ナチの党員になりたまえ」

びっくり仰天だ。

「いや、僕は第二級だし、無理だと思いますが……」

顔が熱くなるぐらいに焦ってしまう。

「大丈夫だ、ゲッベルス様が取り計らってくれる。君は党員になって、ナチス精神を学んでからシャイロックを演じるんだ。真逆が一層浮き彫りになるとのお考えだよ。これを異化効果と言うらしい。なかなか勉強している方だ。どうだい、これも論理的だろ？　ドアはきちんと閉めてってくれよ」

「突撃隊じゃなくてよかったねえ」

近衛が皮肉な同情をしてくれた。相変わらずだ。もう部屋に帰ろうかと思ったが、まだ喋りたいことがあるんだなこれがまた！

党員になってからは集会に出るけれど、いつも誰かが興奮しながら演説するだけ。そしてその勢いでデモ行進、これの繰り返しだ。

一人の党員と知り合いになってね。この人は古参しかもらえない金バッジを自慢していて「これが分かるかね？」と言いながら話しかけてきた仕立て屋さんだ。愛想笑いの皺が何本も深く刻まれた小柄なおじさん。僕が役者だと自己紹介すると自分も素人劇団に入っているんだと目を輝かせ、シャイロックに挑戦中だと言うと目がなくなるほどの笑顔を見せて「おお神よ！」と大げさに天を仰いだ。「あたしもやったことがあるよシャイロック」

なるほどこういうお人好しタイプのシャイロックもありか。

「ジェシカ役があたしの本当の娘でね」

「ああご家族で！　いいですねえ」

「本当に駆け落ちしてしまったけどね」

返事のしようがない。

「シェークスピア、あれは恐ろしいほど現実に食い込むよ。あなたはまだ娘はおらんだろうね？ああよかった。しかし今思えばあれをやったのがケチのつき始めだったね。どんどん不景気になっちまってさ。家の中では女房と顔を突き合わせてはいがみ合ってね。娘がいなくなっちまったから空気が和らがないんだよ。真面目に仕事をやればやるほど泥沼にハマっていくというのはどう考えてもおかしい。そこでこれだよ」

金バッジをいとおしそうに撫でたっけ。

ある集会で僕を見つけるといつものように笑顔でやって来てこう言った。

「今夜キオスクを襲撃するからね。一緒に行こうや」

言葉の意味を理解するまでに時間がかかった。

「それぞれ四、五人のグループに分かれてね、あたしたちはガソリンスタンドの脇にある……」

説明してくれたのは僕が毎日通う店だった。確かにユダヤ人の店だけれど、襲撃の対象になる気配なんて全くなかったはずだ。今朝だって牛乳を買ったし。

「火をつけるんですか」

「いやいやとんでもない。バットで店内をちょいと撫でるだけだよ」

とまた金バッジを撫でる。

「あなたは新人だから店の外で見張りをやってもらおうかな。警察とか共産党の連中とかね。このところ血相を変えてるから用心しなきゃ」

夜の十時に店が見える小さな広場に集合となって一旦解散した。

僕は部屋に戻って胸のモヤモヤを独り言で自問自答してみる。

「このことを事前に店に報せたらどうなる？　党への裏切りだ。でも報せたいという気持ちはある。それはユダヤ人を守りたいからか？　それもあるけど、なんたってあの店は僕の生活そのものだ。牛乳、缶詰各種、ビール、絆創膏、パン、スープ、野菜、ノート、ちょっとしたミステリー本、ローソク、コショウ、石鹸、グリース、ハンドクリーム……。襲撃されたら店を替えればいいって話じゃない。愛着とか、習慣とか、かけがえのないものがあるんだ。僕自身が守らなきゃあ。でも党はどうする？　党は……党は……別のキオスクを襲えばいい。僕の知らない、僕とは関係のない……いやそういう話でもない。どこも襲わない党になるべきだ。でもそれは党じゃない。なぜ党員になったんだ僕は！　シャイロックだよ！　ちょっと待てよ、シェークスピアやるためにナチ党員って話は誰が聞いても変だろう！　そもそもから変なんだよ！　でももう後戻りはできない！」

店に報せに行くことは自分でも分かっていたんだ。行くとも！　ただその正当な根拠が見つけられればと思っていたんだが、どうしても無理で、だから体だけが店に向かったんだ。

「お兄ちゃん今晩は。ビール？」

十歳の女の子が店番をしていた。

「お父さんいるかい？」

「今いないわ」

「十時までには帰ってくるかな」

「斜め前でお酒飲んでるの」

「そうか、じゃ行ってみるかな」

「お兄ちゃんもナチ党員になったって本当？」

素朴な問いかけに息も止まるほど驚いた。思わず瞳孔が開いたと思う。世界がぐるんと一回転して頭くらくらだ！

もう街のみんなが知っているのか？　あっという間に噂を広めて、世間が僕をナチに仕立てあげる。こっちの葛藤なんて知ったことかだ。逃がすものかの現在完了だ！　何を言ってるのか分からない！

まさかゲッベルス、ラジオ放送で僕のことを喋ったのか？　あり得るまさかだ。

街を歩けば誰もかれもが僕をナチ役者だと決めつける。ここまで追い込んでシャイロックを演じさせる？　その執着の意味はなんなんだゲッベルス？

「そんなことはないよ。だって僕は一応ユダヤ人だし」

「よかった！」

女の子が笑ってくれた。健康そうな白い歯も見せてくれる。この顔が悩みの全てを解決してくれたんだ。

「今夜この店をナチが襲うって話を耳にしたんだ。すぐにお父さんに伝えてきなさい。確実な情報だから」

「えっ！　ついに？　ほんとなの？　あ、今来た人のお勘定したら行ってくる。いらっしゃいませ」

入ってきた客は……仕立て屋さんだった。

「やあ今晩は。あなたはここの御馴染みさんだったのか。ふーむ。えっと、その煙草をもらおうかな。そう、そのブルーのやつだ。それからねお嬢ちゃん、あたしも詳しいんだけどね、今夜は誰も襲ったりしないから安心しなさい。そうそう、計画が変わったって話を聞いたんだよ。おじさんの店には口の軽い党員がよく来るんだア」

そして例の皺だらけの笑顔を僕に見せた。必要以上に長く。

背中の下から上にかけて冷たいものが這い上がってきた。何度も何度も。

僕たちは一緒に店を出て広場のベンチに腰を下ろす。

「もうお分かりだろうが、あなたを試させてもらったんだよ。イヤな仕事だね。こうなるとは思っていたよ。なにも初めてじゃないんだ。全くイヤな仕事だね。あたしはもう年だから、暴れるよりこのテの仕事を回されるんだよ。一番品のないスパイだね。でもね、もう上に報告をするのはやめたのさ。だってそのあとあなた方が酷い目に遭わされるところなんか見たくないからね。もうウンザリだよ。報告はしないけど集会だけにはシレッとした顔で出なさい。今度はあなたがあたしを助ける番だよ。さ、今夜のことは忘れて、またいつものように会いましょうや」

仕立て屋さんは作り笑いをして立ち上がると、その手はまるで女性のようで、繊細そうな指一本一本は、とてもバットを握るようにはできていなかった。

「ふーむ。そこまでしてのシャイロックだったのかあ」

近衛はそうつぶやくとツルリとした顔を激しく

歪めた。

「ところで、まだここで商売していて大丈夫なの？」

「うん？　ああ。いつ止めたって構わないんだ。もともと本業じゃないしね」

「違うのかい」

「哲学の勉強に来たんだけどねえ……」

目当ての大学教授がユダヤ人ということで罷免されたらしい。その内復帰するだろうから、送金も止まったことだし、それまで占いで生活しようと考えたらしい。

「しかし、復帰はないかもだね、こうなってくると」

「失礼だけどいくつ？」

「三十七」

「哲学で食えているんですか？」

「日本ではほぼ占いで食ってたね」

「じゃあやっぱり本業じゃないですか」

「いやいや軸足は哲学に置いてるよ」

「テツガクってどんな感じなんです？」

「そうだね例えば、手相があるから手を見るのか、手を見るから手相があるのかみたいなもんかな」

「つまり？」

「どっちでもいいじゃないかってことだね」

シンとした街角に響き渡る笑い声。アブナイ。

「非本来というのもテツガクですか？」

「よく分からんけどねえ。そう言って相手を凹ます姿をよく構内で見たよ。『非本来め！』って言われると泣くんだよ。はは。ベルリンっ子の弱点見つけたりい。こりゃあ客を引っ掛けるいい言葉だと思ってね」

そこへこの間のゲシュタポがやって来て、自分の首を親指で切る真似をした。今日はもうおしまいだ。

近衛は店を片付け始め、僕はアパートに入った。郵便受けを覗くとロンドンに行った大先輩の奥さんから手紙が来ていた。すぐに封を開け、読みながら階段を上る。

まずご挨拶的なことがあって、

「ところで主人のことですけれども、相当参っているみたいです。というのも言葉の問題です。当然シェークスピアは英語なのですが、この間『ベニスの商人』を観に行きましてね、そしたら始まったとたんに主人ったら呻き声を上げたんですよ。『なんて軽いんだ！』って。周りの人に聞こえるぐらい。ドイツ語でしたけどね、分かる人には分かるでしょう。そしてずっとぶつぶつ言います。『軽い、軽い』って。シャイロック登場の時には黙ったんですね。それからはずっと黙っていたの。やっと治まってくれたと安心していたら、いよいよ法廷の場面でどんでん返しのところ、またシャイロックの俳優も俳優で、どうしてあんなに客の気を引くように大げさに嘆いてみせるのかしら、そしたら主人ったら『これはなんだ？　軽演劇かね！』。直接俳優さんに怒鳴ったのよ。英語でね。二十人ぐらいが振り返って『シッ』『シッ』。俳優さんの耳に届かないはずはないけど、さすがに舞台はそのまま進行しました。

そして自分の稽古場ではドイツ訛りをしつこく矯正されるそうなの。すっかりノイローゼになって、ドイツへ戻るしかないって言い出したのよ。だってご時勢がご時勢でしょって言うと、黙ってしまって、余計に苦しめてしまうみたいなの。もうどうしたらいいか分からない時に、ある人がアメリカ行きを勧めてくれたの。あそこはもっと自由だから、ドイツ語訛りもフランス語訛りもスペイン語訛りも全然平気なんですって。言葉に対しての考え方が違うそうなの。そんなわけで今年中にはまたお引越し。そりゃどうなるかは分かりませんよ。けれどようやく主人が笑顔を見せてくれるようになったの。今はそれだけでいい選択だと思っています。

この手紙で何が言いたいかというとね、あなたが自国語でシャイロックを演じられることはとっても幸福なのよって言いたいの。いろいろとシガラミがあるみたいですけれど、舞台の上で実際に声を出すのはあなたなのよ。主人が果たせなかった分まで思い切ってシャイロックを演じてちょうだい。着けたかったら鼻でもなんでもくっつけなさい。ともかく幸せなのよ、ドイツ語で台詞を言えるのは！」

一体いつ出した手紙だろう。日付を忘れてるし、それにいくらなんでも着くのが遅すぎだ。世界中のどこを回ってた？　とっくにシャイロックは終わってる！

手紙を握りしめながらベッドにあおむけになる。

例の稲妻がまた光り、それが連想させたのか、あのツルツルピカピカの舞台が蘇ってきた。

……。

予想をはるかに裏切る近さにゲッベルスは座っていた。すぐ目の前じゃないか！　そして右隣には……お袋！

すぐにバサーニオに顔を向けて芝居を始めなければならないけど、すっかり動転してしまって台詞が出てこない。

「早く言え」とバサーニオが顔で催促するのでようやく、

「三千ダカット、なるほど」

左隣には総統らしき男が座っているけれど、分からんぞ、ソックリさんで十分だとお茶を濁されたんじゃないかな。鼻の下の髭がやけに長いもの。「アントーニオはいい人だ。いやいやいや、いい人だと言ったのはだな」

それよりお袋だ。ゲッベルスめ田舎から引っ張り出してきたな。「ナチが喜ぶ」シャイロックを演じるようにと、人質取っての脅しだ。万が一僕が意に反した場合はすぐさまお袋を保護拘禁収容所にでも引っ張る気か？

「誰だあれは？　おおアントーニオ」

理事長はお袋のことをおくびにも出さなかった。今日は自分をピエロだと思って演じるんだよ、そう言ったな。今になって分かる。ピエロっていうのはシャイロックじゃなくて僕自身のことだったんだな！　畜生め！　踊らされて踊らされて！

「シャイロック、聞こえてるのか」

アントーニオが大声を出したので顔を向けると「頼むよお、芝居に気入れてくれよお」と半分泣き顔だった。それでいて強気の台詞を言うものだから可笑しい。

またお袋を見ることができた。

小さくなったようだ。目が窪んでるな。まさか痛い目に遭わせて連れて来たんじゃあるまいなゲッベルス！

「アントーニオさん、あんたはこれまで幾度となく取引所で私をののしった」

大丈夫だアントーニオ。ずいぶん落ち着いてきたよ。芝居をやってる限りこの時間は僕たちのものだ。ナチの時間じゃない。それにこれはペテンのゲームなんだ。ゲームだから勝たなければ意味がない。ありったけの力を出し切ってシャイロックになってやる！　こんな窮屈な猫背じゃなくて思い切り背を伸ばすことだってできるのさ。ほらっ！

観客が「おおっ」とどよめく。続いて笑い声も。

僕はのっしのっしと背をそり返らせてそこら中を大股で歩き回ってやった。それでも台詞を言う時はあらん限りの卑屈さで言うんだ。

「あんたのその真っ白な体からぁきっかり一ポンドぉ、私の好きな部分を切り取ると明記していただきたいんだがぁ」

自然と揉み手をしていた。卑しい薄ら笑い付きで。そしてその顔をそのままゲッベルスに向けてやる。

ところがどうだ！　僕の数倍おぞましくへりくだった顔で笑い返されてしまった。

なんて醜く、それでいて目をそむけられない顔なんだろ。そう、引き付けられてしまうんだ。見たくもないのに見てしまう！

ひょっとしてこれがシャイロックの顔か？

おいゲッベルス、おまえは役者をやりたいのかい？　もうすでに役者だよあんたは。広場の役者、拡声器の役者だよ！

「おい、早く退場しろよ」

バサーニオが近づいてきて何をするのかと思ったらそう囁いた。

引っ込むとすぐ暗幕に開けた穴からゲッベルスを覗く。

総統がいない！　いつの間に席を立ったんだろう。無我夢中だったからまるで見えてなかった。気分を害したのか。それともやはりソックリさんで、退屈だったら帰れ、とゲッベルスに言われたんだろうか。そうかもしれない。本物だったら周りの親衛隊もごっそりいなくなるはずだ。総統の席だけが空いている。やっぱり今日はゲッベルスが王様の一日だ。

何ごとかお袋の耳元で口を動かして微笑んでいる。お袋は恐縮しきりで何度も頭を下げてハンカチを口に当てた。何を喋った？

肩を叩かれたので振り向くと理事長だった。今日はウィスキー臭い。

「やる気がないかと思いきや、やったねえ。ハラハラさせられるよ君には。さあさあ次の出番まで煙草でも吸ってきなさい。ビールぐらい飲んでもいいんじゃないかな？　いらない？　うんうんそりゃそうとも」

楽屋に向かう途中の鉄階段でポーシャが演出家とお互い落ち着かない姿勢で話し込んでいた。

「おおシャイロック、あれが高利貸しのエネルギーだよお。しょせん個人の力って感じがとてもよく出てたよ」

意味が分からないけど、演出家の上機嫌とは違ってポーシャは不安気だ。

「ねえ、ゲッベルスは私だってことに気づいたと思う？」

理事長と演出家は激論の末、ポーシャの髪を赤く染めて化粧も変えて、発声も変えさせて登場させることになったんだ。理事長が飲んだ条件は法廷でのくだり。一切異化効果はまかりならんとのことだ。

「大丈夫だと思うよ。あの人の関心はそこにはないから。もしバレても法廷さえあいつのお望み通り、鬼の首を取ったように感情移入すればいいんだよ」

「ほら彼だってそう言ってるだろ。だから目を伏せて自信なく演技するのはやめてくれ」

「あら、伏せてるかしら？」

「やってるよ」

「やだ、あれはそういうお芝居よ」

「召使い相手にかい？」

「ちゃんとやるわよ」

二人は階段を上がって行った。

廊下でジェシカが煙草を吸っていた。いつも

「あと一服だけ」というようなせわしない吸い方をする。大きな黒い目は印象的なんだけど、肺が悪いのか、細い体で咳き込んでばかりいる。

「煙草はやめたほうがいいんじゃない？」

「やめたのよ」

「吸ってるじゃないか」

「また始めちゃったの」

何度目だろこの会話。

僕が部屋に入るとついてきて彼女がドアを閉めた。

「話があるの」

「なに？」

「私、第一級なのよ」

女優としてという意味だと最初は思った。

「第一級のユダヤ人なの」

「嘘！　だって君は」

「そう、嘘をついていたの。ほら私って地味だからさ、ドイツ人の中にちょこんと座って、ドイツ人でーすってやっていればオッケーだったの」

いきなりの告白に面食らってしまった。咄嗟に、仲間がいたんだという嬉しさと、面倒なことになるかもしれないという不安がよぎる。

「オッケーだったのに、なぜ今言うの？」

「だってさ、あれだけ客席にナチの軍隊がいるじゃない、怪しむ人間が絶対一人はいるわよね？　いよいよ年貢の納め時かしら」

「軍隊なんか来てないよ」

「あれだけ人数がいれば軍隊と同じよ」

「大丈夫だよ。ジェシカはユダヤ人の設定なんだから、そういう目で客は見るし、かえってそう見られたほうが演技としては褒められたことだぜ」

言いながら自分で納得する。これ以外にこの場で言う言葉はないだろう。

「んー、理屈はそうだけどお」

「堂々とやればいいのさ。次は二幕の三場だろ、短いし、キリスト教徒になりますって宣言するところじゃないか。拍手が来るぐらいやってやればいい」

「ありがと。そんな気になってきた」

「じゃね」

ところがまだ部屋を出て行かなかった。

「ねえ、もしよ、もし、ううんなんでもない」

そこで出て行こうとするから、

「なになに？　言いかけて、気になるじゃないか」

「なんでもないの」

「じゃなくて、言ってごらんよ」

「そーお。あなたがそこまで言うんなら言うけど」

え？　そういう話か？

「もしよ、もし第一級の私と第二級のあなたが一緒になったら、私も第二級になれるのかしら？」

思ってもみない質問だ。

「すぐには分からないな」

「ごめんね。行くわ」

と言っても動かないから、ここはキスの一つでもしなければいけないのかなと思って近寄ったら、

「違うの、そういうことじゃないの。話よ話。話だけの話よ。誤解させちゃってごめんね」

ここで出て行った。

僕は壁に頭を二、三回打ちつけた。

そしてビールを飲んでしまった。ふう。

さて、僕とそのジェシカの場面がやって来る。先に僕が出ていて、あとから彼女が登場だ。

ゲッベルスは実によくこの場面を理解しているのか、さあ親子対決のお手並み拝見といった、ホクホクした表情だった。

彼女が現れると、

「お呼びになった？　何かご用？」

どうして目をキョロキョロさせるんだ出てきて

早々！　僕を見たり客席を見たり僕を見たり、自分から怪しまれることやってる！

「俺は夕飯に招ばれてるんだ、ジェシカ、鍵はそこにある」

客には見えないようにして思い切り「落ち着け」と睨みつけてやった。すると自分の衣装の不具合を指摘されたと勘違いしたらしい。やたらとスカートを持ち上げて破れていないか確かめたり、背中に何かついているのかと後ろを向いてくるくると回ったり。

失敗した。これじゃ逆に目立ってしまう！　やめさせようと僕は咄嗟に叫んでしまった。

「何を豚みたいに回っとる！」

突如ヒステリックな笑い声が劇場を包み、とんでもない騒ぎになってしまった。「うおー」と地響きがするほどの歓声に混じって意味不明の狂喜した野次が次々に飛ぶ。これはもうシェークスピア鑑賞の反応ではない。

ゲッベルスは白い歯をむき出して僕たち二人に両手を差し出して拍手をしている。

ちょっとやそっとでは収拾がつかない。どうしたものかとジェシカを見ると、なんと彼女はウィンクをして僕の手を摑み、舞台の前面まで進み出て、観客に向かってお辞儀をしたんだ。僕もすぐ倣う。そして僕たちの頭に大拍手が降り注いだ。

上手の袖に引っ込むと他の役者たちとハイタッチをしてすぐに下手に走る。

ジェシカが僕に抱きついた。

「これでブッ飛んだわ！」

「何？　何が？」

「私の疑惑！　これでもうナチは私たちの味方よお！　あなた第二級って本当なの？　ユダヤなのによくもあんな真似ができたわね！　やっぱり第一級とは違うんだわ」

そこでまた抱きつかれた。

視線の先に理事長がいて、にこりと笑ってサムアップ。

僕はまた楽屋でビールを飲んだ。

それからは登場するたびに拍手で迎えられたが、ゲッベルスを見ると、どう考えても僕以上にシャイロックを演じているとしか思えない。もちろん椅子に座ったままなんだが、その顔は、その場面におけるシャイロックにふさわしい、あるいは僕の先を行く、意表をつくほどの思いがけない表情だ。

アントーニオの船が沈んだと聞く時の、駆け落ちした娘が大金を使ったと知る時の、そして懇願するアントーニオを無下にあしらう時の、もう全てが長年の恨みつらみを噴出させた迫力で僕に迫ってくる。

その顔に僕は誘導され、ごく自然にその表情を写し取っていた。そしてその表情にふさわしい声を探し、体の動きをイメージして追いかける。

その効果はすぐさま劇場全体に現れて、あれほど馬鹿騒ぎしていた観客はシンと静まり返り、シャイロックの一挙手一投足にじっと固唾を呑む。

自分たちが敵視しているユダヤに、ナチ自身が魅入っている！　この転倒した世界を創り出したのはまぎれもないゲッベルス。彼が今僕を操ってこの劇場を支配しているんだ！

この不思議さに僕は抵抗することもなく、さらにさらに誘われた。

楽屋でまた煙草を吸いながら、ゲッベルスのシャイロックが理事長や先輩や演出家の全ての要望を叶えて余りある人物像だと感心してしまう。また、こんなことになるとは始まる前の袖では思ってもみなかったなとも。

法廷の場でポーシャはすっかり異化効果を捨てた。

「もしキリスト教徒の血をたとえ一滴でも流せば、お前の土地も財産もベニスの法律にしたがいベニスの国庫に没収される！」と金切り声で叫んだあと、客席に向かって両手を広げ、車掌が「オーライオーライ」とやるように何度も空気を後ろに掻いて「騒げ！」と煽ったんだ。歓声が上がり指笛が飛び交う。

彼女の興奮した目を見ると、とても仕方なくやっているようには思えなかった。ナチ集会の最前列によくいるタイプだ。

それよりゲッベルスは、と見ると驚いた。まるで放心状態でポカンとあらぬところを見ている。

おいあんたの番だよ。早く表情をくれよ。

しかしだらしなく口を開け、涎が垂れそうに辺りを見回しているだけだ。


まさかこれが今やるべきシャイロックの表情？

俄には信じられないので、両手で顔を覆い、指の隙間からもう一度確かめる。同じだ！　よだれ婆だ！

いつまでも間を取っていられないので、僕もその表情を写して芝居を続ける。そのうちキリスト教徒の狡猾さに臍（ほぞ）を噛む恐ろしい表情をくれるだろう。いくらなんでもこのままじゃあ……。

だがそれはついに最後まで来なかった。観客も肩透かしを食らったのかブーイングがあちこちで起こる。何しろ僕は夢遊病者のように虚ろにうごめいているだけなのだから。

そして退場だ。最後の最後に激変する表情を見せてくれるのかと期待したが、なかった。

僕は涎を垂らしたままふらふらと袖に入り、何て言葉をかけようかと迷ってる理事長や演出家の脇をすり抜けて楽屋に戻った。

やり終えた高揚感も達成感もないままぼんやり椅子に座っているとドアが開き、ゲッベルスが風のように入ってきた。

「ブラボー、シャイロック君。申し分ない！　私の意図をよく理解してくれたね」

間近で見ると、軍服を着たマネキン人形のように見えなくもない。

「私はずっとシャイロックはああでなきゃいかんと思っていたのだよ。肉一ポンドに血を流すな！　なんと素晴らしい詭弁！　そして詭弁だと認識できるのはシャイロック以外の人間なのだよ。奴にとっては突如現れたこの詭弁の内容と意義を全く呑み込めないんだ！　口は勝手に動いて抗議はするが頭の中は空っぽ！　未曾有の理不尽さに成す術がない！　あんぐり口を開けて涎も流すだろう。ここで我々は学ぶんだ、悲劇とは破滅を当人が認識できぬことの謂いなんだと。歴代シャイロックが演じたように嘆き悲しんだりしたらだ、それは事態を理解したってことになってしまう。そんな出来レースを悲劇だと奉ってるなんてむしろ喜劇じゃないか。全ての予定調和が成立しない、圧倒的な断絶でなくてはならんのだ！　復讐というのはだ、奴らを悲劇に突き落とすことじゃない！　悲劇だと理解できぬものの中に突き落とすことなんだ！　中にはだ、それじゃ満足しない輩も出てくるだろう。やっぱりもがき苦しむ姿を見て留飲を下げたいですという輩が。そんな奴らは思い知るがいい、貴様らの言う復讐とはしょせんサディズムの快楽にすぎなかったんだと。密室での密やかな退廃的欲望を満足させるだけの背徳行為にすぎなかったんだと！　いずれ淘汰されるべき運命にあろう。今日の観客はみんなそうだ。我々はそんなところに立ち止まっている時間はない！　むしろ謙虚な精神で、正統な権利所有者である奴らに悲劇をきちんとお返しして、先へ先へと、青空の下のアポロンの如く、健やかに伸びやかに進まなくてはならんのだ！　なぜならばだ！　それこそが我々の運命だからだっ！」

まるで僕の周りに何百人もの聴衆がいるみたいだ。

「今日の君は立派に悲劇を演じてくれたよ。だからブラボーだ。さあ、お母さんと三年ぶりに会いたまえ」

入れ替わってお袋が入ってきた。

ゲッベルスの言葉が頭の中で渦巻いているので話しかける言葉が見つからない。お袋もそうだった。ああ、とか、ねえ、とか、ふーん、とか言いながら部屋を見回す。ついに、

「まだ上じゃ芝居続いているんでしょ、最後に挨拶出るんでしょ、じゃそろそろ行くわね。今日はね、あんたの一世一代の晴れ舞台ということでご招待いただいたんだよ。わたしにはよく分からなかったけど、褒めてくださったわよ。ご飯はちゃんと食べているの？」と言った。

僕は、

「食べてる」と答えた。

お袋がドアを閉めたあとで、あれは本物の総統だったの、と訊くのを忘れたと気がついた。どっちでもいいんだけど。

こうやってユダヤ四分の一のシャイロックは終わった。

目抜き通りは相変わらず色とりどりの人たちと茶褐色の制服で溢れていたが、もうあのノッペリとした均一の世界はなくなってしまっていた。

誰もが真っ平らだったはずのスクリーンからにょっきりと飛び出し、僕の目の前に現れては通り

過ぎる。一人一人の輪郭がくっきり見えた。

一方僕の輪郭はひどく曖昧で、例えば手を見ても、それはもっと大きくても小さくても構わないように思えた。早い話、僕であってもなくても構わないような気がしたんだ。

劇場も集会も行かなくなってずっと部屋にこっていたら、国防軍の誰かがやって来てレール工場に戻らないと収容所だよと伝えた。

意味は恐いのにあまりにもあっさりとした言い方だったので聞き返したぐらいだった。

こんなところにも異化効果か。


そして近衛が消えてしまった。

行方を知らないかと、日本大使館の人やゲシュタポが何度も訪ねてきたけれど、「知りません」と繰り返している内に誰も来なくなってしまった。


容疑は、光を夜空に向けて何かの合図を送るスパイ活動だと。近衛がスパイ？

「空襲が始まるまでだぜ」と言われたことがあるけどそれと関係したことかな。


僕は日曜大工になって近衛と同じような占い師机を作ったんだ。黒い布をテーブルクロスにして、椅子とランプも用意する。そして机の上で手を組む。

ゲシュタポからすればスパイの模倣だ。ずいぶん挑発的に見えたかもしれないけど、僕としては、自然と手が動いてしまったというのが実感で、近衛不在の穴を埋めないと落ち着かない。

「なんのかんのと、友達だったんだなあ」

本当に占ってもらいたい人が来たらどうしようかと思ったが誰も来なかった。ゲシュタポですら遠くからチラと見るだけで、相手にもならないのか、近寄りもしなかった。

僕はここにいるんだけど、いないことになってるみたいだ。

それとは反対に机の上で組んだ手が、次第に自分の手としか思えなくなってくる。四分の一のユダヤが混じった僕の手、僕の指だ。

世間的には全く無用の僕だけど、確かに僕はここにいる。そのことを少なくとも僕自身は知っている。

そう考えてもやっぱり役立たずだけれど。


顔を上げて周囲を見回すと、誰もいない街がユトリロの絵のように見えてきた。

ずっと僕は人が消えてしまった寂しい街の絵だと思っていたけれど、逆に誰かが現れるのを待っている期待に溢れた街の絵だったのかもしれない。

ほら、あの角から、緑の帽子をかぶった小さな妖精が顔を出さないとも限らないじゃないか。

ほんのかすかに、何か希望めいたものが生まれそうだったのに、
残念ながら空襲警報が鳴ってしまった。


『ベニスの商人』の台詞は松岡和子さん訳の『ヴェニスの商人』を使わせていただき、文脈に応じて適宜変えさせていただきました。

私の議事録

SASAYAM
みきたろう

書記の仕事としてまず大事なことは議事録に自分の感想などを書き込んではいけないということでございます。あくまで発言者の内容のみを記録するのでございます。私情はご法度。

長年この仕事に携わっておりますと自然、普段もあまり口数の多い方ではありませんね。

そこで問題。私の私情はいつ日の目を見るの？

言う時は言うんですよ、

「稀勢の里には泣けたわあ」とか。ちょっと古いですけど。

するとみなさん目を丸くして、

「え！　増田さんもそんなこと言うんだあ」

きっと何に対しても無感動な、低血圧低体温の独身女性と思っているんでしょうね。

当たり前に私だって人間。人並み、いえそれ以上に感情は激しく湧き上がり揺れ動く、だけじゃ言い足りない熱いタイプなのでございます実は。

市議会でひっそりとペンを動かしながら、みなさんの発言に心の中でどんなリアクションをしているのか知ったら、きっと議員の皆様のけ反りますわ（私は基本速記でパソコン清書と、手間暇かけるタイプでございますのよ）。

市庁舎の廊下を歩いている時だって、エレベーターに乗ってる時だって、ランチの行列している時だって、他人の会話を聞きながら、今にも揚げ足取り的罵詈雑言が口から躍り出そうで、ホホ、堪えるのに大変なのでございますからん。

例えば例の巫女問題、市長さんはのらりくらりと質問をはぐらかしますけれど、私、歯を食いしばってツッコミ入れるのを耐えました。

巫女問題というのは、市長が逆上（のぼ）せ上がった小娘のことでございます。

初詣の東地獄神社で出会ったとかいう短期アルバイトの、たかがフェイク巫女。この女が初対面の市長に霊言を授けたそうな。

「顔を見ただけで天秤座と偏平足を当てられちゃったよ」だとか。それから、

「実はアイデアマンなのに自分でブレーキをかけてるって、どんぴしゃなこと言うんだよ」

だとも。あらあら。

もうそれだけですっかり気に入って、それからは頻繁に会って、さすがに実際どこでどうしたかまではゲロんなかったですけれど、その結果、

「ありゃあ霊感百パーだね」

そんな日本語があるとは知りませんでしたわ。

そしてその女、市の人事にまで口を出してきたのでございます。

まず初めに耳たぶの貧相な職員は担当を外されて、こんな職員がいたのかというほど耳たぶタップンタップンの男が観光課長の椅子に座るじゃありませんか。そしたらなんとまあこれがまぐれの大当たり。街に三軒あるホテルが、どうってことのない梅のシーズンに満室になるというまさに春の珍事。市長は気をよくして、

「オラが街のジャンヌ・ダルクだべ！」

得意顔の朝礼をしたものでございます。ダルクにだべはないでしょうに、少しは照れ隠しもあったんでしょうかね。

そうなんです。市長、巫女の存在を隠そうともしなかったのでございます。妙な噂が出る前に逆に堂々と打って出て、人の口に戸を立てる作戦だったのかもしれませんが。

人事その次は、指を閉じて隙間のある人間は金がこぼれていくとかで（小娘のくせに古い迷信知ってるでしょ）財政部を席替え。一気に太った男たちがやって来て椅子が小っちゃく見えました！

みんな陰で相撲部屋って呼びましたわ。私は出入りしませんでしたけど、部屋に入ると二度暑いっ

て女の子がこぼしておりました。

これも功を奏してかなりの財源が確保。増額ボーナスにみなさん軽やかな足取り、廊下をスキップでも始めそうでした。

勢いづいてイベントをやろうとなりまして、お釈迦様でも思いつかない、シャッター商店街で、地元のアマチュア劇団かき集めて、市の主催でギリシア悲劇を敢行したのでございます。もちろんこれも巫女の仰天発想。

夜の八時。異様な光景でしたわ。行きましたとも！　全身にシーツを纏った男女が照明浴びてうろうろ。格安の衣装代でしたが、まるで白装束の宗教団体に商店街が占拠されたようでございました。ギリシア悲劇なんて全然知りません。ただ喋って集まったり散ったりの繰り返し。クライマックスは全員でシャッター叩いてガチャガチャ鳴らすものですから、死火山のはずの伊吹山が噴火する前兆かと焦ったのは、私だけ？

これがまたなんと物好きな全国紙に取り上げられまして、今や路上パフォーマーたちが他県から続々とやって来て、銅像アーティストですって。

小学生が近寄ると「ワッ」と手を広げて脅かすのですから文字通りの子供だまし。しかしこの界隈が演劇を中心に活気づいたことは認める他ありません。

こういったことを踏まえて市長、議員たちの意向を無視して強引に市政を進めます。合言葉は「クリーンクリーンクリーン、もひとつクリーン」。ほんの僅かでも使途不明金のある議員には市庁舎内左遷も辞さず。空出張なんてしようものならたちまち退職勧告です。そしてお金の問題だけじゃありません、提出された条例案は殆ど「気持ちは分かるが霊気が薄いんだ」と却下。そんなことが繰り返されたものですから当然猛反発を食らった

のでございます。ところが、

「わしゃ結果を出しとるだろ」

と当人はどこ吹く風。

しかし火種は消えません。定例議会、臨時議会で市長追及が始まったのでございます。それまで散発的だった巫女問題の集中審議がいよいよ始まったのでございます。

「飛鳥奈良時代じゃあるまいし、だいたいがこの現代で、巫女言うなりの市政がまかり通ると思っているることが時代錯誤であります」

この人の頭にあるのはひょっとして聖徳太子？それじゃ逆に市長を持ち上げてない？　私情より。

「市長がやってらっしゃることはですね、日本国家の原則である政教分離に反していると言わざるを得ないのでアリマス」

大げさな！　けどね、沖縄の名護市市役所はシーサーに守られているのよ。あなたの雑学に入れておけば。私情二。

そしてあれよあれよという間に追及は、

「その女には本当に霊感なるものがあるんでしょうかにぃ？」

という興味本位の下世話な暴き立てに終始してしまったのであります。ああ情けない、これがエロ親父集団市議会議員の実態でございます。私情三。

恥ずかしながら以下は議事録そのままのやり取りです。

市長「霊感あるのかないのかと言うのでしたら、私はあると信じております」

議員「だったら是非ここに呼んで証明してもらいたいですねえ。みんなもそうだと思いますよこれ」

市長「政教分離だから呼べないですね」

議員「いやいやいやいやいや、分離してないのはあなたでしょうに」

市長「私は令和に生きてます」
議員「市長あーたね、いい加減にしてくらさい。私たちは選挙で選ばれてここに座っておるんですよ、その私たちの意思が無視されるということはですよ、ここよく聞いてくらさい、民意無視に等しいじゃないですかっ」
市長「は？　もう一度言ってくらさい」
議員「あーたって方は！　いいですか、本日は傍聴席も満員なんですよ。見渡してごらんなさい、聞いてますよ見てますよ、ヤキモキした市民のみなさんが。この場はあなたの責任追及すなわち解任決議だと思って、そうですよそういうことですよ、少しは真面目に答えてくらさい。リコールがすぐ目の前にあるんですよ、ほらもう手ェ届きますよお、いいんですかあ」
市長「どうしてこんなことになってしまったのか私にはわかりません。何がどうなったのでしょう？　何故私は責められるのですか？」
議員「ともかくですね、呼びなさいその女性を。女性でいいんですね？」
市長「はい。雪肌の、ポニーテールです」
その一言に本会議場は一斉にどよめきました。うおーという声や笑い声に混じって「いやん！」という悲鳴もどきも。議長が再三「お静かに」と制してもしばらくは収まりません。
私は私で「雪肌」と書きながら、あまりにも馬鹿馬鹿しくて涙が出るほど情けなかったです。もちろん書きましたけれども。そして書き続けましたわ。
議員「いやそこまでは訊いてませんがね。ひひひ。ともかくその女性をこの場に呼んでですね、万が一ですよ市長、万が一霊感なるものがあると満場一致で認めた場合には、それはそれでぜひ我が市のために、その雪肌を一肌脱いでもらおうじゃありませんか」

　ここでまた大騒ぎ。もう勘弁して。

市長「今の先生の発言はちょっとセクハラ疑惑だと思われますが」

議員「そら言いがかりだ。会ったことも見たこともない、実際に存在しているのかどうかも分からない、いわば架空の人物ですからね私にとっては。それでもセクハラが成立するのかどうかは、これは大いに議論が必要なところじゃありませんかにぃ？」

　ここで議長発言。

議長「話が細かいところに入ってしまったようなので一旦打ち切りたいと思いますが、どうですか市長、その女性をこの場に呼んで全てを明らかにするというのが一番の選択だと思うのですが」

　したり顔で言うけれど腹の中は見え見え。フッーの女に決まってるじゃない。満座の中で笑い者にして市長を火ダルマにしようって魂胆だわ。それこそが満場一致でしょ。

　さっそく与党も野党も「異議なーし」。市長は小さな声で「ではそのように……」。


　丸山祥子というのが巫女の名前でして、ポニーテールというよりは無造作に髪の後ろをゴムで結んだだけの、化粧っ気のない、小柄な若い女でございましたね。雪肌かどうかは分かりませんけど、確かに色は白かったようです。ただ奥二重の目がキラキラと輝いて、市長はこれに参ったんだなと思わせるものがございました。わたし的には歌手の藤圭子にちょっと似てるなと思いましたわ。そんな世代です私。

　顔を見る前までは蓮っ葉な女を想像してましたけど、実際会ってみて、ちょっぴり市長分かるわ、みたいな印象でございました。

さて召喚はしたけれど、何をどうするのか議員たちは何にも決めていなかったのです。ただただその女をこの目で見てみたいという助平根性だけ。衆人環視の的丸山巫女は、きっと晴れの舞台だとでも思ったのでしょう、サイズの合わない派手なピンクのツーピースに黒のハイヒール。ハンカチを両手で雑巾のように絞りながら、マイクの前でいじらしくもじもじしております。私のすぐそばだったのですが、書記は視線を向けるわけにもいかず、じっくり見定めたいのに、ああ焦れったい。

市長の様子も気になりましたが、これまた見ること叶わずで、思い切り聴覚集中。

そして一人の議員の「あなたには霊感があるんですか?」という身も蓋もない質問から始まったのでございます。

丸山「……人からよくそう言われますが自分では分からないです」

玉を転がすような声に一同驚きました!

議員「なるほど。霊感ありそうな声ですね。さて、その霊感を科学的に証明可能だとでも専門の機関で調べてもらったりしたのですか?」

丸山「おっしゃってる意味が分かりません」

議員「分からない! ほー! では質問を変えましょう。どうですか、私を見て霊感使ってください。透視してください」

野次「レントゲンじゃないヨー」(多くの失笑)

議員「ともかく見てください私を。どうですか?何かが見えますか?」

丸山「……あなたが見えます」

もっと多くの失笑。

議員「えー、話を変えますが、あなたの発言が市長に影響を与えたことは認めますね」

丸山「もちろんです」

議員「何故、もちろんなのですか？」
丸山「もちろん、救って差し上げたかったからです」
議員「ほー！　市長を何から救うのですか？」
丸山「くびきです」
議員「は？　車へんに厄介の軛のことですか？」
丸山「くびきです」
傍聴席から「んまあ！」と、聞こえよがしのあざとい女の声。最初から気づいていましたけれど、市長の奥様がうす緑のお着物召して今日初めていらっしゃっているんです。顔をそっちに向けなくても分かるうっとおしい存在ぶり。質疑応答が始まるやいちいち大げさに反応しては周囲の気を引くのです。
「えーえ！」「あっらあ」「うっそおーん」「たいへん」「うそうそ」。誰が書くか。書いちゃった。
議員「えー、それでは本題に入りますが」
野次「今からかい」
議員「えー、あなたに霊感があって市長に影響を与えたとしてですね、ここにいる私たちは選挙で市民から選ばれた議員です。公約というものをやり遂げる責任義務があるわけですね、しかしそれがあなた方の思い付きに付き合わされて果たせていないんです。これをどう思われますか？　いっそ身を引きますか？」
野次「その一言が余計だなあ」野次かと思ったら市長でした。
議員「黙ってください！　そういう問題ですよこれは。あなた一人で民主主義を潰そうとしてるんですよ。あり得ないでしょ」
市長「発言よろしいでしょうか」
議長「えー、どうぞ」
市長「まずご理解していただきたいのは、丸山さんは一般人であります。私が彼女から仕事上のヒントを得ているのは事実でありますが、その結果方針を打ち出すのはあくまで、一般人のアドバイスを聞いたところの、私自身の判断なのでありま す。丸山さんとは切り離していただきたいのです」

聞き取れないほど多数の野次。

市長「もう少しご辛抱してお聞きください」

議長「ご静粛に」

市長「それから、議員みなさまの公約一人一人、全て把握しております。それらが決して私の進めるところのものと矛盾しているとは思えないのです。むしろ向かう先はみなさまと一致していると固く信じておる次第であります」

議員「それは矛盾でしょ。私たちを無視しておいて一致しているというのは誰が聞いてもおかしいでしょ」

市長「私としてはおかしくないんですね」

議員「丸山さんがいなければ市長としてやっていけないとでもおっしゃるんですか？」

市長「先程からそのように申し上げております」

会議場は再び怒号とため息に包まれましたし、傍聴席では「ひっ！」と奥様が引きつけを起こした模様。

議員「市長しっかりしてくださいよ。私はあなたを長年存じ上げておりますが、その政治キャリアを棒に振る、公私混同の発言をなさっているんですよ。ぜひ撤回していただきたい」

市長「公私混同ということはあり得ないです。なぜなら『私』がないのですから」

頭上で再び「ひっ」。うるさい。

議員「あなたもう何も言わないほうがいいですよ！」

十五時三分。議会紛糾。

私の母は八十歳になりますけれどまだまだ元気

で、夕方は私に付き合ってビールを飲んでくれるのでございます。そんな我が家の団欒風景をお伝えしようかなと思うのですが、どうしても議事録風になっちゃって、ごめんあそばせ。
母「じゃなにかいあんた、市長さんが羨ましいっていうのかい？」
私「結局それが今日の私の結論みたいね」
母「そりゃおかしいよおまえ」
私「私はあんたなのおまえなの？」
母「だってあんた、その市長はあれだろ」
私「あんたか」
母「ほれ、護摩木祈願して地方自治やってるんだろう？」
私「ちょっと待ってよ、成田山新勝寺がなぜいきなり出てくるの？」
母「パッと火が燃え上がって」
私「火は出ないの。何も聞いてなかったわね？御祈禱は忘れてよ。あのね、巫女が一人現れたの」
母「ああ！　お狐さんね！」
私「だから違うって。女よ女」
母「あそこの神社はタチ悪いんだよお。一年行かないと祟りがあるからね」
私「問題はそこじゃなくて」
母「あたしゃ十年行ってないから殺されるわ」
私「あのね……まあいいや」
母「よかないわよ。どうしてそんなに市長の肩持つの？」
私「持ってるかしら？」
母「ずっと弁護してるわよ」
私「そうかしら」
母「ハゲちゃびんが藤圭子とだよ。どう考えても色呆け市長でしょう」
　ああん！　こんなにも浅はかにレッテルを貼る女になりたかないわ。

けれど私自身が母親似の俗物根性で、二人の関係を勘ぐっていたのですから赤面ものです。

以下は顔の赤い私です。

私「絶対違うって。そりゃ時々女の子のお尻触る奴だけど今回は次元が違うわ。霊感にすがってでも誠心誠意市長の仕事をやろうとしてるのよ」

母「何も相手が巫女じゃなくたって」

私「巫女しかいなかったのよ、市長さんの場合」

母「ふーん。あたしゃどんな祟りがあるのか心配だけどね」

私「母さんに祟りは関係ないでしょうが」

母「だってあの人あたしの甥っ子だよ」

そうなんです。市長、私の従兄なんです。

とまあそんなところでお開きになりましたけれど、市長さんと巫女、信頼し合った一つの羨ましい関係ですわ。

それにしても一見豪放磊落（らいらく）な市長が「公私の私はございません」とまで言うのですから人間分かりませんわね。思うにあれは傍聴席の奥様に向けて言い放ったんじゃないかしら。ホッと落ち着く我が家もないとか？　ということは丸山祥子は駆け込み寺だったのでしょうか。ア、神社ですね。

自分が自分に還れる場所としての巫女？　そうそう「軛」とか難しいこと言ってました。どろどろした感じがしないでもないです。何か、松本清張的嫌な予感がいたします。夜行列車で逃避行。どこぞの海の岩場で、二人揃って毒入りジュース。それがまた実は見せかけの心中で、巧妙なアリバイ工作を図ったのが耳たぶ貧相男。出世を妨げられた腹いせに練りに練った殺人事件。僕はその時札幌ですね。うそ。あなたは二人を見下ろしながら耳たぶを揉んでいたはず……。

「増田くん」

名前を呼ばれてハッとします。やだいつの間に議会事務局にいるのでしょう。私情が溢れ過ぎて昨日今日の現実が見えてませんでした。

「増田くん」もう一度呼んだのは市長でした。ちょっと外へということで近くの喫茶店へ。

「この際辞職してね、出直し選挙に出馬することに決めたんだよ」

相変わらずの大声で周囲を全く気にしません。こっちが焦るほど。また議事録しますね。

市長「でだ、わしに付いてくる人間は誰もいなくてね。副市長ですらだ。はは。君ウグイス嬢になってくれんかね」

やだ一本釣りでございます！

私「私なんかとんでもない、無口な女でございますから」

市長「いやいや、勝手に喋るんじゃないんだよ。ちゃんとフォーマットがあるから。決められた文句を言ってくれればいいんだ」

私「私の声は丸山さんみたいに綺麗じゃありませんから。そうだ丸山さんが適任じゃございませんか」

市長「いや彼女が最前線に出たら集中砲火浴びるよ。分かるだろ」

私「想像はつきます」

市長「この通りだ、頼むよみっちゃん」

下げた禿頭に汗が滲んでました。やだ、みっちゃんって呼ばないで大声で。

なんとウグイス嬢。これまたウグイス嬢ですって！　ひたすら連呼のウグイス嬢。これまた私情挟む余地なし。そんな運命なのでございましょうか。運命ならば……流されましょうとも。

あっという間に選挙戦へ突入でございます。

対抗する立候補者は反市長派が推す、こちらも無所属のド新人、若島津陽太郎という無駄に字数の多いイケメンの若手であります。オックスフォード大学で何を学んだかは忘れちゃいましたわ。

その妻が梨愛瑠。リアルと読みます。「わかしまづりあるさーん」とか、あちこちの受付で呼ばれるのでしょうね。

この夫婦、日本各地の市長を狙っては東京から移住して選挙権を取得して機を窺うという、いわば市長選ゴロ。それを承知の反市長派です。

女房のリアルは、オックスだけが売りの亭主を立候補させて自分は裏に回るという、策士の臭いぷんぷん。おまけにアメリカの大学を出た心理学の先生とかで口も達者でしょう。読まれてたまるか、心に鍵掛けましょう。

そして後援会ブレーンには弁護士に精神分析医と頭イイのが揃ってて、合法と人心掌握の両輪で攻めるらしいです。

公約のキャッチフレーズが「この街にせめて大学一つはなきゃ」。もちろんこれは私なりにかみ砕いて表現したものでございます。だって横文字が鼻につくんですもの。

一方我が市長陣営の後援会トップスリーとしましては、長年選挙参謀をやっていた市長の中学先輩、浪花節親父の浜田山五郎。浜田で切ると山五郎になっちゃいます。実際よく呼ばれるそう。参謀としての口癖が「靴履き潰せ」であります。

それから商工会議所のご隠居で、間違った入れ墨で眉毛を太くし過ぎた阿倍徳治。ただ椅子に座ってるだけの、耳の遠いご老人です。「俺みたいなのが一人いるとみんな落ち着くんだよ」と分かったようなことを言います。

そして、かつては落語家だったという地元出身の、冬燃料屋、夏金魚すくいの石渡一平。敵方の情報だけはやたらに詳しく、自陣についてはほぼ何も知りません。

こんなんでございます。

若島津には多くの市議会議員が支援に回り、革新党も動いているという噂。組織票はかなりの数になるだろうという大方の予想です。

　こちらの市長陣営にはほぼ誰も寄り付きません。かつての保守は全く消えました。

　来るとしたら地元テレビのワイドショーぐらい。マイク持った女がキョロキョロと巫女の姿を探し求め、「いません。姿はまだ現してないようです。引き続き現場に張り付いていますので、一旦スタジオにお返しします」

　閑散とした駅前で一人浮きまくることになるでしょう。

　私、ウグイス嬢の練習をウグイスみたいな声の丸山巫女にみてもらったんですよ。私はまだカモメ。ふふ。


　熱気球がぽわんぽわんと空に浮かぶ河川敷。近くでよく見ても、やっぱり藤圭子でございました。

私「本当は丸山さんがやれば一番いいんですけどね」

丸山「ホントにごめんなさいこんなことになって。でも感謝してます。市長さんはお一人ですから」

　聞きたいことはたくさんあったはずなのに、いざ面と向かうと何にも思いつかなくて、さっそく練習を始めることにしました。

　大きく息を吸って、
私「ご声援ありがとうございます。みきたろう、みきたろうでございます。笹山市を預かって四年、みなさまの暮らしを守ることだけに邁進してまいりました。みきたろう、みきたろうでございます。今一度、今一度みなさまのお力をお貸しください。みきたろう。暮らしにかかせないみきたろうでございます。あ、おばあちゃまご声援ありがとうございます。横断歩道ゆっくり渡ってくださいね。いっちにい、いっちにい。道路もつくってまいりました、橋もつくってまいりました、みきたろう、みきたろうでございます。

若者たちが地元で働けるよう粉骨砕身努力してまいりましたみきたろうでございます。あ、赤ちゃんこんにちは。ばぶばぶ。みきたろうでございます。ご出産された若いご夫婦には支援の手を差し伸べてまいりましたみきたろう。みんなで笑顔のみきたろう、投票用紙にはぜひみきたろう、ひらがなで結構でございます、みきたろう、みきたろうとご記入ください、今一度、今一度みきたろう、頑張っておりま、駄目息が続かない！」

草の上にひっくり返ると丸山さんに笑われてしまいました。

丸山「すごい肺活量ですね。フフ。でもちゃんと区切れば息吸えますから」

それからぐっと顔を寄せて、

丸山「とても素晴らしいです。魂がこもってます。きっと誰の耳にも届くし、残るはずです。ひょっとして増田さんも霊感あったりします？」

私「とんでもない！　夢も見ません！」

驚いたことに、あれほどお高くとまっていた市長の奥様が選挙事務所で大奮闘。

美容院で奮発したらしく、えらく盛り上がったヘアスタイル。そして十代が着ても恥ずかしい花柄ブラウス。ともにまず目を引きますが、たちまちそれが目立たなくなるほどの張り切りぶり。毎日炊き出しを用意したり、運動員みんなのタスキ鉢巻きを用意したり、ポスターを貼りそこねた箇所を自転車で駆け回ったり、少しでも時間があれば電話で絨毯爆撃攻勢、みきたろう、みきたろう、でございます。

　一番驚いたのが丸山さんへの友好的な変心ぶり！　傍聴席以来猛烈に毛嫌いしていたはずなのに、

奥様「あなた外に出られないからここでお願いね。どうかほら、遠隔の！　テレパシーで主人に力を与えてね」

　ということで、事務所の隅にキャンプ用の黄色い小さなテントを張り、どこで買ったか、水晶玉を小さな座布団に乗せて、

奥様「お願いね。この中に座ってアブラカダブラしてちょうだい」

　そこにいたみんなはてんやわんやでありましたが、これにはさすがに手を止めて唖然としたものでございます。

丸山「あだぶからぶ……あぶららだぶ……」

奥様「なんでもいいのよ、祝詞（のりと）あげてくれれば、ハンニャーカダブラでも。すきっ腹じゃ駄目よ、シャケとタラコがあるから、お握り。それ食べてお願いねえ。あなたが頼りよお」

　テントの中に丸山さんを押し込んでお握りを持たせるのです。

　亭主のためにはここまでやるのでしょうか。知らなーい。

　一方市長は簡易山伏スタイルとでもいった勇ましい出で立ち。これは巫女アイディアではなく前の選挙で勝ったからという縁起かつぎです。相手候補が思わずこの姿をおちょくると「そこまで本気の三木をなぜ笑う！」と逆に有権者から反感を買うだろうという、参謀直伝の秘策です。ちょっと狡いけど、実際に有効だったそうな。

　頭にお椀らしきものを乗せて「いざ出陣！」。スタッフは「えいえいおー」と、えらく気の早い勝鬨（かちどき）で応えます。奥様は火の出ない火打石でカチ

カチ。「こういうのってカタチだけでいいのよ」。このへんが胡散臭いです。

「じゃ丸山さん行ってきますよ」。市長さんが声をかけると丸山さんはお握り頬張った顔を出して「もぐもぐ」。表では石渡さんがライトバンのクラクションを高らかに鳴らして、まるで出棺時の霊柩車みたい。

　参謀浜田山さんが市長に霧吹きを渡して「演説する前には必ず顔に吹きかけてな。汗だよ汗。これが有権者からの好感度が上がるから」

　ご隠居は奥で新聞から顔を上げ「おや行ってらっしゃい」。そしてまた新聞へ。

　石渡さんはハンドルを握るとさっそく耳より情報をご披露してくれます。議事録も忙しい！

石渡「若島津の女房はロサンゼルスで寿司食いながら弁護士の山田を心理学で誘惑したんですよ。亭主をナメきってますわ。でね、精神分析医の鈴木の方は、伊豆のゴルフ場で若島津女房を精神分析で口説いたらしいですわ。ややこしいでしょう、へへっ。でね、旦那さんを市長ぐらいにはしてあげられますよ、なんて男二人が張り合ったのがそもそもの始めらしいですわ。でも今は鈴木が嫌われてんの。ほら、精神分析は心理学よりランクが上だと思ってるから、何かにつけて上から目線なんですって。その態度が女房には目ざわり、へへっ。思いっきり軽んじられて、鈴木焦って、ひがんでます。これどうします？　演説にちょこーっと盛り込んじゃいます？」

市長「誰も聞きたくないさそんな話は。へーえ、可哀そうだね陽太郎くんも」

私「同情してる場合じゃないですわ」

市長「そうか。お子さんはいるのかい」

石渡「いないっすよ。そして夫婦は寝室が別」

私「わー会話なさそう。平気なのかしらそれで」

石渡「心理学で平気なんすよ」
その間もちろん私はウグイスやってます。

山陰の狭い一本道を走っていたら向こうから若島津選挙カーがやってまいりまして、互いに停車すると私マイクを握ってすぐに窓から顔を出しました。
私「若島津候補ご苦労様でーす。健闘をお祈りしまーす。いずれ出会うとは思っておりました。直ちに後ろに引き下がるのはみきたろう、みきたろうでございます。どうぞそのまま直進してくださいませ。道を譲るはみきたろう、みきたろう。しかし譲るのは道だけで市長の座まで譲るつもりはありません。そんな決意を新たにするみきたろう、みきたろうであります」
石渡さんはさっそくギアをバックに入れて、猛スピードでみるみる相手が小さくなりました。少しの沈黙の後に相手のスピーカーから聞こえてまいります。落ち着き払った声からして多分女房リアルでは？
若島津カー「みきたろう候補、お譲りくださいまして誠にありがとうございます。健闘をお祈りします。それにしましてもここはみなさまの日常に欠かせない生活道路。もっと早くから手を打つべきではなかったでしょうかと考えざるを得ません。つまり一方通行にすべきか道幅を広げて片側一車線にすべきか。市長に当選したならば真っ先にぜひ議会に掛けて議論したいところでございます。こんなところから若島津は市政を始めます。何一つ見逃すことのない若島津、若島津陽太郎！」
辺りにはひとっ子一人見えませんでした。
石渡「今誰もいないから言ってやりましょうよ増田さん。エールを送ります、若島津仮面夫婦殿って」

私「やめなさいって」

市長「ほらほら通り過ぎる、手を振ってやろう」

真っ赤なベンツのステーションワゴンの中で、黒縁眼鏡をかけた唇の薄い女が目を伏せたままゆっくりとお辞儀して、去って行きました。

石渡「冷たそうな女だね。インテリはあんなのがいいんだあ」

私「あ、おじいちゃん、杖振ってのご声援ありがとうございます。みきたろう、みきたろうでございます」

市長はやはり人気がございます。巫女騒動がむしろ追い風になったかもしれないと私は密かに思うのでございます。まして恥も外聞も捨てての山伏みきたろう、みきたろうであります。

巫女のお告げ。まず山の霊にご挨拶ということで、我らがライトバン爆発しそうなエンジン音を上げて坂を上ります。

てっぺんではまず石渡さんがホラ貝を吹くという、あくまで神がかった前近代的導入部。

ホラ貝、妙に上手いんです。燃料の冬から金魚の夏の間に稽古していたのかしら。葡萄畑の四、五人が仕事をやめて拍手してくれました。

市長「おはようございます。いつもおいしい葡萄ありがとうねっ。はるか遠い昔のメソポタミア文明で栽培が始まったんだよねっ。本で読んだ。ははは。日本では平安時代だ。甲斐の国で甲州葡萄が始められたんだ。詳しいでしょう？　私は葡萄人間ですよ。ははは。もうなんといっても口に含んだ時のみずみずしさは、きっと砂漠じゃ大人気だろうね。そりゃそうでしょうとも、渇ききった口の中に潤いがぱあっと広がる！　これたまんないですよ！　私もそんなみなさまの葡萄になりたいんです！　本当ですよ。生活に潤いを与えたいんです。たまたまここでマイクを握ってるから出まかせ言ってるんじゃありません」
石渡「出まかせに決まってるじゃないか」と私の耳に。
市長「言ってみれば葡萄を目指してひたすら市長の職をまっとうしてまいりました」
石渡「ブドーで攻めるネー」
市長「そしてね、私が子供の頃は皮も厚くて種があるのが当たり前でしたよ。ねえそうですよねえ。それが食べるのに面倒くさいと、だんだん皮が薄くなり種もなくなってしまいました。確かに食べやすくなったかもしれませんが、私は物足りない！　私はかつての、あの、口の中に含んで分厚く、果肉の中に種を見つけて、プッ。はは、やりましたよねえ。これがたまらなく懐かしいのです」
石渡「話どこ持ってく？　今必死で考えてるわあれ」
市長「私は自然を手なずけるよりも、自然を受け入れた方が人間らしいと思うんです。昔に戻れと言ってるんじゃありませんよ。両方作っていただきたい。昔葡萄と今葡萄。これね、食べ比べると、なんと、経てきた年月を口の中で実感できるんですよ。私たち世代にはたまらないほど嬉しい。我が人生間違ってたかもしれないがここまで来ちゃったよと、諦めがつくんですっ。あははは。おじいちゃんおばあちゃんも昔取った杵柄でもう一花咲かせてくださいな。後は私に任せてください！なんぼでも売ってあげる！　うまい文句考えて、砂漠で飛ぶように売ってあげる！」
石渡「うまいなあ」
市長「ですから今回の選挙、負けるわけにはいかないんですっ！」
いつの間にか聞く人が何倍にも増えていて大拍手。素晴らしいスタートです。さすが丸山巫女。
ガラ携が鳴って出ると奥様でした。

奥様「どう大丈夫そっち？」
私「絶好調です」
奥様「あらそう」
意外そうに言うものですから、
私「絶好調まずいですか？」
奥様「ううん。あのね、丸山さんが梅干し食べちゃったのよ。お握りの。私間違えてあげちゃったのね。梅干し駄目なんだって。拒否反応で吐いちゃったのよ。だから念力大丈夫かなあと思って」
私「大丈夫です。念力バッチリです。では」
うるさいから切っちゃいました。
ところが、翌日大変なことが起きてしまいました。
丸山巫女が、普通の人に戻ってしまったのです！
朝私が事務所に行くと、市長と奥様と丸山さんが深刻な顔をして突っ立っていました。一目でただならぬ気配です。そしてあっと気がつきました。もう一人、どこぞのお坊さんがしょんぼりと椅子に座っているんです。
これはなに？
気を引き締めて冷静に議事録します。
市長「じゃあ、朝起きたら霊感が消えてたのかね」
丸山「申し訳ありません」
市長「一体どうしてそんなことになったんだろう」
奥様「私の梅干しがいけなかったのね、ごめんなさい！」
丸山「そんなことないです。すぐ気分はよくなりました。ただ……」
市長「ただ？」
丸山巫女、坊さんに目をやる。市長も見る。
市長「ところでこちらのお坊さんはどちらさまかな？」
坊さん立ち上がる。

奥様「ほら、円正寺のご住職様よ。あなたたちが頑張ってるのに私も神頼みぐらいしなくちゃバチが当たると思って、昨日、丸山さんの具合が悪くなってすぐ来ていただいたの。五分でもいいから、何か選挙にふさわしいお経を上げてくださいって」
坊さん「その……選挙にというのがよく分からなかったもので……無難なところで……厄除けかなと思いまして、サワリを唱えさせていただきました」
市長「丸山さんもいたのかい？」
丸山「はい」
市長「それが原因だ！」
奥様「うそ！」
市長「他に考えられないじゃないか」
丸山「でも、梅干しほど気分は悪くならなかったです」
奥様「ほらごらんなさい。え？　じゃあやっぱり梅干しってことかしら」
市長「違う違う、お経だよ。その厄除けの厄になっちまったんだよ丸山さんが！」
奥様「やだうっそ！」
丸山、目をぱちぱちさせて記憶を探るふう。そして何やら思い至ったのか、口をポカンと開ける。
丸山「かもしれないです。寝る時に、じんわりお経が効いてきたっていうか。初めは、ああ、有難いなあって思い返していたんですけれども、思い返すたびに力が一つずつ抜けていくような……。そしてついに、頭真っ白、市長さんが今日どこで何を話せばいいのかが、全く見えなくなりました」
沈黙。
坊さん口を開く。
坊さん「南無阿弥陀仏」
市長「お引き取りねがえますか。申し訳ないですが」

坊さん「お呼びでなかったということですね。では」
坊さん、丸山に刺すような鋭い視線を投げかける。
坊さん「お大事に」
坊さん、正装用の法衣の袖を翻して出て行く。
奥様が財布を摑んであわてて後を追う。
市長「今日はどこから始めるか、全く霊感ないのかね?」
丸山「なんにも思いつかないんです、ごめんなさい」
市長「仕方ないね。今日は家に帰って休んでください。また元気になるでしょう」
丸山「……失礼します」
丸山肩を落として出て行く。入れ違いに奥様戻る。
いきなり市長のカミナリ。
市長「何を考えとるんだおまえは! だいたい巫女に坊主を会わせる馬鹿がどこにおるんだ!」
奥様「だって、私は、良かれと思って……」
市長「うるさい。何が今更神頼みだ! 炊き出しだけやってくれればいいんだ!」
奥様「増田さあん、助けてえ」
私「いえ。私情は挟めません」
奥様「んもう」
そこへ浜田山、阿倍、石渡、他のスタッフも元気溌剌勇んでやって来ました。
さあ、いつまでも坊さんで騒いでいられません。今日は今日で戦いが待ってます。
私、その日はウグイスやりながら考えました。
お坊さんの力って馬鹿にならない。
でも、奥様は市長の力になりたかっただけと言いましたけど、ひょっとして、ひょっとしてですよ、巫女潰しを目論んだんじゃないでしょうか。

だって若い女の言うなりになった亭主でしょ、面白いはずはないですよ。今に一泡吹かせてやりたいってのが本音でしょう。彼女をテントで事務所に釘付けにしてお坊さんをぶつけたんですよきっと。そりゃあお経の効果なんて分かりませんけど、なんといっても相手は巫女ですから、相殺こそすれ相乗効果はあり得ないですわ。

巫女計画殺人事件。未必の故意の可能性は否定できないわ。きっとかなりの謝礼をくれてやったのね。あの袖ですものたっぷり入ります。

市長再選に暗雲が垂れ込めてまいりました。

助手席から振り向くと市長、やだ、ひと回り小さくなってる！

その姿が私にさらに思考を深めさせたのでございます。

㊙市長さんは丸山さんに、丸山さんは霊感に、結局は依存していたということでしょう。その依存先がなくなったら自分がなくなっちゃうなんて生まれてきた甲斐がないです。少なくとも私は真っ平。自分のことは自分で決めていかないと人生台無しじゃございませんか。誰のでもない、自分の人生だもの。他人事じゃありません。私だって議事録という、しょせんは他人に見せるものに依存していないこと？

もうやめましょうそれは。私情一本でいきましょう。

わがままでもいい、人間だもの。㊙

それにしても人間って不思議です。丸山さんがいなくなったらナンセンスなことが始まりましたよ。

まず参謀の山五郎。それまではなんだか乗り気じゃなかったくせに、急にいそいそと選挙カーに乗り込んできて、市長にあれこれ指示するんです。

これからはウソでもおしどり夫婦で回れとか、あれは卒業生の誰それだから車をとめて握手しろとか、あそこの八百屋で何か食べろとか、風で倒れた薬局のサトちゃんを抱き起こせとか、あの井戸端会議に飛び込んで話題をさらえとか、ついには、あの吊り橋の真ん中で何か公約を叫べ、ですよ。

たまらず私情を挟ませていただきました。

「もう山五郎さんは、うざい！」

「だってこれで前は当選したんだよ」

「前は前。今は今。細々したことばっかり指図して！　どんどん市長がチマチマした男に見えますよ。ねえ市長」

駄目。市長は呆けて窓の外をぼんやり見てます。

「ともかく車をちょこちょこ出るのはやめてください！　出るならずっと出る！　出ないんならずっと出ない！　貫禄を見せてください貫禄を！」

事務所に戻ってみると、ご隠居がまた何を血迷ったか、丸山さんの代わりにテントの中に潜り込んで水晶玉を撫でてます！

「気持ち悪いから出てください！」

「はーあ？」

「そこを出なさい!!」

「え？　いや、でも、誰かがこれをやらないと」

「ご隠居はいつから霊媒師になったんですか」

「はーあ？」

「男子禁制ですよ！　いやらしい！」

「はーあ？」

「助平!!」

「なっ！　誰に向かって言っとる！」

「やだ聞こえてる。やっぱりいやらしい！」

テントの入り口閉めてとじ込めてやりました。

奥様は眉間に皺寄せて作りも作ったりお握り百

個。このくっそ忙しい最中に何かの末期症状なの？

「作ったものは仕方ないから、ご近所に配ってきてください」

「私が？　いやだあ。きっと坊さん頼みしたって噂になってるものお。恥ずかしいわあ」

「だったら円正寺に差し入れすればいいじゃないですか」

「言うわねえ、増田さんたらあ。いじわるう」

「いい年して可愛い子ぶらないでください」

「あら！　可愛く見えたの？　嬉しい」

全然参ってませんこの人。

再び選挙カーに乗れば石渡さんすっかり無口になっちゃって、市長と同様に魂抜かれちゃってます。若島津情報聞かせてよと水を向けても「詳しくないいんだあ」。寂しそうにつぶやくものだから、「うそ。ほらほら、言いたいんだから言いなさいよ」

「うーんとそうですねえ、ここにきて陽太郎と女房の立場が逆転してますね。肝心の陽太郎が選挙心ここにあらずで、女房が口から泡飛ばして演説してます」

「それからそれから？」

「そんなもんですよ」

また黙っちゃって。つまんない選挙カーです。


なぜなのお！

丸山さんが失踪してしまいました！

電話をかけても出ないし、アパートに行ったら大家さんが「ポストに置手紙だもんね。お世話になりましたの一言だけよお」。

六畳一間の部屋は空っぽで、流しに金魚のエサが一箱なぜかありました。まさかポリポリ食べてたんじゃないでしょうね。

やだ、自殺なんてしないでよ……。

事務所への帰り道の土手でまた熱気球が浮かんでました。あーあ、ここでウグイス稽古したのに。伊吹山が青くそびえています。人間に何が起ころうとも変わらない姿ね。きっと無感動なのよ、あなた。


㊙②丸山さん、本当に霊感が消えたのでしょうか。

お坊さんを呼んだことで奥様の意図するところを察知して、身を引いたということは考えられないでしょうか。これ以上関わってはいけないとか自制心が働いて……そういうタイプだものなあ、あの人。㊙②

見たことあるような顔だなと思ったら、びっくり、若島津陽太郎が草むらに腰を下ろして雲を眺めてます。なんでしょ？　青春返せでしょうか？まだ午前中なのに黄昏ちゃってます。

下の道路から妻リアルの声がしました。

あなたあ！　あなたあ！　あーなたー!!

あーあ。どこも大変でございます。


これはもう絶体絶命！　市長が倒れちゃいました！

病院に駆け込むとベッドに横たわって点滴の針が腕に突き刺さってます。

意識は？　ア、あるある。

「原因不明って医者は言うから、丸山さんのことを説明したいんだけど、女房がやめろって言うんだよ」

口を尖らすほど元気なので一安心です。

「そら巫女は出さない方がいいでしょう」

「やっぱりそうかね」

「過労ですよ過労」

「それは気休めだよ」

なに拗ねて窓の外見てんの。

「世の中過労で大騒ぎしてるっていうのに贅沢ですよそれって」

ここで丸山さんが失踪なんて教えたら命にかかわるかもしれないので、

「丸山さんあと二、三日寝てますって」と嘘ついたら、

「いや彼女はいなくなったんだよ」

なんだ知ってるんだ！　それで倒れたの？

「はっきり言って情けないです」

「そう言うなよ。でね、頼みというのはね」

「は？　何の話の続きですか？」

「わしの代わりに補充立候補として出馬してほしいんだよ」

最初は何かのうわ言かと焦っちゃいましたが、目の焦点は合ってます。ここは冷静モード、ちょっと議事録しますね。

私「私が、市長の代わりに、市長立候補、そういうことですか？」

市長「まさに。君ならわしの意志を立派に引き継いでくれるはずだ」

私「でも、代わりをする意思は全くないですが」

市長「今はそう言う。しかし家に帰ったら必ず承諾するはずだ」

私「馬鹿な予言はやめてくださいよ。霊関係には痛い目に遭ったばかりでしょ」

市長「頼むよみっちゃん」

私「急に死にそうな声出さないでください！」

そこへ山五郎たちが病院だというのにどやどやと入ってきました。息せき切って、
参謀「ますださん、これは勝てる戦いだよ。まず同情票は絶対期待できる！」

みんなにはもう言いふらしてるんだ！
私「そういうの嫌いです」
隠居「あんたよく決心したねえ！」
私「だからまだ決めてないって」
石渡「ウグイスやりながら車降りて即演説。これ毎日やれば馬鹿でも投票するぜえ」
私「単なる洗脳じゃないですか」
奥様「お願い増田さん。主人を男にしてやって！」
私「男じゃなかったんですか」
奥様「もっと男よおん」
市長「もし元気になっても市長職は百パー君に譲る」
私「百パーって縁起悪いキーワードですよ」
市長「うむ？　どういう意味？」
私「いいえ、忘れてください」

さらに驚くべきことが待ってました。

なんと、若島津陽太郎も辞退して、妻リアルが補充立候補したと、石渡さんがスマホ見て大笑いしたのです。
石渡「女房の方が候補者みたいってみんな言ってたからね、元々無理があったのよ。そのへんはウチと事情が違う。しっかし陽太郎もいいタマだよな」

この街どうなるのかしら？

母にこの事態を説明して理解してもらうのが、まずは一苦労でございます。
議事録風親子会話、どうぞ。
母「市長さんの代わりに、その若島津の奥さんが立候補するの？　へーえ！　前代未聞だねそりゃ」
私「違うのよ。市長の代わりには私。若島津の代わりには奥さんが出馬。違う違う私はまだ決めてない」

母「あんたが市長？　へーえ。長生きするもんだね。あたしゃ何したらいいの？」
私「ていうか、何する気よ？　逆に聞きたいわ」
母「あのほら、戴冠式だっけ？」
私「ナポレオンでしょそれは」
母「あのほら、豆まき」
私「いきなりスケールが小さくなったわね。ねえ、真面目な話、当然断るべきよね？」
母「豆まきを？」
私「それ忘れてもう！　市長の立候補」
母「ああ。でもねえ、最期の頼みだったんでしょ？」
私「まだ死んでないから」
母「あらそうなの、なんだ。じゃあ元気になってまた選挙に戻れば……」
私「今日から一週間は安静なんだって。選挙終わっちゃうでしょ」
母「あーそういう話かあ。やっと見えてきた。で、相手は奥さんが出る、これは決まったの？」
私「らしいわよ」
母「じゃああなたも出なさいよ」
私「なぜ」
母「だってそのほうが面白いじゃない。これが本当の代理戦争よ」
私「そんな言葉知ってるんだ」
母「代理戦争はね、花形だよ」
私「なんの花形よ？」
母「うん？　なんだろうねえ。それを決めるのはあなたでしょう」
私「こっちに振るんだ」
母「そうよ。負けちゃ駄目よ絶対。あんたが出なかったら市役所の前でいなせな男が、不戦勝って書いた紙を広げるのよ」
私「相撲かい」

母「おやりなさいよ」
私「だって事は政治だよ。無理でしょぃくらなんでも」
母「何言ってるの書記が」
私「書記ですよ確かに」
母「普段議員が何喋ってるか全部メモしてるじゃないの。頭に入ってるでしょ。似たようなこと演説すればいいのよ」
私「そうか……全くズブの素人ってわけじゃないんだね私」
母「今頃何言ってんの」
私「そうか……書記だ私……」
この年になって母から何かを教わるとは思ってもいませんでした。
立候補してみる?
これも運命なら流されてみるか。人間だもの。
やだ、市長の予言が当たったみたいでございます。
補充立候補の手続きが終わったことを市長に報告した後（市長さんは万歳して点滴が外れてしまいましたが）病院の玄関で石渡さんが、
石渡「向こうもいよいよ仲間割れがえげつなくなってきましたよん。弁護士山田が降りなきゃ精神分析鈴木が抜けるって騒いでますよ」
前からずっと不思議だったので、
私「石渡さんの情報源はなんなの？　いつも詳しいけど」
石渡「アレ気づいてなかったんですか？　俺が今まで喋ったのは全部あいつらのツイートですよ」
私「うっそ！」
石渡「マジマジ。なんでもつぶやいちゃってますよ、大胆にもこの選挙用のアカウントに。フォロワーも日ましに増えて、選挙の行方よりこっちの自虐ネタが面白いって盛り上がってますよ」
私「本当に勝つ気あるのかしら？」
石渡「元々地元じゃないんだから負けて当たり前って居直ってるんすかね。ともかくこのSNS作戦面白いですよ。その意味では成功してますよね。へへ」
　候補者としてアッタマに来ました。
私「だったら早く教えてくれなきゃ駄目じゃない！　こっちも対策考えなきゃいけないんだから」
石渡「いやほら、ウチは霊感商法だから関係ないと思ってましたから」
私「言葉遣いに気をつけなさいよ！　商法ってなによ？　第一それってインチキの話よ」
石渡「あ、すんません。ほら、すぐに丸山さん騒動になっちゃったもんだからつい言いそびれて、でも、しょせんネットの話ですからムキになんなくていいですよ。こんなもん投票に影響ないですよ。これ遊びだもん」
　だからって教えなかった理由にはならないわ。この人どこまで真剣なのかしら。
石渡「じゃあ最新ツイートです。リアルのリアルなつぶやき。ややこしいなあ。補充立候補者同士で駅前討論会やったら誰か集まる？　ですって」
　まあ！　候補者同士がそんなことやっていいのかしら。
石渡「活発にやってるところはやってますよ」
私「どう思う？　もしやったとしても相手は心理学でしょ、言い負かされちゃうよね」
石渡「逆に言い負かされた方が勝ちなんですよ」
私「どういう意味？」
石渡「言い負かした方はフォロワーからコテンパンに叩かれますから、すぐ仇討ち。負けるが勝ち。SNSは逆さの世界なんすよ」

その逆さの世界に後押しされて来てしまった駅前は、呼びかけに集まった若者たち、彼らに連れて来られた親たち、親に誘われたじいちゃんばあちゃんたちで、今まで見たこともない、群衆と言ってもいいぐらいの人だかりでございます。花火大会でも利用しない歩道橋にまで人が集まっています。そしてテレビのレポーターがあくびを噛み殺しながら慌てて車から飛び出してきました。

「さあ、異様なほどの関心を集めました補充候補者同士の一騎打ちに駅前は今や興奮も最高潮、私、青コーナー赤コーナーと紹介したいぐらいでありますます！」

私とリアル初めての対面です。どっちが青でどっちが赤よ？

観客がぐるりと私たちを囲んで、まるで野外劇場のよう。シャッター街より本格的です。

彼女は真っ白いスニーカーに白のスラックス穿いて、とてもご清潔なイメージ戦術。私はといえば、言いたくないんですけど、女山伏スタイル。頭のお椀がすぐズレちゃう。

すぐ隣で石渡さんが、投稿されたツイートを逐一教えてくれます。実際は時間差がありますけどギュッとまとめちゃいますね。

石渡『増田ダッセ。いっそ高下駄履いてほしいナ』

私とリアルはそれぞれマイクを握りました。

リアル「快く来ていただいて感謝いたします。さて、私たちは二人とも補充という形で相まみえているわけですけれども、私は陽太郎の妻という立場から彼の政治政策理念というものを深く理解してまいりましたが、増田さんはウグイス嬢という立場でしたね、いかがですか？　名前を連呼する他に何かおやりになりましたか？」

石渡『出た先制パンチ。いっそ連呼しちゃえば』

私「市長さんの演説を毎日聞いておりまして、その熱い思いに毎日感激しておりました。そして……」
リアル「その情緒主義こそが政治を駄目にするんですね。一時の興奮で市政を動かすことはできません。必要なのは理性と知性と、若さです」
私「そりゃ若くはありませんが、あの、まず感激がなくてどこに市政がありましょうか。人が人として幸せに生きるための市政です、老いも若きも。私は情緒溢れる市長を目指します」
石渡「あ、山五郎からだ。誰かにツイートしてもらってるな。ええっと、『霧吹きしろ』だって」
リアル「単なる田舎の小さな街、市で満足していいのでしょうか。福岡市がアジアのリーダーを目指しています。増田さんは何か目指すものがございますか？」
石渡『こういう女嫌い。自分から先に言えば』
私「私は、私は、昔の庶民を大事にしたいです」
リアル「話が見えないんですけど」
私「我が市の歴史に敬意を払った街づくりを目指します。昔江戸城の石垣造ったのはここの職人さんだったのですよ」
リアル「ああ、懐古趣味ってことですね。さ、今や現代はＡＩ時代に突入です。あの頃はよかったなんて言ってる場合ではありません。この科学技術をどう市政に取り入れていきますか？　私はこの市を、エンジニアたちの豊かな発想をサポートする街に変貌させたらどうかと提案いたします。心理学的に言いましても、パラダイムの相対化という行為が画期的な次のステージへの扉を開くことは間違いないんですね」
石渡『出たよパラダイム。次は絶対コノテーションだぜ』
私「沢登温泉に入ってもらってサポートとかですか？」

リアル「は？」

石渡『ウケるう！』

リアル「次に行きますと、ぜひとも美術館を建てたいのです。まずこの街に世界の名画がやって来るんですね、そして巡回として東京大阪に持っていくんです。この街がアートの中心になっていくんです。夫はルネサンスが専門でして、ボッティチェリをまず持ってきたいですね」

石渡『俺はボッタくられてチェッ』

私「それよりもまず恒常的に起こる、浜津漁港近辺の謎の地盤沈下、これをなんとかしないといけません」

リアル「しないとは言ってません。それをなんとかした上でのボッティチェリです！」

石渡『おお、地元ネタはやっぱ盛り上がる！　ところで五本松浜の蜃気楼はなんだったの？』

リアル「やはり若者が県外に出る必要のない就職先を作り出していくことが肝心でございます」

私「それは全く賛成です」

石渡「『あの蜃気楼はガセネタ。魚津に任せましょうよ蜃気楼は。名物はないんだから無理しないでね二人とも』。……あっ、精神分析の鈴木から来てる」

私「え？　なんて？」

石渡『弁護士山田は副市長の座を狙ってるゾ。しかしそんなもので満足する男じゃない。いずれ市長そのものの椅子を狙うだろう。女を道具としてしか見ない卑劣な男だ』

リアル「くわえてAI導入は必然的に人員の削減を意味します。そこでその人たちがもう一度社会に再参加できるためのシステムを作り出さなくてはなりません。あらたな事業展開は必須です」

石渡「また山五郎からだ、『霧吹きだってば』。あっ、鈴木しつこい。『山田はオイディプスコンプレックスだゾ。性愛衝動を抑圧し無意識に閉じ込めての聖人君子ぶり。歪んでる歪んでるゾ』。おっ、山田からも来た！『そろそろボクも参戦しましょうか？　人権無視は見逃しませんよ』」

ここにいるのは喋るリアルと黙った群衆。でもスマホではじゃんじゃか誰かが喋ってます。頭でどうまとめたらいいのかしら？　そしてどうやら鈴木と山田の舌戦が始まる模様。やめてくださいまし。今は補充立候補者の勝負でございますから。私たちだけに注目して。明らかに人々の視線が私たちから手元に移っているじゃありませんか。駄目駄目駄目。選挙選挙！

私「ある議員さんの意見でしたけれども、先に箱を作ってしまうんです。フォーラムでも劇場でも競技場でも。需要と供給の順序を逆にするというのも起死回生の一つの提案かなと。公共事業で箱を作ってから人集めるんです」

リアル「ずっと空き箱の可能性のほうが大きいでしょう。そんな大ぼら吹きの議員がいるから何も変わらないんです」

私「その方はドイツの或る地方都市をモデルに考えている方で、研修に行った時に『喜びの歌』を原語で歌われて拍手喝采されたそうです」

リアル「なんの話ですか？」

私「いえ、現実の話です」

石渡「これは山田、『だいたいが精神分析っても う時代遅れですよ。全てがセクシャルな解釈で言い尽くされるはずはありませんからね。これ世界の常識。まずはそう言っておきましょうか』。すると鈴木がね『ふん、おまえだけは分析してやる』と来てね、『このツイート合戦、副音声で中継して』だって誰かが」

リアル「今や小学校にもカウンセラーが常駐しなくてはなりません。その人材をも我が市が育てていくというプランを私は持っています。増田さんはいかがですか」
私「それにつきましては……」
石渡「もっと議員について教えてくれって何十人もツイートしてますよ」
私「ほんと？」
リアル「ノープランですか？」
私「その件についてはすでに深く考えている議員さんがおります。『お話しおばさん』というプランを持っていまして、実際ご自分のお子さんの体験を元にした発想ですが。なんでも話せちゃうおばさんが校門にいるんですね。カウンセラーみたいに固っ苦しくなくて。こういう存在も見直ししたいです」
石渡「山田だよお。『この分析医に守秘義務を守ることができるとみなさんお思いですか。見た夢を話したら次の日には街中の噂になっていた経緯があります』。で鈴木があ、『ズバリききますよ。アナタはリアルさんとはどのような関係なんですか？』おっほ！　ぶちギレたあ。山田が、『なんてスノッブな奴だキミは！　ノーコメント！』だって」
リアル「あらなあにこれ。ちょっとみなさんこんなの読まないで顔を上げてください」
私「小学生の消火活動教室を提案して実施された議員さんは、その感想文に涙ながして感激されました。こうやって議員のみなさんは子供たちのこと真面目に考えてます」
リアル「さきほどからの、その議員情報は何か意味があるんですか？」
私「だって市長は議員さんたちと過ごす時間が一番重要なんです。私は議員さん全員をよく知ってます。私こそが市長にふさわしいと、言いたいだけです」

リアル「それは馴れ合いです」

私「馴れ合いでもいい」

リアル「は?」

私「市長だもの」

　それまで黙っていた観衆から拍手と笑い声が初めて起こりました。

　自分で言うのもおこがましいのですが、駅前討論会、私が圧倒してしまいました。

　怖いのが石渡さんが言った、逆さの世界。

　ということでSNSをじっくりと読ませていただきました。幸い、目立った非難はありませんでした。ホッ。

　ツイートをギュッとまとめてみますね。


「何故に家出した親父がここにいる?」「山伏の隣にいる男に私ブスって言われたことある。」「最近は新幹線を通しますとは約束しないのかね。」「コンビニ足りないのは市政のせい?」「リアルさんの旧姓が知りたいです、本間さんだといいな。」「すごい! 選挙に父帰るダ。」「二人ともウチの谷には来なかったな。」「増田さんの山伏ブカブカで可哀そう。」「山田の野望は我が市の恥!」「この人言えば言うほどイタいんですけど。」「霧吹き霧吹き。」「ともかく災害対策が遅い! 狩野の土砂崩れ一ケ月になるぞ!」「市が何をしようとしているのか胸に響きません。」「コレを言っとけばオッケーでしょの、幸せづくりですよ。」「五メートル幅の道路も舗装してくれや。」「合併の話は出ないんですか?」「発表させてください南野商業高校のグラウンドに人骨が出たというのは真っ赤な嘘です!」「鈴木、おまえいい加減にして帰れよ東京に！」「本性出したなオイディプスめ。」「この鈴木という人は『明日に向かって』の銅像の陰にいるフロイトを真似したヒゲの男です。」「山田もどこだか教えてください。」「あっ、サトちゃんが倒れた、抱き起こせ。」「山田はねリアルの右隣。チェックのスーツで一人チェッカーズしてます。」「お久しぶりです、丸山です。増田さんすごく立派です！」

　あら巫女さんだ！　来てたんだ！　鳥肌立つほど嬉しい!!

　それが私を奮い立たせてくれました。

　声が嗄（か）れるまで街を走り回り、補充の役目を果たしたのでございます。つい、みきたろうでございます、という癖だけは直らなかったですけど、どうやらみなさんは愛嬌として受け取ってくれたようでございました。

　さあいよいよ投票の前日。泣いても笑っても今日で活動はおしまいです。

　どしゃぶりの中、市長さんが点滴をカラカラと引きずって応援に駆けつけてくれたのでございます。誰が見ても痛々しいその姿。狙うはお涙頂戴的票集め、山五郎のアイディアに違いありません。

　再び駅前でリアルと一騎打ちでございます。リアルに傘を差すは弁護士の山田、ではなく精神科医の鈴木じゃありませんこと！

石渡「やっぱり山田は精神の成育に問題あったんですかねえ、向こうのウグイス嬢二人にセクハラ訴えられてあっさりクビですわ」

　鈴木、カッパも着ないで全身ずぶ濡れ。あざといほどの滅私奉公ぶりをアピールしちゃって、意外と考え古いのね。山五郎と気が合うんじゃないかしら。

そして久々に陽太郎がイケメンぶりというか、ただニヤニヤしてるだけの顔で、女性有権者たちに愛想を振りまいております。この人オックスフォードまで卒業して、歯茎が乾いて口を閉じられないほどの作り笑いしてるなんてね。知らないわ。自分で選んだ道だもの。

リアル「というわけで、この街が新しく生まれ変わるためには、私のような世界を見てきたグローバルヒューマンが必要です。そしてローカルへと世界は大きく舵を切りました。ローカルヒューマニティこそがＡＩ時代への回答だと、アメリカの経済学者もヨーロッパも、まだ気づいておりません。この笹マツ市こそが、あっ、大変失礼いたしました、笹ヤマ市こそが世界への先駆けとなって、リードしていこうじゃありませんか！」

市の名前を間違えたのが致命的でしたネ。拍手もパラパラ。応援に集まった議員たちや各市民団体も苦笑いするしかありません。

私の方は市長さんがマイクを握ってくれました。

市長「うれし涙の雨が降っておりますね！　取らぬ狸で、明日のことを言ってるんじゃありませんよ。私の代わりに戦い抜いてくれた増田くんが、私は嬉しいんです。これは私の涙ですよ。

私は四年間市政を引っ張ってきましたが、同時に自分の限界も感じておりました。ああ、もっともっとみなさんが幸せに、豊かに、笑顔溢れるようになるためにはどうしたらいいのか！　あれもやったこれもやった、でも何かが足りない！　何が？　分からない。どーしても分からない。そこでみなさんもご存知の巫女さん。頼りました。何かが生まれるかもしれないというところまでは行きました。それでもそこで矢は尽きてしまいました。ひとえに、私の、強引なワンマン市政が招いた結果だなと、病院のベッドで反省しております。

増田君は違います。議員みなさま一人一人の意思を尊重して市を引っ張って行ってくれます。わしにはできんかったことを必ずやってくれます。この本人が言ってるんだから間違いありません！」

山五郎が後ろからそっと「思わず腕を振って点滴外せ」と囁いています。周囲にバレバレじゃないのもう！

私は今日も丸山さんが来てるかもしれないと探しましたが、見つかりませんでした。

夜遅くに家に帰ると母がお赤飯を炊いていてくれました。

私「気が早くない？」
母「みんなあなたに投票してくれるらしいよ」
私「みんなって誰？」
母「お隣とお向かいと、はす向かい」
私「これ冷凍しとこうよ」
母「気が小さいね。よく頑張ったから赤飯食べてよ。その資格あるんだから」
私「赤飯、資格がいるんだ」
母「でも代理戦争を忘れるんじゃないよ。市長派対反市長派だからね。あんたが当選するんじゃないよ」
私「まだ結果出てないから」
母「みんな入れるって」
私「このへんの三軒だけじゃない」
母「街の人全部にアンケートでも配れってか？」
私「はいはい。あーあ、なんか今夜は寝られないだろうなあ」
母「あんた羊数えたことある？」
私「まあ一応答えておきましょうか。生まれてこのかたいっちどもない」
母「昔は羊じゃなかったのよ」
私「何だったの？」

母「猫？……のわけないか」
私「先に寝てよ」
母「あたしだって寝られないわよ。あれこれ考えちゃって」
私「気になる。そのあれこれって教えてよ」
母「市長の任命式ってあるでしょ」
私「でしょうね」
母「あたし何を着て行ったらいいの？」
私「来るの？」
母「だって親だもの」
私「ふつー呼ばれるかなあ？」
母「じゃあんたが呼んでよ。冥土の土産だよこれは」
私「だからさ、明日の結果を見てからしようよこの会話」
母「なんだ。当選する自信ないの？」
私「なくもないわよ」
母「んまあ自信家だねえ」
私「どっちを言わせようとしてるの？　そっちだって任命式行く気になってるじゃない」
母「行ったっていいじゃない。母親だもの」
私「へーえ。みんな言うんだね」
母「何を？」
私「なんでもない。羊がいっぴきー」
母「赤飯食べたら眠くなるわよ」

㊗みなさまのお引き立てを頂きまして見事当選しましたのでございます。

事務所は大勢の人でひしめいて、中でも笑えるのはご隠居。あれから意地になってテントに入りっぱなし。その中に一人一人を呼び入れてはお酒を酌み交わし、幸福の水晶玉とか言ってひと撫でさせるのです。私にはツンとして「アンタにしちゃ良くやったね」ですって、プッ！
　まあ隠居はさて置いといて、また病院を抜け出した市長の周りには奥様、支援者のみんなが集まって、私も交じって、万歳、乾杯が終わりません。
　石渡さんはある日山五郎さんに運転のケチをつけられて、それ以来口もきかず険悪ですから、乾杯のグラスをカチンすることもなく、互いの目を睨みながらお酒飲んでます。不気味ですけど笑えます。
市長「増田さん、丸山さんに直に報告したいねえ」
私「会いたいです」
奥様「どうして来ないのかしらねえ」
　本気で言ってるわこの女！　なんにも考えちゃいない。
「オメーのせいだよ！」と私情は叫びたいところですけれど、新しく生まれたもう一つの私情が言いました。
私「私たちがそれぞれ心の中で報告すればいいんですよ」
市長「うむ。なるほどそうだね」
私「市長さん、具合よくなったみたいですよ。顔色も全然いいです」
奥様「ホントだ！　当選したとたんに！　あなたはやっぱり市長だわねえ」
　ここは新しい私情ではなく古い私情が顔を出しました。
私「当選したのは私ですっ！」
　全員が爆笑でございます。
石渡「あ、精神分析鈴木の最新ツイートですね。『駅裏に鈴木相談所を開設いたします。若島津ご夫妻はカナダへ旅立たれますが、私、この地に根を下ろし、必ずや四年後の市長選を目指すでありましょう。市民のみなさんとは、深く、無意識の領域における交流を通じて理解し合えば、リビドーをコントロールすることは可能なのです。ぜひ一度我と思わん方は』。馬鹿だなあ、字数オーバーだよ」

みんなは顔を見合わせてもう一度はじけるように笑いました。

私「本音を言えば私、市長の椅子より書記の椅子に座りたいです」

市長「申し訳ない。四年我慢してくれ」

私「じゃあ」

市長「今回はいろいろ勉強した。まだまだ終わらんよわしゃあ」

翌日は市長さんと一緒にいろんなところに挨拶回り、それが終わって私はまた土手を一人で歩きます。

熱気球大会も終わり、そろそろ夕映えの空には鳥の群れが飛んで行きます。その先には、何層もの薄い雲が重なり、その遠い奥から太陽の光線を受けて、バラ色やピンク、黄色や紫、黄緑色に黄色、そんな色に少しずつ染まり始めてます。

もう少し陽が沈めばありきたりの夕焼けになってしまうほんの少し前。はっきりとした色合いに育つ手前のこの西の空。私情ではなく詩情的に言うと、予感の景色とでも言いましょうか。レベル高くてごめんあそばせ。ともかく、とても気持ちがいいの！　ああ、この風ときたら！

顔を左に向けると鉄橋を渡る電車。続々とこの街に今日も人々が帰ってくるのね。てくてく歩いて我が家へ。

赤ちょうちんに行く人もいるでしょうね。どうしましょう、歓楽街。ちょっと乱れてるという噂も耳にしております。市長にはどんな権限があるのでしょう。客引きは店から二メートル以内とか、声をかけるのは二回までとか、月水金にするとか、決めちゃっていいのかしら。

ああだんだん色が濃くなっていく。赤味が増して、ありきたりへと変化していく。それはそれで綺麗ですけれど、自分もありきたりになっちゃう欠点があるのよね、夕焼けって。

詩情、続けさせてね。

ああ街もだんだん影に沈んでいきます。

鈴木相談所ってどのへんに構えたのかしら。エレベーターのない雑居ビルの三階あたりって気がするわ。ドアを開けたら「おや増田さん。リビドーをお探しで?」とか言うのかしら。

そうね、一回は顔見に行ってやろう。何しろ今はあの人虚心坦懐ですから、これから予想される心のケア問題についていい話し合いができるかもしれない。

顔出したあ! 湿度の高い少しぼやけた日本の太陽!


なんでしょこれ、目で議事録書いちゃってるみたい。

太陽。雲。鳥。飛行機。太陽。川面。葦。子供。大人。空。こっちの空。煙突。車。伊吹山。雲。太陽四分の三。私のスニーカー。砂利。草。自転車。人。柔道部。カヌー。橋桁。葦。ガスタンク。太陽半分。電線。電柱。なんか黒い物。また飛行機。あんな山あった? 太陽ちょこっと。赤い雲。紫の雲。ヘッドライト。赤ランプ。犬と人。人と犬。灰色の雲。黒い雲。王将。藍屋。笹山メモリアルホール……
後ろで何かの気配がして、
私、願いを込めて、
丸山巫女を振り向きました。

暗黙の深海

いったいに、人間を魚雷発射管から海中に打ち出せるものでしょうか？

この狭い潜水艦内で二人の乗組員が行方不明です！

そのことを知ったのは、誰かが誰かを探していて、その誰かが見つかったという報告は誰からもないからなんです。

そうこうしている内に同じことがもう一度あって、これはもう気になりますから、僕もその二人を探してみたのですが見つかりません。もっとも二人の顔もよく分からないので、本当に探したことになるのかどうかは自信ないですが。

とりあえずそのことを探していた二人に伝えると、

「いや、別に探してないよ」

二人が異口同音！

あまりにつっけんどんな口ぶりだったのでこっちが余計な口出しをしてしまったのかと謝ったぐらいでした。

謝る必要もないのに謝ったせいで、ますます気になって、普段は立ち入らないような場所まで行って、「普段ここにいないのにいる人いますか？」と訊いて怒られたりしながらこの潜水艦を端から端まで探してみたのですが、いません。艦はずっと潜航したままです。ということはやっぱりどう考えても魚雷しか思いつかないです。順当な考えですよね？

圧縮空気で押し出せばできるとは思うんです。そう考えると次に思うことは、彼らは生きたまま発射されたのか、すでに死体となって発射されたのか、おおなんと！ という身の毛もよだつ恐ろしい想像です。

もし魚雷代わりに発射したとしたら魚雷長でしょうか？

前歯の無いがさつな男ですが気のいい博多の男で、この艦の前方からはいつも陽気な雰囲気が漂ってきたものでした。「よかあよかあ！　なんでんよかあ！」というのが口癖で、これを聞くと僕も独り言で繰り返したくなるんです。とてもこの人がそんな残酷な生体実験だか死体実験だかをしたとは考えられません。

彼の他に水雷長がいます。魚雷長と仕事の内容がどう違うのかはいまだに分かりませんが、この男は長身を折り畳むような猫背で、陰気この上ない性格。おまけに口がドブのように臭い！　はっきり言って嫌いです。何かの時に脇腹を強く小突かれて「艦長の次に偉いのは俺だからな」と凄まれたことがありました。そんな馬鹿な話はないのに思わず「了解です」と返事してしまった自分がくやしいです。口の臭いを嗅ぎたくなかったから早目にその場を離れたかっただけです。

万が一その恐ろしいことをやったとしたらこいつに決まりでしょう。

ああでも、他に八十人の乗組員がいるのですから、嫌いだという理由だけで嫌疑をかけてはいけません、理性が口を挟めば。

それにしてもどうして誰も行方不明者について疑問の発言をしないのでしょう。

確かに気安く何気ないことも語れない重い空気が最近この艦内を包んでいるんです。快活であけっぴろげな雰囲気に憧れて潜水艦に乗ったのに。

僕は誰に向けて書いているのでしょう？

書いてて、なんとなくお母さんという気がします。ふっ、ふっと顔が浮かぶんです。でも、特にってわけでもないから、ぼんやりとお母さん、とでもしておきますね。お母さんがぼんやりしてるんじゃないですよ。ぼんやりがお母さんなんです。

あれ？

語れないことは胸に仕舞っておくにも限界がありますから、僕はこうやって「伊号第〇型潜水艦日誌」を綴ることにしたのです。今はっきりとしました、ぼんやりとお母さん宛てですよ。

〇に数字を入れることは危険です。もしバレたりしたら僕も魚雷となって海の藻屑となるでしょう。この日誌が誰かにとっては殺意を抱えるほどの内部告発暴露本になるかもしれないのです！だからあえて軍人としての「自分」ではなく「僕」で書いてます。僕ならば内部の乗組員ではなく、外部の覆面書き手による報告書になるはずです。まだ心配ですか？　大丈夫。もう一つ用心のためこの字はとても小さいです。人の目についた時に文字とは分からないぐらい小さいでしょう？　第一印象は何かの模様としか思えないです。もし文字だと分かってもあまりに小さいので読むのに途中で嫌気がさすはず。それを狙ってます。そうやって少しでも読解できるまでの時間稼ぎができるようにと、まだ見ぬ相手を警戒してます。

その相手とは誰？　全ての命令や指示を出せるのはもちろん艦長ですが、今は闘病中。一週間前に突然具合が悪くなって、僕のいる聴音機室の後ろで何人かが「艦長！　大丈夫ですか」「部屋へ運べ！」と口々に叫び、そして静かになってしまいました。様子を見に顔を出した時はもう通路には誰もいません。それからずっと艦長は姿を現しません。マラリアでしょうか。「艦長重体だぞお」そんなことをわざわざ公表する必要はないですが、せめて副長による艦長代行の発表ぐらいはあるものと待っていました。しかし一向にないんです。現在誰がこの艦を指揮統率しているのか、それぐらいははっきり知りたいものです。というか伝えるべきでしょう。

　一人だけ艦内の情報通がいます。僕の寝台の下にいる同世代の機関士中村。クリッとした賢そうな目をしていて「下町の声楽家だぜ」と最初に言われましたが、セーガクカが何を意味するのかしばらくはピンときませんでした。だって場違いもいいところですもの。

　この中村がいろんな話を僕に教えてくれるのは、尊敬させて自分に仕えさせようと企んでいるからです。はは。僕もずいぶん鍛えられて素直じゃなくなりましたよ。逆におだてまくって口を滑らせてやってます。その分こっちは賢くなりますから。ははは。

　で、中村が言うには、艦長は仮病だそうです。

「軍法会議ものじゃないか！」

　思わずでかい声になりました。

「軍令部とやり合って、フテ寝してるんだよ」

「どんなやり合いがあったの？　きっと中村君は知ってるよね？」

「あれ？　倉上さんから聞いてないの？」

　倉上さんというのは僕の聴音機室の上官です。

「何も」

「じゃあ持ち場が違うのに教えたらまずいでしょ」

「命令はまずいけど、情報の共有なんだからいいんだよ。教えてよ」

「あそうなんだ」

　時々僕もこいつを尊敬させようとします。

「あのね」

　と話してくれた内容は仰天ものでした。

　軍令部より指令があり、この伊号潜水艦は今無国籍なんですって！　これから敗戦国となったドイツと秘密裡に接触するらしいのですが、そうなると国際法によって非常にまずい立場になると主張した上層部の一人がいて、そこで苦肉の策として艦から旭日旗を外した、ということですって！

なんだか雲を摑むような話ですが、これは海軍省発令の重要なマル秘特命とのこと。

そしてそれを聞いた艦長が、

「こう言ったらしいよ、『大日本帝国を外せってか！　死ねも同然だ！』って。でも相手は無線だから声は届かないでしょ。代わりに部屋にいた連中が胸倉摑まれたんだって」

それに前から艦長はドイツ嫌いだったそうです。

「理屈屋の頭デッカチめ、根性なしの敗戦ドイツに何の用があるというんだ！　貴様ら揃いも揃って皇国の恥さらしだ！」とも叫んだとか。

それから、オサナイがどうしたタムラがどうしたイナダが一番腰抜けだとか、みんなが顔も知らない上層部たちの個人攻撃が延々と続いて、しまいには、指令を無視して日本に引き返すぞと喚いたというのです。

しかし指令を出したのはなんといっても天下の海軍省ですから、艦長一人が反発したところでどうなるものでもありません。と中村は自分が海軍省にでもなったつもりで言います。

「それで仮病のフテ寝か。じゃあ今この艦は誰の指揮で動いてるの？　副長でしょ？　中村君」

「立場的にはそうなんだけど、艦長は元気なんだから表立って代行はできないでしょ」

「そんなものかな」

「難しいんだよお。特に潜水艦の人間関係の綾とか機微は」

下町の声楽家が何故そんなこと知ってる？

「だから、なんとなく噂でこの艦は動いているんだよ」

「噂？」

「機関長がさ、西南西に針路を取るらしいよって言ってたもの」

「らしいって」

「それが一番無難なんだよ。誰も責任を追及されないでしょ。らしいんだもの仕方ないじゃない、てな感じだね」

若いくせにそんな爺臭いこと言ってて大丈夫でしょうかこいつ。というかこの伊号も。

そして何のためにドイツと接触するのかは、誰も知らされていないんです。

今や、行動目的も分からず「らしいよ」だけを頼りとする伊号。いやしくも僕たちは命令絶対服従を旨とする皇軍兵士だというのにですよ！

中村にはともかく僕にとっては非常に憤懣やるかたない事態です。もっと命令を！

聴音機室に行くと倉上さんがいつも笑顔で迎えてくれますが、肝心なことを僕には教えてくれないんだということが分かりましたので、僕は思い切り無愛想です。殆ど口を開かない挨拶をします。

「……ようござい…す」みたいな。

兵隊になる前は映画の撮影所で録音技師をしていたとか。ずいぶんと苦労話を聞かせてはもらいました。女優さんたちには「盗み聞きの助平親父」と嫌われていただの、さる俳優さんは必ず台詞を二回繰り返すから困っただの、大御所の監督は少々声が聞こえなくてもすぐ「よし」と言っちゃうだの。

昔話に関しては、マァ頼まれもしないのに饒舌です。

大変な近眼ですが、こと耳に関しては素晴らしい能力を持っていて、僕にはかすかにしか聞こえない敵のスクリュー音も、倉上さんは艦名を当てるだけでなく最後に整備された時期まで言い当てるんです。嘘八百だったとしても、ワッカリマセン。

相変わらず映画の話ばかりで、この艦の状況については触れもしない。噂話でもすればまだ楽しいのに、どうやらクソ真面目な倉上さんは「一人箝口令」をやってます。


ぼんやりとお母さん。大変です。驚き桃の木山椒の木。副長が、ベッドに寝ている艦長からのメモ命令で、独房に入れられたんですって！

独房ですよ！　そんなものがここにあったなんてだいたい初めて知りました。

艦長の代行をするはずの、中尉の副長が監禁！　艦長は血迷ったのでしょうか？

今、敵の攻撃を受けたらどうするつもりでしょう。艦長は軍務放棄ですから、独房のドア越しに我々はいちいち副長の指示を仰ぐんですか？「潜って右行きますか左行きますか」とか？　僕はそわそわ仕事も手につきません。

最近はとんと敵のスクリュー音も聞かないなと思った矢先、倉上さんが、

「おっと、これはUボート？　違うかあ？　あ、消えた……」

つぶやいたんです。

お母さん、Uボートというのは「海の狼」と呼ばれていて、連合軍からはとても恐れられているドイツの潜水艦なんですよ。

そしてレシーバーを耳から外して「今俺何かつぶやいたかな？」と僕を振り返るんですよ。「はあ？　何か？」

間髪入れずにとぼけちゃいました。

お母さん、ここで情けない話をしなければなりません。

艦内がはっきりしない噂だらけだと、話す方も聞く方も「おとぼけ」の技術が上達するんです。

「いんやあ、そんな話だよという、はなしだよお」

そばで聞いてるとまるで峠の茶屋で団子食いながらの会話ですよ。こんなことが僕も平気でできる人間になってしまいました。十九歳の僕が！

極力噂話には参加しないようにはしているのですが、ごめんなさいお母さん。


話は倉上さんです。ドイツと接触せよとこの艦は指令を受けているんですから、そりゃUボートだって来るでしょう。つぶやいてないできちんと各責任者に報告しないとまずいですよね。

でも報告するとその責任が生まれますから、それを負うのが嫌なんですよきっと。

誰もが臆病人間になってしまったんですこの伊号は。ああ！

話は独房でした。

副長、一体何をしでかしての独房でしょう。もうこの方は雲の上の人で、一回か二回ぐらいしか顔を見たことはありません。確かキリッとした顔立ちでした。兵学校を首席で卒業したと聞いてます。そんな人がよりによって独房とは！　きっとこの先は軍法会議が待っていて無罪放免はないでしょう。悪くすれば銃殺ですよ！　叛乱でも目論んだのでしょうか？

潜水艦内二・二六事件？

こんなに小さく狭い艦の中ではたとえ銃をみんなに向けたとしても全員が抵抗したらどうにもなりません。潜水艦は一蓮托生、運命共同体とはよく言われるところです。

倉上さんがつぶやいたUボートと結びつけるのは強引ですか？　実はドイツの潜水艦を呼んだのは副長の考えだったとか。それを知った艦長が激怒して独房……。いやいや副長が親ドイツだとしても、中尉がたった一人で海軍省を動かせるはずはないでしょう。

　ひょっとして例の行方不明の二人。副長の独房に押し込まれた可能性もありや？　忠実な部下、親衛隊なんですよきっと。

　三人はなぜ大声出して騒がないのでしょう。「酸欠で殺す気かあ！」とか。意外に部屋は広かったりして。まさか。そんな秘密の大部屋がこの狭い艦内のどこにあります？

　分からないことだらけですお母さん。

　だいたい今僕たちはどこにいるのですか。それすらも明確ではないのです。ハワイの南と言う者もいれば、ソロモン諸島と言う者もいますし、そろそろ瀬戸内海だろうと言う者もいます。これだって最後に「らしいよ」が付くんです。ああもう！

　針路に関しての責任者は航海長。それこそ海坊主のような男で、つるつるの頭。首の後ろがパンパンに膨れ上がっていて、針で突いたら体ごと破裂しそうです。これがまたひどく無口。

え！　この男が艦長代行なのでしょうか。無口の代行？　やめてほしいですそれは。「ん！」なんて命令ですよきっと。それじゃなんのことだか分からないです！

「浮上するらしいな」

　倉上さんが言いました。前はもっと嬉しそうに言ったのに今回はなぜか深刻。一体海上に何があるというのでしょう。仮病の艦長に言わせれば、「会いたくもない、根性なしの、招かれざる客」ドイツのUボートがいるんでしょうか？　そうですよきっと。スクリュー音の報告を怠ったことの懲罰を倉上さんは恐れているんです。馬鹿だなあ！　だから言わんこっちゃない！

小雨交じりの真っ暗な夜です。そしてこの黒い海はどこの海ですか。教えてくれる看板なんてありません。はは。

甲板に出て久しぶりの空気を胸一杯に吸い込みました。みんなの顔は暗くて表情は読めません。暗くても笑顔であれば歯の白さぐらいは分かるんですけど、誰も笑ってはいません。いつもは魚雷長が景気のいい掛け声をしてみんなを笑わせるのですが、それもありません。我が艦上なのに、これではまるで整列させられて首項垂れる捕虜じゃないですか。労働サボった罰として深呼吸させられてるとしか思えないです。

電気モーターが不調でディーゼル発動でしたから艦内の空気は最悪でした。どうやら空気交換のための浮上だったようです。

話の途中ですが、横道にそれてごめんなさい。お母さん。やはりこの話に触れないわけにはいかないでしょう。

艦内が暗澹たる雰囲気なのは、実は「噂が司令官」の他に原因があるのです。個人的日誌とはいえさすがにここまでは書くことができなかったのですが、ここだけの話ですよ、近所の人に言っちゃあいけませんよ。いやいや、ぼんやりとお母さんでしたね。では誰でもない誰かに向かって言います。

日本はこの戦争に敗けるかもしれないのです。ああ。なんてことを書いたのか僕は！　ここは僕しか分からないように書きました。見た目はほぼ棒線です。

でもそう思う根拠があるんです。艦長がまだ元気な頃でしたが、艦が潜航中にいきなり横に傾いたんですね。体が投げ出されるぐらいに強く。そしたら誰かが便所から飛び出して悪態をつきました。

「ったくもう！　肝心なところでビクビクしやがって！　お行儀だけ教えてやがるんだ兵学校は！　そりゃ敗けるぜぇ」

他ならぬ艦長だったんです。

敗ける！

そんな戦況なのかと愕然としました。

ええ！　これってみんなはもう覚悟ができているんですか。知らないです。聞いてないです。下っ端の僕が知らないとすればみんなだって下っ端ですよ。だからみんなも知らないはずですよね。下っ端論理的には。

それにしてもなかなか口に出せる内容ではありません。すでに敗戦の反省会のようじゃありませんか。それも責任を兵学校に押しつけているようなな。

副長は兵学校を首席で卒業したエリートでした。ということは、艦が傾いだだけで艦長はそれをずっと根に持っていて、兵学校首席に独房行きを……これはあまりにも見合わないこじつけですね。ただ、敗戦という幽霊がボワーッと艦内に忍び込んできたことをお伝えしたかったのです。

さて小雨の夜の海、続きです。

艦尾の方から異様な音が近づいてきました。すぐに軍艦のエンジン音だと分かります。そっちに目を向けると、黒い、海の要塞がみるみるこっちに向かって迫ってきます。我が伊号の五倍ぐらいのスピードでしょう。あわわわわ！　敵艦です！　ギョッとして全身に鳥肌が立ちました。この時甲板が激しく振動したんです。違いました。僕の足がワナワナと震えていたんです。敵の真ん前に浮上したんですよ我々は！　あり得ないです！　馬鹿な。噂なんかで動くからだ！　聳え立つ艦橋と複雑な無数のアンテナが空気を切り裂いてます。小型の戦艦でしょうか？　巡洋艦かもしれません。とうとう我々の右側に停止しました。僕が「降参」の両手を挙げようとした時、

誰かが「夕月だ！」と叫びました。

友軍の駆逐艦です。ああ、よかったあ、手ぇ上げ切らないで。とんだ恥さらしになるとこでした。

安堵が足元から昇って体を突き抜け、力が抜けてその場にへたり込んでしまいました。

しかしすぐに心配になります。

悲観的な思いにふけっていたので、てっきりこの「夕月」が敗戦の報せを持ってきたのかと怯えてしまいました。

停止した後すぐにゴムボートらしきものが近づいてきます。素晴らしい手際の良さは訓練のたまものでしょう。海は穏やかで接近するのにさほど苦労しているようには見えません。

こちらの甲板にはいつの間にかボートを引き寄せようと何人かがフックの付いた長い竿を伸ばしています。

いよいよボートが艦に触れるところまで来ました。これから正装した士官が立ち上がり、巻紙を広げて無感動に読み上げるのでしょうか？　そして我ら一同はその場に泣き崩れるのでしょうか。そんな光景がすでに頭に浮かびました。そんな現実に耐えられるでしょうか、お母さん！

しばらく待ちましたがボートの中に動きはありません。というより我が艦の方から、なんでしょう？　防水布でしょうか、それに包まれた、細長いずっしりしたものがズルズルと船側を滑ってボートの中に移されました。それが二体ありました。そして三体目はなんと旭日旗に包まれた、これは

人体？　人体です！　間違いありません！

　みんなは甲板に横たわったそれに向かって敬礼をし、厳かに持ち上げ、前の二体よりはるかに大事そうにゴムボートへと移動させました。

　いきなり僕は脇腹を小突かれました。この痛み！　顔を見ないでも水雷長って分かります。

「見送りに来たんだな？　そう了解していいんだな？」

　偉そうに、脅しの低い声でそう言いました。

　こんな謎の言葉にはもう慣れっこです。

「はい。見送りです」

　意味なんてまるで分かりませんが平気の平左で答えてやりました。

「航海長、もう一名参加です」

　水雷長に呼ばれた海坊主が暗闇からのっそりと現れて、艦橋の赤い燈火を受けた顔が僕に迫ります。

「よもやスパイじゃないだろうな」

　この声！　まるで声変わりしていない子供みたいです。思わず吹き出すとこでした。分かりましたよ、この声の劣等感のせいで日頃無口なんです。この声じゃあ絶対に出世はないでしょう。そこまで考えてしまいました。

　もちろん口では、

「ただお見送りをしたいだけであります」と健気さを装って答えましたけど。

「ふむ」と航海長が頷くと水雷長も「ふむ」と調子を合わせました。そして僕たちは前方で繰り広げられる光景に目を戻したのです。

　三体を受け取ったゴムボートは反転すると駆逐艦に向かいました。来た時となんの変わりもありません。ただ、よく訓練されたとしか言いようのない迅速さです。

　どう考えてもこれは死んだ人間たちの葬送です。

永遠のお見送り。この時はただ、目が目の前の出来事を見た、というだけのことでした。恐ろしさは後になってやって来たのです。

しばらくすると駆逐艦は何の合図もなく不意に動き始めました。

僕たちも艦内に戻ります。そして再び潜航です。

お母さん、とうとう副長が殺されてしまいましたよ！

鉛筆を握る手が震えます。忠実な部下二人と共に葬られたのです。誰かが独房のドアを開け、三人に向けて銃弾を撃ち込んだのです。ディーゼルエンジンの騒音の中で消音銃を使えば誰にも気づかれません。

きっと兵学校憎し艦長の命令です。軍法会議を待たずして最終判決を下したのです。そこまでやりますか！　たかが艦が傾いたぐらいで！　いえいえ、きっとまだ僕の知らない理由があるんですね。そうでなければ不条理過ぎます。

副長は勇敢で理想の高い名将だと、倉上さんから聞いたことがあります。一方の艦長はハッキリ言って耄碌した勝利諦め派です。便所の一件以来僕はそう思ってます。

だいたい艦長は敵前逃亡と疑われても仕方のない命令を出したことがあります。それとか、なかなか出発しないでの実質的戦闘回避とか。その指示に他の幹部乗組員たちが一瞬凍り付くこともありました。

怠慢小心者からすれば副長の勇敢さが目の上のタンコブだったのでしょう。

ところで、航海長が「スパイか？」と言ったことも気になります。ということはこの艦は二つの派閥に分かれ、僕は艦長派だと疑われたということとでしょう。そして今日お見送りをして晴れて副長派になった、のですか？　副長派。何を目指す派なんでしょう？

「君、甲板に上がったの？」

中村がニュウッと首を伸ばしてきました。

あ、ビックリしたあ！　もー！

「だって浮上したら空気吸いたいでしょ。そっちは上がらなかったの？」

息を整えてとぼけてやりました。

「うん。機関室では誰も上がらなかったからね。どうだった上は？」

「夜だったよ」

「じゃあ変わりなし？」

「そうだね」

「最近は浮上すると夜ばっかりだね」

「そうだね」

腹の探り合いですかこれは？　将来を担う若い人間まで今やこんな状態です、この大日本帝国海軍の潜水艦伊号は。

「ところでさ、行き先はやっぱり極秘なの？　機関室では分かっているの？」

僕にしては踏み込んでやったでしょ。

「あんまり考えないけどねそこは」

とぼけたって駄目です。

「でもエンジン動かしてるでしょ。行先知らないで動かせるかい」

食い下がりました。

「エンジンだけだよ。全速前進の指令があるだけで方向舵は別なんだ」

「航海長と機関室の間に意思の疎通はないの？」

「最近は機関長と航海長が話してるところ見たことないなあ」

なんともこいつ、若いくせに摑みどころがありません。ノラリクラリ！

「ところで艦長だよ。恐ろしいね」

中村が顔を寄せて囁きました。

「そうだよ、恐ろしいよ艦長という人は」

「は？」

なぜ驚く？

「艦長が殺されたことが恐ろしいって言ったんだけど」

頭が止まりました。真っ白です！　副長ではなく艦長が死んだ？


あれは艦長だったのオ？　ウッヒョオ！

話分かります、お母さん？　ゴムボートにズルズル運ばれた、旭日旗に包まれた死体は艦長だったんですって！


中村は茫然としている僕に構わず続けます。そんな無神経な奴なんです。


「艦長を殺った二人も自決したそうじゃないか。一体この艦はどうなってるんだろう。そう思わないかい？」

ちょっと待ってくれ！

僕は中村の袖を強く摑みました。

「分かるように説明してくれよ」

中村も勢い込んでもっと顔を近づけます。

「分かってることはね、仮病艦長の部屋に二人の刺客が忍び込んで射殺したらしいんだよ。そして二人ともその場でピストル自殺だって。もっぱら機関室で噂だよ」

「なぜ艦長を」

「そりゃやっぱり天誅じゃない？」

「どんな天誅？」

「え？　天誅にどんながあるの？」

天誅。すなわち日本のためにならない人間を天に代わって成敗する、ことです。辞書的には。

しかしあの艦長が天誅に値するでしょうか？　それほど、日本のためにならない影響力を持った人物とは思えませんが。

「で、二人は何故自決したの？」

「天誅を下した後はそういうものだよ」

また知ったかぶりして尊敬させようとする！

二人の刺客に乗艦する前からそんな計画があったとしたら、かなりの上層部からの指図でしょう。無国籍だったら始末しやすい？　無国籍イコール無法地帯ですか！

分かりません分かりません。何がなんだか分かりません！

目をつぶっても、海上の葬送の生々しい場面が頭から離れません。

人間は死ぬと細長くてずっしりとした物になってしまうんですね。ただそれだけのモノに。

でも艦長は、ドイツとの接触に異を唱えていた皇国の志士でもあったはず。だとしたら天誅はおかしいです。ああでも、やはりそれは表向きで実態は「逃げの艦長」だったのでしょうか。それなら天誅もあり得ますか……。

ふらふらと持ち場に歩くと、通信士の山田さんと倉上さんが珍しく通路で話し込んでいました。僕が挨拶すると、山田さんはそそくさと持ち場に入っちゃいました。こういうのってなんだかイヤですよね。

聴音機室に僕たちが入ると倉上さんは眼鏡をはずしてレンズを丁寧にハンカチで拭くとまた掛け直し、遠くを見るような妙に澄んだ目になります。

「ドイツは敗戦直前に新型の潜水艦を完成させたという噂があってね。かなりの戦闘能力があるらしいんだが、それを日本に引き渡そうという、まあこれは、我が国のお偉いさんたちの願望だな」

「こっちの願望ですか」

「しかしたかが潜水艦一隻が、新型だろうがなんだろうが手に入ったところでだ、戦局に影響はあるまい」

やっぱり倉上さんも敗戦を予感しているのでしょうか。気落ちします。

「確かに」

「ただ、どれほどの新型なんだろうかねえ。彼等のする発明だ、想像を絶するような秘密兵器を搭載してるかもしれない。そいつは潜水艦乗りとしては見てみたいじゃないか」

「確かに」

僕は何回「確かに」と言ったでしょう。気がつけば、お偉いさんと同じ、Uボート接触願望派になっていました。

死んだ艦長について倉上さんは何も言いません。口にはしない暗黙の了解でもあるのでしょうか？

「山田さんは、お元気でしたか？」

ふいにできた沈黙を埋めるために、口が動いておかしなことを言ってしまいました。実感を書くとおかしな文ですね。

「おう？　おう。新しい暗号に変えても解読表が手元になければ話にならんとボヤいておったよ」

「そりゃ重大事じゃないですか」

「なあに、例によって大げさに言ってるだけだよ」

通路を誰かが小走りに駆け抜けます。

「おっと、副長が発令所に入って行ったね。さあ、艦長亡き後どう動きますかね。乞うご期待だあ！　はっはっはっ」

倉上さんは断然副長派だ。それだけははっきり分かりました。

「潜望鏡深度まで浮上せよお！」

副長の鋭い声が艦内に響きました。

再び指揮統制された艦内に活気が蘇ります。命令さえあれば、その声の主は誰でもいいのです、潜水艦というものは！

しばらくでしたが、お母さんお元気でしたか。喜んでください。僕は聴音員の責任者に昇格したんです！　倉上さんが発令所付きになったので僕が任されることになったんです。

「すぐそこにいるから、分からないことがあればすぐ来なさい」

優しく、しかし興奮気味に言ってくれました。やはり艦の隅々まで命令を下す人間がいると違います。今や艦内の重い空気は一掃されて、みんなは蘇ったように生き生きと働いてます。浮上、潜航訓練を繰り返し、爆発しない魚雷の模擬発射もますます精度を上げてます。

体が元気になってくると精神も前向きになります。敗けてなるものか！　闘志が再び燃え上がります。泣き言ばかり書いた自分が恥ずかしいです！

航海長も水雷長も魚雷長もてきぱきと下士官たちを動かし、任務に打ち込んでいます。

みんな悪い夢から覚めたようですよお母さん！

スコールの時は全員甲板に出て素っ裸になって体を洗います。魚雷長が雨雲に向かって調子っぱずれの浪曲を唸って、みんなで笑いながら、あんまり泡立たないんですが、海の男は身だしなみです。

スコールが来るということは、僕たちは赤道付近にいると思います。そして敵艦も敵機も見当たらないところをみますと、もう太平洋を抜けてインド洋あたりに入ってきたのかもしれません。どこにいようがもう僕は不安ではありません。

見事に、艦長が亡くなられたという大試練を乗り切って、我が伊号は快進撃です！

今朝、副長から全員に集合がかかって発令所付近に集まりました。

「我々はこれより最新式のＵボートと接触して艦を交換し、操縦を学びつつ共に帰港する予定だ。それこそ潜水艦、フタを開けるまでは分からんが、最悪交換できずとも我が艦を重装備に改造できることは間違いなかろう。その後我が国の近海まで航行し指令待機、とする。

なお、そのＵボートはドイツ降伏以前にキール軍港を出港し、アフリカ南端を回頭したところで敗戦を確認したとのことだが、知らぬ存ぜぬを決め込んでの、必死の航海を続けておる。

このゲルマン魂に負けることなく、我ら大和魂の不屈の精神をもってして彼等を迎えるように！

こんな奴らのために死ぬ思いしたのかとは、ゆめゆめ微塵も思わせてはならんぞ！

海軍の恥だ。

ところで、恥といえば先の亡くなった艦長についてだが。死者に鞭打つことはまこと慎まなければならんが、場合が場合、貴様らの士気にも関わることだからあえて言う。艦長を拘束せよと軍令部より無線による通達があった。艦長が折に触れて弱音を吐かれていたことは軍務局でもかなり問題視されていたのは事実だ。そこで私はあえてこれを拡大解釈して、涙を呑んで、自分を殺してだ！　艦長に自決を迫ることにしたのだ。行き過ぎの声もあろうが、これから迎える、我々の英雄的行動を前に、一人でも、我が大日本帝国の勝利に懐疑的な人間がいては純粋な精神が鈍る！　汚れを知らぬ貴様たちの魂を私は守り通す義務と責任がある！　むろん無事に帰国することができたならば、私はその足で真っすぐ軍法会議へ向かうであろう。全ての責任は私が取る。貴様たちはともかく、一点の曇りもなく勝利に心血を注ぐことだけを考えて行動してくれ。私に貴様たちの命を預けてくれ！」

　応えて大歓声が艦内に響きました。

　海坊主航海長なんか人目を憚らず大声出して泣き出す始末。おまえも泣くだろと視線を送るのはやめてほしかったです。

　初めてゆっくり見ることができた副長は凛々しい方でした。頭をきれいにポマードで撫でつけて、聡明そうな広い額。太い眉が意志の強さを感じさせます。そしてちょっと小さめの口は育ちの良さを感じさせました。

　地獄の底までこの人について行こう！

　僕は安っぽい涙なんか見せずに静かにそう誓いました。


　誰が怒っているのかと思ったら、倉上さんでした。通路に顔を出すと、発令所の隅で通信士の山田さんを厳しく叱ってるんです。血相を変えた倉上さんなんて初めてです。思わず顔を引っ込めました。

「またその話か！　終わったことをいつまでもくよくよするんじゃないっ！　副長の言葉を聞かなかったのか！　全ての責任を取られる覚悟をしてらっしゃるのに、貴様は顔に泥を塗る気か！」

　声を押し殺していてもはっきり聞こえました。

　山田さんはもういい年で、腰が曲がるとまでは言いませんが、腰がずり落ちた体つきをしています。骨盤も脱臼するんでしょうか。

「そうじゃねえんだよ倉ちゃん」

「貴様、言葉遣いに気を付けろよ」

「ええ？　まあいいじゃないか。もう一回だけ言わせてくれよお。暗号を変更したって連絡がすでに新しい暗号だろ。何言ってんだか分からねえわけよ。でもさ、古い暗号解読表でも解読できたんだよ。だから『抹殺』って副長に報告したんだよ俺は。あれは『拘束』だったなんて後から言われても遅いよ」

「もういい！　副長は全てを飲み込んで自分の責任とおっしゃったじゃないか！　終わりにしろ！」

「責任の話じゃなくて、暗号をどうにかしないと駄目だちゅうの。また変更する気だよ」

「貴様、それは海軍批判か？」

「してないしてない」

「もう忘れろ」

「分かったよ。口では忘れるよお」

山田さんが通信室に足を引きずって入っていく音がしました。

な、な、なんてことでしょう！

副長は抹殺の指令を受けて実行し、後から「拘束」という正しい指令を知って、涙を呑んで自決を迫ったという話にスリ替えた？　なんてややこしい！

そして乗組員たちには「おまえたちの魂を救うためだ」という大義名分を後からこしらえた、ということですね。

詐欺っぽくないですか！　人殺しを美談に仕立て上げたというか、まるで自分を、自己犠牲を払った神聖な人物かのように思わせたじゃないですか。事実思いましたもの。航海長なんかあの顔で泣きましたよ。

地獄の底までついて行くのはやめたほうがいいでしょう！　おお、剣呑剣呑。

それにしても倉上さん、突然人が変わりましたね。恐いくらいです。もう以前の、レシーバーにしがみついているばかりの専門馬鹿ではありません。ひょっとして今や艦内で一番厳しい士官かもしれません。呑気な父さんが発令所付きでピリピリした人間になってしまいました。

「おい、何か腑に落ちないことがあったら今この場で納得しろよ！」

聴音機室を出る時僕に向かって言ったんです。気圧されるぐらいの語気でした。

僕はまだ山田さんの誤解読の話を聞く前だったので神妙な顔で訊いたものでしたよ。

「ではお言葉に甘えまして、まず、艦長に自決を迫られたのは自分だと副長はおっしゃってましたが、副長は独房だったはずですが」

「副長は独房を出たんだよ」

「でも鍵が」

「それは私が開けたんだ。おまえだけが頼りだよと扉の向こうで囁かれてな」

嬉しそうに言いましたが、今思えば倉上さん、副長に体よく利用されたかも、ですよ。

「実は艦長と副長、以前戦局についてかなり激しくやり合ったんだよ。話は真珠湾まで遡ってな。無茶な開戦を陸軍のせいにした艦長に副長が激怒したんだ。『歴史にイフはない！』そして最後に副長が、俺を独房にでも入れないと何をしでかすか分からんぞと脅してね」

「本当に入れたんですね。そして鍵が開いて出たんですね。では、自決された艦長と一緒に死んだ二人は誰なんですか」

「艦長と運命を共にした側近、というか、可哀そうに道連れだな。自分一人で自決しては孤立が際立つというエゴの犠牲者だよ。三人による無理心中だ。副長はそうおっしゃったよ」

これも今思えば、艦長のあとに二人とも副長が射殺したに違いありません。誰も自決はしなかったんです。艦長派皆殺し。

こうやってお母さん、「語られる事実」は次々に更新されていきます。剝いても剝いても皮ばっかりの「真実」。新しいのがすぐ古くなります。

「他に何かあるか？」

「全部納得であります！」

「よし。じゃあ行ってくる」

「行ってらっしゃいませ！」

そんなやりとりでしたが、今思うに、倉上さんは皆殺しだったと気づいてたんですね。

ある意味倉上さんは、鬼になられたんでしょう。

中村がまたひょっこり顔を出しました。そして何か言いかけて口を開けるのですが、思い直したと見えて顔を引っ込めます。と、また顔を出して、同じことの繰り返し。イライラします。

「なんなんだよ。言いたいことあったら言えばいいじゃない」

「君は大丈夫だよねえ言っても。盛り上がってる空気に水差すとは思わないよねえ」

「言っちゃえよ」

「わかった。つまりその、これから接触するUボートに乗ってるのは本当にドイツ人だろうかということなんだ」

また訳の分からない話を始めたものです。

「ドイツ人じゃなかったらナニ人だよ」

「アメリカとかイギリスとかソビエト？」

「あっ。拿捕(だほ)されたってことかい」

「あり得るでしょ可能性として。ドイツ兵のフリされて君区別つくかい？　欧米人の国別の顔って」

「僕は分からないけど、副長たちだったらきっと分かるよ」

「そこだよ。ハッチ開けて顔が分かった時はもう遅いでしょ。手を挙げろだけだったら儲けもので、最悪皆殺しだよ」

中村、疑い深い奴です。

「そんなこと考えたのか！」

「機関長だよ。乗り込んだ初日に『石炭どこだ』って訊いた人だよ。でも頭は切れるね。今日はずっと機関室でその話だったんだ」

前に聞いたことがあります。機関室はものすごくうるさいのでみんな読唇術を使っているとか。

「その読唇術で拿捕の話をしたのかい？」

「そう。恐いよお、読唇術でこの話すると」

鏡を見なくても『拿捕』の口の動きは『阿呆』になると思っちゃいました。

『阿呆はいつ来るかわからんからな』

『阿呆は怖いですね』

『うむ。こりゃあ阿呆で決まりだろ』

『あり得ますねえ阿呆！』

こんなことを実は喋ってたりして。

楽観的になったので言ってやりました。

「きっと大丈夫だよ、副長のことだもの」

「机上の天才だってね。海図を使った模擬戦では百戦百勝だって」

「それも機関長が言ったの？」

「そ。伝説の机上軍神だって」

「机上机上って、なんかそこに悪意感じるな」

「いやいや、あれで副長を認めてるんだよお」

「偉そうに」

「だって心の底じゃ自分は元帥だって思ってるからね」

考えたらその機関長という人にはまだ会ったことがありませんでした。


とうとうUボートのスクリュー音を僕ははっきりと確認したのです！

すぐ倉上さんに伝えるとやって来て、中腰でレシーバーを耳に当ててました。

「間違いないな。いよいよだ」

きっと待ち焦がれていたのでしょう、僕の両肩を揺すって発令所に戻りました。

三十秒と経たずに、

「前方魚雷発射準備！」

水雷長が声を張り上げます。

やっぱり副長たちも最悪の想定はしていたのです。そんな発令所が頼もしかったです。

「発射準備完了！」

魚雷長の声が返ってきます。

「そのまま待て！」

「待つ！」

僕はレシーバーを耳に当てたままですが、地声の大きい魚雷長の言葉がここまで聞こえてきます。

「さあて、向こうはどう出てくるとね？　もし乗っ取られていれば第三帝国も大したことはなかね！　ちごうた！　もう降伏しとるばい！　わっははは！」

魚雷長は最近はえらく上機嫌で、新型Uボートについての自分の見解を日々部下たちに語って聞かせていました。

「ロケットを魚雷の代わりに発射させるばい。すごかよお。海飛び出て空飛びよるもんね。ワシントンでんニューヨークでん木っ端微塵のごとある。これ手に入れたらまずサイパン向けて発射するばい。わっははは」

さあ浮上します。

いつものように星のない夜でした。

異国の潜水艦は暗闇の中とはいえ、すぐに確認できました。伊号の魚雷発射口に対して無防備にどてっ腹をさらしています。乗っ取られていればとてもこうはできません。まずは一安心ですが……。

新型と聞いていたので、てっきりこの伊号の倍はあるだろうと予想していたんですが、むしろこの艦より小さいぐらいでした。

あちこちで「え！　これか？」と声が上がります。特に魚雷長の声がひときわ目立ちました。

「うっひょー！　ほんなこつこの潜水艦とお？」

振り返って艦橋を見上げると副長が、鳩が豆鉄砲食らったようにキョトンとしていました。倉上さんは何かを言おうとしますが、言葉が見つからないといった様子。

このUボートはとても旧く、あちこち錆びついているのが夜でも分かりました。

サーチライトがチカチカ光ってモールス信号を送って寄こしました。

「シラセヨ　コクセキ」です。

通信士の山田さんが懸命にカチャカチャ送り返します。

「ニホンダ　ワケガアル　コクセキフメイ」

「ドンナワケカ」

「オタクダヨ」

そこで向こうはしばらく考え込んだようです。しびれを切らしたのかこっちが先に送りました。

「ソレ　フルクナイカ　コウカンシタクナイ」

もっともです。

Uボートからやっと光が返ってきました。

「ワレワレモ　シタクナイ　コウカン」

「ミエナイ　ハナシガ」

「ミエナイノカ　ワレワレガ」

倉上さんと副長が失笑した後で何ごとか相談を始めました。航海長も交じって。しばらくして、

「ビッテ　ナニシニキタノカ」

「ヤー　ツレテキタ　カガクシャ」

「カガクシャトハ　カガクシャカ」

「ヤー　カガクシャハ　フロウシャデハナイ　ワ

ラエ」

「ハナソウ　アッテ」

「クルカ」

「イク」

どうやら話はまとまった、というか、続けても時間の無駄だと双方が理解したようです。

みんなは艦内にもぐり込みましたが、ふと海面を見ると発光クラゲがゆらゆら漂っているので思わずその場にひざまずいて見とれてしまいました。そのあまりの数の多さにびっくりして鳥肌が立ちました。お母さん、相変わらずです僕の鳥肌は。驚くとすぐ立っちゃいます。

「機関長、あなたはボロ潜水艦が来ると知ってたんでしょう！」

詰問調の副長の声が頭上でしました！

なんてこと！

その場を飛び退いて咄嗟に艦橋の真下に潜みます。

「知らんよお。本当のことを我々には教えなかったほどの、極秘任務だったんだね」

どうやらこの声が中村の上官、まだ顔を見たとのない機関長のようです。わりと年輩で落ち着き払った物言いです。この人が「石炭どこだ」と本当に言ったのでしょうか。それはきっと冗談だったんでしょう。

「でもあなたはアレを見てもちっとも驚かなかったじゃないですか」

「顔に出ない性分なのかな。驚きましたよ」

僕のすぐ上とはいえ風の向きがあったりして時々聞こえなくなります。

「まさかアレに乗って帰国せよとい……」

「ははは、それはな……学者というのをまず……がないでしょ」

「……のやったことと見合うんですか。どう思いますか」

「たとえ……しても、それはあなた自身が責……と思いますよ」

「ひょっとしてあなたは軍……の指令を何か受け……の時は断固として……とか」

「……を言いなさんな。私を買いかぶっ……」

次の副長の声ははっきり聞こえてまた鳥肌が立ちました。

「ではあなたご自身の判断として、責任取らせるために私を撃ちますか？」

これ以上聞いていては絶対まずいです！　でもハッチまでのこのこ甲板を歩いては艦橋から見つかります。仕方なくその場でうずくまりますが、ひょいと下を覗かれたら一巻の終わりです。心臓がドキドキしました。鳥肌も息を止めてます。

その時、

「やめましょうこの話は。さ、みんなが待ってますから、ひとつ安心させてやりましょう」

機関長が終わらせてくれて、どうやら二人はそのままラッタルを降りて行ったようです。

ホッとしましたが、ガクガクした足でハッチを目指さなければなりません。

このボロ潜水艦に会うために副長は邪魔者艦長と二人を射殺しているのです。本来なら最新鋭の潜水艦を引き連れて立派に凱旋し、この非道をも打ち消すような、勲章物の功績を上げる予定だったはずです、副長にしてみれば。それがすっかりオジャン。科学者を一人連れて帰る？　それはどういうことか分かりませんが、副長の行き過ぎ行為が目立ちこそすれ霞むことはないでしょう。

副長は気持ちをどう切り替えたのか、艦内ではみんなを前にして打って変わった明るい調子です。

「でだな、まずは向こうを和ませるために余興をご披露してやろうということなんだよ。それぐらいの余裕を見せたいねえ。どうやら話に食い違いがあって、とんだボロ船だったよなあ。さあでも、ここで慌てては沽券にかかわる。まずはこの歴史的邂逅を喜ぶ姿を見せるんだ。そうすると我々が優位に立てるんだよ」

　この人はこういう政治的計算だけでここまで来た人なのでしょう。

　さっそく魚雷長が、黒田節をやろうと手を挙げました。つづいて中村が、原語でローレライを歌う、と続きます。その他にも阿波踊りとか佐渡おけさとか木曾節とか簡単なハリボテ作ってねぷた祭りやろうとか、もう艦内は日本を縮小しての大騒ぎで、日頃の鬱屈したエネルギーが一気に発散された感がありました。

　もちろん全部をやるわけにはいかないので、黒田節とローレライの二つに決定です。

　事前稽古ということで、窮屈な魚雷室に八十人が集まりました。中には器用に天井に張りつく軽業師如き、忍者如きもいます。

　むせ返る熱気の中、魚雷長はなんと褌一つになって扇子を持ち「酒は飲め飲め」と唄い始めました。もう艦内は笑いの渦です。それがまたいいところで尻をポリポリ掻いたりするものですから、副長も倉上さんも航海長も一緒になって大爆笑です。

　艦橋で副長の相手をしていた声の主、機関長を初めて見ました。

「そんな日本人は貴様だけだからなあ」と笑った声で分かったのです。

　ギョッとしましたよ。

　なんと顔の半分を仮面で覆っていたのです！

爆弾か砲弾でやられたのでしょう。肌色のプラスティックでできた仮面に漫画のような目玉を無造作にグリグリと描いて、その下で本物の口が笑っているのです。

陽気な興奮のるつぼで会ったからよかったようなものの、これが暗がりで一人きりで会ったりしたら声を上げて叫ぶかもしれません。

確かにこの仮面だったらボロ潜水艦を見て驚いても表情は分かりません。あれは副長の皮肉だったのでしょうか。

いずれにしても中村は人が悪い。そんな人だと早く教えてくれればいいものを。

その中村のローレライは素人が聞いてもなかなかのものでした。普段とは全く別人で、なんだか本物の舞台で歌っているようです。戦争が終わったら必ずそうなるでしょう。

機関長が「よっ、中村あ」とローレライの清楚な世界を無視した掛け声をかけて、また一同爆笑です。顔は不気味ですが頓智のセンスはあるみたいですね。

「準備が整いました」

二つの艦の間を二本のワイヤーで繋いだ作業員が帰ってきました。

手で一本を掴み、もう一本のワイヤーで足を滑らせるのです。波は穏やかとはいえ、絶えず両艦は揺れていますから渡り切るには勇気とコツが必要です。一応僕も聴音員の責任者ということでワイヤーを掴みました。半ばあたりで軍手が擦り切れてしまったので後が大変。向こうに着いた時は手の平にくっきりと赤黒くワイヤーの跡がついてました。

中に入るとウチの半分の狭さです。所狭しとバルブとハンドルと数え切れないほどの計器で埋め尽され、また、どこでどう繋がっているのか複雑なパイプや電気コードが羊歯(シダ)のように艦の内側を覆っています。機械でできた生き物の内臓にでも潜り込んだようでした。こんな船と交換はあり得ない、改めて確信しました、お母さん。

その機械の陰から現れたドイツ人の乗組員たちは、シャツ姿で軍帽を斜にかぶり、我々のとはちょっと違うふうに敬礼をします。上げた手の方に頭がちょっと傾くんです。

これが本場の敬礼?

全員が髭面で、深い眼窩の奥で不思議な目の色を見せていました。ボソボソと口を動かして握手を求めてくるのですが、どの手もねっとりとして大きかったです。

ご対面の挨拶が終わった後で副長が魚雷長に合図をしたのですが、魚雷長は一体どのタイミングで、またどのようにして黒田節を始めたらいいものか戸惑ってました。

艦内は互いの体が触れ合わんばかりに人がひしめいてます。それこそ魚雷長なんかは、息がかかるほどすぐ目の前に、汗だく赤髭の大男がハアハア言いながら天井のパイプを握って万歳の体勢です。ここからズボン脱いで褌を見せる気でしょうか? 魚雷長の額にも汗がたちまち噴き出しました。

彼らも、我々が何かを待っているという空気は分かったらしく、その何かは何か、という顔で互いに顔を見合わせたりしています。

だんだん気まずい雰囲気になってしまいました。その時中村が歌い始めたのです。

しばらく歌声が響いたあとで、ドイツ人の中から一緒に歌を口ずさむ者がちらほら出てきました。中には黄色い歯を見せて笑顔になった者もいます。いきなり甲高い声の歌声が聞こえてきました。どうやらむこうにも声楽家がいたようです。二人の声は重なったり、追いかけたり、また重なったりと、それはそれはうっとりしてしまうほどでした。

歌い終わると自然と日独の拍手で艦内は包まれます。

「よし。中村ご苦労だった。それでは通訳も頼むぞ」

副長が声をかけると、中村がドイツ人たちの間から顔を出して言いました。

「自分はドイツ語を話せませんが」

「なに？」

「ドイツ語はこの歌だけであります」

少しは申し訳なさそうに言えないのかなこいつ。

仕方なく副長は向こうの艦長に、

「アー」と言った後で
「通訳いますか？」

と日本語で言いました。

ドイツ艦長は両手を広げて肩をすくめます。周りの乗組員も同じようにして顔を見合わせます。

またまた気まずい雰囲気になって、ドイツの機械油の臭いがやけに鼻にツンと来ました。

結局、発令所のテーブルを鉛筆で叩いて、ツートントンのモールス信号で会話するしかありません。

再び山田さんの出番です。向こうの通信士は、山田さんが言うには「ハンフリー・ボガートそっくりだよ」という渋みのある顔でした。

日独、額を寄せ合って互いの目の色を読み合いながら始まります。まず副長が山田さんに囁いて、鉛筆の尻がコツコツと叩かれます。

「カガクシャトハナニカ」

ボガートがやはり艦長の指示で答えます。

「ヒミツヘイキノ　セッケイシャダ」

「ソレガナニカ」

「ニホンハ　キテホシイノダロ」

副長はいきなり「聞いてないぞ！」と声を上げて山田さんの肩を摑みます。

「貴様、また暗号間違えたのか？　いい加減にしろよ！」

山田さんは慌てて、

「とんでもないであります。科学者受け取りの指令は一切受けておりません！」

航海長が子供声で参加しました。

「我々の頭越しに直接向こうとやり合ったんですわ」

「当たり前のことをいちいち言うな！」

副長はすっかり冷静さを失いました。

「まあでも、海軍省とは話がついているんだろうから、連れて帰るしかないだろうな」

機関長が仮面の下から、その場を落ち着かせるような威厳のある声で言いました。

ドイツのみんなもこの仮面には興味津々で、さっきからずっと注目の的だったみたいです。それが発言したということで、その効果を息を止めて待ちました。

しばらく考えていた副長が山田さんにまた囁きました。そして鉛筆が叩かれます。

「ツレテ　カエロウ」

その時、発令所に男が一人加わってきました。来たときから喚くように文句を言っていて、不機嫌の塊です。周りの軍人とは明らかに住む世界が違うといった風貌で、くしゃくしゃの白髪頭に分厚いレンズの眼鏡をかけたカマキリのような男でした。これが科学者でしょう。やたらと艦長に唾を飛ばしながら食って掛かってます。艦長は顔をぬぐいもせず黙って聞いてます。大した忍耐力です。これだけで尊敬してしまいました。

ようやく科学者の話が終わり、艦長は大きくため息をつくとボガートを促しました。鉛筆がテーブルを叩きます。

「イクラカネヲハラウノカ」


副長は艦に戻ってから大荒れです。

「あいつは科学者ゴロに違いないぞ！　大したことない知識を高値で売りつける気だ。こんな話には絶対乗ってはいかん！　人の足元見やがって！」

鼻息荒く発令所に怒声が響きました。

「敗戦後の賠償金にでも当てるつもりなんでしょうかねドイツとしては。日本も出せってことですか！」

倉上さんも興奮してます。

「ここで言ってても始まらないから山田、日本に連絡しろや」

機関長が催促しました。

僕も遠巻きで見てましたが、不思議に顔半分仮面が気になりませんでした。なんかもう、フツーに見えたものです。ああこんな顔だな、みたいな。

そしてしばらくして、海軍省はビタ一文払う意思がないと伝えてきたのです！

副長は前言を翻して怒りました。

「少しは払えよお！　無責任じゃないか、人をここまで繰り出させておいて！　ただの無駄足にさせる気か！」

当然その先は「三人も殺させておいて」でしょうが、言うはずはありません。

なんだかこのところ、副長にあの冷静沈着で凛とした姿はまるでありません。

「ケチすぎるわ海軍省！　東京もんはアカンでぇ。値切るって手もありまんねんでぇ」

航海長が突然関西弁を繰り出してきました。

子供声ですから、これはまた意表を突いた意外な迫力です。

それを聞いて仮面も笑いました。

「ふふ、それはあきんどの戦争だな」

それから真面目な調子で続けました。

「軍事目的に使える発見が物理学の方であったらしいから、それに関係した学者だとは思うね。それをタダで貰えるものと考えているんだよ海軍省は。相変わらずの殿様商売だ。少しは航海長を見習ったほうがいいかもしれんぞ」

そんな解説はどうでもいいと言わんばかりに副長は語気荒く、

「おい誰か！　ワイヤーを外してこい！」

会談決裂の命令をしました。

今思えばこれが副長の最後の命令になりました。あとは航海長に何かを囁いて、そのまま自室に入ってしまったのです。

航海長は機関長と話して、ワイヤーを外した後に艦を百八十度回転させせました。

本当にけつまくる気です。

「潜航！　直ちに全速前進！」

この命令で伊号は機関長の指揮下に入りました。

そして艦内はまたまた生気を失くしたのです。

僕だって虚脱感に襲われました。全部が無駄に終わったのですから、全員に覇気がなくなるのも当たり前です。

もう誰もUボートのユの字も口に出さなくなりました、お母さん。

それよりこの艦の行先についての占い話に花が咲いたのです。ひそひそと。

ある者は「サイパン行きの指令が下るかもな」また別の者は「真珠湾もう一度って話もあるらしいぜ」「沖縄だよ多分」「まずは日本に帰ろうよ」「呉に行こうぜ」「女が待ってるってか」「オレはツケ払わなきゃいけねえんだったわ」「じゃやっぱりサイパンに逃げるか」

しばらくはスクリュー音なし、潜望鏡探索異常なし、浮上しても敵機も敵艦も影すらありませんでした。ポッカリと空いた平和？　変な日本語ですね。

そんな中、副長の自殺未遂事件が起きたんです！

寸前のためらいで弾は急所を外れたそうで、今は昏睡状態ですが命に別条はないという、噂です。ほら、ボロ船Uボートを前にした艦橋の上で、副長が機関長に向かって「私を撃つか？」と言いましたよね。

僕は機関長が副長を本当に撃ったのかもしれないという疑惑を持ちました。

心臓を外したのはひょっとして武士の情け？

ひそひそ声が寝床にまで近寄ってきます。

「ドジ踏みやがったなあ副長の野郎」

「いつだってやることが中途半端なんだよ」

「わざと急所を外したぜありゃあ」

「オレもそう思う。お情け頂戴で減刑狙いだよ」

「てめえのことしか考えてねえなあ、ったく」

「すっかり疫病神にとり憑かれちまったぜ。早く下りたいよ」

「残りたい奴はいねえよお」

僕は噂に参加して「機関長が殺ったかもだよ」と囁こうかとも考えました。しかしそんなことを言ったら「それは告発じゃねえか、よそでやってくれ！」と言われるのがオチでしょう。

事実ときちんと対応した言葉を避けるのが噂話ですから。

副長は食事係に毎日「オレを殺してくれ」とお願いするそうです。ただ、僕の時は何も言わないで、目を開けたまま壁を向いて寝ていました。

母さん！　Uボートが僕たちを追いかけてきました！　レシーバーから聞こえるのはあのスクリュー音です。

すぐに発令所にいる倉上さんに伝えました。倉上さんは「信じられん」とつぶやいて機関長と顔を見合わせました。

それからすぐにみんなが聴音室に集まって交代でレシーバーを耳に当てます。

「距離、千。みるみる近づいてくるな」

倉上さんが言いました。

「ウチより速い。さすがだよ」

機関長が言うと「腐っても鯛でんな」航海長が続きます。それをどうしても言わなきゃいけないんですかね？

「浮上用意」

機関長が落ち着いて命令を下します。


にぶい太陽がまぶしい昼間です。今や懐かしいボロ船Uボートも浮上していました。そしてその艦橋からすぐに光が届きました。

「カイシュウ　セヨ」

双眼鏡を下ろした機関長は何ごとかと様子を見守ります。

殆どが甲板に繰り出した僕たちも同じくUボートに注意を向けました。

「夕月」よりは一周り小さいカーキ色のゴムボートがブクブクと後ろに泡を立てながらやって来ました。そしてこっちに到着しない内にUボートは潜航してしまったのです。

「おんや、お土産置いてったよお」

なんだか久しぶりに見る水雷長が珍しく冗談を言いましたが、珍し過ぎて全然可笑しくないです。

ゴムボートには誰も乗っていません。そのせいで少し流されましたが、魚雷チームが艦首まで走って、なんとか竿の先のフックで引っ掛けて引き寄せることができたんです。

僕は彼等の、ゴムボートを覗き込んだ反応で何が運ばれてきたのか見当がつくかなとは思ったんですが、見当もつきません。

棒立ちしたまま動かないんだもの。

「おおい、報告せーい！」

艦橋から機関長が叫びました。すると彼等の一人が振り向き、

「どう見てもこりゃあ棺桶でありまーす」

と返事したのです。


棺桶の中にはあのドイツの科学者がキリスト教風に手を合わせて横たわっていました。もちろん呼吸が止まった状態で。

当然鳥肌ものでしたが、イマイチ訳が分からないので、中途半端な鳥肌です。


そして指にモールス信号の、ツートントンの図表が挟んであったのです。

みんなの目が山田さんに集まります。

間違った暗号解読をした罰として、この先どこまでもモールス信号が付いて回るんでしょうか山田さんには。例えば夜中に来た電報がツートントン図表だったりとか。

科学者を甲板に残したまま艦内に戻ると発令所に機関長たちは集まり、その中心で山田さんが鉛筆を持ちました。そして図表を見ながらテーブルを叩きます。機関長がそれを声に出しました。

「ヒキトレ」

たった一言でした。

機関長、倉上さん、航海長に水雷長魚雷長、それぞれの頭には何かが浮かんだことでしょう。

僕は真っ先に、侮辱された仕返しだと思いまし

た。副長は怒りに任せてあのまま出発してしまいましたが、やはりわけを説明してきちんと別れるべきだったのではないでしょうか。我々が意思を何も伝えなかった行為を、きっと侮辱されたと受け取ったのです。

　科学者、一体いくら金を貰えると皮算用して潜水艦に乗ってはるばる来たのでしょう。結局は金にはならない、祖国は滅びて帰っても研究はできない、いっそこのままアメリカに亡命するぞと艦長に迫ったのかもしれません。きっと大国アメリカは自分に大枚を払うだろうと。だから連れて行ってもらう権利が自分にはある、と。さすがに我慢強いあの艦長も堪忍袋の緒は切れます。ズドン。そして意趣返しに文字通り身柄そのものを我々に送り届けたのです。お望みのものをタダでくれてやる、と。

　全く違うかもしれません。

　真相は誰にも分からないでしょう。

　機関長たちは口をつぐみました。

　僕はレシーバーを耳に当てて、遠ざかっていくスクリュー音をしばらく聞きます。もう二度と耳にすることのないスクリュー音です。そう考えると妙にいとおしく思え、戻ってくることを願いました。「もう一回近づいてこい」とつぶやきもしました。自分でも思いもよらない意味の分からない衝動です。その時、

「潜航用意！」

　機関長の声にびっくりしました！　だってまだ甲板には棺桶が残ってるじゃないですか！　可哀そうに、置き去りなんてひどすぎます！

　次々に乗組員がラッタルを滑り降りてきて、ハッチがギリギリと閉められます。

「機関長！」

　僕は発令所に走りました。

「どうした？」

「甲板の棺桶はどうするつもりですか？」

「はるばるここまで海を渡ってきたんだ。海が墓場で本望じゃないか？」

　なんてことを！

「まあそういきり立つな。日本に連れて帰れとでもいう気か？　それこそが一番酷いぞ。行きたくもない国に連れて行かれてはやっこさん、成仏できんだろう」

　そして穏やかな笑みを浮かべました。

「かといって祖国へは……もっと無理だ」

　そして顔を横に向けました。

　自然にそっちに目を移すと、倉上さんたちがうつむいて静かに両手を合わせていました。

　艦の前方でも水雷長、魚雷長を先頭にして全員が同じく手を合わせていました。

「つくづく……無力だね……」


　機関長の声は殆どかすれてました。

　科学者に対してだけのつぶやきじゃなく、おそらく副長の痛ましい行為を未然に防げなかった自分に対しての自責の念にも聞こえました。

　僕ももう、機関長が副長に銃を向けたとは疑ってません。


　ボンヤリではなく、ハッキリと軍令部から指令が下りました。お母さん！　僕たちはこれより硫黄島に向かいます！　倉上さんが言うには、ちょいと友軍を手伝って、それから待ちに待った帰国です!!

　小さな字ばっかり書いていたので目が悪くなったかもしれません。

　お母さん、帰る時僕は眼鏡をかけてるかもしれませんよ。「誰？」なんて言わないでね！（笑）

エロスを乗せてデコイチ

38676

一

『毛利男爵、陸軍大尉の位を投げ捨てて銀幕新人女優と手に手を取っての逃避行！』

センセーショナルな見出しだが扱いは小さく、新聞の片隅に載っただけだった。がそこはそれ全国紙、このスキャンダルによって毛利正隆、増井百合子の名前だけは世間に知れ渡ることとなる。

名前だけというのは、粗悪な掲載写真のせいで逃げる先々顔と名前が一致せず、怪しまれることは殆どなかったらしいということ。

しかしいずれにしても男爵、軍人としてあるまじき脱走と戦闘放棄で重罪は決定的だ。もし捕まれば女優とは引き離され、国家存亡の折に愛欲に走った非国民の誹り(そしり)を受け、共に唾を吐かれることと必至であろう。

「添い遂げさせてあげたいね」などと言っていた者も手の平を返し、「国難をズルして逃げた奴らめ、成れの果てを見届けてやる」

そんなルサンチマンが働いた世間ではなかったか。

もし逃げている最中の彼等に出会ったとしたらいかなる選択をしたであろうか？

これは一人一人が自分に問うてみる価値のある問題かもしれぬ。

実際のところ火の中の栗を拾ったのは唯一人。

さて、その人物たるや意外にも……。

二

ここまでの予告であれば本編を載せても十分に読者獲得、と編集会議でも太鼓判を押されたのに、なんと突然の中止命令！

いかに進歩的総合雑誌とは言えど軍務局の顔色

を窺うのは、結局土壇場に来て、軟弱な他誌と同じだったということだ。

国家総動員で戦局を打破しようというご時勢に、軍人の駆け落ちルポルタージュを掲載するとは何事！

そんな検閲官の怒声を跳ね返す自信のない編集長を前にしているのは、小説家を断念して、実際にあった人情沙汰を手に汗握る読み物として大衆に提供しようとする私だ。

「そう遠くない将来に世の中は変わる。その時は大手を振って掲載しようじゃないか。そうなるまで堪えてくれ」

地下鉄銀座線に揺られながらボンヤリと編集長の言葉を反芻していたが、ふいに本編の一行目が浮かんだ。

こうなるともう私に消しゴムはいらない。

予告の通り、毛利と百合子を助けた人物の紹介から幕を切って落とそう。

三

まだ十七歳になったばかりの鉄道機関助士、今野勲。

この少年と二人との出会いは想像してみるしかないが、逃避行なぞという事情は知らぬまま、真っ先に百合子その人に魅かれたのではなかっただろうか。

例えば、百合子の着物の衿から覗く細い首が放つエロチシズムの妖しげな魔力に絡め取られたとか。あるいは少年とはいえ日本男児、本能的にか弱き女性の守護神たらんとしたか。はたまた若くして亡くなった姉を彷彿とさせられたか。

戦地に出征した多くの先輩たちの穴を埋めるた

めに、見習いを飛び越して石炭を火室にくべる仕事を任された勲に、出発前「ねえ君」と声を掛けたであろう背広外套姿にソフト帽の毛利男爵。

「この人を休ませるどこか静かな客車はないものだろうか」

きっと勲としては、声を掛けられる前に機関車から百合子の首筋を見て顔を赤くしたことを非難されると思い、身構えたことだろう。だから即座に
「はい！　僕に任して！」となったであろうか。

運転室から地面に飛び降りた勲の目の前には百合子。その潤んだ大きな瞳に見つめられることを避けるように、タッタッタッと走り去る。その背中を期待と不安で見つめたであろうか毛利男爵。

実はこの毛利という苗字、正規の戸籍名ではない。日露戦争で武勲を挙げた父親に転がり込んできた男爵という爵位。どうやらこの時期乱発された爵位だったらしいが、父親もその分にもれず、加えてさる高位の人物に「毛利」という苗字も賜ったらしい。おかげで鹿鳴館に顔を出して紹介されると「おお、あの毛利さまですかあ」と恭しく（うやうや）お辞儀で迎えられたという。

その毛利とは誰だかは分からぬし、言った本人ですら定かではなかったろう。なんとなく特権階級、それだけでよかったのかもしれぬ。

男爵の息子も男爵。父親から呪われた血をも受け継いだという話はいずれせねばなるまいが、今はとにかく勲頼みの毛利男爵だ。

どう手筈を整えたかは分からないが、最後尾展望車両の深紅のソファに二人きりで座れることになって、なおかつココアを振舞われたりして、

「勲くん大丈夫かい、こんな高級待遇してもらっ

て」

　走り出してしばらくするとやって来た勲に腰を浮かす男爵であったが、返ってくるは得意そうな笑顔に弾んだ声。

「やんごとなきご夫妻のお忍び旅行だと伝えてありますから、誰も入れないようにしました」

「あら！　後で知れて大変なことになったら申し訳ないわ。毛利さまこの方にはきちんとお話してあげて」

　まるで小鳥のさえずりのような百合子の声にたちまち耳たぶの赤くなる勲と、確かにやんごとなき身分ではあるなと、苦笑いの毛利だった。

「そうだね。勲くん、じつは我々……」

　逃避行の経緯を語りかけた男爵に、鋭くピーッと汽笛が鳴ったか鳴らなかったか。あるいは肝心なところでトンネルに入り、その轟音で邪魔されたか。

　映画なら「説明し過ぎは野暮」という鉄則に従うかもしれないが、これは読み物。無粋と分かっていても明らかにしなければならない。

　察するに男爵、「君も知ってのとおり」という慣用句を多用したのではなかろうか。これを言われると疑問を挟まずに「うむ」と男子ならば黙って頷かなくてはならぬ。

「君も知ってのとおり、愛し合っている私たちなのだ。そして君も知ってのとおり、風雲急を告げる戦況だ。私に百合子との愛なくば、すぐにでも戦地に赴き死を賭して戦うだろう。背広の下は軍人の体なのだよ。しかしだ、君も知ってのとおり、お国のための体と愛するための体と二つあるわけではない。そして君も知ってのとおり、愛に選ばれた私の体としてここにいる。どうぞこの列車の終点までは、身勝手ながら引き続き慈悲を請い願いたい。その駅に着いて、姿を消した私たちとなった時にはどうぞ君の思うがまま行動を取ってくれたまえ」

まさに男爵然とした男らしい口調を、じっと百合子の白い手を見つめて聞いていた勲、またもやカッと火照る自分の顔を感じたであろう。

あからさまに「愛し合っている」という言葉を聞かされた十七歳にとっての衝撃を読者諸君、察していただきたい。

その勲、

「線路の続く限りお供します」

大風呂敷を広げて言ってのけた！

北の果てまでお守りいたしますとの誓いを立てたのだ。やっとニキビの出始めた少年がだ。いや、この瞬間に青年になったのかもしれぬ。つい宣言してしまった言葉の馬鹿力に引き上げられて、晴れて青年、いや成年にまでなったのかもしれぬ。

四

列車はそろそろ山間に入っている。葉の落ちた木々の陰に時折ニホンジカの姿を認め、

「あっ」

指をさす百合子の、まだあどけなさの残る小さな唇の開く時、男爵の胸に蘇ったであろう初めて会った時の驚きとときめき。

軍協力の映画に乗馬指導として呼ばれた毛利大尉、その前に現れた相手こそ女優百合子だった。華奢な体つきとモダンに結い上げた日本髪のボリュウムのアンバランスさに、あっという間に目と心を奪われてしまった。

聡明そうなまるい額、筆で書いたようなくっきりとした眉、彫刻家の技だとしたら奇跡に近いであろうツンとした小さな鼻、唇は薔薇の蕾、そして男爵を見上げる大きな瞳、これらを一気に目に

焼きつけたのだった。

「女優のくせに馬、乗れないの私ったら」

百合子の、一見投げやりな言い方にも男爵はコケティッシュな魅力を感じたろう。おまけにモンペ姿にブーツというチグハグさを素直に受け入れている態度に、思わず、

『アア世間知らず！　守ってやりたい！』

熱いため息を吐くのだった。

「そりゃあ馬だって人になんか乗られたくありませんよ」

指導者らしく装えと、自分に言い聞かすのが精一杯だ。震える声でそう答えた。

「まあ、そういうものなの？」

「だいたいがそういうものです。だからひとつ馬と仲良しにならなくっちゃあいけません」

「人参をあげるんでしょ？」

「ははははは。あげてごらんなさい」

そして恐る恐る人参を差し出す手が毛利の大きな手で包まれた時、百合子もまた胸が躍るのであった。

「あらかしこい！　人参だけパクッよ」

「お上手ですよ。もう仲良しだ。さあ、私と一緒に乗ってみましょう」

我が顎を掠める百合子の絹糸のような後れ毛。そして後ろから腕を回して手綱を握った時の彼女を独占した喜び。

まさに牧人の楽園を夢想する毛利男爵ここに在りだ。

富士の裾野を駆け巡る半日を過ごした後、大海にそそぐ川のように、当然の成り行きとして恋に落ちた両人だった。

いかばかりだっただろう毛利の胸の内。

『乗馬指導は今日だけでもうお終いだ。もうこの人とは二度と会えぬだろう。明日にも中国行きの

軍令が下るはずだ。ええい、堪らない！　そんな自分が堪らない！　全てを放擲しても構わない！　この人と一時も離れるものか！』


その日の夕方飼葉の臭いの充満する厩舎で、

「どこかで二人きりで暮らしたいこの今の気持ち、天に賭けてマコトです」

とでも言ったたか？

実際にはもっと乙女心を揺さぶるロマンチックな表現であったろうが、何しろありきたりの男子には考え及びもつかない毛利男爵口説きのテクニック、どうかこんなものでご容赦いただきたい。

さて、打ち明けられた女優の彼女、元はと言えばカフェの女給だった。

意地の悪い先輩たちの度重なる嫌がらせに耐えねばならない日々を送っていた。

もちろん並外れた百合子の美貌を嫉んだ以外に理由はない。

「あんた顔は可愛いけどそんなにナマってたら、客足遠のくわ」

「申すわげねっす」と返事するとまた、

「それだよそれ。なんでも頭に『お』をつけるのさ。それが標準語だよ」

「お、申すわげねっす」

そうやって何かにつけてゲラゲラ笑う先輩女給たちの、みるみるエスカレートする下品さに耐えたということだ。

しかし唐突だが、百合子の悪癖についても語らねばならない。

当時は家族への仕送りしか頭にない百合子、給金の他についつい手癖の悪さを身につけてしまったのだ。

着替え所で先輩たちの財布から気づかれぬほどの小銭を失敬しては、何食わぬ顔をして店に出たりあるいは後にしたり。その内、時折は洗面所に立った客の鞄から覗く財布にも手を出すようになったとはお釈迦様でも気がつくまい。

器量良しの評判。言い寄る男たちも数知れぬほどいたが、百合子はその全てを袖に振り、ひたすら邁進するは小銭への執着。隙あれば彼等の財布からも抜き取ったのだった。

当然警察の厄介になるのは時間の問題。たまたまその警察所で愛車のダットサンを盗まれた映画関係者の目に留まることとなったのは、偶然も偶然いいとこ。

その男、口の上手さでは他を寄せつけず、更生させるために預からせてくれと担当官を丸め込み、撮影所に連れて行って『銃後のご令嬢』という作品のメガホンを取る予定の監督にご紹介、というわけだった。

「ああ、君みたいな子を探していたんだよ！　カフェは辞めてくれるかね？」

「今辞めだら、店の人に申すわげねっす」

皆は顔を見合わせ、標準語指導のため、クランクイン三ケ月延期を決定したのだった。

ご令嬢言葉をマスターできるかどうかヤキモキする監督たちであったが、一方手癖の悪さが再び頭をもたげて不安に慄くのは百合子自身だった。

「このままだど、撮影所みんなの財布がら盗んですまいそうだわ。そうなれば銀幕の中どごろではなぐ、塀の中だわ」

そう思った時はすでに製作者からかなりの高額を抜き取っていた。

「なぜ私ったら！」

部屋に戻ると紙幣に顔を埋めて泣く百合子であった。

そんな時に厩舎の中で聞かされた愛の告白。

これはきっと神様の下さった新しい人生に違い

ない！　迷うことなく飛び込んでみよう！

もちろん、渡りに船と言っているのではない。そんな打算的な女性だったとは考えてはおらぬ。百合子とて惚れたに違いないとは思うのだが、ただ、そこまでの思い切った行動を取る理由の一つではあったかもしれぬ、とは言いたい。

そしてさっそく、それぞれの世界から姿を消した二人だった。

五

さて、運転手のベテラン機関士から何事かを聞かされると、慌てて二人の元に走る勲だった。そして展望車に転がり込むと、男爵、百合子の前にひざまずき、

「急な予定変更です！　次の駅で歩兵連隊の出動と相乗りになるそうです！　おそらくこの展望車は将校たちに明け渡さなくてはなりませんから前に移って、窮屈ではありますが鉱夫たちと一緒になっていただけますか」

石炭掘りの荒くれ男たちに交じるとなると百合子に注目が集まるのは目に見えている。乗り込んで来る兵隊で全ての客車は埋まるだろう。そこで毛利、

「よし。その駅で兵隊たちと入れ違いに降りるとしよう。勲君。君とはここまでだ。ありがとう」

男爵に握手を求められても百合子の不安気な顔を見てはオイソレと頷けない勲だ。

思いついて、

「まさか、石炭と一緒じゃおいやでしょうね？」

「そんな貨車があるのかい？」

「はい。炭水車の後ろにあるんです。ゆくゆくはこの列車全てが石炭輸送になるんですが、今はまだその貨車だけです。でも、石炭ですよ」

「釜焚きで燃やす石炭でしょ？」

「違います！　石炭だけの貨車です。釜焚きだったら大変ですよ。百合子さんも釜ん中です」

「ごめんなさい、分かってたんだけどつい言っちゃったの」

　悪戯っぽく微笑む百合子に真面目に戸惑う勲、再度赤面する前に思いついた。

「あ、そうか、毛布がありますから、それを敷けば、お尻がゴツゴツするだけで大丈夫かもしれませんね」

　よし、その貨車に乗り込んでみようと決心して見合う二人に恐る恐る質問をしてみた。

「あの、毛利さんたちはどこまで行かれるおつもりですか」

「ははは。それが問題だね。まあ、樺太までは行ってみようと思うのだが」

「からふと……」

「漁師にでもなってね、ひっそりと暮らせたらと思ってるんだよ」

　百合子に目を移すと、まるで外国語を聞いているようなポカンとした顔つき。ひょっとして今初めて男爵の計画を聞かされたのかもしれぬ。

　二人を天蓋付きの石炭車に案内して毛布を与えると勲、

「あ、やっぱり石炭臭いですね。我慢できそうですか百合子さん」

「黒いダイヤっていうんでしょこれ。ダイヤの山に座ってるのね私たち。すごいお金持ちい」

「そうですね。あの毛利さん、多分兵隊たちは二、三時間で降りると思いますので、なんとか頑張ってください」

「ありがとう」

　窓のない暗い石炭貨車に一時間は揺られ、慣れぬ臭いに咳を繰り返し、とうとう新鮮な空気を吸わずにはいられなくなる百合子だった。

「よし、一緒に出てみよう」

「駄目駄目。兵隊さんにもし見つかって、二人だったらすぐにバレてしまうわ。私だけだったらなんとかなりますもの。ね、すぐに戻ってくるから毛利さまはここにいて」

そう囁くと、そっとドアを開けて冷たい風の中に出て行く。

その出た鼻の先、客車との連結部分に兵士の背中を見て息が止まる百合子であった。

走り去るブナの林に向かって、ゆらゆら揺られながら、なんと小用を足しているのだった。

ほんの一分遅く出ればよかったのに、なんて間の悪い私でしょう！

すぐに石炭車に戻ろうと思うのだが、陰になった兵士の向こうにちらちらと見える黄色い飛沫（しぶき）の、キラキラと陽を浴びて何と綺麗なこと。目を離せぬ自分にこんなもの見せないで！　驚いて呆れたか？

錆びた手摺りの鉄棒を固く握りしめ、ゴクリと唾を飲み込み、振り向かれたらお終い、早く戻らなきゃ。

しかし体は恐怖でちっとも動いてはくれない。

この時耳を聾さんばかりの、軋る車輪の金属音に突如襲われた。大きく登りのカーブにさし掛かったのだ。ここが一番の難所なのか、ヴォッポ、ヴォッポと煙突から黒煙を噴き上げ、繰り返されるヒステリックな汽笛の悲鳴。

振り落とされてはかなわんと、前のめりになった体勢を慌てて元に戻そうとする兵隊、その背中目がけて、なんといきなり体当たりした百合子の小さな体！

あっという間に、後ろに流れ去るブナ林だけの景色となり、もともと自分のほかに誰もいなかったかのような錯覚を覚える百合子だった。

列車は再び直進に戻ったのだろう、単調な線路の継ぎ目の音だけを響かせる。合わせて、どっくん、どっくん、と聞こえるは百合子の心臓。

いきなり手を摑まれて、

「いやん！　だれ！」

振り返ると毛利であった。

「ああ、もうりさまあ！」

心配でドアを細めに開けた時、後方に飛び去るゲートル巻いた脛と靴だけは見たか？

「大丈夫だ、中に入ろう」

兵隊たちの詰まった客車のドアを警戒しながら百合子を石炭の暗室へと導き入れた。

暗闇の中で毛利に肩をしっかりと抱かれた百合子であったが、急に自分のやってのけたことの怖ろしさに震えた。

小さな声で、

「死んじゃった？」

「馬鹿な。あれぐらいで死ぬほど兵隊はヤワじゃないよ。おでこにタンコブぐらいさ」

「ほんと？」

「ほんとさ。それよりアイツがいなくなったことで連中が騒ぎ出すかもしれないな」

「ごめんなさい」

「なに大丈夫だよ。君はきっと守るから」

「ねえ、私が犯した罪は殺人未遂になるんでしょ？」

「そうだな、さしずめ、小便を最後までさせなかった罪かな」

笑ったが、百合子の笑い声は返ってこなかった。

二人の不安をよそに、兵士行方不明事件の騒ぎに脅かされることはなかった。

雪深い谷間の駅で停車すると、ゴトゴトと地響きを立てて列車を降りて行く兵隊たち。

石炭の山に身を潜ませ、早く消えてくれと願う毛利の目が捉えたのは、ドアが開いて、パッと差し込んだ光の中の人影だった。

「木島アア！　きさまどこにおるんだ！　木島アア！　くそっ。アイツどっかで飛び降りて逃げやがったなっ。おい、憲兵隊に連絡だ！」

激しくドアは閉められ、再び暗闇の中で身を寄せ合う二人。

動き出した列車に安心して、それからまたしばらくして、毛利の胸に頭を寄せた安らぎからか、ポツリつぶやく百合子。

「からふとってどこなの？」

「北海道の北にある、半分ソビエト半分日本の島だよ。その国境で暮らすんだ。もしもの場合はソビエトに逃げて、ほとぼりが冷めたらまた戻ってくるんだ」

すぐには百合子の返事は返ってこない。

「心配はいらない。大丈夫だよ、絶対に行けるからね。ね」

毛利、教え諭すように言うと、

「ねえ、アメリカって遠いんでしょ？　からふとよりうんと」

「アメリカに行きたいのかい？」

「カフェで言われたことあるの。標準語覚えるより英語の方が早いよ、いっそアメリカ行きな、って」

思い出し笑いの百合子であったが、今度は笑えぬ毛利だった。

白い世界を一文字に切り裂く列車。

雪中訓練に向かったであろう連隊を下ろしてし

まうとなんと軽々と走ることか。

そこだけ黒い線路の平行線をひたすら走った。雪原を跳ねる兎、森の入り口では狐らしき姿も見える。あとはただただ大自然の白い世界である。ドアを開けて顔一杯に冷気を受けながら、目の前に広がる別世界に、自分は何故ここにいるのかしら、と一瞬は訝る百合子であろう。

向かいの客車のドアが開いて、

「遅くなりました！　もう大丈夫です。また展望車に戻りましょう」

勲は手に一冊の本を持っていた。その表紙には、ビールをコップに注いでもらって笑う洋装女性の写真。

「あら、なあにそれ」

「網棚にあった忘れ物の女性雑誌です。退屈しのぎになればと思って」

「あら、私にい、ありがとう」

再び展望車に戻ると額を寄せて話し込む毛利と勲。そのソファの反対側では、開いた雑誌の『モガ誕生』なる文字に百合子の目が輝き、ページをめくるごとにカラフルな世界へとたちまち誘われるのだった。

三越百貨店ＰＲ、ニュースタイル春の洋装。小粋な窓辺のコーヒーブレーク。

「みす・もだん」は丸の内で毛皮の襟巻に臙脂(えんじ)色の洋装美人。

そして、白馬に跨った軍人も振り返るレインコートのモガに、ちょっぴり自分を重ねて微笑んだ。

浅草オペラ女優たちの写真の次には映画女優たちの写真もあった。その内何人かは撮影所で見かけたこともあるだろう。

一人一人の顔を食い入るように眺めながら頁をめくると、彼女たちの醜聞も入念に書かれていた。

「まあ、げひん」

その声が毛利の耳に届いて、

「どうかしたかい」

気を利かした勲に申し訳ないと百合子は微笑み、

「ううんなんでもないの。勲さんこれありがとう」

雑誌は閉じたが、飛び去る雪景色を窓の外に眺めながら、私、スタアになれていたかしら、と思いを馳せても不思議ではあるまい。

髪を切ってパーマネントをかけて、水色のワンピースにハイヒール。西洋風のお化粧をしたら……。

「結構サマになるんでねがすか」

思わず出た独り言に慌てた、かもしれぬ。

「結局、函館か小樽まではたどり着かないと樺太までは行けないということだね」

毛利の深刻な調子に勲も合わせる。


「はい。問題は青函連絡船ですね」

「一人一人に睨みをきかしているだろうね憲兵たちが」

「青森から直接樺太に行ければいいんですが」

「そうだ君」

勲に何処まで頼ることができるのだろうか、それこそが気がかりだ。

「僕は何処まででも大丈夫ですから」

「でも機関区というのがあるんだろう。いつまでも乗ってるというわけにもいかんだろう」

「とりあえず青森までは大丈夫なんです。これは青森まで直通の臨時列車ですから」

毛利の負担にならぬよう嘘をついた。

宇都宮ですでに降りていなければならなかったはずだ。そこで何をどうデッチ上げたのかは分からぬが、勲、一世一代の芝居を打ちやがったな、とだけ理解してあげよう。

「じゃあ青森でお別れして、連絡船は私たち二人か」

「いえ。僕も行きます。三人です。僕を百合子さんの弟ということにしてください。その方が怪しまれないです。北海道の両親どちらかが危篤で、旦那さんの毛利さんと三人で急いでいるんです」

「君北海道？」

「愛媛です」

二人の笑い声に振り向くと、この列車に乗って初めて白い歯を見せる百合子だった。

「さ、もう戻ります」

毛利との会話をわずか一、二分で済ませ、石炭くべにとんぼ返りの勲だ。

「ああそうだ勲くん」

大事なことを言い忘れた。兵士を一人外へ突き落としたと、声をかけようとした毛利であったが、
突然！

六

三人とも体を投げ出されるほどの急停車に驚き慌てふためく。

一体何が！　どうした？　まだ雪原のど真ん中だというのに。

他の客車からも聞こえてくる騒ぎ声に毛利、

「おかしな止まり方だな」

「聞いてきますっ！」

残された毛利と百合子、自然と身を寄せて互いの目を覗き合った。

「おい、この急停車を説明しろよ！」

勲に手を伸ばして摑もうとする乗客たちではあったが、その手を一つ一つ剝がしてほどき、さらに先へ走ろうとすると、窓の外の異変に気がついた。

列車の脇を走っているのは兵士たち。肩には銃剣をつけた小銃を担いでいる。

さっき下車したはずの連隊だ！

ということは、線路は大きくカーブしていて、ここは彼等を下ろしたところからはさほど離れていないのか？

この列車止めは訓練の一つであろうか。ソビエトか中国の列車に見立てての？

もしそうだとしたら、前もって通達を受けてないはずはない！

運転室に戻ると機関士の口から意外なことを聞かされた。

「破壊工作を仕掛けられたんだってよこの列車。なんでも兵隊さん一人を鈍器で殴って列車から蹴り落としたらしいよ。んで、そこに待ち構えてた仲間たちが作戦の情報を聞き出そうとしたらしいや」

それは明らかに百合子の体当たりした兵隊であったが、その一件を勲はまだ知らない。

乗り込んできて客一人一人の取り調べを始める気だ！

ただでさえ釜の熱さに汗だくの勲であったが、もう一度額の汗をぬぐって展望車に走らなければならない。

すでに臨検を始めている通路の兵隊たちの背中に向かって、

「通してください！　後方車両に重病人です！通してください！」

檻の柵をもがいてくぐり抜けようとする小動物のように兵隊たちに猛然と突入した。

窓の外に目をやると全員がこっちに銃を向けている。飛び出してきた人間を問答無用で撃ち殺す気か？　殺気立った狼のようだ！

毛利さん、百合子さん、絶対に外には出ないでください！

祈る勲の脳裏に、百合子のあの細くて白い首筋が蘇りはしなかったろうか。おまえ一体どこに向かって走っている、と訊かれたら、

「首筋」

と答えなかっただろうか？

おっと、意地悪な寄り道をしている暇なぞない。

「あっ！」

展望車のドアをまさに開けようとする兵士の姿に驚き、即座に手をその肩に掛けた。

「何をする貴様！」

「中にいるのは伝染病です！　絶対に入ってはいけません！」

「なに！」

瞠目したまま硬直する兵士をゆっくり脇にどけて、

「免疫があるのは僕だけなんです。失礼」

ドアを開け中に消えた。そのドアを背にして軍刀を抜き放ち、誰も入れぬぞと仁王立ちになる瞠目兵士。

「毛利さん実は」と声を潜めて事態を説明する勲にかぶさった百合子の小さな悲鳴。

「どうしました？」

「私なのぉ、突き落としたのは。ごめんなさい。ああ、どうしよう」

倒れ込もうとする百合子を素早く抱きとめたのは毛利でなく勲だった。

摑んだ肩にハッと驚く。まるで肘を摑んだかのように細い！　しかしその驚きは両手のみに封じ込めて決して顔に出してはならない！

まるで天から禁止令が降ってきたかのように手を放すのも素早かった。

そして毛利には素知らぬ顔で、

「感染恐れの病人が出たということにしましたが、いつまでそんなウソが通じるか、です」

「ありがとう機転が利くね。確かに兵士一人を突き落としたが鈍器は大嘘だ。勲君驚いてるね？　僕たちはやる時はやるんだよ。ところでどうだね、こっそり抜け出す方法は皆無かね？」

本当に国を敵に回してでも逃げる気なんだと、勲は二人の覚悟を見た気がした。そして、

「後ろのドアを開けたら兵隊が目の前にいるでしょうし、床を開けて抜け出ても、ちょうど目の高さに出てしまうでしょうし……」

「屋根の上だったらどうだろう」

「あっ」

確かに、各車両とも天井の隅には点検口があって、這い出て屋根に行けるはずだ、やったことはないけれど。

「やってみましょう！」

外にいる兵隊たちの死角になることを祈りながら、三人は梯子を上り必死で屋根に出た。がすぐに腹ばいにならなければ見つかってしまう。

そして生憎の雪模様となってしまった。

たちまちかじかむ指先に息を吐きかけながら、屋根の下の怒声を聞いた。しかしくぐもってはっきりとは聞き取れぬ。

では、はっきりと聞いてみよう。

「探せ探せ探せ！　見つけぬ限りは引き揚げんぞ！　便所は見たのか！　そっちの客車、何をおまえは突っ立ってるんだ！」

「伝染病であります！」

「何？　これは病院列車か！　そんな話は聞いとらんぞ！」

「しかし免疫がない者は入らない方が」

「やかましい！　ここまで探しておらんということはその中にいるに違いない！　どけ！」

「少尉殿は免疫おありですか？」

「なんの免疫だ？」

「いわゆる、普通の、免疫であります」

「だから！　普通の、なんの免疫だと訊いておる！」

「免疫一般であります！」

「どけ！」

少尉と手勢の兵士たちの、まるで殴り込みといった襲撃であったが、ご存知の通り空っぽの展望車。

「なんだその梯子は！　分かった！　屋根だ！　上れ！」

靴底ドタドタ、小銃ガチャガチャいわせて梯子に殺到する兵士たちの耳に、いや少尉の耳にも、いっそ屋根に這いつくばっている三人の耳にも聞こえるは、それぞれの腹にまで響く爆音。

それは蒸気機関車では出せぬ、大地をも震わせる、なんと空から迫りくる地鳴りであった。

「なんだこの音は？」

窓の外に目を向け、上を見上げる少尉。

「うわっ！」

腰を抜かした少尉に飛び退く兵士たちも、その正体を確かめんと我先に窓の外を見上げる。

「うわっ！」

兵士全員の腰を抜かさせた音の正体を描写するとしたら、百畳、いや千畳敷の銀色に輝く金属製の風呂敷に空から襲われた、とでも表現してみようか。そして、四つの巨大なプロペラを回す凄まじいエンジン音にかき消され、絶叫したところで何も聞こえぬ。大声で叫んでも、見た目には口をパクパクさせるだけの兵士たちだった。

この突然現れたＢ－２９爆撃機、爆弾投下地点を目視できる高度にまで降下していたらしいが思ったよりも雨雲は厚く、いきなりくっきりと現れた列車に仰天！　咄嗟に見た高度計なんと七十メートル。

　あわててパイロットは操縦桿を手前に強く引いただろう、再び雨雲に吸い込まれるように消えた銀色千畳風呂敷。それでもまだ聞こえる爆音に、

「全員列車を退去せよ！　引き返してくるぞ！　散れ！　散れ！　ひとっところに固まるな！　散れ！　雪原に退避！」

　狂ったように叫ぶ少尉だった。

　命令を聞いた兵士たちの逃げ足の早いことと言ったらない。あっという間に雪原に飛び出して腿を高々と上げて散っていく姿は、まるで火の上を裸足で走るような光景、と表現したいところだ。

　不思議なことに、その爆撃機を見ずに済んだのが屋根の三人だった。爆音の中、目の端に捉えた散開する兵士たちの姿に、何事かと空を見上げた時にはもう黒い雲しか見えぬ。

「毛利さん、僕運転席に戻りますっ」

　匍匐（ほふく）前進で点検口に戻ると滑り落ちるようにして梯子を下り、そのまま駆け出す勲だった。

　残された二人もそろりそろりと客車に下りてきた。その時ゴトンと動く列車。

　大丈夫か？　敵はきっと旋回して引き返してくるぞ。

　不安と恐怖の入り混じった表情の乗客たちは、身じろぎもせず爆音に耳を奪われている。

　勲必死の釜焚きのおかげで、トンネルまであと僅かという距離まで激走する列車。

　間に合うのか！

　しかし山自体を爆撃されたらどうなる？　そこまで考える余裕は運転室にない。

　シュッシュッポッポッシュッシュッポッポッ！

　D51対B－29の戦いだ。

　シュッシュッポッポッポッシュッシュッポッポッ、

ポーッ！

雪原に突っ込んで埋もれた少尉は見たであろうか、走り去る列車の後ろに、雨雲より再度姿を現したB－29の超低空飛行を。

ババババババッ！

いきなりの機銃掃射に続いて、列車の両脇にいくつも跳ね上がる雪粉。「俺を狙ったな」と顔を伏せるか少尉？　再び頭を上げて、黒い半円の中に消えて行く列車の最後尾を見た時には「逃げ切った！」と快哉したか？　だが、続いて山を這い上がるようにして上昇した爆撃機の発する不気味な音に恐怖しただろう。

メリメリメリッ！　グギーングギーン！　ギョロンギョロンギョロン！

例えばこんな音だったろうか？

山を半分ほど上昇したところで、極端に掛けられた「G」に耐え切れず、なんと爆撃機は空中分解を起こしたのだった。

大爆発を起こした後に山全体を覆うほどの炎をメラメラと上げて、雪雲をオレンジ色に染め上げた。

トンネルの中もすさまじい爆風に見舞われ、高速回転している列車の鉄車輪を数十センチほど浮かせたであろう。

「うわ！　空飛んでる！」

勲の叫びは正しい表現だ。

しかし宙空の空回りは一瞬で終わり、すぐにレールに着地する衝撃に機関士、

「おう！　生まれて初めて空飛んだぜい」

この感想もさもありなん、だ。

念の為に緊急非常停車を繰り返し、次の停車駅に着いたのはプラットホームも凍てつく深夜だった。

ヘトヘトになって下車する乗客たちが身を寄せ合う姿を窓から眺めて、百合子、何を発見したのか「ハッ」と驚いた。

「まだ兵隊が残ってたか?」

すかさず顔を寄せて息を止める毛利。

「違うの、ほらあの人、ほら痩せて背の高い人、確か撮影所で見かけた役者さんよ。死体の役ばっかりとか笑ってらっしゃったの」

「へーえ、ここで何か撮影があるのかな?」

「何か、じゃなくて、『銃後のご令嬢』に出るのよ。今度は生きてる下男の役だって喜んでたもの」

「えっ! ということは、ここで撮影か?」

「あの中に撮影隊も交じっているんだわ」

「おかしな巡り合わせだね、こんな田舎の駅で会うなんて」

改札付近での炊き出しに集まる乗客たちの中から走りくる勲、ホカホカの握り飯を笑顔で二人に差し出した。

「ありがとう勲さん! ペッコペコだったのよ!」

無邪気に握り飯にかぶりつく百合子の姿を見て、もっといろんな姿を見てみたいと思ったか? もはや成年ならば思ったであろう。

「彼女が出演するはずだった映画をここで撮らしいんだ。うむ、うまい」

同じくかぶりつく毛利には興味なし。それを気取られまいと、

「あ、聞きました。なんでも国策映画とかで、兵隊もほんの少し参加するんですって」

「勲さん、あの中に綺麗な方一人いらして?」

百合子の瞳が突然妖しげな色を帯びる。この七変化に十七歳の勲としては太刀打ちもできまい。

「さあどうでしたか」

「きっといらしたはずよ。私の代役になった女優さんよ。断髪して男っぽく見せてるの。添田真理

子さんっていうのよ。すごく良い育ちなんですって」

「女の人なのにこんな雪の中で撮影とは大変だね」

と言った毛利に、大変なのはアンタだよと言いたい。空腹を満たすことに懸命で今の自分の立場を忘れたか？

「台本でいくと、ご令嬢が兵隊さんのところへやって来て、私も戦うから一緒に連れてってくださいって言うの。そしてね、隊長さんに、おやめなさいと諭されるの」

「それからどうせ、恋に落ちるんだろ」

毛利の目に一瞬表れた侮蔑の色を勲は見逃さなかった。

「いいえそれはないのよ。あくまで銃後の守りについて教育する、啓蒙映画なの」

百合子は淡々と説明するが、それでもかすかな不穏を二人から感じてしまう勲だった。


「アアそういえば」

話を変えたのは、大げさに言えば、悲劇の予感を打ち消したかったからか。

「雪中訓練は急遽中止で、撮影にちょっと参加した後はすぐ青森から樺太へ直接行くんですって。かなり国境が緊張していて警備の強化だとか、誰か言ってました」

「ほう。うらやましいね直接行けるとは。そうか、ひょっとして私はどっちに転んでも樺太に行く運命だったのかな。いや、あの連隊は私の隊じゃないけどね」

どこか自虐的な毛利に見詰められてうつむく百合子の戸惑いに、意味は分からぬまま、居たたまれぬ勲だった。

「朝方は冷えますからもっと毛布持ってきますね」

逃れるように走る先の改札口付近には、裸電球の下にもう誰もいない。

また激しく降り出す大粒の雪をじっと見つめる百合子は心ここに在らず。

自分が銀幕の主役デビューするはずだった撮影が目の前で行われるのだから心が揺れぬはずもなかろう。

隣にいる毛利の存在をこれまでとは違ったふうに感じたのではなかろうか。ウトマシイとまでは言わないが、今は一人になりたかったのでは？あるいは毛利にしてもか。

映画ならばここで、孤独な二人の横顔が映る窓ガラスのカットだろう。

二人は勲が運んだ毛布にくるまり少しだけ距離を置いて、ソファに横になった。

七

すっかり晴れ渡った朝、プラットホームから溢れて落ちそうなぐらいに集まったのは、今や樺太出征直前の兵士たちだ。

漲る緊張感に皆、人を射抜くような鋭い目つきをしている。本来なら映画参加どころではないだろう。

しばらくして断髪の女優登場だ。カメラが回り、隊長に同行志願を訴えるシーンのリハーサルが始まった。

しかし、生きるか死ぬかの緊迫した兵隊たちと、しょせんは虚構の世界の女優さんだ。このチグハグさは、ためらいだらけ、間延びだらけの芝居となって現れた。

すぐに撮影を止めて腰に手を当てる主演女優、「監督さん、私はどんな感じに演技すればよろしいのかしら？　お芝居するとなんだか出征されるみなさんに罰当たりのような気がするし、かといってお芝居しないと映画じゃなくなるし。私やり方が分からない」

　せめて隊長役ぐらいは本物の俳優にしてほしかったわと暗に訴えているようだ。

　迫られて大げさに腕を組む監督、空を見上げてしばし熟考の後に、

「ウーン。そうだねえ、ここはこの映画のキモだから、逆にあんまり考えないでパアッと言っちゃったらいいんじゃないかな？　私も連れてってエみたいに。ほら、なんといってもご令嬢だからさ、トンチンカンでいいのよ」

「じゃあ私馬鹿みたいに見えてもいいってことかしら？」

「馬鹿とは違うんだよ。トンチン……あのう、常識にはちょっと疎いお姫様であって、決して馬鹿じゃないんだ」

「真理子分かんない」

　撮影開始早々客車に引っ込んでしまった女優をなだめようと浮足立つ助監督に監督、

「こんなことで慌ててどーする！　十五分待ちゃあ出てくるから待ってりゃいいんだよ。それより隊長さんにこの話を通しとけ！」

「君だったらうまくやれるのにね」

　一部始終を窓からこっそりと見ていた百合子に囁く毛利、何気なく言ったのだろうが、百合子としては何気なく聞き流せない。

「本当にそう思う？」

　キラリと目を光らせた。

　毛利少し驚いたが、

「ああ。あの女優は品に欠けるよ。君だったら隊長も思わず心が動くだろうにさ」

「動いちゃいけないのよ！　兵隊さんはそんなに軟弱じゃないの！」

　真顔で言い張る。そして百合子、なんとその場面の台詞をつぶやいてみせるのだった。

「私、あそこでこう言うのよ……隊長さん、出征した弟の手紙にあったんです。姉さんが男だったらきっと今頃は敵陣一番乗りで日の丸はためかせています、って。弟は真面目に書いてるんです。私を女だと思わなくて結構ですから連れてってください。お願いします。お国の役に立ちたいんですっ。お屋敷でじっとしているだけなんて我慢できないんですっ」

　言い終わったあと二人の間に沈黙が流れ、朝のお握りを持ってきた勲はその微妙な空気を一瞬で感じ取り、立ちすくんだ。

　先に口を開いたのは毛利。

「勲君。なんとかして百合子をあの女優に会わせる方法はないものかね？」

「えっ！　いきなり何を言い出すの？」

　このへんが毛利の独特な思考回路による発想だろう。確かに驚くべき提案だ。

「いや、一回顔を見たほうがいいような気がするんだ。なんというかな、あの世界にきちんとお別れをするためにはそのほうがいいと思うんだよ。しっかり見届けて、さよならと、ケリをつけてほしいんだ」

「だってもう未練なんてありませんもの」

「分かってる。だからこれは私のワガママなんだ」

　百合子は毛利に膝を詰めた。

「なぜ私、あの真理子さんに会うの？」

「誤解を覚悟で言うとね、優越感を持ってほしいんだよ。あの人に女優として勝った実感を持ってほしいんだ。そしたら映画界に心置きなくお別れがでる。いや、これは本当に私のワガママなんだ。で、絶対に勝てる」

　毛利に握られた手に目を落とした百合子はしばらくして、

「……ごめんなさい、あなたに言わせちゃって。そうなの。間近で見てみたいの。ううん、勝つとか負けるとかじゃなくて、私の代わりはどんな人かしらって単純に見てみたいの。そして心の中で『私じゃなくてあなたになったのよ』ときちんと引継ぎして……そうだわ私、そうやってケリをつけたいんだわ！　私分かったわ！　あの人に会いたいの！」

　最初は言い淀んでいた百合子だったが、次第にきっぱりとした口調になって気持ちを伝えるのだった。それにしても毛利の発案はどこかに消えて、自分一人で思いついたかのようだったが。

　弾けるように走り出す勲。たちまちどこからかココアを持って現れた。

「これを持ってってください。列車からサービスですとか言って」

　そしてついに真理子一人がいる客車に百合子は入ったのだ。

「あっ」

　相手を見てすぐに声を上げる真理子。

「ひょっとして百合子さん？」

　小さく言うと反射的に窓の覆いをスルスルと下げた。

「……そう。私です」

　ケリよ、ケリをつけるのよ。

　そして次の僅か一秒の間に、こんなことが百合子の頭を駆け巡ったのではないか。

（あら、主役のくせに細い目なのね……感情を表現するのに損でしょうに……それと主役のくせに唇が薄いわ……ちょっと薄情に見えるかしら？　でも賢そうよ。物事を理詰めで考えそうね、主役のくせにおでこが四角い……こんな人がこの役でいいの？　兵隊さんになりたいなんて熱い気持ちが持てるかしら？　……どうして冷ややかな感じのあなたが選ばれたの？　……ひょっとしてあなたのお父様の力が影響しているのかしら？　そうね……実力じゃなくて、お父様が裏で手を回したのね！　私は実力だったけど）

本当のところは分からない。

とりあえずは、謎の一秒ということにしておこうか。

その賢そうな真理子が口を開いた。

「じゃあ近くに彼もいるのね？　危ないのに、わざわざ？　あ、ひょっとして私にお別れを言いにきてくれたの？　ありがとう！　もちろん大丈夫よ誰にも言わないから。それにしてもあなたはすごいわ。私はしょせんお芝居の中でのカラ元気、あなたは本当にやってのけたんですものね。すごいわ。どうかご無事に逃げおおせて。私には祈ることしかできないけれど。この映画を立派に完成させます。それがあなたへの尊敬の証よ。どこかできっと見てね。もう行ったほうがいいわ。グッドラック」

差し出された真理子の手を握った時、百合子の「優越感」は消えてしまった。

私だったら果たしてこんなふうに優しく見送れるかしら……。

とてもそんな自信はなかったのだ！

やっぱりこの人でよかったかも……。

ドアを開けて出た時、シュルシュル、窓の覆いが上げられ、

「おまたせいたしました！　監督さん、やりまし

ょう！」

弾ける真理子の声が背後で聞こえた。

さてその間の毛利、不可解な行動を取っていた。まず客車の降り口に立って煙草に火をつけ、兵隊たちから見れば、顔半分を見せたり隠したりチラチラしていたのだ。

どうも誰かの気を引く態度にしか見えぬ。

そしてついに隊長の目に止まることとなった。半信半疑の歩み方で近づく隊長に、ホームに降り立ち全身をさらけ出す毛利であった。

「ひょっとして毛利大尉殿……でありますか？」

「うむ少尉、ご苦労」

敬礼を交わし合った二人にこの後何が起こったのかは直ちにお伝えしよう！

百合子に語った毛利の言葉を聞けば分かる。

「百合子、落ち着いて聞いてくれ」

これを聞いてたちまち不安になる百合子であった。傍にいる勲に助けを求める表情を投げかける。が、投げかけられてもまだなんの話かは分からぬ。

「私はこの連隊と一緒に樺太まで行こうと思う」

「ひっ！」

目を剝いて、そのまま卒倒するのではないか百合子！　勲の手がピクリと動いたが、

「落ち着いて！　先がある。いいかいよく聞いてくれ、君と勲君は北海道に渡り、鉄道で小樽まで行って、そこから樺太を定期船で目指してもらいたい。そしてだ、聞きなさい、向こうに着いたら私は再び隊をこっそりと離れる。そして君のところへ行き、二人で行方をくらまそう。これが今考えられる最善の方法なんだよ」

一度聞いただけでは頭に入らぬ。ただ、はっきりと確かめたいことを百合子は訊いた、

「また会えるって話なの？」と。

「もちろんだよ。そのための方法なんだこれは。やっぱりどう考えても連絡船の桟橋で憲兵に見つかる。確実に私を樺太まで運んでくれるのは連隊の乗る艦だ」

話がようやく見えてきたのか百合子の顔に落ち着きが戻った。

「というわけで隊長の前に姿を現してやったのさ。あなたを見込んで投降させてくれと言ったよ。向こうにしてみりゃ思ってもみなかった、いわば一つの手柄だからね。すぐに編入の手続きを打診してみましょうと言ったよ。おそらく大丈夫だろう。こう見えても勲君、私は国に必要な軍人なんだよ」

突然話を振られて何度も勲は頷いた。

「そんなわけで、急遽ですまないんだが、百合子を頼むよ。絶対に樺太まで連れてってくれたまえ」

もう一つ百合子にとって確かめたいことが口まで出かかった。

『投降する理由をなんて説明したの？』と。

しかし怖くてとても口には出せない。

逃避行を放棄する理由は一つしかないだろう。

それは……。考えることすら怖かった。

そしてさらに一夜が明けて、と話を進めよう。

読み通りに事は運び、今や百合子と離れ離れになった毛利は、海防艦という小ぶりな軍艦の甲板に立っている。

青森港は波穏やかだが、その海面には数多くのビラが浮いていた。

昨夜敵機襲来の警報で寝つけぬほどだったが、米軍機は無数の白い紙を撒き散らしただけで去っていったのだった。

そのビラには、本格的な爆撃を本日敢行するとの警告文が日本語で書かれていた。が、手に取って読んだ者は殆どいないだろう。憲兵と警察が深夜の町を目の色を変えて一枚一枚回収してまわったのだ。腰を屈めて手を伸ばそうとする者でもいようものなら飛んで行って腹を蹴り上げ、ビラを奪い、さらに顔面を踏みつけていったことだろう。

回収し切れなかったビラが波間に揺れている。

「汚いなあこの港は」

「誰だもったいない紙を！」

事情を知らされていない兵士たちは海を見下ろして口々に言い合った。

その脇で、双眼鏡のピントを合わせる毛利であった。

ちょうど彼等の向かいに停泊しているのが青函連絡船。デッキを行き交う人々の中に百合子を探そうというわけだ。

きっと自分を探して彼女もこの艦を見ていることだろう。

そして、見つけた。


が、それは期待した光景ではなかった。

勲と仲良く並んで頬を寄せ、ビラを指さしている姿であった。

呼吸も忘れて毛利、じっと見つめる。


ただ親しくなって偶然顔を寄せたのであればむしろ微笑ましいだろう。

だがこれは違う！

顔が近いことに気づかぬフリを、互いにしてるのだ！　無意識を装ってる意識ほど破廉恥なものはないぞ！　姉と弟です？　ふん！　そんなものを隠れ蓑に使いやがって！　男が女に近づく見え透いた手口じゃないか！

こんなことはまさか誰も思わないだろうが、毛利の場合は、思ったのだ。

笑ってる！

あんなに屈託なく笑った顔は見たことがない、私の前では。

手が届かぬ分、声をかけられない分、つまり自分の存在で抑止ができない分、小さいが火力の強い嫉妬の炎が毛利の中で燃え上がった。

何を喋ってる？

さらにピントを合わせ身を乗り出して、二人の口の動きを読もうとしたであろう。いや、読めなくとも読んだであろう。

「ほら、クラゲの大群だよ百合子さん」

「嘘よ。ビラよ。アメリカ軍が撒いたのよ」

「そうです。攻撃する前に警告するなんて紳士的ですね」

「アメリカはレディーファーストなのよ」

「車のドアを開けてやるんですよね」

「荷物も男性が持つのよ」

「足で玄関のドア開ける映画観たことあります」

「『ワイキキの結婚』って観たことある？」

「それ敵性ですから、声をひそめた方がいいですよ」

「ビング・クロスビーよ」

「しっ」

「アメリカ行きたい」

「しっですって！」

「カラフトに何があるのかしら、知ってる？」

「多分雪と氷だと思います」

「でしょうね。勲さんはどう思うの私たちのこと」

「え？　あ、はい。正直言って、毛利さんがうらやましいです」

「あらどうして？」

「どうしてって、好きな人と一緒なんですから」

「あなたも好きな人ができたら一緒にカラフト行く？」

「僕は……その人の行きたいところに連れてってあげたいです」

「私アメリカ行きたい」

「じゃあアメリカです」

「え？」

そんな口の動きが毛利の目には見え、声が聞こえた。

二人がデッキから消えても、頬を寄せ合った光景は脳裏から離れぬ。双眼鏡を強く握りしめ、なお目をこらし、二人の残像を憎々しく睨んだ。

ようやくそれを下ろした時、彼の目は緑色に変じていなかったか？

八

ここでしばし、毛利父の時代へと話は飛ぶが、騙されたと思って読んでいただきたい。

日露戦争の折、双方の戦術的課題の一つとして、山向こうの見えない相手への砲撃精度をいかに上げるかということがあった。

そこで毛利の父は助手と一緒に山の頂上から敵を見下ろして中継地点となり、正確な着弾地点を無線で報せる大役を果たしたのだった。

実際に着弾地点を割り出したのは大学で物理を専攻したド近眼二等兵の助手。名前を綿野という。

彼が瞬時に風を読んで正確な弾道を計算して放物線を図面に描き、そこから逆算して28サンチ榴弾砲の位置と仰角を決めたのだ。

しかしどんな嘘を編み出したか、手柄は全部毛利父のものとなった。そして数々の勲章を手に入れた毛利父は英雄となって帰国し、先に述べたように男爵となるのだった。

さて、その綿野が何年も後にひょっこり毛利家を訪ねてきたのだ。

応接室で、自分の弾道学を取り入れてもらおうと軍上層部に働きかけているのだが、どうしても実戦の記録がないから空理空論扱いされてしまう。そこで自分の計算法がいかに正しかったかを毛利父に説明していただきたく、そんな一筆でもぜひしたためてもらいたいと、そういう主旨での訪問だったのだ。

もし一筆書いたとしたらたちまち勲章返却で、爵位剥奪か？　それを狙っての訪問に違いない。こいつ、ずっと俺を恨んでいやがったんだ。恨まれた挙句に馬の骨に逆戻りじゃあかなわん！
当然そう結論した毛利父であった。

そして、おまえは部屋を出ろ、と言ったにもかかわらず、いえ私はここにいます、と頑強に言い張って全てを聞いてしまった妻貴恵に対してどう言いつくろうか？

すでに俺を軽蔑した目で見始めてるじゃないか！

その一週間後。毛利父の息子、すなわち本編の主人公毛利正隆に、当時通っていた士官学校から、ぜひとも日露戦争の武勇伝をお父さまに生徒の前で語っていただきたいと依頼があった。

父をみんなに自慢できる！
有頂天で帰ってきて伝える正隆に毛利父、
「軍人たる者日々己を律してなければならん。人前で自慢するような真似なぞは言語道断だ。明日学校へ行って断ってきなさい」

　父親には絶対服従だ。がっくりと肩を落とした正隆、その肩にそっと手をやる貴恵の顔は、苦い。

「正隆、自分の部屋に入ってなさい。お父様と話がありますから」

　なんの話かと新聞を下ろした夫に妻の裁断が下った。

「事実をありのまま講演したらよろしいじゃありませんか。アナタは綿野さんの計算した結果を伝えただけで何もしなかったんでしょ。そのことを公にすれば、あの方の望む、願ったり叶ったりの機会になります。まずアナタ自身が己を律するべきでしょ」

　言われて震える毛利父の手にみるみる浮き出る静脈の不気味さ。それに気づかぬ貴恵はさらに、

「アナタご自分を恥ずかしいと思ってらっしゃるかもしれませんけれどね、恥ずかしいのは私ですよ。綿野さんの話を聞いて以来ちっとも寝られませんわ。真っ暗な中で私恥ずかしくて顔を真っ赤にしてるんですよ！　手柄横取りの女房ですもの！」

　さあ売り言葉に買い言葉が始まった。

「貴恵、おまえは世間を気にして生きてきたのか？　あれほど世間は退屈なのオとか言ってたのは嘘だったのか？　そんな女だったのか！」

「ちょっと待ってください！　アナタこそ手柄横取りは世間に認められたいがためでしょ。いわば世間のおかげで勲章もらって男爵になったんじゃないの？　百歩譲って、私が世間を気にしてもアナタがそれを咎める権利は一つもなくってよ！」

「何が権利だ！　権利という言葉を使う権利はおまえにない！」

「何をおっしゃっているのか分かりません」

「いいや、おまえはそんな馬鹿じゃないはずだ。

分かりたくないだけだろ。なぜあいつをそれほど庇うんだ？　なぜ俺を庇わないであいつを庇う？」

「ああ女々しい！　庇うだの庇わないだの！」

「あんな男のどこがいいんだ？」

「ちょっと待ってください！　何の話をしてらっしゃるんですか？」

「なるほど。ああいう学者タイプに会うのはおまえ初めてだったたな。背広の袖のほころびをヤケに気にしてやがったな。裁縫箱まで持ち出しやがって。あれは、あいつが独身かどうかを確かめるためにやったんだろ？」

「待って待って待って！　アナタ気が変になってるわ」

「ちっとも変じゃないさ。変な真似したおまえを変だと指摘できるってことは変じゃないってことだろ。ゆえに、おまえが変なんだ」

「アナタ、ご自分が卑怯だったことを棚に上げようとしてらっしゃいます」

「生憎だったたな。話はもうそんなところにないんだよ。今は、俺の目の前でおまえはあいつと心を交わしたって話だっ！」

「とんでもない言いがかり！　問題をすり替えてます！　アナタは旅順で何があったかを生徒さんに正直に話せばいいんです！」

「おう！　俺は構わんぞ。あんな手柄、誰だって手に入る。くれるって言うから勲章もらっただけだ。どうぞと言うから男爵になってやったんだ。恥ずかしいことは何もない。問題は講演したあとのおまえだ。どうする？　ふふふふ」

「アナタって人は……」

　この数日後、綿野は陸軍の輸送トラックに轢かれて死亡した。

　そのトラック、毛利父の命令でその時間そのコースを指定されたとの噂が、軍の車両部から幹部へ、そして士官学校へと流れてきた。

真っ青な顔で正隆が貴恵にそのことを伝えると、彼女はその場で気を失った。

以来貴恵は拒食症となり、入院して治療を受けるが全ての食事を拒み続け、回復の見込みもなく、一年後に死んでいる。

思春期に母を亡くした正隆の精神状態に特別な変化は見られなかったと級友たちは口を揃えるが、ひょっとして貴恵が一部始終を病院に隔離される前に正隆に語った可能性もあるのだ。

もしそうだったとして、父の最期まで反抗的な態度を一切取らなかった正隆、どれほどの鬱屈した葛藤が抑圧されて心の深いところに備蓄されたであろうか。

九

さ、ここで話を海防艦に戻そう。

海防艦の自室に閉じこもった毛利男爵、百合子と勲と別れてしまったことをひどく後悔していた。

それは、鉄の壁をドスンドスンと何度も殴りつけるといった荒々しい後悔だった。

「勲！　小僧っ子めが！　色気づきやがって！　百合子も百合子だ！　淫乱め！」

殴りつけながら思い出されるは、様々な場面での勲の目つきだったであろう。

背筋を伸ばして展望車のソファに浅く座った百合子の尻にちらりと目をやった勲。

今考えるとあれが肉欲の発端だったかもしれぬ。

石炭貨車に我々を入れてドアを閉める瞬間のあいつのうすら笑い！

あれは、欲望対象を完全拘束したサディスティックな喜びだ！

極めつけは客車の屋根だ。風でめくれた百合子の脛をじっと睨んだあの目！

今にも百合子に飛びかからんばかりではなかったのか？　自分でも空恐ろしくなって慌てて釜焚きに戻ったに違いない！

百合子もそんな勲に気づかぬはずはない！　それを知ってさらに誘惑したか？　そんな火遊びが退屈な逃避行にはうってつけの刺激だったのか？まさか、半ば本気か？　いずれ俺が捕まることに先んじて新しい男を……くそっ！

「くそおー！」

部屋を飛び出した毛利なおも叫ぶ。

「なんのために二人にしたと思っていやがるんだ！」

連絡船に乗り込んで行って二人を引き剝がしてやる！

「毛利大尉！　どこに行かれますか！　戻ってきてください！　まだ完全に隊復帰が承認されたわけではないですからあ！」

少尉の声も無視した。

「追え！　捕らえろ！」

追跡する兵士たちが毛利に続いて艦から飛び降りる。

港を毛利が走っている時、突如左手に轟音とともに火柱が上がり、吹き飛ばされたのはトラック。続いて海面にも水柱が上がり、小舟が何艘か粉々になって宙に舞い上がった。

なんだ？　本当に破壊工作か？

たちまちあたりは黒煙に巻かれ視界が閉ざされる。空襲警報のサイレンがけたたましく鳴り響く中、Ｂ－２９の大編隊が青森の空をぎっしりと埋め尽くしたのだった。

対空砲火の音は無数の爆発音にすっかりかき消されていたし、聞こえたとしても、トン、トン、と頼りない。

毛利は左右から浴びる爆風でまっすぐ走っていられない。あっちにヨロヨロこっちにヨロヨロしながら連絡船を目指した。

爆発の後はどこもかしこも火の海で、ゴーゴーと唸りを立てて、渦巻く様はまるで炎の竜巻だ。それが生きてるようにクネクネと何本も空を目指して昇っていく。

毛利の後を追っていた兵士たちが、爆撃を避けようと物陰に身を隠せばそこが被弾するし、海に飛び込めばそこに水柱。息絶えながらも海防艦を振り返り「後は頼む！」と絶叫するが、45口径12センチ砲は果たして敵機まで届くか？ と思った矢先に艦に爆弾が命中して大爆発、たちまち沈没してしまった。

焼けて崩れ落ちてくるクレーンをかろうじてかわし、吹き飛ばされて飛んでくるジープは地面に伏せて避け、破壊されたドラム缶から流れ出た重油に引火したのは間一髪毛利が駆け抜けた直後だった。

やっと、燃えさかる連絡船の桟橋に逃げまどう人の群れが視界に入ってきた。

ひょっとしてあの中に百合子がいるかもしれぬ。この時毛利にある打算が働いたのだ。

俺が艦を抜け出したのは爆撃が始まったからだ。もし捕まって証言を求められたらそう答えよう。愛する者を救助に走るは当然。

確かに、その虚偽を指摘する者はもうみんな死んでいる。そしてこうも思った。

決して愚かな嫉妬に駆られたわけではない。嫉妬なぞはなかったのだ。私はそんな卑しい人間であってはならんのだ。

嫉妬なぞをしたらあの非道な親父と一緒になってしまう！

私の辞書に嫉妬はない！　ゆえに私は親父とは違う！

頭でどう打算しようが、心は嫉妬したことを知っている。頭と心に引き裂かれた毛利、たまらずに叫んだ。

「うおおおおおお！」

続けて、

「百合子お！」

なお爆風で何度も体を転がされながらもすぐに立ち上がり連絡船へと走る。

次々に地獄を見た顔が迫っては後ろに消える。顔、顔、顔。そしてついに血だらけの勲の顔があった！

「勲！」

「毛利さん！」

「百合子はどうした！　何故おまえが先に出てくるんだ！」

「どこを探してもいないんです！」

「一緒だったはずだろ！」

「中で男と女が分かれてて、別々になったんです！　ひょっとしてもう外に出たかと思って」

「馬鹿！　しっかり手をつないでなきゃ駄目じゃないか！　そういう意味で頼むと私は言ったんだ！」

「すみません！」

二人が一緒だったことに嫉妬した毛利、今度は何故一緒じゃなかったかと責めたてた。

連絡船はすでに後方から沈みつつある。

船首に飛び移り、斜めになった甲板を毛利と勲は滑り落ちるようにして「百合子！」「百合子さん！」と叫ぶ。その腕を摑む船員は必死の形相で、

「死ぬ気ですか！」

「本望だっ！」

「はあ？」

「頭が高い！」

「はあ？」

首を振り振りその場を去った。

めちゃくちゃになった船室のどこかからふいに赤ん坊の泣き声が聞こえる。

声を嗄らして泣きながら、窒息しそうにむせたりしている。

「可哀そうに」

勲が赤ん坊を目で探すと、

「馬鹿！　それより百合子を探せ！」

毛利の叱咤にもかかわらず勲はのっしのっしのっしみっしみっしとガラスの破片だらけの畳を歩き、崩れ落ちた天井板や鉄枠をガシャンガシャンと除けて赤ん坊を探した。

はるか上空から圧倒的な編隊が地上を制圧していた。繰り返し旋回し、何度も何度も焼夷弾を青森に降り注いだ。

破壊しつくし、焼きつくし、時間を止めてでも街を丸焦げにするまでは終わらせない、鬼の決心か。

とうとう勲が見つけた赤ん坊は、百合子の腕の中だった！

「百合子さん！」

「ああ勲さん！　この子のお母さん死んじゃったのお」

泣きじゃくる顔を上げた百合子も血だらけであった。

「毛利さーん！　こっちでーす！」

しかしここで毛利の勘違い。

「赤ん坊なんかどーでもいいんだ！　百合子を探せと言っとるだろう！」

うねる海水が迫る方から声が返ってきた。

驚愕の表情が百合子を襲う。

自分の言葉足らずを反省してすぐに勲、

「百合子さんも一緒でーす！」

つけ加えた。

「すぐ行く！」

近づいてくる毛利の足音に身を固くする百合子、
咄嗟に勲の顔を見て小さく、怯えるようにいやん
いやんと首を振った。

「百合子お！　そんな赤ん坊は足手まといだ！

捨ててこっちに来い！」

毛利の声は百合子の耳元に恐ろしく届いたが、
体のほうはまだ二十メートルは離れている。

「勲さん、助けて」

ついに百合子が発した。

「まずはその子を」

そう言って両手を差し出した。

毛利の目に映ったのはその光景であった。

百合子がいとおしそうに抱き上げる赤ん坊が勲
に移される、その完璧なまでの無防備さに、親子
二代にわたる呪われた血が毛利の体を駆け巡った
であろう。
「ついに心を交わしたな……」
腰からドイツのルガーに似た十四年式拳銃を抜
いた毛利、勲の額に狙いをつけた。そして引き金
に指をかけた時、銃口はゆっくりと百合子に動い
た。
「あっ、勲さんの顔見て笑ったわ」
「え？　そうですかあ」
「ほら。目がクリクリよ」
「男の子ですかね」
「女の子よ」
「もう名前はついてるんだろうなあ」
「ほらほら、首気をつけて」
銃口は再び勲に戻ってくる。

その瞬間すぐ近くに落とされた焼夷弾の爆風で毛利は吹っ飛ばされた。続いて炎が竜巻となる。

「もうりさまあ！」

百合子が叫ぶ。

「百合子さん、もう駄目です！　逃げましょう」

赤ん坊を猛烈な熱風から守りつつ勲は促した。

「先に行って。私毛利さんを探さないと」

「もう危ないです！」

「でもまだあの人は生きてるわ！」

「残酷ですよあの人は！」

思わず口をついて出た言葉に勲自身驚いたが、百合子は当然のように頷き、

「分かってるわ！　けれど、見捨てては行けないの！」

「見捨てるんじゃなくて、百合子さん自身が危ないって言ってるんですっ」

バリバリバリ、ベリベリベリ、グゴーングゴーングゴーンと音を立てて、ついに連絡船の最期の時がやって来た。みるみる船尾から海中に没し始め、あと三十秒で全ては海に飲み込まれるだろう。

「百合子さん時間がありません！」

「お願い先に行って！」

「あなたはちっとも自由じゃない！　ずっと見ててそう思います」

「何なの自由って？」

「だって自由を求めて逃げてるんでしょう？」

「違うわ！　恐いだけよ。恐いから逃げてるのよ！」

「だったら言いますけど、毛利さんも恐い人ですよ。百合子さんだって震えていたじゃないですか」

「そんな辛いこと今言わないで！」

その声に赤ん坊がまた火がついたように泣き叫び始めた。

「おーよしよし。さ、行きましょう！」

「私は……私は……」

「お願いです！　一緒に来てください！　もうそっちは駄目だ！」

「私は……私は……」

「百合子さんは生きて、生きて、戦争が終わったらアメリカに行くんでしょ！」

「アメリカ！」

「まだ行きたいんですか樺太に！」

「いや！　カラフトなんかいや！」

その時銃声が一発聞こえた。

「はっ！」とそっちに顔を向ける百合子。

「自害だ！」

事態を理解した勲、赤ん坊を片手で抱き、もう一方で百合子の腕を摑んだ。

今度はそれに逆らわない百合子であった。

二人が陸地にたどり着いたと同時に連絡船は悲し気な叫び声を上げ、凄まじい渦と共に海中に没した。

映画であればその光景をしばらく映した後、一ケ月後ぐらいに飛ぶであろうか？

この読み物もそれに倣おう。

十

百合子と勲は青森を離れず、とある山村で自給自足の日々を送り始めたが、少し生活が落ち着いてくると機関車の仕事に再び戻る勲、生活の大黒柱となった。

村のみんなは「別嬪さんと鉄道員さんの珍しい夫婦」と理解して受け入れたようだ。

暮らし始めた当初こそ、

「赤ん坊にはお乳が必要ですが、百合子さんお乳は出ます？」

と言った勲に顔を赤くする百合子であったが、今ではオシメを庭先で明るく元気に干している。

かといって夫婦になったわけではない。隣人の飼っている貧相な牛からようやく出る乳をもらって赤ん坊に与えていたのだ。

体裁としては三人家族の生活が始まった。始まれば大事にしたくなるのが日常。

しかし、もしかしてあの人生きているかもしれないと、百合子の心は落ち着かぬ。

寝床は勲と離れて敷き、毛利が現れるかもしれない峠を毎日見上げる百合子の顔は期待に溢れたものではなく、怯えに近かった。

今はとにかく、なにも奪われたくない！

いよいよ「総員本土決戦ノ準備ヲセヨ」の噂の中、ラジオから玉音放送が流れた。

一体どっちに向かうのであろうか日本。


それをはっきりと確かめたく、揃って街に出かけると、戦災を免れた小さな映画館があって、なんと『銃後のご令嬢』が上映されていたのだった。

「あら！」

「あっ！　これって！」

二人の素っ頓狂な声に、いまだ名前をつけてもらっていない赤ん坊が声を上げて笑う。

食い入るようにスクリーンを見つめていた二人に、あの雪国の駅での場面がやって来た。

隊長に諭されてがっくりと肩を落とすご令嬢。そして兵隊たちの後ろでは日の丸の小旗を手にした人々による賑やかな万歳三唱。

カットが変わり、下男を従えながら立ち去るご令嬢に慰めの言葉をかける日の丸小旗の男たちのアップが続く。

歯の抜けた顔で入れ代わり立ち代わり、

「なっきゃ立派だ、なっきゃ立派だ！」「なが男だったらよがったのによ！」「見上げだお嬢さんだ！」

百合子はその次に現れた男を見て息が止まった。明らかに他とは違う都会暮らしの男が令嬢の真ん前にしゃしゃり出てきたのだ。

そして声は出さずに口だけが動く。

「ほ、り、だ、し、も、の、だ、ね」

百合子にはそう読めたのだ。

男こそ毛利男爵。


映画が終わり場内に明かりが点いても席から立ち上がることはできぬ百合子だった。

すでに我々は知っている。毛利が嫉妬の蜃気楼的読唇術で猛り狂ったことを。だとしたら百合子のこの読唇術も、彼女の妄念の成せる業であったろうか。


それは分からぬが、一人の女性を生きた化石にしてしまったことは事実だ。毛利が代役の女優・真理子にも心惹かれていた？　百合子は毛利を激しく蔑み、その瞬間に怖れおののいた。最愛の人を賤しめるとは！

「死んでから、裏切られる」

知らずに強く抱きしめたのだろう、悲鳴を上げる赤ん坊。

「あ、僕が抱きましょう」

勲には毛利の唇の動きが分からなかった様子で、むしろ生きた毛利を見た百合子のショックが心配であった。


しかし勲の心配は杞憂だったとすぐ分かる。その夜、百合子の寝床が自分のすぐ隣に並べられて、この意味は？　と顔を向けると、

「ねえ勲さん、この子、名前まりあにしようかし

ら」

　吹っ切れたように上機嫌の百合子であった。

　まりあ、映画のご令嬢の名前だ。

　そして三人はここに来て初めて川の字になりローソクの火を消した。


「頭イカれどる奴が山に入ったらすい」

　しばらくしてこの噂が百合子たちの耳に入った。

　男は軍刀を振り回し、生きた鶏を喰らい、口の周りを血だらけにして村人に斬りかかったという。

　勇気を出した一人が
「何の真似だ！」と問うと、

「頭が高い！」血走った目で叫び返したそうだ。

　それを聞いて、

『毛利に違いない！』

　確信した百合子と勲、青い顔で見合った。


　確かに男は毛利正隆その人。

　なんと九死に一生を得た毛利、港に這い上がると痩せ犬の如く焼け野原の街を彷徨った。異常に発達した嗅覚を頼りに、芋、すいとん、名ばかりシチュー等を見つけ、やっと生き延びた人々を軍刀で脅かしてはむさぼり食うのだった。その内に街では食いつくし、次は山村に目をつけ、鶏小屋で卵を盗もうとして見つかり、振り返ったその顔は、木の実を食べたせいで口の周りが赤かったのだ。

「卵食ってアメリカとまだ戦う気だよあれは」

　村人はそう言ったが、毛利、ただ腹を満たすことしか考えてはいない。が、復員兵士の何人かがすでに山に籠り戦争続行を叫んでいて、そのリーダー格に祭り上げられたというわけだ。しかし人に斬りかかったこともない。

　急遽集められた名前だけの青年団。殆どが戦地に行かなかった初老の男たちだ。

手に手に鍬や鋤を握りしめ山に入った。

「困った奴だ！　他にもぞぐぞぐと山さ向がってるらすいぞ！」

団長たちは一本道に出ると汗をぬぐって警戒した。

この道を進駐軍がやって来るはず。夏草に身を隠した復員一派が躍り出て米兵を襲う様を頭に描き恐怖した。

「警察は当でにならん！　わんどで食い止めるんだ！」

駆けつけた勲が団長を探した。

「多分その男は、軍を脱走し逃げた将校です」

「なに！　そいづが徹底抗戦？　矛盾すてどるべさ！」

「はい。やはりイカれとるんでしょう」

「うむむ、本物のイカレポンチきゃ……」

この鍬で大丈夫かと、団長は自分の武器を見下ろした。

その時、鬱蒼とした草むらから数名の復員兵士たちが銃を構えて立ち上がった。

「おまえたち！　直ちにそこを立ち退け！　我らはあくまで米兵を討つ！　どかんと撃つぞ！」

「早まるな！」

団長は手で制すると、

「同胞ば殺すて何が徹底抗戦か！　第一陛下のお言葉さ逆らう気が？　賊軍だぞおめんど！」

「あんなものは米軍のデマに決まってる！　嘘を承知で降伏したんだおまえらは！　恥を知れ売国奴め！　それでも日本人か！」

「違う！　デマでね！」

銃声が轟いたが、青年団の誰も倒れなかった。

わざと威嚇射撃をしたのか下手くそだったのかは分からない。

その頃庭先で、まりあをおんぶした百合子の前に姿を現したのは、やはり毛利だった。

「はっ！　毛利さま……」

「その赤ん坊、捨てなかったみたいだな」

「……私たちで育ててます」

百合子の赤い鼻緒の下駄が砂利を踏んでギシリと鳴る。

「知っている。おまえたちの噂は街で聞いた。なんでも別嬪さんと鉄道員が、駆け落ちしたとかいう話だった」

「……」

「何か訂正することはないかな？」

「……噂は……噂ですから」

「確かに。しかし真実以上に真実を語るのが噂だよ。私の父は人を殺したという噂があった。そして検証はなされずそれが真実となった」

百合子の下駄が一歩前にジャリっと出て、

「まあ！　毛利さまはその噂を信じたのですか？　お父様が人殺しという……」

「そんな父親だったのだよ。やりかねない。そして、おそらく殺っただろう。おかげで母が自殺している」

ここで乳を欲しがるまりあに目を落とし、後ろを向いて胸元を緩める百合子、声をあらため、

「何をしにここへいらっしゃったんですか？」

「おかしいことにね、死に場所が分からないんだよ」

そう言うと地面にぺたんと腰を下ろす毛利であった。

まさか、ここで切腹でもする気かしら！

「君と逃げたあの時ははっきりと未来が見えていたのに」

ここで短く自嘲的に笑い、

「傑作だねしかし。戦争が終わってみたら、逃げる相手は別の男と一緒になってる。ご破算で願いましては、だよ。もし私が親父だったら、勲を殺して、君は自殺するところだろうね」

何が言いたいのかしらこの人。

父親と同じになりたいってことなの？

「じゃああなたが真理子さんに興味を示したように、お父様も他の女に涎を垂らしたのねっ」

きっぱりと言ってやった。

毛利は一瞬ポカンとしてから、山鳩が驚いて飛び立つほどけたたましく笑い、

「おいおい、それってよく分からないが、なんだか君はヤキモチを焼いてるんだな！　はっはっはっはっ！　こいつも傑作だ！　君！　今更それはいくらなんでも勲に対して失礼だぜ！」

「ヤキモチ！　とんでもないことです！　なんでも自分の都合のいいように解釈するのはやめてください！　哀れになるぐらい下劣なあなたを映画で見たのよ！　立ち上がることもできなかったわ！　きっとあなたたちは下劣親子なのね！」

「げれつ！　どの口だそんなことを言うのは！」

勢いよく立ち上がって百合子に足を踏み出した毛利、咄嗟に正面を向いて身構えた百合子の白い胸を見て息を呑んだか？

樺太でこそ触れられたはずだった白い肌！

すでにこれを知っているは勲！

もう自分に手は届かぬ！

毛利この瞬間、嫉妬の炎による灼熱地獄で身を焦がされ火ダルマにされたであろう！

ふつふつと湧き起こる、もはや不可能なエロティック妄想を振り払うかのように、

「エエイ！」

思い切り首を振る。

そして軍刀を下段に構えると、そのままゆっく

り頭上に振りかぶった。

アア、このままだと百合子を一刀両断！

「きええええええええええ！」

発した叫び声に森の全ての鳥が一斉に飛び立った。

!!

次の瞬間銃声が山間に轟き、もんどりうって地面に転がる毛利、腹から真っ赤な血潮が噴き出した。

「百合子さーん！」

見ると、拳銃を手にして家の脇の坂道を走り下りてくる勲。

「怪我はありませんか！」

「私は大丈夫！」

「胸騒ぎがして戻ってきました」

「よかった！」

もがきながらのたうち回る毛利、何度も唾を地面に吐きながら、歯を食いしばりながら、

「トドメを刺せ！　勲！　それが貴様の義務だ、責任だ！」

そこへ青年団も駆けつけた。

賊軍兵士たちは縄でぐるぐる巻きにされておとなしく従っている。どうやら勲はその一人の拳銃を奪って駆けつけたらしい。

「トドメを刺せ！」

なお叫ぶ毛利を見ながら団長が言った。

「こぃが脱走した将校がね？　トドメだなんて武士らすいことよぐ言えるもんだ！　おい戸板さ乗せで医者さ運んでけれ」

さっそく勲は我が家の雨戸を外して毛利の脇に置いた。男たちは口々に「野郎！　静がにすろ！」「おめー逃げだぐせによー！」「アバラ踏んづげるぞこの野郎！」罵りながら毛利を担いで坂を下りて行った。

「死さ損ねってのはタチが悪いね」

団長はそう言うと百合子に笑った。

「ありがとうございます」

勲も頭を下げて拳銃を団長に渡した。

「それにすてもおめいい腕だね」

「一応、毎日訓練させられましたから」

「役さ立ったね。じゃあ奥さん」

その言葉に別嬪さんと鉄道員は顔を見合わせて微笑んだ。


一時は回復の兆しも見せたのだが、三週間後、毛利は病院で息を引き取った。

見舞いに通った勲と百合子であったが、ついに毛利は最後まで口を開かなかった。

空っぽのベッドの後ろをフト振り向き、

「あら」

窓の外、遠くに蒸気機関車が丁度トンネルから出てくるところだった。

「首を伸ばせば寝ながらでも見えましたね、機関車。少しは穏やかになって旅立ってくれたでしょうか」

すっかり大人の口ぶりになった十七歳と、

「あれに乗って、夢の中で、カラフトまで行ったかもしれないわ。でもすぐに音を上げそう」

ささやかではあるが、地に足を着けて暮らし始めた女がつぶやいた。


列車は煙を吐きながら満開の桜並木に見送られて次のトンネルに入って行く。

線路の向こうには穏やかな津軽海峡が広がり、さらにその向こうには北の大地があって、さらにさらに、さらにその果てに、ようやく毛利の夢見た樺太が現れるのだろう。

映画ならばここで「完」。

いやしくも、男爵！

十一

樺太まで毛利たちを連れて行きたかったのだが、ソビエト侵攻、終戦という現実に逆らってまで物語を展開することはできぬ。

百合子にアザラシやラッコを見せたかったのであるが。

しかし一方で、こうなればいっそ、百合子にアメリカを見せてやりたいという気にもなってくる。勲と百合子のアメリカ横断珍道中。

天国にいるか地獄かは分からぬが毛利、その内二人を応援する気になってくれるだろう。嫉妬は死んでまで続くものではないのだから。それこそは生きてる証、というのなら、ぜひ死んだ証を見せてもらいたいものだ。

カエサルの子

Rubicon Riv.
Europe
Actium
Rome
Mediterraneam Sea
Alexandria
Nile Riv.
Africa

髪を振り乱して女の人がナイル川に向かって踊ってる！

上体をしなるムチのように激しく前に放り出し、上げた足を力強く大地に踏み下ろし、その動作を飽きることなく繰り返している。楽器を鳴らしてる人は見当たらず、音楽なし。うへっ、イタコか？ 何かに取り憑かれてる？ 怖いもの見たさで恐る恐る近づくと、水しぶきがいくつも連なって、
アなんだあ！ 石を投げて水切りをしてるんだ。すごい腕前だよ、二十回ぐらいも石が滑るようにナイルを跳ねては消える！

でも石の行方を最後まで見ないで、つまんなそうに石を投げてる。投げやりに投げてるんだ。

もっと近づくといい匂いがして、お？ これが「薔薇の香り」ってやつかな。銀の刺繍の袖口から石膏のように白くてスベスベした指先がパッと広げられて、平べったい石が飛んでいくんだ。

「あなたもやってみる？」

かすれ声で言われてしまった。待ってましたと言わんばかり、水切りは誘うため？ 言われた通りに石を手にしたとしてどうする気？ 「もっとこうやるのよ」とか手取り足取り教える気？ 後ろに回って耳に息を吹きかけたりして、うふん……。

ホラ、それはまた考え過ぎだって！

最近はこうやって、女性恐怖症というか警戒症というか、その傾向が激しいんだ。両親からは「ませガキ」って呼ばれてるし。

防御策として、女性から何かを問われたら「間に合ってます」という言葉をいつも用意してるんだけど、すぐに出たためしはない。とにかく無防備に近寄り過ぎた自分が迂闊だったよ。二度としないとキモに銘じろ！

水切りだって？　ちゃんちゃら可笑しい。こっちはまだ気分としては、英雄の中の英雄、ジュリアス・シーザーなんだ。カエサルさ。

といってもその気分はクサクサしてたけど。

「間に合ってます」

よし、初めて言ってのけたぞ。するとすぐに言い返されてしまった。

「あら、あなたまだ声変わりしてないんだあ」

Caesar 1

「サイは投げられたぞお！　者どもお、続けえ！」

そう叫んで兵隊たちと、皆殺しの洞窟の前でルビコン川を渡る時だった。ちょっと説明すると、洞窟の中には無数の墓があって、もちろんみんなフツーに死んで埋められているんだけど、それじゃ冒険心をくすぐらないから、皆殺しの洞窟って呼んでるんだ。その前でだ、新入りの蜃気楼芸人の息子が文句をつけてきたんだ。

「ルビコンは小川みたいなものだから黙ってホイとひと跨ぎさ。おまえ大げさすぎるよ」

焦ったのは家来たちが「へー、小川なんだあ」と感心した顔を見せたことだ。

家来というのは蛇使いの息子、庭師の息子、井戸掘りの息子たちだ。こいつらと仲間を組んでシーザーごっこを毎日やってるんだけど、この一言ですっかり夢から覚めてしまったみたいな顔をしてる。ここはひとつシーザーとしてガツンと言ってやるところだが、

「ルビコンは広くて激流ってことにしないと冒険にならないよ。だってそんなこと言い出したらこの河だって砂に棒で線を引っ張っただけなんだからあ、イチャモンつけたら遊びにならないじゃん」

ごっこを忘れて猿回しの息子としてムキになっ

た発言をしてしまった。シンキローはふふんと笑って、

「それはそれでいいんだよ。でもさあ、これは基本的にどういうルールなんだい？　そこをはっきりさせてくれないと仲間に入れないなあ」

勝手に入ってきたくせに、頼んだ覚えはないぞ。それにもうじき二十歳っていうんだったら遊んでないで父親の仕事を手伝えっていうんだ。

ルールはハッキリしてるさ。シーザーの名言を元にお芝居の場面を作って人物に成りきるんだ。例えば『ローマで二番になるより村で一番になりたいものだ』という名言がある。するとみんなで村を作るんだ。荷馬車を引いたり魚を売ったり大工になったり、そんな真似っこをして村人になるんだ。そして「村長選挙が始まるぞー」って誰かが声をかけて一番が選ばれるんだ。

「彼こそを我が村のカエサルと呼ぼう！　へへーっ、どうぞお」

手渡されたマントを羽織ると村人たちが地面に伏せるんだ。このお芝居だけで三日は遊べる。海近くの村と山の村とでは習慣が違うだろうし、エジプトの村とローマの村とでも違うだろうし。その他もろもろ。

『人間は噂の奴隷になる』という名言は難しかった。みんなで町の大人になってウロウロするんだけれどなかなか言葉が思いつかなくて黙ったままだ。誰かが噂のタネを撒いてくれなきゃ始まらない。やっと蛇使いが「砂漠の向こうで大蛇が出たらしいな」と言った。すると「自分の商売を持ち出すなよお。ルール違反だぜ」とみんなでシラける。ほら、ちゃんとルールはあるんだ。

まったく、シンキローが入ってきたおかげでシーザー気分が台無しだ。砂に半分埋まった駱駝のミイラも「ごっこ」の雰囲気を助ける小道具どこ

ろか腐ったキャベツにしか見えないじゃないか。くそ。ロマンも台無しになってしまった。

Caesar 2

椰子の葉で編んだサンダルから覗いた爪が一つ一つ丁寧に赤く塗られている。指十本。全部塗るのに日時計の影がどれだけ動くんだろう？　だいたいそんな時間をどうやってひねり出すんだろう。

「あなたはどこの子？」

女の人がこっちを向くと、睫毛の先が揺れるほどに長いんでビックリだ。僕は、いや、カエサルは女性と二人きりでどこまで耐えられるか試しに腰を下ろしている。これ以上は無理となれば離れるけれど、そうそう逃げてばかりはいられない。何しろ世の中の半分は女なんだからいやでも接触する機会は多い。手練手管で弄されずに会話を続ける大人の方法を身につける時期にきてるんだきっと、カエサルは。

「猿回しの息子です」

にしては、素直過ぎたか？

「ふうん。猿って何も考えないんでしょ？」

これは返事に困る。例えば棒一振りの合図でとんぼ返りはするけれど、あれは考えてるのかな？　考えた上でよしやるか、とか。分からない。答えられなくて黙ってると、

「考えないほうが幸せかもね」

そう言って微笑むと、頰にかかった髪の毛を、ユーガに払った。優雅にだ。やっぱり赤く塗った指の爪を頰の下から上へ動かし、軽くサッと毛先を跳ね上げるんだ。こんなやり方って見たことがない。お母ちゃんなんか「エエうるさいこの髪！」って節だらけのゴツゴツした指で乱暴にかき上げるだけだもの。

後ろに誰かがいる気配がして、振り向いて見上げると、まず甲冑が目に入り、一目で分かった、駐屯しているローマ軍兵士だ。男は兜を脇に抱えて女の人とカエサルを見下ろしている。膝の周りの陽に焼けた筋肉が盛り上がっていて、それが別の生き物みたいにヒクヒクと動いてる。思わず目が釘付けだ。

「行こうか」

兵士に言われると彼女は「はい」と立ち上がり、カエサルの頭をひと撫でした。

「じゃまたね」

二人は夕陽が沈む方に短い会話を残しながら歩いて行った。それを眩しく見送るカエサル。

「誰だあいつは」

「猿回しの子よ」

「そういえば顔が猿に似てたな」

「あら、子供にまでヤキモチ?」

「馬鹿な。猿は猿さ」

思わぬ展開にカエサルは残念に思う。もう少し二人でいれば女人耐久実験が続けられたのに。

「闖入者め!」カエサルは日頃から使いたかった言葉をやっと使えて少しは満足だが、この顔のどこが猿だ、と面白くない。なるだけ平べったい石を探して思い切り投げたけど、水しぶきは三回しか上がらなかった。ちぇっ。

空は急速に紫色に変化していく。

Caesar 3

『自分の命をすぐ差し出す愚か者』という名言は、本当はもっと長いんだが、もっぱらこうやって省略してる。お芝居の場面としては、戦場で苦戦を強いられていて、ヤケクソになった部下が「突撃して命捨てます!」と叫ぶ。それをカエサルがたしなめるんだ。

「愚か者め！　粘り腰で戦うということを知らんのか！　本当に勇敢な兵士は最後の最後まで戦う者ぞ！」

「確かにそうでありました！」と続くはずなのに、シンキローがまた文句をつけるんだ。

「これって場面が違うんじゃないかなあ。まだ城の中にいて、敵の軍勢をはるか彼方に見つけた時じゃないかなあ。だってすぐそこに敵がいたらそんな悠長なこと言ってる場合じゃないだろう？」

「なるほどなあ」と家来たちもお芝居をやめてしまった。畜生、うるさい奴だ。

「じゃあこの線からこっちが城の中！」

　そして言う通りにやってみると、まず井戸掘りが悪乗りしたんだ。

「いえねカエサル様、油断は禁物ってぐらいの気持ちで言ったまででさあ、そうですとも死ぬもんですかあ、なにせあっしは百戦錬磨ですからね、命捨てますと言って絶対捨てない、これこそが粋ってもんですぜい」

　蛇使いがすぐに拳を振り回す。

「おまえは何も分かってない！　どうやって戦うか知恵を出せとおっしゃってるんだから。おまえの気分なんかどうでもいいんだよっ」

　庭師がかぶせるように唾を飛ばす。

「分断して攻めよ！　これだよこれ！　分断だよお！　来た、見た、勝った！」

　一人で万歳して有頂天だ。みんなも大笑いで飛び跳ねる。シンキローは満足そうな顔で頷いていやがる。どうも面白くない。このままだとあいつにカエサルを乗っ取られてしまいそうだ。

　さっきから遠くを本物の兵士たちがだらだらと行進していて、ついに腰を下ろしてしまった。やっぱり本物のカエサルがいないと気合いが入らないのかな。そうやってボンヤリ眺めていると横倒しになった円柱の陰からふいに兵士が現れたんだ。これがなんと！　昨日の膝筋肉ヒクヒク男だった。

「おまえたち、シーザーごっこはもうお終いにしろよ。ローマで死んだのを知らないのか？」

こいつは今、猿としてこっちを見てるんだと思うと地面に唾を吐きたくなる。だから、

「知ってるよ。けど『ブルータスおまえもか』は使わないようにしてるんだ」

ぶっきらぼうに言ってやった。

「何言ってんだかわからん！　とにかく今はアントニー様だよ。アントニー様ごっこをやらんかい」

妙に喉からくぐもった声を出す奴だ。こういう奴は腹黒いに決まってる。

「だってアントニーの名言なんか知らないもの。何か言ってるの？」

「知るかそんなもの。口が達者な奴はロクな死に方をしないんだよ。男は黙ってアントニー様のように剣で勝負よ」

「おじさんはアントニーの家来なの？」

「いいかげんに様をつけろよ。俺はアントニー様の右腕で……」

名前を言ったけどすぐには覚えられない。なんとかバーバとか言ってた。名前までくだらない。

「アントニー様とクレオパトラ女王が今このエジプトを治めてるんだ。もうシーザーの時代ではないぞ。アントニー様ごっこをしろよ」

しつこく言うにはわけがあった。

「ここは神殿への通り道だからな、アントニー様が通りかかるかもしれん。アントニー様ごっこをしろよ。きっと喜ばれる」

子供相手に真顔で言う？　大した奴じゃないな。どうせ主人の顔色ばっかり窺って愛想笑いしてんだろ。ところがまたまたシンキローが割り込んで

きて、

「はい！　これからはアントニー様ごっこをやります！」

胸に手を当てて誓いを立てやがった！

Caesar 4

カエサルは丘の上から今日も水切りをしている彼女の姿を見下ろしている。あの人に近づく理由は何もないんだけど、いることに気がつかなかったフリをしてふらふらと川辺を歩いたって別にいいんじゃないかな。男は気分がむしゃくしゃした時には川に行くもんだろ。名言に何かなかったかな？　『男はナイルに身を任せよ』とか。

「お名前はなんていうんですか？」

自分でも驚いた。今日は最初から勝負に出たじゃないかカエサル！　こんなことを近づいて真っ先に訊くなんて、自分が考えている以上に、すでに大人になっているのかもしれん。

「平凡な名前よ。マリアっていうの。水汲みのマリア」

「え？　水汲みやってるんですか？」

「ううん、自分で自分をそう呼んでるだけ」

こんなたとえ話はあなたには分からないでしょって顔をされると、その通りですと納得するしかない。

この人との間には当たり前だけど子供と大人の開きがあるんだなと思うとくやしい。でもなぜそれがくやしいんだろ？　その理由が分からなくて、またくやしい。

「マリアさんは本当は何をやってる人ですか？」

焦らさないで教えてよ。

「女優よ」

「すごい！」

「ほんとに？」

大きな目で見られるとまるで催眠術だ、なんでも喋っちゃう。シーザーごっこを洗いざらい教えてしまった。いかにお芝居することが難しいかを喋りまくって、女優さんだなんて尊敬します、と。口が滑らかついでに今日の不愉快な話も教えたんだ。

「ね？　どう思います？　アントニーごっこなんて続くわけがないでしょう。だって名言ないでしょ？　何か知ってます？　あの人から何か聞いてます？」

「あの人って誰？」

「だから、シーザーやめろって言ったのは、昨日ここへ来たあの人ですよ、バーバとかいう」

「ああ、イノバーバスさま……」

ほらやっぱりバーバだ。

「アントニーの右腕だって言ってたけど本当かなあ。すっごい姑息な奴に見えたけど。だっていやしくもローマ兵士ですよ、それが、シーザーが死んだら手の平返したようにアントニーですからね、世も末ですよこれは、だって……」

ハッと気がついた。マリアさんが悲しそうな顔でうつむいている。あれ？　なんかまずいこと喋ったのかな？　しばらく黙ってから、深入りはやめようと決めた。

「じゃそろそろ帰ろうかなっと」

「忙しいの？」

「ううん。猿にクルミをやるだけです」

「ねえ、家に来ない？　珍しいジュースあるわよ」

「でも」

その男がいるんでしょ、と訊いたら、今日は来ないんだそうだ。一緒に住んではいないんだって。通ってくる？　らしい。

黒くて長い髪からは相変わらずいい匂いがする。

マリアさんは歩きながら、いつもは一人ぽっちだからとても嬉しいのとか言って、いろんなことを話してくれたけど、意味が分からない話がたくさんあった。そしてなぜか人のいない通りを選んで歩くんだ。それもちょっと病的なぐらい。ちょっとでも建物の陰から人が覗いたりすると「こっちこっち」と袖を引っ張るんだ。そして家々の屋根の猫たちよりも忍び足で歩くもんだから思わずつられちゃう。それでいながら「でね」と話を続けるんだ。

「舞台で、丸められた絨毯から転がり出てくるクレオパトラ様を演じたでしょ、すると客席からイノバーバス様が『シーザーはもうよい。アントニー様の芝居をせよ』って叫んだの」

馬鹿の一つ覚えかあいつは！

「でね、劇場の表に出ると私を待っていて『おまえを囲うことにした』って言ったの」

これが分からない。かこう？　なんだ？

「つまり、エジプト妻ってことよ」

「結婚したんですか？」

「会ったその日に？　まさか！」

ケラケラ笑うけど、こっちが子供だからって、大人の事情が分からないことを弄んでない？

で、ある商人を無理矢理追い出して、大きなお屋敷をあてがわれたんだそうだ。そこがこれから行くところなんだけど、その手前のクスノキ並木で立ち止まると少し腰を屈めて小声になった。

「でね、私はあの方をクレオパトラ様に扮して迎えるのよ。どう思う？」

え？　質問の意味も分からないし、意味が分かったところでその意味の意味が分からない。

「ふふ。あの方はとにかくアントニー様をそっくりに真似したいのよ、心底憧れているから。同じようにクレオパトラ様をおそばにはべらしたいの。

だから私はお化粧をして女王様になりきるのよ。どう思う?」

理解できる範囲で答えるけど……。

「でもそれってアントニーが知ったら嬉しくないでしょ。『気持ち悪い奴だなおまえ』ってことになるよ絶対」

「アントニー様には内緒よもちろん」

「え? 内緒ごとしてるのに尊敬してるってことですか?」

「尊敬してるから内緒なのよ。あなたにはまだ……」

「全然分かりません。だいたいあいつは好きになれない」

「あの方も同じみたいよ。ふふ。さあ着いたわ」

胸にコブラの入れ墨をした、上半身裸の門兵二人にジロジロ見られたけど、交叉した槍を開いて通してくれた。サッと開いた時、結構いい気分なんだこれが。

広い庭にはヤシの木がニョキニョキと、一体何本生えてることやら! 見上げるだけで首が痛くなってしまう。白い建物に入るとヒンヤリとした床が裸足に気持ちよくて、廊下の高い天井にベッタベッタと響き渡る。ずっとサラサラした砂地を歩いてきたのにやたらと今日は足裏が汗ばんでるんだ。大きく曲がった青い階段を上がると、あちこちの部屋から風が吹いてきて、白いカーテンが真昼のお化けみたいに暴れまくって、バルコニーに出ると小さな黄色い花がたくさん飛んできた。ピンクの床には円柱の影がくっきり。時間がピンで留められたみたいだ。籐椅子に座らされてジュースを一口飲んで、思わず吐き出した。

「プヘッ! なにこれ?」

「あらごめんなさい! うっかりラム酒混ぜちゃった!」

「酒！　あいつに飲ませてるの？」

「お気に入りなの。はいこれがただのジュース」

パイナップルジュースかな？　これはちゃんと子供向けでおいしかった。壁を這う白トカゲを目で追うと、部屋の隅に丸めた絨毯が立てかけられていた。

「お芝居で使った絨毯を記念に置いてるんですか？」

「ううん、記念じゃなくて今だって使ってるわよ」

「え？　ジュータンごろごろを？」

あいつが来た晩は必ず、マリアさんはグルグル巻きの絨毯からクレオパトラになって出てくるんだそうだ！　げっ！　それってえげつなくナイ？

「でもクレオパトラはシーザーのためにジュータンごろごろをやったんでしょ？　アントニーの片腕は関係ないじゃん」

本家のカエサルとしては異議を唱えて当然だ。

それと、この目の前のマリアさんがあられもない姿で男を喜ばせているかと思うと、なんだろ、裏切られたあ、って気持ちになるのはなんなんだ？

「それはそのお、何かこう、力づくで強要されたとかいうことはあったのかな？　でしょうか？」

「ふふ、変な言葉遣い。違うのよ。頭下げてお願いされたの。イノバーバス様が尊敬しているアントニー様はシーザー様を尊敬していたから、尊敬の尊敬のクレオパトラ様ってことでお願いされたの」

バーバ野郎、人の好いマリアさんを屁理屈で丸め込んでいるだけじゃないか！　こっちだって大人じゃないから詳しくはないけど、半分以上裸みたいな若い女を眺めて、きっとおへそぐらいは出すと思うんだけど、それ見て涎を流す男どものことぐらいは知ってるんだ。

馬鹿だなマリアさん。エジプト妻だなんて言葉だけで、本当の中身はただの奴隷じゃないか！

一刻も早くこんな生活はやめた方がいい！

きっと気色ばんだ顔をしたんだな、マリアさんはため息をつくと海の方を見つめてこう言った。

「あなたの言いたいことは分かるわ。軽蔑されても仕方ないわね。でもね、もうお金をたくさん頂いてしまったの。それで貧乏な父も母も大喜び。それにね、こんなこと言っても軽蔑が減るかどうか分からないけど、あの方は私に指一本触れないのよ。そんなことをしたら尊敬の尊敬が汚れてしまうって。だから私はお酒を一緒に飲んで、絨毯から出てくるだけなの。それをあの方は見てるだけなの。本当にそれだけなのよ。これでもまだ怒ってる？」

一口飲んでしまったラム酒のせいか、ここで急に頭がクラクラしてきた。

指一本触らないだと！　なんだかそっちの方が、むっつりスケベで陰湿でいやらしくないか？　アントニーが同じように、クレオパトラにジュータンごろごろやらせてるのか？　それを見て自分もやりたいと思ったのか？　もしそうならアントニーはよほどの馬鹿だし、『指一本触らない』って叫びながら指くわえてるバーバはただの変態野郎だ！　なにが尊敬の尊敬が汚れるだ！　もうすでに汚れてる館だここは！

「今日はもう帰ります」

立ち上がろうとすると、立てなくて、やっと立ったと思ったら、歩く時にどうしても膝と膝がくっついちゃって、よくぞ我が家までたどり着いたもんだ。

Caesar 5

その晩、寝床に入っても体中が火照って寝られやしなかった。

熱い！　熱い！　妙に熱い！　生まれて初めてだこんな熱さは！

庭に出て井戸水を頭から何度もかぶったが、一向に体は冷めてくれない。

「井戸水が足りないぞ！　ナイルを引っ張ってこい！」

「やかましい！」

親父に怒鳴られてしまった。

再び寝床に潜り込むが、もう安眠は戻ってこない！　熱い！

「なにすんだよおまえは馬鹿！」

お母ちゃんに頭をひっぱたかれてしまった。

どうやら抱きついたらしいんだ。

Caesar 6

遠くでシンキローがアントニーになって遊んでいる。どうやら井戸掘り息子がライオンになってアントニーとの一騎打ちらしい。他の連中は一斉に親指を下に向けて囃し立てる。ふん。馬鹿馬鹿しいったらありゃしない。決定的にあいつ等に足りないのはなんといってもクレオパトラだ。シーザーだってアントニーだってクレオパトラを喜ばせるためには何だってするんだし、したんだ。だからあそこにマリアさんをはべらせて遊ばなきゃ意味はないんだ。もちろんそんな真似は絶対にさせないけど。

太陽が脳天をジリジリ焼いてる。自分の影が真下にある。目は開けているんだけど、カエサル、白昼夢を見てしまったようだ……。

月夜のバルコニーで絨毯から転がり出るは、おなか丸出しのマリアさん。彼女の前に立つのはバーバ野郎で、カエサルはヤシの木のてっぺんにしがみついて事の成り行きを眺めている。

　あおむけになっているマリアさんに野郎は顔を近づけるんだ。で、言うんだ、喉の奥をゴロゴロ鳴らしながら「ほら、指一本分離れてるだろ」って。畜生。舐めまわすように見やがって！　マリアさんは目をつぶって歯を食いしばって耐えてる。カエサルは我慢できない！　ヤシの木から「えい！」と飛び移って、バルコニーに着地すると、ぴょんととんぼ返り。バーバは驚いて「なんだおまえは！　猿か？」するとカエサル「さるさる言うなっ！」歯をむき出してヒクヒク膝にかぶりついてやるんだ。ざまをみろ。

「猿も一緒に来るか？」

　頭上で声がして我に返ると本物のバーバ野郎が髭から汗を滴らせていた。きったねえ。

「どこに？」

「アントニー様をおがませてやるよ」

　シンキローたちも後ろにいて目を輝かせていた。

「神殿に行くの？」

「ふふん。宮殿の中庭に案内してやる」

　シンキローはすっかりバーバの腰巾着になっていて道中おべっかを繰り返してる。

「今度俺たちを本気で鍛えてくださいよお。棒っきれの槍じゃあ話になりませんから」

「歳ごまかして軍団に志願したらいいんだよ」

「いえいえ俺なんかまだヒヨッコ野郎ですから、鎧と盾で一歩もあるけません」

「情けない奴め」

「だから鍛えてくださいよお」

「よし考えとこう」

「やった！」

　もう、聞くに堪えない。

　宮殿に着くと小ぶりのスフィンクスが我々をお

出迎えだ。シンキローは馬鹿なことに、胸に手を当ててお辞儀しやがった。他の連中も真似しそうになったからカエサルはやめさせる。

　そして、ギリシアの神様たちなのか、やたらと「俺を知ってるだろ」ふうの偉そうな彫刻が並んでいて、そこのサロンを抜けると目を突かれそうな尖った葉っぱに襲われて、腕を上げて防戦だ。

　いきなり庭園が目の前に広がると、豚のまる焼きがくるくる回ってる。その周囲には、羽をむしられた鶏たちが、それでも空を飛びたい格好で串刺しだ。イノシシの皮をかぶって走り回る男たちと、悲鳴を上げて逃げまどう、両手を卍型に広げた壁画のような女たち。金メッキの腕輪がキラキラしている。その女たちの足にふくらはぎをギュッと何回も踏まれた奴隷は、文句も言わずに黙々とでっぷり貴族のたっぷんたっぷんした腕をマッサージしている。目の前を放し飼いのダチョウが駆け抜けて、日陰ではターバンを頭に巻いた男たちが水タバコを一服吸ってはゲラゲラ笑って真っ白い歯を見せている。

　バーバが奴隷からグラスを摑み取ると酒をぐびりと飲んで振り返った。

「あの方がアントニー様だ」

　そっちを見ると、月桂樹の輪を頭に乗せた男が薄い上っぱりを羽織って、なんと腰の下着一枚姿で木の枝にぶら下がって蛙の足の動きを侍女たちにご披露していた。その顔はトルコ風呂から上がったばかりなのか、すっかり茹で上がって真っ赤。

「こうだぞ！　こう！　すごいと思わないか！　水の中でこうだ！　おお、忠実なる家来よ、おまえもこいつらに教えてやれ！　おまえは蛸の足を教えてやれえ！」

「ははーっ、ただいまあ！」

　なんともはや、アントニーの右腕、そそくさと装備を外してあっという間に下着一枚になって走り寄る。

「おい、蛸の足は八本だぜ、一人じゃ足りない、行こう！」

シンキローもズボンを脱いでみんなを誘う。

タコやりに来たんかい？　馬鹿馬鹿しい！　女王を一目だけ見て、やっぱり気になる水切りに行こう。

目で探すと、幅の広い階段があって、真っ青な敷物で全部覆われていて、はるかそのてっぺんにテントが、それこそ小さな宮殿のように飾られていて、その日陰の中でクレオパトラが長椅子に寝そべっていた。左右の女たちから団扇であおがれている。王冠をかぶった髪は真っ黒で、確かにマリアさんみたいだ。でも遠すぎて顔の輪郭も分からない。なんとなくマリアさんのほうが美人のような気もするけど。第一うんと若いし。ただ、じっと見ていても飽きない雰囲気はある。

どれだけ見ていたのか、いきなりシンキローに腕を摑まれて驚いた。

「行くぞ猿」

「どこに？」

「親父の仕事だよ。おまえたちにも手伝ってもらうからな」

「どういうこと？」

こういうことだった。アントニーと女王に蜃気楼を見せるんだと。それも、これからエジプトはローマと戦争をするとかで、その戦いの模様を予言する蜃気楼だと。予言と蜃気楼？　摑みどころのない、あやふやな催しものだ。歩きながらカエサルは冷静に問題点を突いてみることにした。

「ローマとの戦争はなぜゆえだ？」

「そんな喋り方するくせに知らないのか？　アントニー様の奥方が謀反を起こしたのは知ってるよ

な？」

「はて」

「はてじゃないよ。で、シーザーの親戚のオクテヴィアスがキレて、アントニーが政略結婚して事を収めたけど、またキレて、いよいよローマと戦争だって話だよ」

「ふうん。どんな予言の蜃気楼なんだい？」

「当然アントニー様のボロ勝ちよ。それをこれからお見せするんだから、猿も手伝え」

なんだこいつ、予言の結果をもう知ってるのか？　インチキの臭いがするな。その場所はピラミッドの近くだった。王墓の神聖さが予言の説得力になるという。ほんまかいな。

どうやら蜃気楼というのは、砂漠ゆらゆらの陽炎を大袈裟に言ってるだけのことで、砂丘に身を隠すと玩具の軍艦を渡された。結構真面目に作り込んだ模型で、これだけが見えるように差し上げてドンブラコッコやるんだと。ローマ軍もドンブラコッコ。そして両者入り乱れて、果てにローマ軍が沈没。おいおい、

「子供でも騙せないだろう」

カエサルは呆れ返るしかない。

「騙すんじゃないんだよ！　見たいものを見せるだけのことだ。それの何が悪い？　言っとくけど父ちゃんの右に出る奴はいないんだからな」

他にもいるとは驚きだ。シンキローは腰を屈めると遠くにいる父親の合図を待つ。この父親というのが見るからに胡散臭そうな奴で、大入道みたいな体に、アラビア風、インド風、中国風と寄せ集めた、まるで国籍不明の衣装をまとってる。のっそりのっそりとアントニーたちの前に登場だ。

「さてこれから蜃気楼にて占ってご覧にいれまするは、我がエジプト軍と憎きローマ軍とのアクティウムの海戦でございます。さあ、吉と出ますか

凶と出ますかは神のみぞ知る。でもちょいと覗かせてね神様。皆さまから見て右側、赤い船がご覧いただけたならばそれがエジプト軍。都合で皆様に見えますするは一艘のみですが、一つで五百艘を表しているとお考えくださいませ。さてローマ軍はいずれ青い船でやってまいります。

おおっと、さっそく登場したのは赤い船。東風に帆を膨らませて海の上を走る走る！　出てこい赤！　おっそい！　よしよし。あれにアントニー様とクレオパトラ様が乗船しておるんですぞ。あらアントニー様、あそこにイルカが一緒に泳いでる！　なんて言ってるんでございましょうなあ。さあ、遅ればせながら青のローマ軍、強烈な向かい風に懸命にカイを漕いで登場。おおい！　青だよ青！　早く出せえ！　申し訳ございません。本日は臨時雇いを使っておりまして、おお出た出た青が出た。出港したローマよりずーっと向かい風でありましたから、もうこの時点でローマ軍はヘトヘトであります！　カイ握り過ぎて、敵はまだカイ？」

呆れたことにアントニーが膝を叩いて笑ってる。バーバもお付き合いで腹を抱えてる。あんな二人にエジプトを任せてていいのかな。

「顔出すな、隠れろって！」

シンキローは離れたところで、このくっそ暑い中に火を熾して、煙を扇いでこっちに送ってる。少しでも神秘的な雰囲気を醸し出すつもりらしいが、どうしたって貧乏くさいな。

「おおっとお、エジプト軍がローマ軍に激突！舳先の渡り梯子を敵船に振り下ろしたあ。さあエジプト軍が襲いかかる！　わー凄い兵士の数。その数、数知れず！」

親父は絶好調の阿呆ぶりで、アントニーたちも太鼓を叩いたりタンバリンを鳴らしたりと、しきりに喝采を送ってる。それなりに楽しんでるんだ。だいたい分かってきたけど、予言なんかはどうでもよくて、ただ戦い前日の気分を盛り上げるために大騒ぎしたいだけなんだ。そして蜃気楼親父、最後の畳みかけだ。

「そしてとどめに大砲をドカンドカン。またたく間に沈没するローマ軍！　沈没だよー臨時雇い！　よーしよし。さあ、一気に五百隻が沈没であります。そしていよいよ我がエジプト軍は見事な凱旋。五百隻が無傷で戻ってまいります！　甲板で手を振るアントニー様クレオパトラ様をイシス神殿に集った市民が出迎えます。そしてゆっくりと灯台の向こうに消えてく消えてく、馬鹿もんドボンじゃない！　急に消えたら沈没だろ！　戻せ！　ゆっくりゆっくり！　そーそー。

大勝利に終わった蜃気楼予言もそろそろお時間が来たようでございます。さていかがでありましたでしょうか。歴代のファラオたちが見守る前で、真実のみを語ることを誓ってご披露したこの海の戦い、まっこと、実際に起こるであろうことを、ほんの少しだけ時間を早めてご覧になっていただいたわけであります。どうかこのささやかな催事を戦のお守りとしてお受け取りいただければ幸せの限りでございます。わたくし、一介の芸人にすぎませぬが、永遠にエジプトが繁栄することを願うイチ市民でもございます。クレオパトラ様万歳。アントニー様万歳！」

そして親父は平身低頭、金貨を受け取っていた。その一枚を翳って「おお歯が欠けました！」とか笑えない卑屈な冗談を飛ばしてる。

「笑える余興だったな。はっはっ、この猿め。へマばっかりしおって！　凱旋最中の我が軍を沈没させたな！」

みんなのところに戻るとバーバに頭を小突かれ

てしまった。意外にもこれが結構な見世物になってしまって、みんながニヤニヤしながら寄ってたかる。

女王までもが顔をのぞかせて、

「この子ねえ、エジプトを沈没させたのは」と怖い顔をしてみせる。それにアントニーが大笑い、

「あははははは。小僧、次からおまえはローマ軍の担当だ。あははははは」

そこにすかさずバーバ野郎、

「それもはたして務まりますかどうか？　何しろこやつは猿知恵ですからして」

「あはははは」

だと。

Caesar 7

カエサルは月明かりの中シャベルを担いで歩いている。目指すはマリアさんの家の裏口だ。

バーバ野郎は明日から戦に出発。今頃は兵舎でぐっすりだろう。深い落とし穴を掘ってやるんだ。海戦明けに久しぶりにマリアさんのところへイソイソと駆けてきたら、地面そっくりの布に隠れたうす板を踏んでたちまちドスンだ！　その頭上からカエサルは小便をひっかけてやるだろう。侮辱を与えたならば受けるは屈辱。それなりの懲らしめは味わってもらおう。

せっせと地面を掘ってると、いつの間にか隣で一緒に掘ってる奴がいた！

「うわっ誰！」

「おっとおビックリしたあ！」

シャベルを放り投げて驚いた男は、だらしない軍服姿で、兵隊くずれか？

「手伝ってやってんだよ。ここは砂が多いから大変だろ？」

確かにそうだ。掘っても掘っても地面に凹みが少しできるぐらいだ。

「そうだろう。よし、今仲間呼んでやるからな」

指笛をピーと吹くと、たちまち十人ぐらいが暗がりからどっと走り寄ってきた。みんな同じような格好して兵隊くずれだ。そしてランプを地面に置くとさっそくザックザックと穴を掘り始める。

「みんなはなに？　手伝ってくれるのは嬉しいけど。このみんなはなに？」

最初の男がにやりと笑って答える。

「俺たちゃあエジプト軍土木班の兵隊だよ」

「どぼくはん？」

「そーそー。これからあちこちの神殿の修復作業をやるんだけど、穴掘りはお手の物だから手伝ってやるよ」

「もう夜だけど、今までどこかの神殿を工事してたんですか」

「いやいやこれからだよ。これからナイル川を上ると神殿がうじゃっとある。大変な工事だぜ」

「そんな大変なお仕事の前にすいませんです」

夜中に土木作業？　まだ事態がよく呑み込めないが、カエサルのために働いてくれていることは事実だ。感謝すべきところだろう。

どうやら十個のシャベルは砂の層を突き抜けて普通の土になったみたいだ。突き刺さる音が変わった。こうなると後は早い。みるみる落とし穴が掘られていく。

「ところで坊主、こいつは誰をハメるための落とし穴だい？」

「え！」

気がついていたのか！

「そりゃそうだろ。こんな道の真ん中で穴掘るとしたら落とし穴に決まってらあ。俺たちは百人の落とし穴を掘ったことがあるんだぜ」

「それってもう戦争ですね」

「戦争の話だよ。当たり前だろ」

「で、百人は落ちたんですか？」

「これから落ちるんだよ」

「これから？　どこでですか？」

その時、穴の中にいた男が地面から顔を出し、

「隊長、それ以上は喋らないほうが無難かと思いますが」

ランプの明かりを受けたギラギラした目でそう言った。

「おっとそうだったな。坊主、話は以上だ」

それからしばらく黙々と穴掘りが続き、

「三メートルは掘ったな。よし上がろう」

そのまま土木班が立ち去ろうとするので呼び止めた。

「どうして助けてくれたんですか？」

隊長は振り返り、みんなを先に行かせるとカエサルに言った。

「落とし穴ってのはフッーは卑怯な戦法だよ。な？　でも、よっぽど悔しい目に遭って、まともには勝てない相手だとしたら俺はやってもいいと思う。特に自分の名誉がかかってる場合は正義の行為とでも言えるぐらいだ。おめーのそこが気に入ったのよ。坊主、しっかり勝てよ。力添えとして穴の底に槍を一本差し込んどいたからな。息の音を止めてやれ。さらば」

なんてことをしてくれた！　冗談じゃない、バーバ野郎をブスリとやったらただでは済まない、きっと八つ裂きの刑だ！　地面に腹ばいになって穴を見下ろすと、確かに鋭い切っ先が月の光に青白く光ってる。やれやれ！　下りて行って槍を抜かなければ……。

「猿、大丈夫だったか？」

ギクッとして顔を上げると、なんとシンキロー

親子がロバの上から見下ろしていた。

「ど、どうしたのこんな時間に？」

「そんなことより」とシンキローはロバから飛び降りて近寄る。

「どこか斬られなかったか？」

「え？　何を言ってるのか分からないんだけど」

「今の連中はどこに行った？」

「神殿の修復だって」

「きっと破壊する気だ。あいつらローマ軍だぜ」

　まさか！

「そうなんだよ。もうエジプトを征服する準備を始めてるんだよ」

「なに言ってんだよ、さっきエジプトが勝利するって占いを自分たちでやっといて！」

　ここでロバを少し歩かせた蜃気楼親父が甲高い声を降り注いだ。

「うぉっほっほっほっ。倅がいつもお世話になってたそうだね。あんたにゃあ本当のことを教えてやろう。確かに占ったけどね、わたしゃね、一つだけ嘘をついたんじゃよ。赤がエジプト、青がローマと言ったけどね、ありゃあ全く逆だ。そう、赤がローマ、青がエジプト。つまりエジプトぼろ負けの相が出ておったんだね。あの茶番劇をやる前に密かに本物の蜃気楼占いをやったんだよ。これはテントの中で一人でできる。が、まさかその通りを本人の前では言えんからね。まあとにかくだ。ローマ軍は直ちに攻めてくるよ。今の連中はその先駆けだ。南の神殿の方からじわりじわりと破壊しまくってやって来るぞ」

「だから」と息子が後を続ける。

「おまえも早く俺たちみたいに逃げたほうがいいぜ。何されるか分かったもんじゃない」

　そして再びロバに飛び乗った。

「ロバでのんびり逃げる気？」

「だってこれだけの荷物を運ぶんだぜ」

確かに彼等の後ろには山ほどの箱を積んだロバが三頭も「ぶひー」と待機していた。

「今から行動を起こせばギリギリ逃げ切れるわい。はいよお!」

擦り切れた蹄を引きずってロバたちは暗闇に消えた。

ということは、この槍でバーバをブスリも、あいつ等土木班にとっては願ったりのだまし討ちってことか。なんてことだ! ローマ軍に手を貸すわけにはいかん。

カエサルは穴を埋め戻すことに決めた。その時また誰かが現れた。

「やっぱり猿くんでしょ?」

なんとマリアさんがガウンの前を掻き合わせて立っているではないか。

「ずっと見下ろしていたのよ。男たちの声がして、ロバの啼き声がして、やっと静かになったから降りてきたの。大丈夫? 何かあったの?

それって落とし穴でしょ? あの方を落とすつもりでしょ?」

どうして大人たちには分かっちゃうんだろう?

「あ、でも埋めるんです。もうやめました」

「そのほうがいいかもね。私も埋めるの手伝うわ。怖い思いはしなかったの?」

マリアさんが屈んでシャベルを取ろうとした時、ガウンの前が割れて白い腿が見えてしまった。

怖かったよオと叫んで抱きつこうか? カエサルはこの時大いに迷った! ほんの一、二秒の間に様々な想念が頭の中を駆け巡る。

まだまだ小さい子供だもの、ごく自然な振舞いとしてマリアさんは受け止めてくれるんじゃなかろうか? しかしこの、やっていいのかいけないのかという迷いはなんだ? 母親に抱きつく時には迷いはないのに。これは何やらそれとは訳が違うゾ。カエサルはうろたえ、迷うことそのものに怯えた。

　何か、邪（よこしま）なものが自分の中に生まれたと、もう一人の自分が警鐘を鳴らしているのだ。それを無視して衝動に身を任せてしまうと、とことん性犯罪への道をまっしぐらではないか？　深夜の路上抱きつき事件がその後の我が人生全てを決定するかもしれないのだ。第一指一本触れたら、にっくきバーバ野郎にも劣るぞ。

「迷い」について名言がなかったかどうか必死で思い出そうとするが、いや、今こそ自分が名言を編み出さねばならぬ時だと思う！

『迷ったら、じっとして助けを待て』はどうだ？

悪くない！　何か違うことを考えて、じっとして、やりすごそう。ふー。

……

　あのローマ軍たちは今頃どこまでナイルを上っただろう？　ひょっとして、もっと以前にエジプトに忍び込んでいて、蜃気楼親父に、油断させるためにエジプトに都合のいい予言をしろとか買収したんじゃないか？　あり得る。だいたいあの親子、人を煙に巻く詐欺みたいな商売をやってんだ。金を貰えればなんでもやってのけるんだ。で、自分たちはスタコラサッサと夜逃げだ。

　世の中は全てが正直にはできていない。見たもの聞いたものをそのまま鵜呑みにできるものか。丁度今夜は大人にもなったことだし、全てを疑ってかかってやるゾ。

「聞いてるの猿くん？」

　すでにマリアさんは槍ごと穴を埋め終わっていた。

「何か言いましたか？」

「んもう猿くんったらあ」

カエサルはマリアさんと家に入り、温かい山羊の乳をごちそうになる。飲んでるうちに心はほぐれて冷静さを取り戻し、一瞬垣間見た太腿で欲望の奴隷になるよりは、この取り戻した落ち着きのある時間を手放すまいと思う。そのためにはマリアさんの顔から下は見ないということだ。むしろないと思え。東洋思想でいうところの無だ。

マリアさんの目だけを見るように手で工夫して、

「ごめんさっきのもう一回言って」

マリアさんはにっこり笑って言った。

「私ここを出ることにしたの」

それから壁の向こうを透視するような遠い目になって、カエサルが理解した限りにおいて、おおむね以下のようなことを語った。

こんなことをしていたら私は駄目になる。私はトロイの木馬よ。中は空っぽなの。クレオパトラ様の格好をしたハリボテの木馬なの。情けないわ。あの方がいない隙に出て行くの。でも私は罰として、今後誰からも指一本触れさせないようにして生きていかなくてはならないの。でもね、赤ちゃんは産まれるの。とても賢い子なの。人に優しくて、自分のことよりまず人のことを考える子なの。私が何かでカンシャク起こしたりすると、落ち着いて怒りの元を取り除きましょう、とか言うの。人類の罪を全部わたしが背負いましょうとか言うかもしれない。私は自分が産んだ子に救われるの。

多分こんなことだったと思う。それほど間違ってはいまい。マリアさんなりに日々悶々としていて、きっとナイルに向かって石でも投げなきゃいられなかったんだろう。それにしてもだ。トロイの木馬の話がチンプンカンプンだったことはまあいいとしてだ。指一本触れさせないで赤ちゃんが産まれることはあり得ない。人類はなぜ続いてきたかという、生物学的な話としてあり得ない。でも、そんな揚げ足取りをしてマリアさんの高揚した気分を壊すような真似をしてはいけない。カエサルはもはや大人になったのだ。包容力というものも備えなくてはならん。

「とてもいい話でしたねえ。ところで、どこでその子を産むんですか？」

「西はキナ臭いし、多分、東のほうに行くつもりよ」

「願いが叶うといいですね」

「でもね、問題があるの」

「どんな？」

「あの方の言いつけで、門兵たちが私を絶対外に出してくれないと思うの」

あの野郎とことん欲望のカタマリ権化だ。

「よし、カエサルがなんとかしましょう」

「あら、頼もしい猿くんね」

「口笛の合図が来るまで家の中にいてください」

「あらま。どんな口笛？」

「大丈夫、家来に吹かせますから」

カエサルはまだ口笛が吹けなかったのだ。

Caesar 8

軍船に乗り込もうとするエジプト兵が百人、ごっそりと穴に落ちて町は大騒ぎになったぞと、カエサルは父親から聞いた。

やっぱり土木班の話は嘘じゃなかったんだ。

親父は兵隊たちと一緒に乗船して、気晴らし演芸で猿回しをする予定だったのが、目の前で百人があっという間に消えて、まるで地球の底が抜けたようだったと興奮しまくった。

「もうもうと土埃が立って何にも見えやしない！　すぐに誰かが『危険分子がいるぞお』って叫んでよ、誰かれ構わず首絞められて、蹴飛ばされて、海に突き落とされての仲間割れよ。『ただの猿回しです！　ごくごく普通の猿回しです！』俺は何回叫んだか知れやしない。でこんな時によお、猿たちが喧嘩おっぱじめやがって！　下剋上だよ！　若い猿がこの隙にボスを追い出そうって暴れ始めたのよ。叛乱だよ、暗殺計画だよ。ありゃあもうかなり前から打ち合わせができてたな。二十四がボスに襲いかかってよ。凄かったぜえ。ピョンピョンと兵隊の頭を飛び跳ねて最後に歯むき出して飛び掛かるんだぜ。さすがにこりゃ敵わない。ボス猿はあちこち噛まれたけど必死に逃げて海に飛び込んで泳いでいったよ。いやあ、恐ろしかったねえ、あんなことを企んでいたとはちっとも知らなかったよお。おい、猿を甘く見ちゃいけないぜ」

「じゃあやっぱり、猿も考えるんだね」

「ああ間違いねえ。ありゃあ考え抜いた作戦だったよ」

カエサルはこのことをマリアさんにぜひとも報せなければと思う。

「で、船は出たの？」

「百人は這い上がってすぐに乗船したけどよ、不穏な空気はまだ漂ってらあ。女王様たちもえらい無口のまま舳先に突っ立ってたなあ。残念なのは気晴らし演芸は中止ってことだよ。もう猿たちは船に乗らねえ。隊列作って意気揚々と引き揚げてきたよ。いま下手に叱ると何されるか分かったもんじゃねえ。しばらくはおとなしく様子を見ないとな。あー、今日は猿に一番びっくりしたあ」

どんな穴だったのか見たくて港まで行ってみることにした。

途中で蛇使い、井戸掘り、庭師の息子たちに会うが、口々に、

「シンキローがいなくなっちゃったんだよ」

「アントニーごっこができないよこれじゃあ」

「これから僕たち何して遊べばいいの？」

あーうるさい。こいつらとは本当にもう精神年齢の差がかなりついたんだと思う。

「一つ上のレベルで遊ぶ気はないかい？」

「あ、いいね！」

カエサルは再び家来たちに君臨するであろう。

「あとで連絡するからいつもの場所で待て」


港のすぐそばまで来ると、なるほど地球がパックリ割れたように、地面が長く口を開けていた。恐ろしいほどの仕事をやってのけたもんだ。自分も大きくなったらこれぐらいの仕事ができるかなあ。いや今だ、マリアさんを助けるには今これぐらいの力業が必要なんだ。畜生。

カエサルは自分が子供であることを呪った。

「こわっぱ、今何と申したかな？」

目の前にいた、ボロの寸胴を着た老人が振り向く。

「確か、時間よ跳べ、とか言いおったろう？」

「覚えてないよ」

「ほう！　今の今を覚えとらんとな？」

「なんなんだよじいさん？　恵んであげる金ならないよ」

「ほう！　金がなければ何を恵んでくれる？」

「うるさいあっち行け」

「ほっほ。負けを認めるか？」

「なんの勝負なんだよ？　ったくもう」

「小僧のくせして青白い顔をしとるのう。淫欲で頭が一杯か？　そのふしだらな脳ミソに体が追いついていかなくて歯がゆいか？」

「タチ悪いなあおまえ」

変なじいさんにとっつかまっちまった。自分の背丈よりある杖に両手でしがみつき、ゆらゆら揺れている。蹴飛ばしてやろうか。

「おまえは何になりたいんじゃ？」

通り過ぎて行く大人たちはクスクス笑ってカエサルに「がんばれよ」と声をかけていく。

どうやら港では札付きのじいさんらしい。

「このへんの子供だったら誰だって英雄になりたいって言うに決まってるだろ」

「じゃあおまえも英雄になりたいのか？」

「もう行くからね」

「早い出世をしたとして、三十五歳で英雄になったとしようか」

「誰がだよ？」

「おまえがだよ」

「悪くないんじゃない？」

「さて、人生まだ何十年か残ってるぞ。英雄になった後は何をする？」

「その時考えるよ」

「駄目だ。今答えろ」

「英雄に終わりはないんだよ！　死ぬまで英雄でいいじゃないか。はいおしまい」

「英雄とはなんぞや？」

ほら来た！　言うと思ったよ。なんぞやじいさんだ。

「この質問からは逃げるわけにはいかん。いつだってそこにあるんじゃ。ここで逃げ出したら卑怯者だ。さあ、英雄とは？」

全く悔しいけど。

「頭がよくて、武力に秀でて、国のために偉大な仕事をする人だよ」

「ほほー、凄い人だな。じゃあ畏れ多くて人は近づかないのかな？」

「もちろん誰だって慕ってくるさ」

「てことは若い女も来るだろう。来たらどうする？」

「どうもしないよ」

「何を言うか、英雄らしくもない！　ちゃんと相手してやれ」

「じゃあ相手するさ」

「相手をするとはなんぞや？」

「もういいよ！」

「ちゃんと考えておけ。そうしないと、しゅちにくりんに溺れるぞ。それからおまえにこっそり金を渡す奴もいるぞ。英雄殿、これで私めが好い思いをするように取り計らってくださいましって」

「そんなものは断る」

「ほほっ。すると悪い噂を流される。あの英雄は自分のためだけに小金を貯めているとかな。実はケツの穴の小さい小心者だったよとか」

「相手にするものか」

「噂を甘く見て破滅した英雄が今までに何人いたことか。噂は大きくなることがあっても消えることはない」

「じゃ金を貰えばいいんだろ」

「英雄がワイロ貰ってもまだ英雄といえるのか？」

「じゃあ英雄にはならない。これでいいか？」

いきなりカエサルは老人の杖の頭でコツンと殴られた。

「思い上がるのもたいがいにせえッ！」

そして老人は忽然と消え、船から積み下ろししている男たちにゲラゲラと笑われてしまった。

Caesar 9

ここのところいろんなことがあり過ぎて頭の整理がつかない。でもこうやって皆殺しの洞窟の前にやって来ると気分は落ち着くんだ。

そこでは家来たちがしょんぼりして座り込んでいた。

「どうした？　まるで明日がないって顔してるじゃないか」

「ああカエサルどの」

　みんなは口々に言ってすがるような顔をするが、殿だって？　昨日までは無視してやがったくせに。

　まず庭師の息子が訴えた。

「役人からのお達しで、庭木を全部ローマ風に刈り揃えろって命令されたんだよ。親父困っちゃって。ローマ風なんて知らないし、やらなければ首チョン切られるし。俺言ったんだ、多分丸くてこんもりしてるんじゃないかって。前にそういう絵を見たような気がするんだ。葉先をまーるく刈るんだ。でも違ってたら首をチョンだし。カエサル殿なら知ってるでしょ、ローマ風ってどんなの？」

　どうやら役人たちは、エジプトがローマに接収されるともう先を読んでいるらしい。

　いざ進軍された時には、この通り皆様を大歓迎でございますと尻尾を振る気なんだ。

　続いて井戸掘り息子が、

「ウチもおんなじだよ。今の三倍の数は井戸を掘れって命令されたんだ。ローマ兵がやって来たらすぐに水がなくなるから今の内に掘れって。でも人手がないよ！　いっそナイルから水引っ張ってきたほうが早いって言ったんだけど、上流で洗濯したり小便する奴がいるから駄目らしいんだ。カエサル様、どうしよう？」

「人夫をもっと雇えばいいじゃないか」

「駄目だよ。穴掘る時って背中がスキだらけだろう、その間に槍で刺されたらどうしようってみんなビクビクさ。なり手なんか誰もいないよ」

「誰に刺されるんだよ？」

「分かんないよそんなこと！　誰かが刺すんだ

よ！」

口から泡を吹き出しそうなぐらい恐慌をきたしてる。

そして蛇使い息子が一番沈鬱な顔で言った。

「とうとう親父言われたんだって。一番毒の強い蛇を用意しておけって。今日から宮殿の地下室でその蛇と暮らせって。女王様の自害のためにだよ。もう親父は出かけたよ籠に入れて。その蛇はすごいんだ、山羊でもラクダでもライオンでもイチコロだもん。親父大丈夫かなあ。そいつと二人きりだよお」

昨日と今日ではすっかり世の中が変わったんだ。アントニーとかクレオパトラが何をやっても、役人たちがもうローマを崇めたてる準備をしているんだ。もし海戦に勝ったとしても迎える民衆はローマの旗を振って二人に唾を吐くぞ。

カエサル軍団は町まで歩いて大人たちの今の様子を確かめることにした。

噴水のある広場で人だかりがしていて、その中心になんと、蜃気楼親父が大道芸人を追い払って熱弁をふるってる！　どこかへ逃げたんじゃなかったのか？　息子のシンキローはロバたちに角砂糖をあげていて、カエサルたちを見つけると喜んで手を挙げた。カエサルたちは近寄って、

「ここで何やってんだよ？」

「また会うとは思わなかったなカエサルう」

う、じゃないよ。なぜ戻ってきた？

「一人の漁師に会ってさ、アクティウムの戦いを見たっていうんだよ、その傑作ぶりを早くみんなに報せなきゃあてんで戻ってきたのさ。ほら」

顔を向けると親父が一層声を張り上げる。

「なんと皆の衆！　よろしいか、ここでクレオパトラが舳先をアレキサンドリアに向けて、エジプトに向けて敵前逃亡を企てたのであーりますっ。

やはり女でありますなあ、こんなえげつない男の戦いなんか見てられないと、ゲーゲー吐きながら逃げろ逃げろであーります。まあ、ここまでは許してあげましょう！　しょせん女でありますから無理はない。しかし、しかしでありますぞ、それを見たアントニーが、オレも帰ると、女の後を追ったのであーりますっ。いやしくも英雄と呼ばれた男が女の尻を追いかけて、味方の軍勢を見捨てて、オレの女、オレの女と、必死でカイ漕いだのでありますぞ。実際に漕いだのは奴隷ですがね。しかしこの時英雄も、地位、名誉、全てを投げ出してクレオパトラの奴隷になったのであーります。これが、皆さまが尊敬してやまなかったアントニーの末路の実態！　いち早くお報せしようと、オリンポス山の頂でロバの鼻先の向きを変え、こうして戻ってきたわけでございます」

まるで自分が見たような話しぶりだし、いつの間にか息子がブリキの缶を持って回って、ちゃっかり金を集めてる。

「さあ、早く港に行って、戦を放棄した二人に三行半（みくだりはん）を突きつけてやりましょうぞ。我ら民衆の心から離れた君主は君主ではない！　ローマローマ！　時代はローマですぞ！　わしもこの地に留まり新しい世の中を占って進ぜよう！　さあ、わしと一緒に港まで、神殿まで歩きましょうぞ！」

歓声を上げて大人たちは後に続いた。早くも生贄としてか血だるまになった牛が狂ったように逃げ回ってる。

カエサルの家来たちはそれぞれの父親の仕事の手伝いに散ってしまった。

Caesar 10

マリアさんの家まで来ると、いつもの門兵はいなかった。鉄門は、お好きにどうぞ、と開けられている。そっと中に入って歩くとバルコニーからマリアさんが顔を出した。

「あら猿くん！　どうしたの？」

どうしたのって！　一応助けにきたつもりなんだけど。

マリアさんに続いて顔を出したのが、

「あっ！　港のなんぞやじじい！」

「おう！　青白き英雄小僧！」

「あら！　二人知ってるの！」

パイナップルジュースをまた御馳走になりながらカエサルは、マリアさんの父親をしげしげと眺めて思う。えらく歳の離れた親子だなあと。祖父と孫といってもいいぐらいの二人だ。まあ、そんな親子もあるか。

気を取り直して、

「で、マリアさん、出かけるんでしょ？　東のほうに」

「うんそのつもりだったんだけどお、なんだかおかしな戦争になっちゃったでしょう？　アレアレみたいな。この先どうなるんだろうって、なんだか中途半端な気分なの今」

「あいつがいないんだから今出かけないと。門番も逃げたみたいだし、今だよ今」

「そうなんだけどお、一応最後まで結果を見届たいっていうか、なんというか」

なに煮え切らないこと言ってんの？

「あいつらの結果なんてどうでもいいじゃない？問題はマリアさんの、トロイの木馬なんだから」

ここでじいさんが口を出した。

「なんじゃその木馬って？」

いつ邪魔されるかとは思っていたけど、あるいは、邪魔するなら早くしろよって気持ちもあるに

はあったけど、

「木馬は大して意味ないんです。それより、そもそもお父さんはどうお考えなんですか、マリアさんとバーバの関係をどうお考えなんですか？」

マリアさんが軽く手を横に振る。

「ううん、父は何も知らないんです。ただ今日はお金を少し貰いにきただけなんです」

「そうそう。金貰ったらわしゃあ帰る」

体の弱ったフリをして、コホンと咳までしやがった。何言ってんだ？　マリアさんのおかげで暮らしには困ってないんだろう？　もっと金寄越せってか？　強欲じじいめ。

「うん？　わしをきつく睨んどるのう。その目はなんじゃ？」

「なんでもないよ」

「おまえが娘のところに来たのは英雄と関係のあることなんじゃろか？　そもそも……」


また例の口調が始まった。けど無視だ。

「ちょっと黙ってて。今マリアさんと大事な話があるんだから」

「あらなあに」

マリアは姿勢を正してカエサルに向き直る。

あらなあにって、あれ？

「ほら、こんな生き方は駄目だって話ですよ。東に行って赤ちゃん産むって話ですよ。ほら、なんにもしなくても赤ちゃん」

「……ああ」

なんだそのこと、みたいな顔するけど、ちょっとしっかりしてよ。そのことでこっちは乗り込んできたんだから。

「男の人とはちがって女はねえ……」

急に何、この所帯じみた言い方！

「すぐにはホイホイと動けないものなのよ。あれこれ心配になっちゃってね」

なんの心配があるっていうんだ？

「ほら、アントニー様があんなことをしちゃって、さぞかしイノバーバス様はショックを受けてると思うのね。今まではここで寛がれて、ホッとされる時間を過ごしたんだから、その相手として私もなんだか心配なの、あの方の動揺ぶりが。茫然自失としていたらなんとか少しでも慰めてあげなければ人の道に外れるかしらって。だからせめて一目顔を見ないと落ち着かないのよ」

だって、だって、そういうことを全部ひっくるめた生活を抜け出そうって話だったのに。それじゃあまた逆戻りだよ。

こんなものなの女って！　やっとこっちが大人になったのに、まだ手が届かない？　なんだっけこれって。亀に追いつかない兎だっけ？　あれはこういう話だったの？

じいさん何か言ってよと顔を向けると、

「お若いの。我が娘は別におたくに何かを相談してるわけではないぞ。くれぐれも勘違いせんでくれよ。あんたがしつこく訊くから答えたまでのことであって、わしからすれば、『私のすることはっといてよ』と娘は言っとるんじゃよ」

「プッ、お父さん言い過ぎ」

マリアさんは吹き出してじじいの膝を叩いた。

これはなんなんだ？　結局自分はここでは単なる邪魔者ってことか？

カエサルは次の言葉が思いつかずにふらふらと立ち上がると、マリアさんも見送る態勢か、時間差で腰を上げた。それを見て、
あ、やっぱり帰ってほしいんだ……。

「なんだかごめんねえ」

マリアさんはドアのところでそう囁くと、眉を寄せてすまなそうな顔を一瞬見せた。

カエサルが表に出るとドアは申し訳なさそうに

ゆっくりと閉められる。ごめんねえ、ごめんねえ、ごめんねえ、と。

なんだかごめんねえ……。

その言葉が頭から離れず、

「なんだかごめんねえ！」

叫びながらクスノキの並木道を走り抜けた。

Caesar 11

結局アントニーやクレオパトラの家来たちは雪崩をうってローマ軍に投降したらしい。

バーバ野郎もその一人で、すでにエジプトにはいない。「あんな情けないアントニーを見た俺の目よ、呪われて潰れてしまえ！」と最後に叫んだらしいが、そんな文学的なことを言えるほど高尚な奴じゃないだろう。誰かの作り話か人違いだ。

マリアさんと別れの盃ぐらいは酌み交わしたのかどうか、カエサルはそんなことは知りたくもなかった。

クレオパトラが亡くなった後、カエサルは、新しい君主にご披露する猿回しの芸を毎日懸命に稽古している。

新しいといえば猿のボスもそうで、世代交代した若い猿はみんなの尊敬を集めるために必死になって芸を覚えている。とんぼ返り、綱渡り、玉転がし、竹馬と、最近では馬術も習得して、白い馬の上で宙返りまでしてみせる。

「前のボスよりこいつの方がいい見世物になるなあ」

親父は喜んでるが、カエサルとしては、そこまで青アザだらけになって芸を習得しようとする新ボス猿にちょっぴり哀れみを感じた。いずれこいつも下剋上でやられるんだな。今はピーピー泣いてる赤ん坊猿に。

再び洞窟の前で全員集合だ。

晴れて再び堂々とシーザーごっこができる。やはりシーザーはローマの英雄だと、役人が頭を撫でてくれたんだ。

庭師はアレキサンドリア中の庭木の葉先を結局全部丸めて「これがローマ風です」と強気で言い張っているらしい。井戸掘りは、ローマの土木班が百人、あっという間に仕事を終わらせたと言うし、毒蛇から解放された蛇使いはピラミッドの案内人になったらしい。狭いところはお手のものだ。

「今日の名言はなんでいきます?」

家来たちが目を輝かせる。

注目されたカエサルは、肩をそびやかしてみんなに告げる前に、今朝早くに旅立って行ったマリアさんを思い返した。

やはりどうしても気になって、このところはずっとクスノキの陰からマリアさんの家の様子を窺っていたのだ。そして今朝、屋敷から出てきたマリアさんは青いマントを羽織っていて、誰からも見送られず、一人で門を閉め、空を見上げて胸一杯に空気を吸うと、迷うことなく、朝陽が昇る東に向かって、胸を張って歩いて行ったのだった。

さようなら、マリアさん。

よし、今日の名言を伝えよう。

「わたしは王ではない。カエサルである!」

やった。声変わりしてる。

あとがき

まずは手に取っていただきありがとうございます。この本の成り立ちを少々説明させてください。

雑誌『SWITCH』の新井敏記さんから、柴田元幸さん責任編集の『MONKEY』に、誰もが知ってる作品のカバー短篇を書きませんかとのお話がありまして、ノリで『ハムレット』を選びました。シェークスピアであります。僕は俳優を生業としていますが一生縁はないと思っていた雲の上の存在シェークスピア。自分が日頃の一人芝居のテーマとして扱っている現代庶民模様とは多分、一銀河の直径ぐらいの距離があるでしょう。

それでも咄嗟に選んでしまったのは、やはり心のどこかに強い憧れがあったのかもしれません。『ハムレット』、古今東西様々な人たちが演じ、かつ語られた作品です。今さら何をどう書こうとその表象された円周の中にすっぽり収まってしまうでしょう。カバーのための新しい発見なんてあるか？多少の後悔とともにもう一回読んでみますと、いましたいました僕でも参加できそうな人物が。前から気にはなっていた人物、というよりすでにガイコツになってしまった道化師ヨリックです。最後の方に墓場でハムレットから「おまえにいいことあったのか」みたいなセリフを呟かれるチョット出の白骨。

時計の針をうんと戻してまだ生きている時のヨリックを蘇らせたい！　こんな気持ちがふつふつと湧いてきました。ヨリックはきっと庶民に違いないとしか思えなかったのですね。

ハムレットを軸にした主流があれば脇役たちの傍流もあって、その流れの中には渦もあるし深みもあるし逆流だってあるかもしれません。せっせとそこを想像して書き込みます。

何かの世界がポンと一つあって、その底のほうから上を見上げる視点は人の数だけ無数にあるでしょう。一つポンの世界がシェークスピアですが、あの宮廷には主役には決してならない人たちがひしめいています。そんなことをヨリックから教えてもらいました。

さて一つ書き終えると他のシェークスピア戯曲も視野に入ってきまして、なんと膨大な数の脇役がカバー主役の出番を待っていることでしょう。

そしていつしかシェークスピアの戯曲が持っている情念の濃さやピンと張り詰めた空気感を異なる世界に映してみるのもカバーかもしれないという思いが育ってきました。今に近い時代にお話の舞台を設定してみるのです。すると自然に激動の二十世紀が視野に入ってくるのですが、こうなるともう物語より現実に起きた戦争に圧倒される気がします。なんとかその歴史のお勉強を棚上げして、小さな物語に、日本語でこんな言葉があるんでしょうか、喜んでしがみつきました。

さて、十七世紀から近代現代まで射程を伸ばすシェークスピアは確かに凄いですが「カバー」という言葉も凄いです。

　結局僕の一人芝居も現代人カバーを志してきたんだなと気づかされます。ということは、僕が演じた人物は脇役ということで、まだ見ぬ大きな物語が背後に控えているということ？　作っても作っても逃げ水のように主流は「ここまでおいで」と笑ってる。これはもう見果てぬ夢です。追いつかないからこそ、この世界がある、みたいな感じです。

　確かにシェークスピアのカバーではありますが、あまりそれを気にせず読んでみてください。たかがカバーされどカバー、みたいになれば嬉しいです。

　新井さんと柴田さんのおかげで、自分のやってきたこととこれからやることがハッキリしました。あらためて感謝申し上げます。

イッセー尾形

解説

柴田元幸

『MONKEY』16号の原稿として、イッセー尾形さんの「ヨリックの手記」を初めて読んだときの感激は忘れがたい。二〇一八年五月のことである。

『ハムレット』を下敷きにした作品と言えば、トム・ストッパードの有名な芝居『ローゼンクランツとギルデンスターンは死んだ』がある。ローゼンクランツとギルデンスターンとは、『ハムレット』にちょこっと出てくる、ハムレットのかつての学友二人であり、べつに大して悪いこともしていないのにあっさり殺される損な役回りだが、あまりにあっさりそうなるので誰も「損な役回りだなあ」とすら考えない人たちである。そういう人物二人を主役に据えたというだけでも、一種コロンブスの卵的なインパクトがある（もちろんそれだけの作品ではないが）。

イッセーさんの「ヨリックの手記」もやはり、『ハムレット』内の端役に目を向ける。しかも、ヨリックです。つまり『ハムレット』で登場するときは、もうはじめから髑髏（されこうべ）。そういう人物（と言えるのかどうかも定かでないのだが）が物語を語るのだ。それも、滑稽で切ない、仕掛けとしても斬新な、元祖『ハムレット』と微妙に不協和音を響かせあう物語を。着想においても内容においても、『ローゼンクランツとギルデンスターン』に優るとも劣らない。

考えてみれば、一人芝居芸人としてのイッセー尾形さんもつねに、ここで『ハムレット』の一端役に光を当てたように、いわば社会の端役に光を当ててきたのではなかったか。ピザ配達人を演じようが、『草枕』のなかのチョイ役を演じようが、人体で言えば目とか手とかいった「主役」ではなく、そうだな、背中右下の一点あたりとか？に注目し、ここにこんなものがあるぞー、と長年我々に楽しく示してくれてきたのである。

これをシェークスピアの他作品でもやってもらわない手はない！というわけで、『MONKEY』の次の号から、「イッセー・カバーズ」と題して、毎回シェークスピア作品をカバーする連載を始めていただくことになったのである。

そうして毎回、届く原稿を読む。これは楽しかった（申し遅れましたが僕柴田は『MONKEY』の責任編集を務めていて、すべての原稿がいち早く読める特権的立場におります）。いつも〆切よりずっと早く届く（それも回を追うごとにどんどん早くなっていく！）原稿に、ううむ今回はこの手で来たか、と唸らされる。「カバー」という言葉は「パロディ」「もじり」などよりはるかに間口が広い。その間口の広さを存分に活かして、いろんな仕掛けが飛び出してくる。時には話自体の面白さに引き込まれて、仕掛けに唸るのを忘れてしまったりもするのだが、当然それはそれで歓迎である。

仕掛けは変わっても、背中右下の一点あたりに注目する姿勢は貫かれている。マクベスに仕える暗殺者、ジュリエットの乳母……。ここで思い出すのがカズオ・イシグロである。イシグロには、ろくでもない主人に仕えたためにある意味では人生を棒に振ったのかもしれないイギリス人執事が自分の半生をふり返る『日の名残り』という小説があるが、イシグロ氏が日本を訪れたときに、講演で「我々はみな執事だ」という趣旨の発言をした。主体的に世界を動かしている人物はごく一部であり、大半の人間は誰かに仕え、自分の奉仕がよい形で使われるよう望むだけで精一杯だという意である。

言ってみればイッセー作品も、世の中のいろんな「執事」に目を向けていて、暗黙のうちに「我々はみな執事だ」という前提に立っている。ただ、カズオ・イシグロの場合、そうした思いがつねに、人生の限界に対する淡い諦念に彩られているのに対し、イッセー・ピープルはたいていの場合もう少したくましい。上の人たちアホだけど、下にいる俺たち／あたしたちだってべつに清く正しく美しいってわけでもないし、まあいいか……という感じ（まあいいか、で済むか済まないかが微妙な場合もあり、それはそれで考えさせられる）。もちろんこれは、どっちがいいとか悪いとかいう話ではなく、カズオ・イシグロもいてイッセー尾形もいることで世界はより豊かだということに尽きる。

さて、仕掛けに関してとりわけ仰天したのは「革命のオセロー」である。これ以前の作品は、とにもかくにも元ネタ（『ハムレット』『マクベス』等々）の世界の範囲内に物語を限定していた。ところが「革命のオセロー」では、まさにロシア革命の渦中にあるモスクワを舞台に、『オセロー』が人形劇で演じられたりしつつ、モスクワに生きる人々の人間関係が『オセロー』内の人間関係を微妙に反映している(と、語り手の、ほぼ一言もロシア語を解さない日本人が考える)。シェークスピア作品と取り結ぶ関係は、何とも豊かに複雑化している。しかも決して頭でっかちにはならず、つねにどこか「下世話感」が好ましく漂っている。

そして次の回の「クォーター・シャイロック」となると、話はもっと錯綜してくる。ナチス支配下のベルリンで、第二級混血(四人の祖父母のうち一人がユダヤ教共同体に所属している者)という微妙な立場のドイツ人が、ゲッベルスや総統の前でシャイロックを演じる。そしてその経験を日本人占い師に語る。歴史の暗さ、重さを垣間見せながらも、例によって語りの活力全開のめまぐるしい展開、時にはほとんど出たとこ勝負で書いているように感じられるイキのよさ(実はこのイキのよさこそ、イッセー尾形とシェークスピアの最大の共通点ではないかとも思える)。

ただ、こう書きながらもなんだか違うなと思うのは、そうするとまだシェークスピアの作品世界内にとどまっていた初期作はちょっと落ちるのか、ということになってしまいかねないのだが、そうではない。むしろ、シェークスピアの「使い方」がだんだん変わっていくことによって、この本にひとつの流れが——もうひとつの物語が——生まれていると言うべきである。だから、これらの作品が、こうして一冊の本にしかるべき順番で収められたことは大変喜ばしい。お好きなシェークスピア作品に基づいた回からお読みになる手ももちろんあるが、掲載順に読んでいただくと、そういった別の面白さも見えてくるのである。

で、「革命のオセロー」とともにいわば第二段階に入った時点では、まさか第三段階があるとは思っていなかったのだが、これがあったのである。本書で七番目に収めた「私の議事録」、八番目の「暗黙の深海」となると、脇筋や脇役が次々取り込まれる勢いはまぎれもなくシェークスピアなのだが、ではシェークスピアのどの作品に基づいているかとなると、すっかり応用問題の領域というか、えーとシェークスピアにこんな感じのあったけど何だったっけ、とたいていの人は頭を掻くことになるだろう（少なくとも僕はぼりぼり掻きました）。本人の説明に頼るのはカンニングめいていて気が引けるのだが、あまりに納得させられるので頼ってしまうと、たとえば潜水艦を舞台にした「暗黙の深海」については、「……『リチャード三世』がすごく陰気な話だなと思ったんです。何が起こっているのかわからないのに、この真綿で首を絞められてるような感じはなんだろう、と。それで一番嫌なところはどこだろう、逃げ道がどこにもないところはどこだろうと考えたときに、潜水艦が出てきた（笑）」（「庶民の目で見るシェークスピア」イッセー尾形・柴田元幸対談、『MONKEY』24号）

……たしかに。

というわけでこの段階の作品については、「答え合わせ」をしても失礼にはあたらないだろう。「暗黙の深海」は『リチャード三世』、「私の議事録」は『ヘンリー六世』、そして「エロスを乗せてデコイチ」に至っては、『から騒ぎ』＋『ヴェローナの二紳士』＋『冬物語』（！）。

そうして最後は、ある意味でどの段階にも属さないしどの段階にも属しているとも言える、いちおう『アントニーとクレオパトラ』に根ざした「カエサルの子」。この書き下ろし作品、もちろん単体としても面白いが、全体に対する一種のコーダとして読むといっそう味わい深い。ここまで通読なさったら、次は、もう一度最初から通して読み、全体を流れる物語をより深く感じとっていただいてもいいし、あるいは元となっているシェークスピア作品に向かっていただいてもいい。そうしてまたこの本に戻ってきたら、けっこうすごい読書体験になるのではないか。

（米文学者、翻訳家）

初出

ヨリックの手記
『MONKEY』vol. 16（2018 年 10 月）

荒野の暗殺者
『MONKEY』vol. 17（2019 年 2 月）

乳母の懺悔
『MONKEY』vol. 18（2019 年 6 月）

リア・アゲイン
『MONKEY』vol. 24（2021 年 6 月）

革命のオセロー
『MONKEY』vol. 19（2019 年 10 月）

クォーター・シャイロック
『MONKEY』vol. 20（2020 年 2 月）

私の議事録
『MONKEY』vol. 22（2020 年 10 月）

暗黙の深海
『MONKEY』vol. 21（2020 年 6 月）

エロスを乗せてデコイチ
『MONKEY』vol. 23（2021 年 2 月）

※『MONKEY』vol. 17 ～ 24 では連載「イッセー・カバーズ」として掲載

カエサルの子　書き下ろし

イッセー尾形（いっせー おがた）
1952年生まれ。俳優。1971年演劇活動を始める。一人芝居の舞台をはじめ、映画、ドラマ、ラジオ、ナレーションなどに幅広く活躍。紙芝居や指人形劇の制作、上演も行なう。著書に『消える男』、『言い忘れてさようなら』など。

シェークスピア・カバーズ

2021年9月20日　第1刷発行

著者
イッセー尾形

発行者
新井敏記

発行所
株式会社スイッチ・パブリッシング
〒106-0031 東京都港区西麻布2-21-28
電話　03-5485-2100（代表）
http://www.switch-pub.co.jp

印刷・製本
株式会社シナノ パブリッシング プレス

本書へのご感想は、info@switch-pub.co.jpにお寄せください。

ISBN978-4-88418-566-4　C0093
Printed in Japan